ハヤカワ・ミステリ文庫

〈HM㊿⑥-2〉

闇夜に惑う二月

アラン・パークス

吉野弘人訳

早川書房

8999

FEBRUARY'S SON
by
Alan Parks

Translated by
Hiroto Yoshino
First published 2023 in Japan by
HAYAKAWA PUBLISHING, INC.
This book is published in Japan by
arrangement with
BLAKE FRIEDMANN LITERARY AGENCY LTD.
through THE ENGLISH AGENCY (JAPAN) LTD.

メアリー・マッカイ・ロバートスンへ

「死は人間に起きる最悪の出来事ではない」
——プラトン

「夜の時間は孤独だ……」
——アルヴィン・スターダスト

闇夜に惑う二月

登場人物

ハリー・マッコイ……………グラスゴー市警察の部長刑事
ワッティー……………………同新米刑事。マッコイの相棒
マレー…………………………同警部。マッコイの上司
トムソン………………………同刑事
ビリー…………………………同巡査部長。受付デスク担当
ダイアン………………………同総務の記録係
フィリス・ギルロイ…………検察医
スーザン・トーマス…………売春およびその商業的搾取の研究者
スティーヴィー・クーパー……マッコイの幼馴染。ギャングのボス
ビリー・ウィアー……………クーパーのナンバー2
ジャンボ………………………クーパーの手下
ジェイク・スコビー…………ノースサイド地区のギャングのボス
エレイン………………………スコビーの娘
チャーリー・ジャクソン………エレインの婚約者。サッカー選手
ケヴィン・コナリー…………スコビーの汚れ仕事担当の配下
ジョージ・エイブラハムス……ナインウェルズ病院の元精神科医
アーチー・ロマックス…………やり手の刑事弁護士
メアリー・ウェブスター………『デイリー・レコード』の記者
ポール・ジョセフ
・ブレイディ……教会で自殺した路上生活者
ケネス・バージェス…………ダンバートンシャー警察の元本部長

彼は坐ると、自分のしたことを見る。そいつは今はズボンとベストだけになって懸命に動いている。まだ時折うめき声をあげ、血が喉を逆流して、ごぼごぼという音と咳き込む音をたてている。彼は疲れていた。だがもう終わりに近づいている。立ち上がると、もう一度そいつをクソ野郎と呼び、唾を吐きかける。なぜ自分がここにいるのかをそいつに伝える。あたかも知っていなければならないかのように。何度も何度も伝える。反応はない。そいつの側頭部に大きく蹴りを入れる。月が雲の合い間から現われ、冷たくその場を照らす。無情な光。

彼は自分で買ったポラロイドカメラを旅行かばんから取り出す。フラッシュキューブを上部に突き刺し、カメラを構える。シャッターボタンを押すと聞きなれたカシャッという音がして、フラッシュが光り、シューという音をたてる。カメラがきしむような音をたてて、裏紙の貼られた写真を背後から吐き出す。それを脇の下に挟む。近寄ってもう一枚撮る。今度はもっと近くから。写真をもう一方の脇の下に挟み、パッケージに書いてあるように二分待つ。裏紙を剝がすとぼんやりとした反転画像が映し出される。その紙が風に飛ばされ、空中に舞い上がり、ビルの横をゆっくりと落ちていくのを眺める。だれか見つけた人へのちょっとしたプレゼントだ。写真はまだ表面がねばねばしている。角を持って、地面に置くと、それをあまり見ないようにする。お愉しみはあとのために取っておくのだ。

ごぼごぼという音は消え、もう口から霧のような息が漏れることもない。死んだ。彼は象牙の柄《つか》のかみそりをポケットから取り出して近づく。生きているうちにやらないだけの分別はある。微笑む。これまでに微笑んだことがなかったわけではない。だが年を取って丸くなったのかもしれない。彼女の名前を言い、すべては彼女のためだと言う。彼女がここで見ていて、彼のしたことを知っていてくれたらと思う。腕を上げるとかみそりを振り下ろす。暗赤色の血が弧を描いて彼の肩越しに飛び、地面の水たまりに飛び散る。

一九七三年二月十日

1

　マッコイは一分ほど立ち止まった。立ち止まらなければならなかった。膝に手を置き、前かがみになって息を整えようとした。背中を汗が流れるのを感じ、セーターとコートの下でシャツが貼りついているのがわかった。制服警官に眼をやった。マレーのラグビーチームのメンバーだ。家ほどもある大きな体をしており、クソみたいにがっしりしているに違いない。どいつもこいつも似たようなやつらだ。

「ここは何階だ？」とマッコイは訊いた。

　その大男は息を荒らげることもなく、ただ立って彼を見ていた。雨粒がウールの制服の上で輝いていた。

「十一階です。あと四階です」

「くそっ。冗談だろ？　もう死にそうだ」

彼らは仮設の階段を上っていた。足場を支えているポールとポールのあいだを手すり代わりのロープが張ってあるだけで、階段自体はむき出しのコンクリートブロックの板が連なって、建設中のオフィスブロックへと続いていた。

「いいですか？」

マッコイは渋々うなずき、ふたたび上りだした。この大男が迎えに来たのが、マッコイが〈ペールエール〉二缶とマリファナ煙草半分を吸ったところでなかったらまだましだったかもしれない。そのとき彼とスーザンは笑いながら、ラジオから流れるローリング・ストーンズに合わせてばかみたいに踊っていた。霜の降りたガラスの向こうに制服の大きな影が見え、パニックに陥った。スーザンが窓を開け、タオルで煽《あお》ってマリファナのにおいを追い出そうとした。その一方で、マッコイはできるだけ長く、その制服警官とドアのところで話をしようとした。財布のなかにあったドラッグをふたりで分けるのをやめていたのは賢明だった。

さらに数階上り、角を曲がるとマッコイはようやく頭上に夜空を見ることができた。灰色で重い雲と、降り注ぐ雨のあいだから時折月が見えた。マッコイはしばらくその場に立ったまま、景色を眺めて息を整えた。グラスゴーが眼下に広がり、汚れた黒いビルと濡れた通りが見えた。縁《へり》まで歩くと下を覗いた。あまり近づきすぎたくなかった。ここには壁はなく、手すり代わりにロープが張ってあるだけだったからだ。彼は自分が西を向いていることに気づいた。ミッチェル図書館のドームが眼の前にあり、その後ろには、遠くに大学の塔が見えた。眼下には建設中の高速道路がかつてのチャリングクロスの残骸——茶色い泥とコンクリートの杭でできた広い川——を切り裂いていた。背後から足音が聞こえ、マッコイは振り向いた。

マレー警部が手を差し出した。「一日早くなってすまんが、トムソンが月曜日まで不在でな。すぐにでも働ける人間が必要だったんだ」

いつものシープスキンのカーコートの下は、どういうわけかタキシード姿だった。ボウタイにカマーバンド、ズボンにはシルクのストライプとフル装備だ。もっとも、黒いゴムの長靴にズボンをたくし込んでいるせいで粋な装いも台無しだった。

「市長主催の晩餐会だったんだ」マレーが彼の視線に気づいて言った。「〈ノース・ブリティッシュ・ホテル〉。料理はひどいもんだった。殺人事件で呼び出されてうれしかったのは人生で初めてだ」

「まだあんたをセントラル署の署長にしようとしてるんですか？」とマッコイは訊いた。

「ああ。だがまだ引き受けてはいない。どんなに豪華なディナーに招待されようが関係ない」彼は火のついていないパイプを口からはずすと、暗闇を指さして言った。「よき巡礼者よ、わたしについてきなさい。わたしは道に迷っていないのだから」

踏みしだかれた、湿った段ボールでできた道が屋上の奥の隅に向かっていた。すでに十人かそこらの人間がいて、制服組が動きまわり、二名の技術者がテントを運んでいた。カメラマンのウィー・アンディでさえ、ダッフルコートに大きなウールのマフラーという姿で仕事に没頭していた。遠くからサイレンが聞こえ、二台の救急車が青いライトを回転させながら、川を渡ってくるのが見えた。マスコミがやってくるのもそう時間はかからないだろう。殺人事件が起きて、彼らを静かにさせておくことは難しいが、この件ではなおさらだ。『デイリー・レコード』の社屋から歩いて数分の場所にある、未完成のオフィスタワーの最上階で死体が発見されたのだ。注目されないわけがなかった。

「ここからは眺めがいい」とマレーは指さして言った。「大聖堂が見える。雨が降っていなければ、ピープルズ・パレスも見えるはずだ」

「すばらしい」とマッコイは言った。「クソ十五階まで上ってきた甲斐もあるというもんだ」

　マレーは首を振った。「休暇で少しは変わったかと思ったが、いやいや、あいかわらず文句の多い野郎だな。で、どうだった？　診《み》てもらったのか？」

　診てもらった。ピット・ストリートの隙間風の通る部屋で二時間のセッションを三回。次から次へと質問された。

〝彼を屋根から突き落としたとき、どう思いましたか？〟

〝死体を見たとき、どう思いましたか？〟

〝そのとき、心のなかでどう感じていましたか？　罪悪感を覚えましたか？〟

　ほんとうに感じていたのは、とにかく机の上に体を乗り出して、その男の顔にパンチを食らわせたいということだった。だが、そんなことをすれば復帰を認める書類にサインをしてもらえない。できるだけ何も話さず、ただ坐って時計を見ていた。家に帰ると、その男が最後にした質問のことを考えた。

〝今でも警察官であることを幸せだと感じていますか？　それがほんとうに望んでいることですか？〟

　マッコイはうなずいた。「法定の三回のセッションにはすべて出席しました。書類にサインもしてもらいました。心理学的には職務に復帰してもオーケイだそうです」

　マレーは低くうなった。「いくら賄賂を払ったんだ？」

「で、何か聞いておくことはありますか？」マッコイは訊いた。「何か大きなニュースでも――」

「マッコイじゃないか！」

声のほうに眼を向けると、ワッティーが近づいてきた。アノラックにボンボンの付いた毛糸の帽子、アラン・ウールのミトンの手袋をしていた。見習いの刑事というよりは、興奮した子供といった感じだった。

彼は手袋を取ると、マッコイの手を握って上下に振った。「明日までは戻らないんじゃなかったのか？」

「そのはずだった。が、放っておいてくれないんだ。玄関先に大きな男が現われて、マレーがすぐに来いと言ってると言われちゃしょうがない」

ワッティーはニヤリと笑った。「おれに会えなくて寂しかったんだろ？　残念だな、おれはちっとも――」

「ワッティー！」うんざりといった感じでマレーが怒鳴った。「すぐに犯行現場を保護するんだ。小学生のガキみたいなことはやめろ！」

ワッティーは敬礼をすると、雨のなかを屋上の反対側の隅に設置されたライトのほうへ戻っていった。

「あいつはうまくやってますか？」とマッコイは訊いた。コートの一番上のボタンを留めようとしたが、かじかんだ指では簡単にいかなかった。

マレーは首を振った。「頭はいいんだが、なにごともどこかゲームみたいな感覚でいる。おまえに分別を教えてもらう必要がある」

「で、何があったんです？」マッコイは周囲を見まわしながら尋ねた。「なんでまたこんなビルの屋上でタマを凍らせてなきゃならないんですか？」

「すぐにわかる。来い」とマレーは言った。

マッコイは屋上の奥へと続く段ボールの道をマレーについていった。いつもと同じようにマレーの三歩後ろを歩いた。まるで一度も離れたことがないかのように。足元の段ボールは雨と、その上を歩く人の多さですでに溶け始めていた。隅のほうでふたりの制服警官が身を寄せ合っていた。大きな傘を差していたが雨を防ぐ効果はあまりなかった。ふたりでバッテリーパックをライトにつなごうとしていた。

「くそっ、この」とひとりが言い、マレーに気づいた。「すみません警部、少しお待ちください」彼はうなりながらも、なんとかプラグを横のソケットに押し込んだ。「これで大丈夫なはずです」彼はそう言うと、かじかんだ指を口のなかに入れて、感覚を取り戻そうとした。

「で」とマレーが言った。「何をぐずぐずしてるんだ？」

　制服警官がうなずき、スイッチを入れた。明るく白い光が、濡れた屋根から跳ね返ってきた。マッコイは腕で顔を覆い、半分閉じた眼から覗き見た。彼は血を見るのが苦手だった。どんな血でも。ましてやこれほどの血となればなおさらだ。思わず一歩あとずさった。視界の片隅がぼやけだし、めまいを覚えた。眼を閉じて深呼吸をし、十まで数えようとした。ふたたび眼を開けると、そこかしこに赤いものが見えた。できるだけすばやく顔をそむけた。

「なんてこった！　なんで言ってくれなかったんだ、マレー」

「あえてしなかった」とマレーは言った。「克服しなきゃならん。クソ何百万回も言っただろうが」彼は照明に照らされた屋上の隅を見ると、顔をしかめた。「念のため言っておくが、ここは地獄だぞ」

　そのとおりだった。そこらじゅうが血だらけだった。できかけの壁に飛び散り、はためく防水シートから滴り落ちていた。一部はすでに凍り始めており、赤い氷の結晶が大きなライトの光を受けて輝いていた。だが、そのほとんどはまだどろりとして濡れており、なじみのある銅貨と肉屋のにおいを放っていた。

　マッコイはスカーフを口元に当て、大丈夫だと自分に言い聞かせて、集中しようとした。

逃げ道はない。死体に近づくには大きな血だまりに足を踏み入れなければならなかった。そこにはさらに段ボールを重ねて敷き詰めてあったが、半分ほど血が染み込んでいて、たいして違いはなかった。恐る恐る足を下ろすと、凝固しつつある血液が靴底に粘りつくのを感じた。防水シートが風に煽られて音をたて、驚いて飛びのいた。シートがはずれて、ビルの脇の暗闇に飛ばされて落ちていくのを見ていると心臓の鼓動も元に戻っていった。

彼は数回深く息を吸うと歩み寄り、コートの端を膝の上で折りたたむようにしてしゃがみこんだ。寒さと雨、そして大量の血を心から遮断しようとし、見ているものだけに集中しようとした。十代後半から二十代前半の若い男だった。足場を支えている金属製の支柱にもたれて坐り、両足を前に投げ出すようにして、両腕は脇に垂らしていた。左脚の先は血と骨が混じりあった状態で、足先はかろうじてくっついているだけだった。

何を着ていたにせよ、今、服はすべてなくなっていた。残されていたのは下着のパンツだけで、脚と胴体の青白い肌が明るい光に照らされて青みがかっていた。胸には〝BYE《バイ》 BYE《バイ》〟という文字が刻まれ、血が腹まで流れていた。

マッコイは医者に言われたように、さらに十数えてから、男の顔を見た。こんな状態にもかかわらず、男の髪はきれいに横分けにされており、雨粒が大きなライトを受けてきらめいていた。その下の片方の眼は完全になくなっており、眼窩はからっぽだった。そこから血管のようなものが覗いていて、乾いた血が頬にこびりついていた。顎はたるんでいて、骨折しているようだった。口のなかに何かが詰められていた。マッコイにはそれがなんであるか、見る前からわかっていた。見た。思っていたとおりだった。

立ち上がると、足を滑らせながら屋上の縁《へり》まで進み、吐いた。吐き終わると、胃酸と気の抜けたラガービールの味を消そうと何度か唾を吐き、それが渦を巻いて落ちていくのを見ていた。

マレーが肩を叩いてヒップフラスク（携帯用の酒瓶）をマッコイに手渡した。マッコイはぐいっとあおり、焼けるようなウィスキーを口に含むと飲み込んだ。マレーは首を振り、まるで勤務初日の制服警官を見るように彼を見た。マッコイがフラスクを返すと、マレーが非難するような眼を向けていた。

「勘弁してくれ、マレー。それがあんたのお愉しみなのか、あ？　おれが近づくのを待ってライトのスイッチを入れたのか？　おまけに口のなかにチンポが押し込まれているときた」

「ああ、そのとおりだ、マッコイ。この殺人現場はおまえを驚かすために用意されたんだ」

マッコイは死体のほうを顎で示した。「彼がここにいるとどうしてわかったんだ？」

「セントラル署に匿名の電話があった」とマレーは言った。

「これをやったやつからか？」

マレーはうなずいた。「ほかにだれがいる？　彼がここにいることを知っているやつはほかにはいないだろう」

「ボス？」

ふたりは声のするほうを向いた。ワッティーが透明の証拠品バッグを持って立っていた。

「制服警官のひとりがこれを見つけました」彼はバッグをマレーに渡した。

マレーは懐中電灯を取り出してスイッチを入れ、バッグに向けた。使用済みのフラッシュキューブが三つに、ポラロイドの裏紙が二枚あった。写真から剝がされたものだった。袋を裏返すと、ぼんやりとした画像が写り込んでいるのが見えた。傷つけられた男の顔の反転画像だ。

「なんてこった」とマッコイは言った。「あとで愉しむための写真だ。すばらしい。指紋があるかもしれない」

マレーはうなずいた。

「あとで愉しむってどういう意味だ？」とワッティーが訊いた。

マッコイがオナニーのジェスチャーをした。ワッティーはうめき声をあげた。

「ミスター・マッコイ、お帰りなさい」

振り向くと、検察医のフィリス・ギルロイが立っていた。レインハットの下にティアラのようなものをつけ、首には真珠、黒いレインコートの下からはピンクのシフォンドレスがちらっと見えた。

「〈ノース・ブリティッシュ・ホテル〉？」とマッコイは訊いた。

彼女はうなずいた。「ミセス・マレーの体調が悪かったので、ヘクターから代わりにパートナーとして招待されたの。残念ながら、あまり長居はできなかったけど。モイラ・アンダーソン（スコットランドの歌手）の出番が来る前に出てこなければならなかった。残念だったわ、彼女、とてもいい声をしているでしょうに」

「えーと、その、とても……」マッコイはことばを探した。「似合っています」

「褒めことばとして受け取っておくわ」と彼女は言った。「ある種のね」

「見たか？」とマレーが訊いた。

「ええ、しっかりと」

「それで？」

「暫定的に？」と彼女は訊いた。いつものように。

マレーはため息をついた。いつものように。「暫定的に」

「顔の前面、具体的には左眼を銃で撃たれている。気づいているでしょうけど、その結果後頭部のかなりの部分が吹き飛ばされている。左のくるぶしにも銃創があるけど、これは死後のものと思われる。ほかには少し殴られた痕と、切り傷や擦《す》り傷がある。そしてもちろん、切断された……」

彼女は一瞬ためらった。

「ペニス」続けた。「胸に刻まれた文字も死後のものと思われるけど、再確認してみなければならない……」

「なぜ裸なんだ？」とマッコイは訊いた。

「それは、わたしに訊かれても困るわ、ミスター・マッコイ。あなたがたの問題でしょ。けど推測するには、発見した人間に、まず胸の〝BYE《バイ》 BYE《バイ》〟という文字を眼にさせたかったんじゃないかしら。でも言ったように推測でしかない。さて、ヘクターが許可してくれるなら救急隊員に彼を運ばせるけどいいかしら？」

マレーがうなずくと、彼女は屋上を横切りながら、救急隊員に運んでいいと身振りで指示した。

マッコイは彼女が立ち去るのを見送ると、マレーを見てニヤニヤと笑った。「ヘクターだって？ あんたと尊敬すべきマダム・ギルロイがそんなに親しいとは知らなかったよ」

「秘密兵器だ。彼女は上層部をかわすのに最適なんだ。連中を全員合わせたよりも頭がいいし、金持ちだし、洗練されている。おれは彼女の後ろに隠れて微笑んでるだけでいい。セントラル署の署長の件をあれこれ言われなくてすむんだ」

マッコイは自分の両手に息を吹きかけた。激しい雨にずぶ濡れになり、凍えそうだった。ビルの屋上に吹きつける冷たい風が追い打ちをかけるようだ。「彼は何者ですか？　夜警かなんかですかね？」

マレーはビニールバッグを差し出した。なかには血の付いた財布が入っていた。「わからん。だが死体の隣にこれがあった。だれがやったにしろ、そいつも彼がだれなのか早く特定したかったようだ」

マッコイはバッグを取り、指に血がつかないようにしながら、財布を取り出した。開いて運転免許証の名前を読んだ。

「嘘だろ」と彼は言った。「ありえない」

彼は財布のなかをさらに探り、折りたたまれた新聞を見つけた。開くと読んだ。信じられなかった。

「なんてこった。彼だ」

マッコイは新聞を掲げて見せた。マレーは覗き込んだが、暗くてよく見えなかった。懐中電灯を取り出し、その切り抜きに向けた。見出しが光に照らされた。

セルティックの新戦力、夢のデビュー

2

「マジか？　ほんとうに彼がだれなのか知らないのか？」とマッコイは訊いた。

「なんで知ってなきゃならない？　サッカーの試合なんて一度も行ったことはないんだぞ」とマレーは言った。

「新聞で見たこともないのか？　テレビで？　チャーリー・ジャクソンを？」

「はい、紅茶ふたつ。ひとつは砂糖入りだよね？」

その女性はフードトラックから体を乗り出し、縁《ふち》の欠けたマグカップをふたつ差し出した。マッコイは砂糖入りのほうを取り、もうひとつをマレーに渡した。そのフードトラックはソウチーホール・ストリートの〈ティファニー〉の前に止まっており、ダンス帰りの客を捕まえるには絶好の場所だった。ずっと以前からここに店を出していて、紅茶やコーヒー、ロールパン、ソーセージを売っていた。マッコイは巡邏警官としての最初の夜にここに立ち寄ったことを思い出した。紅茶をひと口飲んだ。あいかわらず不味かった。それでも、少なくともマグカップは温かかった。

「で、彼はどのチームでプレーしてるんだ?」とマレーは尋ねた。

マッコイは頭を振った。自分が耳にしていることばが信じられなかった。マレーが自分を困らせるためにわざと言ってるんじゃないかと思い始めてさえいた。「セルティックだよ。おそらく今日プレーしたはずだ。パーティック・シッスルと引き分けた」

「今日だと?」とマレーは言った。

「あい、パークヘッドで。一年かそこら前にトップチーム入りして以来、一度もチームを離れていない。とても才能のある若者だ。試合では、おれが見てきただれよりもゲームをよく読んで、魔法みたいなプレーをする。おそらくすぐに移籍するだろう。というか、もうしていてもおかしくないというべきかもしれない。リヴァプールなら獲得していただろう。あるいはクラフ(ブライアン・クラフ。イングランド出身のサッカー選手、サッカー指導者。一九七三年当時はダービー・カウンティの監督をしていた)とかだれかが」彼はもう一度マレーを見た。マレーの態度がまだ信じられなかった。「おいおい、聞いたことぐらいあるだろう」

マレーは首を振り、上着を叩いて刻み煙草を探した。「いやない。サッカーみたいなゲームは禁止すべきだ。この街のアホどもにたがいに殴り合う口実を無駄に与えているだけだ」彼は腕時計を見た。「今、午後九時十五分だ。現場に呼ばれたのは七時。試合は何時に終わったんだ？」

「いつもどおりです。四時四十五分」とマッコイは言った。

「殺されるまでそんなに時間はないな」とマレーは言い、オフィスビルを見上げた。「試合終了後すぐに彼を捕まえたんだろう」

「可哀そうに」マッコイは言った。彼はしばらく考えた。「どういうことだろう？　わからん。なぜチャーリー・ジャクソンを撃って、胸にクソみたいなことばを刻んだりするんだ？　以前、だれかに何かしたというのか？　たしか二十二歳だっただろうか？　彼がしてきたのは、ただボールを蹴ることだけなのに」

彼らはフードトラックの横に移動し、上げ底のブーツで水たまりをパチャパチャと通り抜けていく女の子たちに道を譲った。彼女たちは露出度の高いホルタートップを着て、コートを頭からかぶって髪に雨が掛からないようにしていた。土砂降りで凍えそうな寒さだったが、それでも土曜の夜だ。ちょっとの雨ではグラスゴーの土曜の夜を止めることはできない。

「カメラマンのアンディは彼のことを少し知っているようだった」とマレーが言った。

〈ティファニー〉の前にすでにできている行列の最後尾に並ぼうとする少女たちを見ていた。

マッコイは驚いた。「アンディが？　なんと言ってたんですか？」

「スポーツ欄のためにジャクソンの写真を撮ったことがあるそうだ。話し好きの若者だったらしい。フィアンセのこととか、結婚式の予定とか、なんでも話してくれたそうだ」

マッコイはチャーリー・ジャクソンと女性が写った写真が新聞に載ったことをおぼろげに思い出した。何か大きなチャリティーのときだった。「黒い髪の女性？　美人の？　フィアンセというのはあの娘《こ》なのか？」

マレーは自分のマグカップをカウンターの上に置いた。「その娘《こ》だ。アンディによると、ジェイク・スコビーの娘なんだそうだ」

マッコイは煙草をくわえて今にも吸おうとしていたが、手を止めた。「冗談だろ」

マレーは首を振った。「確認する必要があるが、彼は間違いないと言っている」

「チャーリー・ジャクソンがジェイク・スコビーの未来の義理の息子だって？」マッコイは首を振った。「なんで知らなかったんだろう？」

マレーは肩をすくめた。「どうした？　ハリー・マッコイは自分が思っているほど賢くはなかったってわけか？　いやはや不思議は尽きないもんだな」

「おもしろいじゃないか」とマッコイは言った。

「たぶんあの若者は自分がだれと関わってるのかわかっていなかったんだろう」

「そんなことがありえるのか？　グラスゴーでジェイク・スコビーのことを知らない人間はいないだろう」ひらめいた。「それだ。だから殺されたんだ。たとえばチャーリー・ジャクソンが浮気をして、スコビーがそれを知ったのかもしれない。たぶん――」

「たぶんな。だがおれもおまえも何が起きたのかわかっちゃいない。それを突き止めるんだ。それが警察の仕事というものだ」

それでもマッコイは止まらなかった。

「ジャクソンが彼女に何かしたのかもしれない。何か悪いことを。別の女を妊娠させたとか。それならペニスを口に突っ込んだことも説明がつく」

マレーが苛立たしげに言った。「おれの言ったことを聞いていないようだな。だれがやったのかはわかっていない。そうだろ？」

マッコイはうなずいた。「ええ、ボス」

「第一の鉄則だ。先入観は持つな。わかったか？」

マッコイはもう一度うなずいた。

マレーは取りあえず満足したようだった。なんとかパイプを見つけ、今は火をつけようとしていた。靴のかかとでパイプのボウルの部分を叩いた。「どうやってあそこに連れていったと思う？」

「近くで待ち合わせをしてたとか？　背中に銃を突きつけて階段を上らせた？　けどなぜそこまでするんだ？　意味がわからない。銃を持っていたにしろ、逃げられる可能性もある。なぜわざわざそんな面倒なことを？　彼のフラットで殺せばいいじゃないか」

ふたりは建築中のビルを見上げた。「あそこならだれにも見られない」とマレーは言った。「銃声も聞こえない。したいことをやりたい放題できる。それが理由だ」

ビルの屋上の犯行現場にはまだ灯りがついていて、雨のなかでまるで灯台のように輝いていた。マッコイは考えたくなかった。あそこで何が行なわれたのか。どれだけのジャクソンの叫び声がだれの耳にも届かないまま消えていったのか。どれだけの懇願があそこでなされたのか。そしてどれだけの痛みがあったのか。それでもなぜオフィスビルが犯行現場に選ばれたのかわからなかった。空き地や空き家ではだめだったのか？　このあたりにはたくさんある。もっと簡単だったろうに。

「このオフィス街はスコビーの仕事と関係があったんじゃなかったか？　たしかやつは警備会社を経営している、違いますか？」

マレーはうなずいた。「事業のひとつだ」

「警備員を引き上げさせて、だれも何も目撃しないようにすることができたはずだ」

「ワッティーに確認させろ。あいつにも何か仕事を与えるんだ」とマレーは言った。

「そうします。頭を撃つなんて処刑スタイルのようだ」

「ああ、殺し屋のやり方だ」とマレーは言った。

「そうか、結論に飛びつくのは早いかもしれないが、スコビーにはあいつがいる」とマッコイは言った。

マレーはボウタイを取り、ドレスシャツの一番上のボタンをはずした。「このほうがいい。窒息しそうだ」

マレーはマッコイを見て言った。「ケヴィン・コナリーか？」

マッコイはうなずいた。「スコビーの汚れ仕事をしているという以外は、彼のことはあまり知らないんです」

「おれは知っている」とマレーは言った。ようやくパイプに火をつけた。「コナリーという男は最低のクソ野郎だ」

「チャーリー・ジャクソンにあんなことをするほど？」

「あい、そうだ。あんなことはコナリーにとっては屁でもない。ある裁判で検察側の弁護士が彼のことを〝邪悪の権化〟だと評したことがあった。そのとき彼はニヤリと笑った。

ある種の褒めことばと受け取ったようだ」

「有罪になったんですか?」とマッコイは訊いた。

マレーは首を振った。「証人の多くが突然記憶をなくしてしまった。それにアーチー・ロマックスが彼の弁護をした。ロマックスはいろいろあるが、クソ優秀な弁護士であることはたしかだ。有罪になっていたとしても、長い刑期にはならなかっただろう。スコビーは彼を必要としている。刑務所に入らなくてすむよう、喜んでロマックスに大金を支払ったはずだ」

マレーはビルを見上げた。「おれたちが知りたいのは、あの若者がどうやってあのビルの屋上にたどり着いたのかだ」

「ちょっと待っててください」とマッコイは言った。

彼はマレーをその場に立たせたまま、小走りで道路を渡った。〈ヴァラエティ・バー〉の外にいる新聞売りが片付けをしており、眼の前のラックから、〝教会の悲劇〟という見出しのついた新聞を取り出して丸めていた。運のいいことに『スポーツ・タイムズ』が一部だけ残っていた。マッコイは四ペンス渡すと、歩きながらそれをめくった。マレーのところに戻るまでに探していた記事を見つけていた。

「ジャクソンはベンチだった。今日はプレーはしなかった。試合が終わってから殺されるまでに何があったのか知る必要があります。署に帰るんですか？」

マレーは首を振った。「ピット・ストリート（一九七三年当時グラスゴー市警本部があった通り）だ。警視に報告しなければならない」

マッコイはうなずいた。「わかりました。おれは署に戻って、スコビーか彼の娘に連絡を取ってみます。アーチー・ロマックスの平和な土曜の夜を邪魔するのが愉しみですよ。ところでジャクソンが左利《レフト・フッター》きだったことを知っていますか？」

「カトリック《レフト・フッター》？」マレーが訊いた。

「おいおい！　いや、わからないけど。たぶんそうなんでしょう。セルティックでプレーしてたんだから。けどおれが言いたいのは彼の利き足が左だったということです。いつも左足で得点していた」

「なるほど、だから左足を撃たれていたと言いたいのか？」

マッコイは肩をすくめた。「かもしれません。もっとも頭を吹き飛ばされたあとじゃサッカーをプレーすることもできない。足首を撃ったところで、たいした違いがあるようには思えません」

マレーはため息をついた。「だれかがあの若者の家族に伝えなければならない。それも至急。あそこにいる制服組はみんな、降りてきたらわれ先に電話ボックスに駆け込んで、十ポンド目当てに『デイリー・レコード』に通報するだろう。彼の胸に刻まれた文字について表沙汰になるようなら、そのだれかを見つけて吊るし首にしてやる。頭のおかしい連中を排除するためにも、その件は秘密にしておく必要がある。ジャクソンは地元の出身なのか？」

マッコイはうなずいた。「メアリーヒルだったと思います」

マレーは帽子を取ると、薄くなった赤毛を掻いた。「じゃあ、おれがやるしかないか。なんてこった」

マッコイは、マレーが待機していたパトカーに乗り込むのを見届けると、不味い紅茶の残りを飲み干し、マグカップをカウンターに戻した。〈ティファニー〉の外にできた行列はなかに入り始めていた。クスクス笑っている女性のグループはウォッカのハーフボトルをまわしていた。革やデニムのジャケットを着た少年たちは、ずぶ濡れになりながらも、雨などちっとも気にしていないというふりをしていた。

ジャクソンは彼らと同じ年頃だったのだろう。美人のフィアンセを持つ偉大なサッカー・プレイヤーであり、ハンサムな青年だった。すべてを手にしていた。マッコイは煙草に火をつけ、深く吸い込むと街に向かって歩きだした。ジャクソンはそのすべてを失ったのだ。

ロマックスは先手を打ってきた。マッコイが署に戻ると、机の上にメモがあり、大至急、ミスター・ロマックスの自宅に連絡するよう書いてあった。彼は悪態をつき、メモを丸めてごみ箱に捨てると、その番号にかけた。時間を無駄にすることなく、すぐに気取ったエジンバラ訛りの声が答えた。

「明日の朝十時、わたしのオフィスに来てくれ。ミスター・スコビーが話したいそうだ」

マッコイは受話器を置くと、自分の席に坐ってまわりを見渡した。三週間も休んでいたのに、あまり変わっていないようだった。机の上は書類であふれ、煙草でいっぱいの灰皿やファイル、汚れたマグカップが置いてあった。隅にある小さな電気ストーブは部屋を暖めようと頑張っていたがうまくいっていなかった。内勤の巡査部長を除くと、マッコイ以外にはだれもいなかった。土曜の夜は、いつも一番忙しい。だれもが出かけていって、くだらないことに対処していた。喧嘩や酔っぱらい、ナイフ、交通事故。虐待された女たちや、切りつけられた少年たち。

彼は腹が減っていることを思い出し、途中で買ったベーコンロールふたつを、湿った紙袋から取り出して食べ始めた。

ロールパンを食べながら、ワッティーの机の上にあった『ティットビッツ』（英国の週刊誌）

を読んでいると、机の上の電話が鳴り、飛び上がりそうになった。電話を取った。

「セントラル署、マッコイ」

「ハリー、マイダーリン！　ちょうどよかった。ある若いサッカー選手について何か知ってたら——」

それ以上話す前に電話を切った。『デイリー・レコード』のメアリーが事件を追っているのだ。さすがに耳が早い。電話がまた鳴ったので、体を乗り出して壁からプラグを抜いた。坐りなおしたとき、それに気づいた。トムソンのコルクボード。長いことそこにあったので、いつしかあえて見ないようになっていた。『サン』や『メン・オンリー』から切り抜いた胸の大きな女性の写真、じゃがいもの苗にコロラドハムシがつかないよう注意しようというポスター、そして数週間前の新聞の第一面が貼ってあった。


ヒーロー警官、殺人鬼を屋根から突き落とす

歩み寄ると画鋲をはずし、手に取ってよく見た。新聞社がどこから彼の写真を手に入れたのかはわからなかった。十歳ほど若く見えた。だれかが顔に口ひげと眼鏡を書き、口から吹き出しで〝今、クソしてんだよ！〟というセリフを言わせていなければ、そこまで悪

い印象ではなかった。

頭を振ると、その記事をコルクボードに戻した。そのとき、その記事がジョージ・ベスト（英国のプロサッカー選手）の写真とジンキー・ジョンストン（スコットランドのプロサッカー選手。一九七三年当時はセルティックでプレーしていた）の写真のあいだに挟まれていることに気づいた。緑と白の横縞のユニフォームを着たチャーリー・ジャクソンが両手を上げてゴールマウスから走り去り、歓喜の表情を浮かべていた。チームメイトが彼に追いついて祝福をしようとしている。彼は恍惚とした表情をしており、なんの悩みもなさそうだった。マッコイはその写真をはずすと、財布に入れて自分の席に戻った。電話のプラグを差し込むとスーザンに電話をして、遅くなると告げた。

一九七三年二月十一日

3

マッコイがこれまで関わってきた弁護士のほとんどは裁判所のすぐ隣のソルトマーケットに事務所を構えていた。迷える依頼人を捕まえるのに好都合だったからだ。だがアーチー・ロマックスは違った。彼の事務所はブライスウッド・スクエアにあった。銀行や企業のオフィスが軒を連ねる、街でも有数の高級な地域のど真ん中だ。署からそう遠くはなかったし、雨も上がっていたので、ふたりは歩いていくことにした。

日曜日の朝、このあたりは死んだように静かだった。オフィスも店もすべて閉まっていた。セント・アロイシウス教会の鐘の音が遠くに聞こえるなか、彼らはウエスト・ジョージ・ストリートを進み、ユニオンジャックをはためかせている王立自動車クラブを通り過ぎて、広場に入っていった。そこは錬鉄製のフェンスに囲まれた長方形の芝地で、ベンチがあるだけでほかには眼につくものはなかった。

ブライスウッド・スクエアは奇妙な場所だ。まるで精神分裂症の患者のようだった。昼間はピンストライプの男やこぎれいなビジネススーツを着た秘書がオフィスに出入りし、商談をして自分を重要そうに見せている。だがオフィスが閉まり、夜が訪れるとすべてが一変して、まったく違う種類の広場になる。女たちが現われ始めるのだ。老いも若きも関係なく、みんなミニスカートにハイヒール、そしてこの天気には薄っぺらすぎるジャケットを身にまとっている。彼女たちは角に立ち、おしゃべりをしたり、煙草を吸ったり、ゆっくりとまわっている車を片眼で見たりしている。車が止まると、すぐに窓にもたれかかり、値段が決まると車に乗り込む。たった数時間の違いでまったく異なる世界がそこにはあった。

ブライスウッド・スクエア四十二番地は、四階建ての灰色の石造りのビルで、大理石の階段が高級そうな黒いドアへと続いていた。マレーが〝ロマックス&ロマックス〟と書かれた表札の上の真鍮《しんちゅう》製のドアベルを鳴らし、ふたりは待った。返事はない。マレーは小声で悪態をつきながらもう一度押した。それでも反応はない。彼はマッコイのほうを見て言った。

「あの野郎はどこにいったんだ？　ほんとうに十時と言ってたのか？」

マッコイは腕時計を見た。あくびをこらえようとしながら言った。「まだ十時十分です。たぶん遅れてるんでしょう」

彼が現われたのは三十分近く経ってからだった。マレーがもう充分だ、署に帰ると宣言したちょうどそのとき、マッコイはその車を見た。

「ボス」と彼は言うと、顎で示した。

金色の〈ジャガー〉が、湿った空気のなか、排気ガスを吐き出しながら広場に入ってきた。車はひとまわりすると、ふたりの眼の前の歩道脇に停まった。ドアが開くと、アーチー・ロマックスが出てきた。いつものように完璧ないでたちだった。チョークストライプのスーツに、磨き上げられた黒のウイングチップシューズ、〈クロンビー〉のネイビーのコート。ネクタイをしていないことが週末であることに対する唯一の譲歩だった。だらしない恰好で現われるようでは、グラスゴーで最も報酬の高い刑事弁護士にはなれないのだ。

マレーが機先を制した。「どうなってる、三十分も外で待ってたんだぞ」

ロマックスは謝罪するように両手を上げた。「すまない、おふたりさん。ベアズデン郊外で道路が封鎖されていたんだ。川の土手が決壊して、遠まわりをしなければならなかった」

「クソ三十分だぞ」マレーはもう一度言った。

その時間の価値に見合った謝罪も、マレーの望む反省も得られなかった。もっとも得られるとも思っていなかったが。ロマックスはマレーのことばを無視して、大きな黒いドアの鍵を開けると、扉を大きく押し開けた。ふたりは彼のあとについて階段を上がった。上に行くにつれて、家具や調度品はどんどん豪華になっていった。四階でロマックスが重いガラスのドアの鍵を開け、ふたりはなかに入った。

「内なる聖域へようこそ。普段は警察の人間をここに入れることはないんだが、会議室が改装中でね」

ロマックスのオフィスはビルの最上階の大部分を占めていた。カーペットは濃い緑色で、東洋風の色あせたラグマットがあちこちに置かれていた。淡いブルーの壁には、金色の枠に入った古い帆船の絵が飾られていた。彼の机は、広場を見渡す二重窓の前にあり、机というよりは華奢なスチールの脚に支えられた長いガラスの板といった感じだった。その後ろに革張りの回転椅子があった。机の上に置かれているのは、メタルフレームから黒い糸で吊るされた銀のボールが連なった置物と法律用箋、そしてぶ厚いファイルだけだった。もしそのオフィスが印象的であろうとしているなら、その狙いどおりだった。スイッチを入れると温かい空気が吹き出してきた。

「飲むかね?」と彼は尋ね、脚のついた大きなアンティークの球体に歩み寄った。上半分を開くと、きらきらと輝くクリスタルのグラスと高価そうなボトルが現われた。マッコイは〈シーバスリーガル〉のボトルを見つけ、思わず、はい、と答えそうになったが、マレーが割って入った。

「ご存じかと思うが、ミスター・ロマックス、われわれは勤務中でね。スコビーはどこだ？」

「お好きなように」とロマックスは言い、〈ジョニーウォーカー〉の黒ラベルをグラスにたっぷりと注いだ。彼は机の後ろに坐ると、眼の前の革製のふたつの肘掛け椅子を手で示した。「どうぞ楽にしてくれ」

ふたりは苦労してコートとマフラーを脱ぐと腰を下ろした。部屋はすでに暖かくなっていた。ロマックスは内ポケットから太い万年筆を取り出すと、蓋をはずし、眼の前の法律用箋に日付を書いた。

「始める前にいくつか確認しておこう。わたしのクライアントは自らここに来てきみたちと話すことを希望している。彼は数時間前にこの恐ろしい事件のことを知ったばかりだ。もちろん、とても動揺しているので、彼が今日ここに来て協力することを感謝していただきたい。次に」彼はひとりひとりを順番に見てから続けた。「この会話は完全にオフレコでお願いしたい。協力の精神のもと、事件が迅速に解決することを期待している。よろしいかな？」

マレーはゆっくりと時間をかけて、ズボンの糸くずを払うと、膝の上に置いた中折れ帽《トリルビー》のしわを整えてから言った。「あんたのクライアントはくずだ、ミスター・ロマックス」

彼は壁の絵、深い毛足のカーペット、隅にある〈バング&オルフセン〉のステレオシステムを見まわした。「彼が惜しげもなく支払った金で買ったであろう、これらの装飾品も何ひとつ変えやしない。ジェイク・スコビーはくずだ。これまでもずっとそうだったように、これからもずっと。彼があんたに金を払っている以上、あんたは彼が尊敬すべきビジネスマンであるかのように振る舞わなければならないのだろうな。だがありがたいことにおれにはそんな必要はない。さてスコビーはどこだ？」

マッコイは恐れ入るしかなかった。マレーはだれであろうとおじけづくような人間ではなかった。ロマックスのような大物弁護士でさえ。

ロマックスが憤慨した様子で、反論しようと口を開いたちょうどそのとき、ブザーが鳴った。「クライアントが到着したようだ」と彼は言い、立ち上がった。ドアに向かう途中でマレーとすれ違うとき、彼はマレーに身を寄せて言った。「よければ大見得を切るのはやめてもらえるか、ミスター・マレー。退屈なだけじゃなく、なんの意味もない。それにもう聞き飽きた」

「どういうつもりなんでしょう？」ロマックスが去ったあと、マッコイは訊いた。「普通、スコビーは愛だとか金だとかのためにおれたちと話をすることはないのに、今回はおしゃべりをするためにわざわざ出向いてきている。しかも子飼いの殺し屋を使って将来の義理の息子を殺させたあとに。わけがわからない」

「おれもだ」とマレーは言った。「普通、ミーティングを設定するなんてもちろんのこと、ロマックスにスコビーが彼のクライアントだと認めさせるのにさえ、一週間もやりとりが必要なんだ」

「あんたに任せたほうがいいようだ」とマッコイは言った。

マレーが答えようとしたとき、スコビーとロマックスが現われた。ロマックスが自分の机の後ろにもうひとつ椅子を置き、ふたりは席に着いた。

スコビーはロマックスと同じようないでたちだった。スーツに〈クロンビー〉のコート、光沢のある靴、白いシャツ。ロマックスのそれは彼がその服を着るために生まれてきたようなのに対し、スコビーのそれは、むしろ衣装を着せられているようだった。もうひとつ大きな違いがあった。ロマックスと違い、スコビーには耳から左頬、そして口の横まで続く、醜い大きな傷痕があった。まるでだれかが彼の顔の半分を切り落とそうとしたかのように見えた。スコビーが付き合っている連中を知るかぎりでは、ひょっとしたらそうだったのかもしれない。スコビーは小柄な男だった。そして最高に危険な男たちがみなそうだったように、ひどく痩せていた。ウェルター級のボクサーのような体格だった。

「おはよう、ジェイク」とマレーは言った。

「ミスター・スコビーと呼べ」彼は身を乗り出してそう言った。

ロマックスは彼を手で制した。「言ったように、ミスター・スコビーは自らここに来たんだ。少しは敬意を払いたまえ」

マレーは低くうなった。

マッコイは、スコビーとマレーが文明的な会話をするには、ふたりのあいだにはあまりにも多くの過去があったと知っていたので、ここは自分があいだに入ったほうがいいと思った。「なんの件でおれたちと話をしようという気になったんだ、ミスター・スコビー？」

マレーはマッコイが〝ミスター〟と付けたことが不満そうだった。また低くうなった。

「デリケートな問題だ」ロマックスはそう言うと、椅子をマッコイのほうにまわした。よりものわかりのいい聴衆がいることに感謝しているようだった。「ジェイクの代わりにわたしが話したほうが簡単かもしれない」

スコビーが軽蔑のまなざしで彼らを見つめてから、かろうじてうなずいてみせた。「話してくれ」とマッコイは言った。「聞こうじゃないか」

ロマックスはほっとした様子で椅子の背にもたれかかると話し始めた。「ミスター・スコビーはチャーリー・ジャクソンの不幸な死に関係しているかもしれない情報を持っている。ご存じかもしれないが、ジャクソンはあと数カ月でミスター・スコビーの義理の息子になるはずだった。そのため彼は事件にとても動揺している。当然、彼の娘もそうだ」マレーが鼻を鳴らすのと、笑うの中間のような音をたてた。ロマックスはそれを無視して続けた。「ミスター・スコビーには、ミスター・コナリーという臨時雇いの従業員がいて——」

「臨時雇いの従業員だと」とマレーが言った。「戯言《たわごと》もいいかげんにしろ」

ロマックスはこの中断に気分を害したようで、体を乗り出し、両手を合わせて指をからめた。「ミスター・スコビーの会計記録からも、コナリーが臨時雇いの従業員であることは間違いない」

「正確にはなんのために雇っていたんだ？」マッコイはできるだけ無邪気に聞こえるように尋ねた。

「えーと……」ロマックスは眼の前の法律用箋に眼をやったが、何もひらめかなかったようで、スコビーのほうを見た。「彼の正式な肩書はなんでしたっけ？」

「庭師だ」スコビーは無表情でそう言った。

今度はマレーが大笑いした。ロマックスも半分笑っていた。「これはオフレコだ。いいね、おふたりさん?」マッコイはうなずいた。マレーもあやうくうなずきそうになった。

「このような深刻な状況では、できるだけオープンに話すことが最良の選択だと思う。ミスター・コナリーが何者で、ミスター・スコビーのためにどんな仕事をしていたかは詳しく説明する必要はないだろう。残念ながらコナリーは問題を抱えるようになっていた。なんというか、どこか不安定になっていたんだ。悲しむべきことにその不安定さが最近になってより顕著になってきた。どうやらミスター・スコビーの娘さん、エレインに不自然な関心を抱くようになっていたようだ」

マッコイは眉をひそめた。おもしろくなってきた。

ロマックスは続けた。「一年ぐらい前から彼は彼女に手紙を送り始め、あとをつけて、彼女の行くところにどこでも現われるようになった。取り憑かれているようだった。控えめにいっても一方的な執着と言っていいだろう。ミス・スコビーは、最初は笑っていたが、だんだん心配になってきて、やがてほんとうに怯えるようになった。ほかに適当なことばが見つからないが、この〝求愛行動〟がクライマックスに達し、ある夜、彼女が帰宅すると、彼女のフラットのリビングルームに彼が花束を持って坐っていた」

ロマックスはスコビーをちらっと見た。続けろというようにスコビーがもう一度うなずいた。

「その時点で、彼女は父親にも話さなければならないと思った。彼女と父親が、コナリーと娘のあいだには何もないとはっきりさせると、コナリーは、それが彼女のフィアンセのミスター・ジャクソンのせいだと思い込むようになった。彼がなんらかの形で彼女に自分を敵視するように仕向けたのだと。コナリーはひねくれた心のなかで、チャーリー・ジャクソンさえいなければ、ミス・スコビーも考えなおし、彼のもとに戻ると考えるようになった」

「だから胸に〝BYE《バイ》 BYE《バイ》〟と書いてあったんだ」とマッコイは言った。

ロマックスはうなずいた。

「おぞましい」とマッコイは言った。「想像したくもない。コナリーみたいな頭のおかしい人間が自分の娘に好意を抱くなんて」

ロマックスは続けた。「チャーリーが膝の腱を故障したことは新聞で知っているだろう。二週間ほどプレーできなかった。実は、コナリーの仲間に襲われたんだ。その男はハンマーで彼のすねを折ろうとした。幸いにも狙いがはずれ、軽傷ですんだ。クラブもわれわれもこの事件は表沙汰にしないほうがいいと考えた。その事件のあとすぐにコナリーは姿を消し、スコビーの組織ともいっさいの連絡を絶ってしまった」

「探したのか？」とマッコイは訊いた。

ロマックスが止める前にスコビーが答えた。「ああ、もちろん探したとも。どこもかしこも探したさ。だれにもおれの家族を傷つけて逃げおおさせやしない。あのクソ野郎を見つけたら、ぶち殺して――」

ロマックスがふたたび手で制した。「ジェイク」彼は叫んだ。「お願いだ」

スコビーはおもしろくなさそうだったが、椅子の背にもたれかかり、両手で椅子の肘掛けを握りしめた。ポケットに手を入れると、〈リーガル〉のパッケージを取り出し、火をつけた。

「大丈夫か？」とロマックスが訊いた。

スコビーはうなずいた。

秩序が戻ると、ロマックスは続けた。「ミスター・コナリーは非常に見つけるのが難しい。日頃から安アパートやホテル、下宿を転々としていた」ロマックスは微笑んだ。「ああいう男にしてみれば、賢明な行動なのかもしれない。ミスター・スコビーもあきらめて、彼がロンドンかどこかに行ってしまったのだと思っていた」

「今日の朝までは」とマッコイは言った。

「今日の朝までは」とロマックスは言った。

マッコイは腰を下ろした。手榴弾を投げる頃合いだ。「なかなかすてきな話だな、ミスター・ロマックス。だがおれの考えてることを話してもいいか？　おそらく、そこのミスター・スコビーは将来の義理の息子のことがあまり気に入らず、コナリーに処分させたんだろう。彼はいつもあんたのためにそうしていた、違うか、ミスター・スコビー？　面倒な問題を処理させて解決させる。バラの花壇から雑草を取るようなもんだ」

ロマックスが今度も手で制しようとしたが、今度はスコビーがかまわず押しのけて、ロマックスが止める前に立ち上がった。

「きさま、だれだ。この若造が？　おれを嘘つきだというのか？」

マッコイは無邪気を絵に描いたように言った。「そんなことは言っていない」彼はマレーのほうを見た。「そんなこと言いました？」

スコビーは顔を真っ赤にし、食いしばった歯のあいだから唾を飛ばすようにして言った。「あの若者はおれの息子みたいなものだった。わかったか？　ちゃんと頭に入ったか？　もしおれが――」

「ジェイク！　お願いだ！」

スコビーはロマックスを見た。一瞬ののち、うなずいてから腰を下ろした。突然、彼はしぼんでしまい、混乱し、今にも泣きだしそうに見えた。これらすべてが彼にとっては初めてのことのように見えた。自分が采配を振るって、ショーを取り仕切ることができないことに慣れていないのだ。マッコイにとっても初めてのことだった。これまでスコビーの顔に浮かぶのを見たことがある唯一の感情は怒りだった。今、彼が見せているような、傷ついた男の表情は見たことがなかった。

「ミスター・スコビー、今回のことはほんとうにお気の毒だった」とマレーは言い、立ち上がった。「状況から考えると、コナリーの犯行なのかもしれない。だが、動機とだれが関与しているかはまだ不明だ」

ロマックスは万年筆の蓋をねじって閉めた。「安心してくれ、ミスター・マレー、わたしのクライアントは真実を話している」

マレーは微笑み、帽子をかぶった。「だれにわかるというんだね、ミスター・ロマックス？　だがそうなのかもしれないな。よく言うじゃないか、なにごとにも初めてはあるってな。また連絡する」

「あれを全部信じたんですか？」とマッコイは訊いた。ふたりはブライスウッド・スクエアの歩道に戻り、足を踏み鳴らしながら、パトカーが現われるのを待っていた。

マレーは肩をすくめると、襟を立てて風に耐えようとした。「そうじゃない理由が見つからん。スコビーがあの若者を追い出したかったのなら、もっと目立たないようにやっただろう」

「ジャクソンが彼の娘に何かしたんじゃないとしたら、何か気に入らないことがあったのかもしれない」

「かもしれない。娘のほうにも会って、彼女の言い分も聞いてみよう」

「ロマックスがなんの抵抗もせず、彼女に会うことを認めてくれるとは思えません。あるいは彼が同席することなしには」とマッコイは言った。「でもやってみます」

パトカーが広場に入ってきて、一方通行の道路をまわってきた。

「両親はどうでした?」とマッコイは訊いた。

「両親? 大変だったさ。ひとり息子が顔を撃ち抜かれたあと、切り刻まれたんだぞ。シャンパンのボトルを開けていたとでも思ってるのか?」

「すみません」とマッコイは言った。ばかみたいな気分だった。

車が停まり、制服警官がまわってきて後部座席のドアを開けた。「遅いぞ」マレーはうなるように言うとマッコイのほうを見た。「戻ったら、ロマックスに電話をして、明日の朝、エレイン・スコビーを連れて署に来るように伝えるんだ。やつを苛立たせてみよう」

彼は車に乗ろうと近づくと、マッコイが続いてこないことに気づいた。

「戻らないのか?」

「歩きます。十分ほどなので」

「この天気のなかを?」

「頭をすっきりさせます」とマッコイは言った。

マレーは頭を振ると、車に乗り込んだ。

マレーに対し含むところはなかったが、マッコイはひと息つきたかった。狭いパトカーの後部座席に押し込められた状態で、マレーが、スコビーがどれだけくず野郎なのか、さらにロマックスがスコビーのようなくず野郎を弁護するのをやめさせるべきだと言ってわめき散らすのを聞いているのはごめんだった。それにマッコイは歩くのが好きだった。署で周囲の騒音に気を散らすことなく考えることができた。レインコートのボタンを上まで留めると、街のほうへ坂を下りていった。

スコビーがロマックスのオフィスに入ってきたとき、マッコイは圧倒されるかと思っていた。ひょっとしたら感銘を受けるかもしれないとさえ思っていた。偉大なるジェイク・スコビーを間近で見るのだ。だが違った。ほど遠かった。衣服、傷痕、気性といったスコビーを構成するあらゆるものが間違っていて、時代遅れのように感じた。彼が、自分の名前を売り出してきた時代に取り残されているように感じた。今もレイザー・キングスの時代や盗人にも仁義があった時代を生きているようだった。スパッツを穿いて、ジョージ・ラフト（米国の映画俳優）のような話し方をしていたほうが似合っていたかもしれない。ノースサイドのスコビー、サウスサイドのロニー・ネスミス、ゴーヴァンのマクレディ。突然、彼らが打ち倒された、老いた王のように思えてきた。

マッコイは〈R・S・マッコールズ〉で赤い手帳を買い、それをポケットに入れると、店を出て、ソウチーホール・ストリートに戻った。新しい事件、新しい手帳。習慣の力。表紙から値札を剝がすと、ポケットに戻した。鉛筆がないことに気づき、鉛筆も新しく買えばよかったと思った。なくなったものがどこに行ってしまうのか、彼には謎だった。何もかもなくなった。ペン、煙草、手袋、家の鍵など。何度も何度も。

〈トレロンズ〉の近くまで来たとき、その男に気づいた。乳母車チャーリー。本名は知らなかったが、ここ何年か、ひとりごとを言いながら、街をうろついているのを見かけていた。多くの失われた魂のひとりにすぎない。チャーリーは名前の由来となる、古い〈シルバー・クロス〉社製の乳母車をどこからか見つけ出してきていた。今日もいつものように針金やジンジャーエールのボトルなど、金になりそうなものでいっぱいにしていた。チャーリーには調子のいい日もあれば、悪い日もあった。彼が話しかけてきたり、こちらをじっと見つめていたとしても、どちらなのかはわからなかった。

「元気か、チャーリー」マッコイは訊いた。

チャーリーは振り返って、うなずいた。ならいい日だ。彼は〈ダン&カンパニー〉（英国の紳士服小売りチェーン）の窓を叩いた。「以前、ここでそれみたいなコートを買った。ツイードのいいやつだ」

「そうなのか？　それはどうしたんだ？」

「キッチンのドアの裏にかけてある」彼は当然であるかのようにそう言った。

マッコイはコートのポケットを探ると、一ポンド札を見つけた。それを手渡すと、温かい朝食を取るように言った。チャーリーはそれを受け取ると、体に巻いていた薄汚れたラグマットの折り目のあいだに滑り込ませた。

「話してもいいか？」と彼が言った。

マッコイはうなずいた。チャーリーに見られないように腕時計に眼をやろうとした。呼び止めたことを後悔しだしていた。

「もちろんだ。どうした」

「昔、家があった。古い屋敷ですてきな家だった。学校に通う子供が三人いて、美しい妻もいた」彼は額《ひたい》の肌をつまんだ。癖なのだろう。小さな切り傷とかさぶたで覆われていた。

「全部おれのものだった。あいつらに見つかるまで」彼はマッコイを見た。眼にはパニックが浮かんでいた。「見つかって、溺れさせられそうになったけど逃げ出した。捕まったらそうされてしまう。汚れた水と漂白剤の入ったタンクで、肌が剝がれるまで茹でられるんだ」そう言うと泣きだした。

マッコイは彼の肩を叩いた。「いいか、チャーリー。すぐにどうこうなるわけじゃない。温かい朝食を取るんだ、いいな？　気分がよくなるから」

チャーリーはうなずくと、袖で鼻を拭き、またツイードのコートを見つめた。額をつまむと、血が眼に流れ込んだ。

マッコイは彼をそこに残し、坂を下ってスチュワート・ストリートに向かった。彼はできるだけのことをしてきた。彼らに金を渡し、話を聞き、彼らを人間として扱おうと努めた。それはいわば賄賂のようなものなのかもしれない。チャーリーのような男たちは、だれにも気づかれずに街じゅうをさまよい、何かを見ていた。彼らがマッコイに情報をくれたことも何度かあった。紅茶一杯に二シリング払うよりもはるかに価値のある情報だ。少なくとも、そのためにやっているのだとまわりの人間には言っていた。

彼は横断歩道で立ち止まって待った。スコビーの言っていることが真実なら、そして彼が手下にコナリーを捕まえさせようとしているなら――当然そうするはずだった――、コナリーはもうおしまいだ。スコビーは彼を見つければ、殺すだろう。警察がコナリーを見つけて刑務所に入れたとしても、スコビーは刑務所でだれかに同じことをさせるはずだ。そのどちらかだ。自分がコナリーだったら、とっくに逃げ出しているだろう。ロンドンよりも遠く、できるだけ遠くへ。

　雨がふたたび降りだし、みぞれに変わっていた。空には灰色の雲が広がっていた。マッコイは〈グランドフェア〉（スコットランドのスーパーマーケット）の入口にしばらくたたずみ、煙草に火をつけた。チャーリー・ジャクソンに関するニュースは今朝、新聞やラジオで報道されているはずだ。『デイリー・レコード』のメアリーは簡単にあきらめないだろう。こういう話ならなおさらだ。眼を撃ち、足首を撃ち、胸に文字を刻む。殺害した場所には何か意味があったのだろうか？　それともコナリーはただ快感を味わっていただけなのか？　それに彼があとで撮った写真は？　仕事が終わったことをスコビーに伝えるための証拠写真だったのかもしれない。彼は煙草を吸い終えると、道路に投げ捨てた。そしてコートの襟を立てると、みぞれのなかをセントラル署に向かって走った。

4

マッコイは受付デスク担当の巡査部長であるビリーに気づかれないように署に入ろうとした。なんとかすり抜けたと思った。ビリーはうつむいていて、眼の前には『ニュース・オブ・ザ・ワールド』（英国のタブロイド紙。日曜に発行される）を広げていた。が、だめだった。ビリーには第六感があるのだ。顔を上げると、太った顔はすでに曇っていた。

「クソようやく来たか！　こっちに来い！」と彼は言った。

マッコイはため息をつき、ビリーのデスクのほうに歩いた。「元気だったか、ビリー？　しばらく会ってなかったが――」

「クソが」とビリーが言った。「これを見ろ」

そう言うと、マッコイにメモの山を手渡した。すべて同じメッセージが書いてあった。

〝『デイリー・レコード』のメアリーに、大至急《ASAP》、電話を〟

「このばか女、朝から電話をかけまくってきて、クソ生意気なことを言いやがる。〝どうして彼の居場所がわからないの？〟ってな。お願いだからマッコイ、このばか女に電話をしてくれ。さもないと次にこの女から電話がかかってきたら、おまえを捕まえて、電話の前に引きずり出すからな。わかったか？」

マッコイはうなずいた。嘘だ。できるだけ早く彼女に電話をすると言って、オフィスに向かった。マレーがすでに大きな黒板の前に立っていたので、彼は授業に遅刻した男子生徒のように自分の机の後ろに滑り込み、濡れたコートを脱ごうとした。席に着くと、ワッティーが腕時計を叩いて、ウインクをしてきた。「遅刻だぞ」と口元で言った。

そのとおりだった。チームのほとんどはすでにそこにいて、机の端に坐り、メモ帳を出して、真剣な顔で聞いていた。マレーはもうすでに彼らを怒鳴り散らしたに違いない。部屋には煙草のにおいと、ラジエーターの熱で乾かしている湿ったウールのコートのにおいがした。マッコイは机に向かうと『ティットビッツ』をごみ箱に捨てた。赤い手帳を取り出し、引出しのなかからボールペンを探し出した。そして熱心に拝聴しているふりをした。

黒板には写真が貼ってあった。引き伸ばされたコナリーの顔写真だ。三十代後半に見えたが、スキンヘッドにしていて、感じのよい顔立ちだった。道ですれ違っても覚えていないような、だれかの隣人、だれかの義理の兄弟といった感じだ。だが、どこかなじみのある顔だった。マッコイはどこかで彼を見たような気がしたが、それがどこかわからなかった。

マレーは空《から》のパイプを口からはずし、写真を指さした。「ケヴィン・コナリー、一九四三年二月十一日生まれ。暴行で複数の――」

「誕生日だ」とワッティーが言った。

「なんだと?」とマレーが言った。イライラしているようだ。

「生年月日です。今日で三十歳だ」

「気がすんだか?」とマレーは訊いた。部屋のあちこちからクスクス笑う声が聞こえた。

「仕事に戻っていいか?」

ワッティーはうなずいた。うつむいてメモ帳を見た。うなじのあたりが真っ赤になっていた。

マレーは続けた。「暴行で複数の逮捕歴がある。殺人未遂で一回、誘拐で一回、深刻な性的暴行で一回逮捕されている。非常に危険で、非常に暴力的な男だ。彼が長年にわたって与えてきた被害は計り知れん」彼は頭を振った。「だが、ジェイク・スコビーと彼のカネのおかげで、アーチー・ロマックスがほとんどの罪から逃れさせてきた」

「正確にはどういう関係なんですか?」とワッティーが訊いた。失態を取り戻そうとしていた。

マッコイは思わず微笑んだ。少し前までワッティーは会議のあいだ、ずっと部屋の後ろにいて、怖がっていて何も話せなかった。今は、トムソンのデスクにもたれかかって、鉛筆を噛みながらメモを取り、質問をしている。進歩といっていいだろう。たとえ、彼がこのような会議はもちろん、警察にいるのにも若すぎるように見えたとしても。

「コナリーとスコビーは、コナリーが彼の下で働き始めてからずっと一心同体だったと言っていい」とマレーは言った。「カルトンの同じ通りの出身だ。スコビーのような人間はとても重要なことなんだ。彼らの母親はおたがい顔見知りだ。スコビーが頭脳派、コナリーは腕力担当と言われているが、それほど単純ではない。スコビーは自分のことは自分でできるから、コナリーをほんとうに厄介な仕事のために取っておいていた。厄介であればあるほどいい。やつは人を傷つけるのが好きなんだ」そう言うと手にしたファイルを確認した。「一九七一年十月に暴行で有罪判決を受け、バーリニーに五カ月間収監された。それ以外は、われらのミスター・コナリーは、ジェイク・スコビーの問題を解決しては逃げおおせて、おおむね快適な人生を送ってきた」

マッコイはふたたび顔を上げて写真を見た。署か、裁判所か、そんなところで見たのだろう。写真のなかの彼は、虫も殺さないような顔をしていた。率直そうな顔つきで、笑みを浮かべていた。まさかほんとうに逮捕するつもりじゃないだろうな、と言っているような顔つきだった。

マレーは続けた。「文明社会から離れて暮らしてきたやつと、われらが新米の同僚のために説明すると――」ワッティーが立ち上がると、やじに応えてお辞儀をした。「ジェイク・スコビーは借金の取り立て屋としてスタートした。出世して一九六二年頃にボスになった。まあ、ほとんどは雇い主のロビー・クレイグを山刀《マチェーテ》で倒してのし上がったんだがな。ここ数年、彼は自分の身のまわりをきれいにしようとして、不動産に投資し、違法な事業からは距離を置いている。ただのグラスゴーのビジネスマンというわけだ」彼はことばを切った。「もちろん見せかけだ。ロマックスやチャリティーディナー、〈フォーサイス〉のスーツの後ろに隠れて、今も不正な商売を続けている。さて、ミスター・マッコイがなんとか休暇から戻ってきたことでもあるし――」さらにやじが起きた。「――スコビーとコナリーの状況について説明してもらおう。マッコイ？」

マッコイは立ち上がり、黒板に向かうと、今朝の会合の内容を説明した。コナリーのこと、彼とスコビーとの仲違い、先日のチャーリー・ジャクソンへの襲撃、エレイン・スコビーに付きまとっていたことなどを説明して、席に戻った。

マレーが引き継いだ。「チャーリー・ジャクソン。二十二歳。よき息子、よき友。輝かしいキャリアを誇り、もうすぐ結婚する予定だった」彼はそのサッカー選手の写真を指さした。「ケヴィン・コナリーがわれわれの最重要容疑者だ。やることはひとつだ」彼はそこで間《ま》を置くと、集まっている面々を見まわした。「スコビーより先にやつを見つけ出せ。あのクソ野郎に、おれたちより先にコナリーを捕まえるという満足感を与えてはならない」彼は手を叩いた。「さあ！　以前の住所の確認、仲間への訊き込み、情報屋を訊いてまわるんだ。だれかがやつの居場所を知っているはずだ。早く見つけろ。わかったな?」

何人かがもごもごとつぶやいた。

「わかったなと言ったんだぞ?」

「イエッサー」のコーラス。

マレーは満足してうなずいた。「マッコイ! ワトソン!」と肩越しに叫びながら、自分のオフィスに向かって歩きだした。

ふたりは彼のあとを追ってオフィスに入り、椅子に坐った。マッコイは周囲を見まわした。マレーのオフィスはここ何年も変わっていなかった。この三週間で変わっている理由もなかった。ラグビーのジャージを着た若い頃の写真、机の上のサイン入りのラグビーボール。これまでのままだ。パイプ煙草と〈ラルゲックス〉(筋肉痛などに効く鎮痛剤。スプレー、クリームなどがある)のにおいがする。机の上のスペースはフォルダーとファイルの山で覆いつくされていた。マレーは眼の前の大きな山をあさり、探しているものを見つけると、一枚の紙を机の上に差し出した。

「ロマックスが電話をしてきた。コナリーの最後の住所だ。スコビーから手に入れたそうだ」

「ロマックスのほうから電話をしてきたんですか?」とマッコイは訊いた。「急に協力的になったな」

ワッティーが手に取って読んだ。「ストロンセイ・ストリート？　どこだそりゃ？」

「たしかロイストン・ロードのすぐ近くだ」とマッコイは言った。

「ロイストン・ロードってどこだ？」

マッコイはあきれたというように眼をぐるりとまわした。「おまえがグリーノック出身だってことをすっかり忘れてたよ。グリーノックにはちゃんとした通りがあるのか、それともただのでかいごみためなのか？」

マレーが拳《こぶし》で机を叩いた。ふたりは黙り込み、後ろめたそうに彼を見た。

「マッコイ！　おまえはワッティーの書類仕事を手伝って、こいつが一人前の刑事になるように助けてやるんだ。おまえが点数を稼ぐ必要はない。休暇は終わりだ。さっさと集中しろ！」

マッコイはうなるように言った。「すみません、ボス」

「よし、おまえたちふたりはコナリーのフラットに行って、何が見つかるか調べてくれ。うまくすれば、彼がどこに行ったのかわかるだろう」

「スコビーの娘との面談についてロマックスは何か言ってましたか」とマッコイは訊いた。

「返事がないんです」

マレーの顔が曇った。

「彼女は〝悲嘆にくれるあまり、おれたちとは話はできない〟そうだ。ロマックスは彼女が都合のいい話ができるようになるまで時間稼ぎをしてるんだろう。明日もう一度連絡してみる。そのときも同じだったら、正式な診断書を提出させるか、司法妨害で逮捕するつもりだ」

「彼女の保護拘置（身の危険のある証人などを警察が一時的に安全な場所に保護すること）について、ロマックスはなんと？」

「それも拒否された。どうやら勇敢なエレインは、コナリーは決して自分を傷つけないから、今のままで大丈夫だとロマックスに言ったらしい」とマレーは言った。

「ばかな女だ」とワッティーは言った。「やつが彼女のボーイフレンドに何をしたかわかってるんですかね？」

マレーはまた机の上の書類をくまなく探すと、『サンデーメール』を見つけ出した。チャーリー・ジャクソンの写真が第一面にあった。

セルティックの選手、惨殺される

「知らなかったとしても、今はもう知っている。彼女も、この街のだれもが」

「制服組のだれかが通報して、十ポンド稼いだんだろう」とマッコイは言った。「あい、もしそのだれかがわかったら、吊るし上げてそいつの足が地面につかないようにしてやる。少なくとも、ジャクソンの胸に彫られた文字についてはまだ知られていないようだ。このままのほうがいい。コナリーのフラットの捜査が終わったら報告してくれ。あ、それから……」彼は机の上の新聞を見た。もう一度、書類の山を探す。探していたものを見つけて、それを手渡した。「チャーリー・ジャクソンのルームメイトだ。同じくサッカー選手で、セルティックでプレーしてるそうだ。行って、このチームメイトに会ってこい」

「ついてない」セルティック嫌いのワッティーがつぶやいた。

「何か言ったか、ワトソン?」マレーが吠えた。

「いいえ、ボス」ワッティーは如才なくそう答えた。

「もしジャクソンがそのルームメイトにコナリーについて話していたら、ふたりについて知っていることを訊き出してくるんだ。それから試合のあと、ジャクソンを見たかどうかたしかめるんだ。クラブによると、ジャクソンはいつもどおり、五時半にグラウンドを出ている。特に変わったことはなかったそうだ。彼の行動を追跡する必要がある」

ふたりは出発しようと立ち上がった。「マッコイ、おまえはちょっと残ってくれ」とマレーは言った。

彼は坐りなおした。マレーはワッティーがドアを閉めるまで待ってから、椅子の背にもたれかかった。

「大丈夫なのか?」と彼は訊いた。「しばらく内勤でもいいんだぞ」

「大丈夫です。三週間のあいだ、診察を受ける以外は、ただ家のなかを歩きまわっていました。これ以上休んだら、壁をよじ登ってしまいそうだ。また仕事をする必要があるんです」

「いいのか? 恥じる必要は――」

「大丈夫だ、マレー! ほんとうだ」

マレーは両手を上げた。「わかった! それから……なんのためにこんなことを訊くのか自分でもわからんが、おまえの相棒のクーパーはどうなんだ?」

「大丈夫だと思います。退院したと聞きました」とマッコイは言った。

「あのチンピラには近づくな」とマレーは言った。「おまえを助けたかもしれんが――」

「助ける以上のことをしてくれた。だから三週間も入院した」

「あい、わかってる。だがやつが自分で選んだ結果だ。やつとは距離を置け。聞いてるか? 言ったからな。二度は言わんぞ」

マッコイはうなずいた。反論する気力はなかった。「わかりました」彼は立ち上がった。

「ところで、コナリーですが、どこかで見たような気がするんです」

「あいつはここやピット・ストリートによく出入りしていたからな。そのときに見たんだろう」とマレーは言った。

「かもしれません」

彼はマレーのオフィスのドアを閉めた。ワッティーに車をまわしてくるように叫んだ。コナリーをどこで見たのかわからなかったが、ひとつだけわかっていることがあった。それは署でも警察本部のあるピット・ストリートでもないはずだということだった。

5

「チャーリー・ジャクソンの所属するクラブ、グラスゴー・セルティックの監督ジョック・スタインが声明を発表しました。〝わたし自身とクラブに関わるすべての人々を代表して、チャーリー・ジャクソンの早すぎる死にショックと落胆を覚えていることを表わしたいと思います。彼は優れたサッカー選手であっただけでなく、すばらしい若者であり、ご家族の心痛を心よりお察しします〃。次のニュースです。ベルファストで今日、ふたりの男性が爆弾により負傷しました――」

マッコイは体を乗り出すと、ラジオのスイッチを切った。シートに深く坐るとポケットのなかの煙草を探し始めた。ダッシュボードのライターを押し込んで待った。

「彼のプレーを見たことはあるか？　ジャクソンの？」葬儀の列を通すために減速したとき、マッコイは尋ねた。

ワッティーはうなずいた。「悪くなかった」

マッコイは鼻で笑った。「悪くないだと？　本気で言ってんのか？」ライターが音をたてて戻った。マッコイは熱くなった部分を煙草に押し当てた。「左利きのプレイヤーのなかではここ数年で最高のプレイヤーだ。おまえもわかってるんだろ。おまえらレンジャーズのファンの連中にはセルティックの横縞のユニフォームが見えないんだ、違うか？」

車は煙草の煙とヒーターで換気が悪くなってきた。マッコイはウインドウを下ろし、雨を顔に感じた。

「マレーは、あんたが仕事に戻れるかどうかわからないと言っていた」とワッティーが言った。「ダンロップの息子の件やらなにやらで動揺してるからって。心配してたぞ」

「そうなのか？」マッコイは淡々と言った。

ワッティーとマレーが自分の精神状態について話し合っているなんて聞きたくもなかった。休職から戻るとよくあることだ。突然、だれもが自分を恰好の話題の的と考えるようになる。だれもが精神状態について判断を下そうとする。そしてだれもが同じことを考える。あいつはもう以前と同じじゃないと。黙れと言ってやりたかった。マレーもワッティーも含めて。

ワッティーは信号で車を停めた。「ボスはただ心配だったんだ。あんたを失いたくなかった。それだけだ。何があろうが、あんたはゴールデンボーイなのさ」

マッコイはストロンセイ・ストリートを指さした。「あい、わかった。おれが戻ったから、ボスも安心するだろう。そこを左だ」

会話は終わりだ。

ストロンセイ・ストリートは、ロイストン・ロードの裏の坂の上にある都市計画地域だった。同じような公営住宅が立ち並び、それぞれの家の前にはこぎれいな庭があった。背後にはレッドロードフラット（グラスゴーの高層住宅団地）の巨大なタワーが見えた。ワッティーはフロントガラス越しに覗いて番地を数えていた。

「二十二、二十四、二十六」

「二十八」とマッコイは言い、前方を指さした。

コナリーのフラットは四ブロック先の左側にあった。ふたりは四つの煉瓦の上に置かれた〈ビートル〉の後ろに車を止めて外に出た。フラットの前の庭は、ノーム（大地の精。地中に住むとされる伝説上の小人）や、魚と鳥の小さな像が集まる場所のようだった。芝生の真ん中には願い事をかなえてくれる井戸があり、その横に石膏のスコティッシュ・テリアとプラスチックの猫が置いてあった。小道に沿って造花やホイル製の風車が並んでいた。芝生には看板もあった。


庭をお愉しみください。ただし触らないこと

「ノームのひとつを蹴りたくなるような看板だな」マッコイは言った。

ワッティーは窓を見上げた。ほかの部屋と同じように白いレースのカーテンが掛かっていた。「やつがあそこにいたらどうする？」

「いないさ。グラスゴーの半分がやつを探してるんだぞ。家にいるわけがない」

ふたりは小道を進んだ。ノームの眼がふたりに注がれた。

マッコイの言うとおりだった。コナリーはいなかった。だがスコビーの手下が来ていたのは間違いなかった。壊れた鍵はまだしも、床の上にひっくり返された家具、破れた服、砕けた食器で覆われた床からそのことは明らかだった。ふたりはがらくたのあいだを縫って廊下を進み、リビングルームに入った。

マッコイは切り裂かれた肘掛け椅子をなおして坐り、一方でワッティーは歩きまわりながら手当たりしだいにものを拾っていた。

「ベッドルームを調べてくる」とワッティーは言った。

マッコイはうなずいて彼を行かせた。においを嗅いだ。漂白剤のにおいがした。まるでボトル二本ほどをカーペットにかけて空《から》にしてから、踏みつけたようで、茶色い渦のなかに青白いまだらがあった。コナリーの持ち物はほとんどが戦争小説とポルノ雑誌のようだった。床にそれらが散らばっていた。毛皮のラグマットの上にナチスや裸の女が散乱していた。コナリーが愚かにも戻ってきたときのために、メッセージが残されていた。リビングルームの壁に赤いスプレーで書かれてあった。

おまえはもう死でる、クソが

「正しくスペルできることがスコビーの手下になれる条件ではないようだな」とマッコイは言った。

「そうだな」部屋に戻ってきたワッティーが答えた。彼はベンネビス山の絵を手に取ると、壁の釘に戻した。

マッコイはリビングルームを見まわした。「おれたちがここにいる意味があるのか?」

「いや」とワッティーは言い、絵がまっすぐに掛かったかどうかたしかめるために一歩下がってからもう一度見た。「マレーを黙らせる以外には。そもそも、ここには何も手がかりになるものはないんじゃないか。彼がここにいたのかどうかも怪しいもんだ。冷蔵庫に食料はないし、テレビもなければ、郵便物もない。寝室の引出しに服が少しあるが、それだけだ。連中はマットレスや寝具も切り刻んでいったが、何も見つけていないようだ」

そう言うとワッティーはぐらぐらするコーヒーテーブルに腰を下ろし、『アサインメント・ゲシュタポ』という本を拾い上げてページをめくり始めた。

「近所を訊き込みしたらどうだろう? 何か見てるかもしれない」と彼は言った。

「ノームのお仲間とほんとうに話がしたいと思ってるのか?」とマッコイは訊いた。

「しないですむなら、そうしたいよ」

マッコイは立ち上がった。「おれもだ。フラットは調べた。任務終了。撤退だ」

彼がドアのほうに歩く途中、何かを踏んで割れる音がした。破れた雑誌『メン・オンリー』を持ち上げると、その下に割れたカセットテープケースがあった。なかには黄色い

〈BASF〉のカセットテープが入っていた。マッコイはそれを手に取り、周囲を見まわした。「これを再生できるものはないか？」

「待ってくれ」とワッティーは言った。彼はソファを横にずらした。「ビンゴ！」小さなカセットプレイヤーが転がっていた。カバーが壊れている。「動くかどうか見てみよう」

動いた。

ふたりはテープを回転させる軸がまわるのを見ながら、スピーカーから声が出てくるのを待った。まるでそれを見ていることですべてが理解できるかというように。

「八月十三日、百八キログラム。八月十四日、百八キログラム、八月十五日、百八キログラム、八月十六日、百七・五キログラム。八月十七日、百八キログラム。八月十八日、百八キログラム――」

マッコイは身を乗り出して早送りボタンを押し、しばらく押し続けたあと離した。

「九月十二日、百八キログラム。九月十三日、百八キログラム。九月十四日、百八・五キログラム……」

テープをすべて流すのにそう時間はかからなかった。三十分カセットの両面。一月十一日で終わっていた。

マッコイは体を乗り出してスイッチを切った。

「なんだ、こりゃ?」とワッティーが訊いた。

「知るか」とマッコイは言い、煙草を取り出した。「たぶん、ウェイト・ウォッチャー(米国のダイエット・プログラム)にでも入ってるんだろう」

彼は灰皿になるものを探した。が、突然、なぜそんなことを気にしているのかと思った。ここはどうせごみだらけなのだ。少しくらい灰を落としたからといって変わりはしない。灰を絨毯《じゅうたん》の上に落とした。「こういったことはチェック項目のひとつにすぎない。ほんとうに必要なのは、自分の大恋愛を邪魔してるやつがほかにもいると考える前にあいつを見つけ出すことだ」

「で、どうやって見つけるんだ?」とワッティーは訊いた。

「ジャクソンのルームメイトに訊いてみても無駄だろう。だが、やらなければ先に進めない。天国を訪れる準備はできたか?」

ワッティーはうれしそうではなかった。「しなきゃならないのか?」

マッコイは絨毯に落とした煙草を足でもみ消すと、カセットをポケットに入れた。

「ああ。違う人生を見ておくのもいいだろう」

6

「で、そのルームメイトはなんていう名前なんだ？」シェトルストン地区を過ぎ、トッド・ストリートを車で走っているとき、ワッティーが訊いた。

マッコイはポケットに手を突っ込むと、マレーから渡されたメモを取り出した。「ピーター・チャールズ・シンプソン」

「聞いたことないな」とワッティーは言った。

「おれもだ」とマッコイは言った。「チームメイトのようだ」

「じゃあクソに違いない」

彼らはロンドン・ロードの学校脇に車を止めて、赤煉瓦造りのスタジアムに向かって歩いた。

「もし親父が今のおれを見たら……」ワッティーは不機嫌そうにつぶやきながら、スタジアムの前にあるオフィスの両開きの扉を通った。

「墓のなかでひっくり返るだろうよ」とマッコイが言った。

「おい！」とワッティーが言った。「まだ生きてるよ。ぶん殴られるって言おうとしたんだ」受付の女性が、ピーターは更衣室にいると言い、階段のほうを指さした。

更衣室は閑散としており、入っていくと、タイル張りの床を歩く自分たちの足音が響いた。開け放たれたロッカーのそばにひとりの若者が坐り、トレーニングウェアをたたんでいた。顔を上げた。

「ミスター・シンプソン？」マッコイが訊いた。「ここにいると聞いたんだ」

彼はうなずくと、立ち上がった。ふたりは自己紹介をし、シンプソンと握手をした。背が高く、髪はブロンドで、ジッパー付きのトレーニングウェアにスニーカーを履いていた。

「ピーター」と彼は言った。「ただピーターと呼んでくれればいい。ミスター・シンプソンは親父の呼び方だから」

マッコイは赤い手帳を取り出した。「わかった。昨日の話から始めようか。試合のあと、何があったか教えてくれないか？」

シンプソンがベンチのほうを顎で示し、三人は坐った。「試合は五時過ぎには終わった。チャーリーはベンチで、ぼくもスタンドで見ていただけだったから、帰る準備に時間はかからなかった。シャワーを浴びたり、報告とかを受けることもなかったからね。

五時半頃には家に着いた。《ワールド・オブ・スポーツ》の最後の部分を見たよ。チャーリーがチーズ・トーストを作ってくれて、ふたりで食べた。彼はシャツにアイロンをかけて、準備をしなきゃならないって言ってた」

「なんの準備だ？」とマッコイは訊いた。

「はっきりとは言わなかった。エレインに会うんだろうと思った。いつも土曜の夜に会ってたから。彼は着替えて、タクシーが外でクラクションを鳴らすと、玄関ホールからじゃあなって叫んで、それで終わりだった」

「それで終わり？」

シンプソンはうなずいた。まだ少しショックを引きずっているようだった。「そのあと、今朝のニュースで聞いた、まだ信じられない」

彼は頭を振った。眼から涙があふれだしていた。それを拭った。

「で、エレインはどんな女性だったんだ？」とワッティーが訊いた。

「あいつのことを尻に敷いていた。けどあいつはそれが気に入っていたんだと思う。いつ、どこにいるかまで指示していた。彼の服も彼女が買っていた。流行の服をなんでも彼に買ってやってたよ。付き合い始めてからはそんなに頻繁には会わなくなったみたいだけど」

シンプソンは立ち上がると、ロッカーの扉を開けた。なかにはあまり入っていなかった。サッカーシューズが二足、〈ブリュット〉のタルカムパウダーがひと缶、丸められた靴下。だれかの人生の名残だ。

「彼のお母さんの代わりに、荷物をまとめているところだったんだ」と彼は言った。

どういうわけか、マッコイの心にはいつもそういったつまらないものが引っかかった。キッチンの壁に掛かった、〝ブラックプール土産〟の皿に飛び散った血痕。地下室の扉の内側の鍵のまわりにあるひっかき傷。ロッカーの底に脱ぎすてられた靴下。そういったもののことを思い出して、夜中に眼を覚まし、眠れなくなってしまう。気になってしまうのだ。

「マッコイ？」

眼を向けると、ワッティーが彼を見ていた。

「すまない。彼はコナリーという男のことを何か言ってなかったか？」とマッコイは訊いた。

シンプソンは鼻をすすった。なんとか落ち着こうとしていた。首を振った。「言ってなかったと思う。だれなんですか？」

「エレインの父親の下で働いていた男だ」とマッコイは言った。

「あの有名なジェイク・スコビーですね」とシンプソンは言った。「チャーリーのことをすごく気に入っていたらしい。彼と知り合いになって喜んでいた」

「チャーリーはそのことをどう思ってたんだ？」とマッコイは訊いた。

シンプソンはためらった。「彼のことはあまり好きじゃないみたいだった。けど、少し怖がってもいた。怒らせたくなかったんだ」

「なぜあまり好きじゃなかったんだ？」とマッコイは訊いた。

「ジェイクは彼をよく飲みに連れていった。ジェイクと彼だけのはずなのに、パブに着くと不思議とジェイクの仲間が集まってくるんだ。ジェイクは彼を見せびらかすんだそうだ。セルティックのプレイヤーである義理の息子を見てくれ、みたいな感じで。チャーリーは、ほんとうはとてもシャイなやつだったから、それがいやだったんだ」

「シャイな男がどうしてエレインみたいな娘《こ》と付き合うようになったんだ？」とワッティーは尋ねた。

「簡単さ。彼はセルティックのファーストチームにいた。ハンサムだし、いろんなところに行った。女の子たちがいつも彼に言い寄ってきたけど、エレインがアタックして、それで決まりさ。よくあることだ」

「あんたにもよくあるのかい？」ニヤニヤしながらワッティーが訊いた。

シンプソンは微笑んだ。「まだだよ。いつかあるといいけど」

マッコイとワッティーは立ち上がった。「ほかに何か思いついたら連絡してくれ、いいな？」

更衣室を半分ほど進んだところでシンプソンが口を開いた。

「そういえば」と彼は言った。「二週間前に彼が少し酔っていたことがあった。ぼくたちはクラブのディナーに行って、タクシーで帰ってきたんだ。そのとき彼は、エレインがほかのだれかと会ってるんじゃないかって言っていた」

「だれなのか言ってたか？」とマッコイは訊いた。

シンプソンは首を振った。「だれなのかはわからないけど、彼女が自分に飽きてきてるような気がするって言ってた。まるでほかのだれかと会うのに忙しいような。新しいだれかと」


彼は紅茶とスコーンを注文した。ウェイトレスに微笑みかけ、悪天候について世間話をした。こういうこともできるのだ。変化。自分を変化させる。人々が考える自分を。ポケットのなかの写真を指でいじる。初めてポラロイドカメラについて聞いたときのことを思い出した。信じられなかった。やっと自分の撮りたい写真を撮ることができるのだ。

周囲を見まわす。〈トレロンズ・ティールーム〉。ソウチーホール・ストリートのデパートの四階。彼と帽子や手袋をした女性たち。彼は年老いた母親を待つ従順な息子のように見えるし、一日のショッピングのあとで妻を待っている愛情深い夫のようにも見える。

ときどき、彼はそれを見ることができる。そう思う。薄明かりのなかで。暗くなったベッドルームの暗がりのなかで。懐中電灯の光に照らされただれかの眼のなかに。ほんとうの自分を。手や服には乾いて剝がれ落ちた血が付いている。皮膚を通して頭蓋骨が輝いている。だがまばたきをすると消えてしまう。ほんとうの自分。

彼には自分自身が彼女といっしょにここに坐っているのが見える。彼女は階下の売り場で買ってきたものを彼に見せ、彼は微笑んで、すてきだねと言う。ポケットのなかのポラロイド写真の硬い角に指を押し当て、皮膚が破れるまで強く押しつける。血の盟約。

立ち上がった。閉店する前に〈ジェソップス〉（英国の写真屋チェーン）に行かなければならなかった。フィルムをもう三パック買いたかった。結局はそれが必要になるだろう……

7

マッコイはスーザンのフラットの階段を重い足取りで上がった。靴のなかで靴下がびしょ濡れになっているのを感じていた。どうして彼の知っているだれもが最上階に住んでいるのだろうか。下の階に住んでいる少年が、アラン・セーターに目出し帽という姿で、ミニカーに囲まれて階段に坐っていた。マッコイは少年をまたぐと、頭を軽く叩いた。

「元気か、ボビー？」と訊いた。

ボビーはうなずいた。あまり話さない子だった。

最上階に着くと、ベルを押した。最近はほとんどの夜をここで過ごしているにもかかわらず、まだ鍵を渡されていなかった。足音が聞こえ、すばやく扉が引き開けられ、スーザンが部屋から外に出てきて後ろ手に扉を閉めた。うれしそうではなかった。

「どうした？」と彼は訊いた。

彼女は色あせたジーンズに、チェ・ゲバラの写真が描かれたTシャツ、ロングカーディガンを着ていて、髪はスカーフで束ねていた。特に何もしていないときでもとてもきれいだった。彼女は髪の毛を耳の後ろにやった。

「スティーヴィー・くそ・クーパーってだれなのよ？」と彼女が言った。

予想していなかった。「なんだって？」

「だれだか知らないけど、そのばかでかいチンピラが三十分もこの部屋にいるのよ。サラがたまたまお茶を飲みに来ていたのに、気まずくなって帰ったわ。ベルを鳴らしてあなたを探しに来たって言ったのよ。留守だと言うと、待つって言った。止める間もなく無理やり入ってきたのよ！　あのクソ野郎はいったいだれなの、ハリー？」

「スティーヴィーか？　彼はあの家におれといっしょに行ってくれた男だ。テディ・ダンロップの。話しただろ」

彼女は驚いた。「彼が？　剣で斬られた人？」

マッコイはうなずいた。「スティーヴィーだ。おれの友人で——」

「友人？　冗談でしょ？　今にもだれかを刺しそうな顔をしていた。怖かったのよ、ハリー！　彼がだれだか知らないけど——」

「スティーヴィーは大丈夫だ。心配する必要はない」マッコイは彼女を落ち着かせようと抱きしめた。彼女が震えているのがわかった。まずい。「おれがなんとかする。いいな？あいつは友達だ。ハエも殺さない」彼女を離すと、眼を見た。「いいな？」

スーザンは不安を隠せないようだった。「彼をここから連れ出して、お願い」

マッコイはうなずいた。

「それに今日がなんの日か覚えてるわよね？　準備しないと」

マッコイはうなずいた。忘れていた。今、思い出した。

「もちろん覚えてるさ。なんとかする」

マッコイはリビングルームに入り、スーザンがあとに続いた。スティーヴィー・クーパーが出窓のそばの肘掛け椅子に坐り、紅茶のマグカップを手に、よりによって『スペア・

リブ』（一九七二年に英国で創刊されたフェミニスト雑誌）をめくっていた。だがマッコイが何よりも驚いたのはクーパーの姿にではなかった。ジャンボだった。身長百九十センチの彼がソファに坐ってビスケットを頬張っていた。

　クーパーは椅子の背にもたれると、雑誌を置いた。「おまえのフラットにもいなけりゃ、署にもいない。パブにもいやしねえ」彼はコーヒーテーブルの上にあるコースターの隣にマグカップを置いた。「よく知らなきゃ、おれを避けてるんだと思ったぞ、ハリー」

　マッコイは首を振った。「おいおい、スティーヴィー、おれがそんなことするわけないだろ」

「そう願うよ」とクーパーは言った。「おれがあんな目に遭ったあとではな。だが不思議じゃないか、ハリー。二回しか面会に来やしねえ。おまえのせいで六十七針も縫って、三週間も入院してたのに二回しか見舞いに来なかった。二回だ。ひどいじゃねえか」彼は頭を振った。「ひどいと思わないか、ジャンボ？」

　ジャンボは大きな頭をばかみたいに振り、ショートブレッドを口いっぱいに含みながら答えた。「ひどいっすね、クーパーさん」

「頼むよ、クーパー」とマッコイは言った。「避けてたわけじゃない。精神科医に会いに行ったり、いろいろあったんだ」

　クーパーは椅子の背にもたれかかると、煙草に火をつけた。ジーンズに半袖シャツ、赤のハリントンジャケット（腰までの丈の軽量ジャンパー。日本ではスイングトップと呼ばれる）といういつもの服装だった。ブロンドの髪をきれいに分け、ジェームズ・ディーンのようにオールバックにしており、〈ベーラム〉の香りをさせていた。ジャンボはボスのエレガントな装いには遠く及ばなかった。煉瓦造りの屋外トイレのような巨体を古びたジーンズに押し込み、ズック靴に赤のセーターといういでたちだった。

　クーパーはマッコイを上から下まで見た。着古したスーツにびしょ濡れの靴、ツイードのコートには腕のところに煙草の焼け焦げがあった。「で、おまえのほうはどうなんだ、ハリー？」

「良好だ。仕事に戻った。たぶん――」

「ほんとうか？　おれもいろいろ考えてるところだ。おまえと話をする必要があると思っていた」

「わかった」とマッコイは言った。「明日はどうだ？　明日なら――」

　クーパーはマッコイを見ると微笑んでから首を振った。「明日じゃだめだ」と彼は言い、立ち上がった。「今だ」

どこにいくのかとマッコイが尋ねると、クーパーは「ホットスパー・ストリート」とだけ答えた。それ以上の情報は出てきそうもなかったので、マッコイは訊くのをあきらめた。

三人はバイヤーズ・ロードを歩いた。パブがたくさんある通りのようで人々でにぎわっていた。グレート・ウエスタン・ロードを渡り、クイーン・マーガレット・ドライブを進んだ。マッコイはクーパーの歩き方がおかしくないか、剣で受けた傷が脚にも影響していないかたしかめようとしたが、彼は元気そうで、いつもどおり、甲板の上の船乗りのように左右に体を揺らしながら歩いた。彼らはケルヴィン川に架かる橋を渡った。ジャンボが立ち止まって、川の流れに小銭を投げ入れた。

「川を渡るときは、一ペニーを投げ入れるといいんだ」とジャンボは言った。「不運から守ってくれる」

「そうなのか？」とマッコイは言った。

小銭を投げ入れる者に幸運を与えてくれるだけでなく、この川はグラスゴーを大きくふたつに分ける役割も果たしていた。川の源流が位置する緑豊かなウエストエンドは、学生やおしゃれな恰好をした女性、学者風の男性が多く見られた。大学の講師やBBCスタジオで働いているような連中だ。

川を渡ると話が違ってくる。今はウッドサイドやメアリーヒルといった地域だ。運河のまわりの小工場や工房で働く人たちが暮らすフラットが立ち並ぶ暗い通り。クーパーの好む地域だ。

ホットスパー・ストリートは左手にあり、公園を見下ろす長屋の並ぶ通りだった。クーパーはふたつ目の路地の外で立ち止まった。「この上だ」と彼は言った。

彼らは階段を上って最上階にたどり着いた。クーパーが扉をノックした。足音が聞こえ、ドアが開けられた。マッコイが最も予想していなかった、あるいは会いたくなかった人物が現われた。アイリス。彼女もマッコイを見て、同じくらいうれしそうだった。

「あら、なんてこと！」と彼女は言った。「あんたもあの屋根から落ちればよかったのに」

「残念だったな。あんたは、今はサウナをやってるんだと思ってたよ」なかに入りながらマッコイは言った。

「やってた。けどミスター・クーパーが眼を覚まして、あたしがどれだけ貴重な人材か気づいてくれたんだよ」

「というか、おまえの愚痴にうんざりしたんだよ」クーパーがうなるように言った。「こっちだ」

彼が扉を押し開け、ふたりはメインルームに入った。そこは暗くて暑く、気の抜けたビールと気の抜けたセックスのにおいがした。ソファで男が寝ており、いびきをかいていた。

靴もシャツも身に着けておらず、両脇にズボン吊りがぶら下がっているだけだった。レースのドレッシングガウンが脱げそうになっている十八歳かそこらの女の子が、〈テネンツ〉のボトルからふたつのジョッキに慎重に注いでいた。任務が完了すると、彼女はジョッキのひとつをその部屋のもうひとりの客に手渡した。大きな男で、やはりシャツを着ておらず、ボクサーショーツ一枚で、肉づきのよい肩とビール腹にかけて黒い胸毛に覆われていた。男は少女からジョッキを受け取ると、彼女を近くに引き寄せた。ふたりは隅のレコード・プレーヤーから流れてくる音楽に合わせて前後に揺れていた。《愛の泉》だ。ふたりのダンサーはあまりまわりを気にすることもなく、奥のキッチンへ向かった。ただ音楽に合わせて揺れていた。

「もぐりの酒場は閉鎖したんだと思っていた」とマッコイは言った。「もう新しい店を開くことはないと」

「便利なんだ」とクーパーは言った。「ときどき、奥の寝室で寝て、アイリスに朝食を作らせる。あいつはそういうことが好きなんだ。だよな、アイリス？」

アイリスはビールのボトルを二本、テーブルの上に勢いよく置くと言った、「そんなわけないだろ。さあジャンボ、ソファの上のデブを動かすのを手伝っておくれ」

ふたりが出ていき、マッコイは部屋のなかを見まわした。キッチンは大きく、天井のプーリー（滑車で吊るされた物干しラック）に寝具が干してあった。飲み物の入った木箱やタオルがあちこちに散乱していた。彼がこれまでに行ったことのあるもぐりの酒場と同じだ。隅にある台の上に鳥かごがあり、鮮やかなブルーのセキセイインコがなかにいた。金網を叩くと彼に向かって鳴いた。

「おまえがアイリスにそんなにやさしいとは知らなかったよ」マッコイはそう言うと腰かけた。

クーパーは肩をすくめた。ボトルの蓋を開けると一本をマッコイに手渡した。「退院したあとに行くところが必要だったんだ。メメル・ストリートのサウナは、最近は動物園みたいにごった返していてな、アイリスがぶつぶつ不満ばかり言ってるから、助けてやったんだ。それにおたがいさまでもあった。サウナでのあいつは最悪だったからな。客が逃げていった」

クーパーはズボンのポケットから金のライターを取り出して煙草に火をつけると、パッケージを差し出した。マッコイは一本取った。ジャンボがふたたび現われ、隅に坐って、セキセイインコに向かってクークーと声をかけた。前回彼を見たのは、クーパーがこの哀れな大男をあやうく殺しそうになるのを、マッコイがなんとか止めたときだった。それが今じゃすっかり意気投合しているようだ。クーパーは用心棒を必要としない。自分の面倒は自分で見ることができる。問題はなかった。だがやはり、怪我をして入院していたことが影響しているに違いない。

クーパーはビールをぐいっとあおった。「きれいな娘《こ》じゃないか。どのくらい続いてるんだ？」

「数週間というところだ」

「もうあそこに転がり込んでるんだろ？　恋人ってわけだ」

マッコイは肩をすくめた。スーザンが何者で、どこに住んでいるのかをクーパーが知っているということを、歓迎していいのかどうかわからなかった。「背中はどうだ？」マッコイは訊いた。

「問題ない」クーパーは即答した。

マッコイは彼のことをよく知っていたので、ほんとうのことを話すとは思っていなかった。クーパーのような男はなんでも自分で対処することに誇りを持っていた。みかじめ料を払わないパブの店主だろうと、命にかかわるような背中の傷だろうと同じだった。彼は元気に動いていたが、六十七針も縫ったという事実とジャンボの存在が真実を物語っていた。それにどこかおかしな坐り方をしていた。背筋をぴんと伸ばし、シャツの下に装具を着けているかのようだった。

「ジャンボ？」とクーパーが言った。

ジャンボがすぐに立ち上がり彼の近くに立った。「なんですか、クーパーさん？」

クーパーは一ポンドを差し出した。「煙草を買ってこい」

ジャンボはテーブルの上に置かれた開封済みのパッケージを見た。十五本かそこらは残っていた。何か言おうとしたが、思いとどまり、金を受け取ると、扉のほうに向かった。

マッコイは彼が去るのを見送り、出ていくのを待ってから口を開いた。

「ほんとうに大丈夫なのか、スティーヴィー？」とマッコイは訊いた。

眼に怒りが閃いた。「何度も言わせんじゃねえ。おれは大丈夫だ。抜糸もした。全部治った。今にも駆けだしたい気分だ」

彼は身を乗り出すと、気取った女性の声を真似て言った。「で、あなたはどうなの、ミスター・マッコイ。あの出来事が心理的に悪い影響を及ぼしたんじゃないの？」

マッコイは首を振った。「わかっちゃいない。精神科医は男だ。それもよりによってシェトルストン出身でおれよりもグラスゴー訛りがひどいときた」

クーパーは笑いながら、後ろに寄りかかって、木箱からもう二本ビールを取り出そうとした。「ところでセルティックのガキの事件を調べてんのか？」と彼が訊いた。

マッコイはうなずいた。「何か聞いてるのか？」

「さあな？　スコビーの野郎はずっと前から頭のおかしいコナリーを制御できなくなっていた。あいつはサイコ野郎だ。スコビーの手下がアオバエみたいに街じゅう探しまわってるが、まだ見つかってない」

「どうしてコナリーは突然道を踏みはずしちまったんだ？」とマッコイは訊いた。クーパーが何を知っているのか知りたかった。人から話を訊き出す最も簡単な方法はばかのふりをすることだ。

クーパーは軽蔑するような表情をした。「みんな知ってる。エレイン・スコビーだ。あの女に夢中なんだ。取り憑かれてる」

「彼女を知ってるのか？」とマッコイは訊いた。

クーパーは首を振った。「いや、あんまり。数年前、街でよく見かけた。夜遊びが好きだったようだ。不良も好きだった」

マッコイは困惑したような顔をした。「チャーリー・ジャクソンは不良じゃないぞ」

「ああ、新雪みたいに純粋で、いい選手でもあった。すべての花嫁の父が理想とする男だ」クーパーは椅子のなかで体を動かし、顔をしかめた。「エレインもすぐにそのことを悟った」

「なんだと？　彼女が父親を喜ばすために結婚することにしたというのか？」

クーパーは鼻で笑った。「あい、そうさ。あの女がしようとしていたのは、父親が確実に自分に財産を残すようにすることだ。セルティックの選手と結婚して身を固め、夜は家でテレビを見る。これ以上、スコビーが何を望むというんだ？　やつは癌《がん》だそうだ。せいぜい一年だ。彼が死んだらノースサイドは戦争になる。縄張りの取り合いになる」

「バーティー・ウォーラーがあとを継ぐんじゃないのか？」とマッコイは言った。

「あい、ウォーラーもそう思っている。だがあいつもばかな老いぼれのひとりだ」彼は頭を振ると、マッコイを見た。「なんでおまえにこんな話をしなきゃなんねえんだ？　自分の仕事は自分でやれよ。まったくおまえらクソ警官は何もわかっちゃいねえ」

「で、これは表敬訪問か何かなのか」とマッコイは尋ねた。「おれの精神状態を心配してくれてるとか？」

クーパーは首を振った「いや、そうじゃない。生意気言うんじゃねえ」彼は椅子の背にもたれかかって、また顔をしかめた。「いいか？　三週間も病院のベッドに寝ていて、やることもない。クソつまらねえ。しかも友達も見舞いにも来やしねえし――」

「スティーヴィー、おれは――」

「もういい。許してやるよ。おまえを責めるつもりはない。おれも、必要なとき以外は病院に近づきたくもないしな」

「ほんとうに大丈夫なのか」マッコイは訊いた。

「くそっ！　何度訊きゃ気がすむんだ？　おれはぴんぴんしてる。絶好調だ。背中に醜い大きな傷痕があるが、女たちはすごく気に入ってる。傷だらけの兵士だってな」

クーパーは嘘が下手だった。だからほとんど嘘をつくことはなかった。あまり具合はよくないのだ。

「じゃあ、なんでジャンボがいっしょなんだ。どうしておまえに貼りついてる？」

クーパーの顔に怒りが走った。「ジャンボは荷物持ちだ。それだけだ。気がすんだか？」

マッコイは両手を上げた。「訊いただけだ」

「がたがたうるせえんだよ。おれが頼んだとおり、マレーにネスミスを追放するように言ったのか？」

「おれは休職中だったんだ、スティーヴィー。マレーとは会っていない。おれにできるのは――」

「心配するな。もう終わった。おまえのおかげじゃないがな。あの間抜けは〈ウォッチ・オブ・スイッツランド〉（英国のスイス時計の小売りチェーン）の店にある時計の半分を持っているところをオフィスで捕まった。少なくとも二年は食らうだろう」彼はセキセイインコのそばの空《から》の椅子を顎で示した。「だからジャンボなんだ。そういったことはおれには起きない。これからはおれは何も持たない。何も運ばない」

「いい考えだ」とマッコイは言った。

「あい、一日じゅういい考えがあふれてくるのさ」彼はハリントンジャケットのポケットに手を入れると、折りたたんだ新聞の切り抜きを取り出し、マッコイに差し出した。「言ったように、病院じゃあまりやることがない。だから結局は新聞を読むことになる」

マッコイはその新聞を受け取ると広げた。『ヘラルド』のページ半分だった。クーパーが『ヘラルド』を読むというのは、よっぽど退屈していたに違いない。〈セントラル・ホテル〉での何かの催しのときに撮られた写真だった。中年男性が四人。三人はタキシードを着ており、ひとりは警察の礼装の制服を着ていた。

警察本部長の退職記念パーティー

マッコイは自分が何を見せられているのかわからなかった。クーパーを見た。

「警官だ」と彼は言った。「そいつをよく見るんだ」

マッコイはもう一度よく見た。そして立ち上がり、なんとかキッチンのシンクまでたどり着くと吐いた。

8

クーパーと別れてフラットにたどり着いたときには、大幅に遅刻していた。彼は両手を上げて謝りながら、フラットの部屋に入った。すでに上着は脱いでいた。スーザンはかなり怒っていた。わかっていた。シャワーを浴びてひげを剃り、十分以内に新しいスーツとネクタイに着替えなければならない。

慌ててバスルームに入ると、シャツを脱いで熱いお湯を流し、鏡張りの小さな棚からシェービングフォームを取り出した。彼は缶から手に泡を吹きつけると、顎のまわりに塗った。

今日のクーパーは口数も少なく説得力があった。いつものように怒鳴り散らすことも、脅すこともなかった。簡単なことだ、と彼は言った。すんだことはすんだことだ。それを変えることはできない。残されたのは復讐だけだ。そしてそれを実行するのは自分たちだと。

彼はかみそりを顔に当てた。ぞりぞりというひげの剃れる音がした。剃り終わるとシンクの水のなかでかみそりをゆすいだ。

彼はクーパーの話を聞き、そのことばに同意し、そしてノーと言った。クーパーと同じくらい、自分でも驚いていた。人生で初めて、スティーヴィー・クーパーにノーと言ったのだ。それはできなかった。過去は過去だ。過ぎたことだ。もうそこに戻るつもりはなかった。だれのためであろうと。何が起こったのだとしても。どれだけクーパーを怒らせようとも。何回脅されようとも。

彼はタオルでシェービングフォームの残りを顔から拭った。自分を見た。三十歳の男。刑事。恋人のフラットでひげを剃っていた。過去に何があったにせよ、彼は前に進んでいた。過去を置き去りにして、なんとかそこに留まらせておく必要があった。

彼は濡れた髪を櫛でとかし、歯を磨いた。

奇妙なことに、穏やかな気分だった。まったく予想していなかったことだった。決定は下された。一件落着だ。

彼はキッチンまで歩いていき、スーザンにチェックしてもらった。切り傷は首のあたりにひとつだけ。スーツを着てブーツを履き、準備万端だった。スーザンは小さな花の模様をあしらった襟ぐりの深いドレスを着ており、髪をアップにした姿は百万ドルの美しさだった。彼女はマッコイを上から下まで見ると、近づいてネクタイをなおし、キスをした。

「だいぶましになったわ」と彼女は言った。

〈マルメゾン〉は静かなレストランで、リネンやウェイター、銀食器、そしておいしいワインが快適な空間を作り出していた。部屋はテーブルの上のろうそくと、天井のシャンデリアでやさしく照らされていた。スーザンはマッコイの手を取り、演奏のための室内バルコニーの下にあるテーブルに導いた。ほかの客は、着飾ったカップルと裕福そうなビジネスマンが入り混じっていた。マッコイは彼らとすれ違うとき、顔に笑みを浮かべ、自分がここになじんでいるのだと見せようとした。自分はスーザンにふさわしい人間なんだと。

ふたりは席に着いた。ウェイターがメニューとワインリストを持ってきて、仰々しく開くと、マッコイに渡した。彼はすぐにスーザンに渡した。恰好をつける必要はない。彼が警察について知っているのと同様、ワインについてはスーザンのほうが詳しかった。ふたりは少し早いヴァレンタイン・ディナーでここに来ていた。スーザンは水曜日の夜が仕事だったので、今日にしたのだ。

「それはさておき、あの男はいったい何者なの？」スーザンがメニューを見ながら訊いた。

だれのことを言っているのか訊く必要はなかった。

「言っただろ。ダンロップの件のとき、いっしょにあの家にいて――」

「それはわかってる。でもどうして彼はそこにいたの？　彼はあなたにとってなんなの？」

ウェイターが現われ、ふたりは注文をした。彼はステーキ、彼女は鹿の肉を。マルベックのボトル——それがなんであれ——。マッコイはウェイターが去るまで答えるのを待った。

「スティーヴィー？　あいつは古い友人だ。ああ見えてもいいやつなんだ」

彼女は彼を見た。「そうは見えなかった。かなり危険な人に見えたわ。で、もうひとりのチンピラは？」

「ジャンボ。彼の友達だ」

「彼の指はどうしたの」スーザンは左手を上げて尋ねた。

「え？」とマッコイが訊いた。

「ジャンボよ。指の一本が半分しかなかった」

「そうだったか」とマッコイは言った。「気づかなかった」

ワインが来た。スーザンはそれを味見して、問題ないと言った。ウェイターがグラスにワインを注いだ。マッコイはワインをひと口飲むと、小さなバスケットに入ったロールパンを手に取った。

「で、何をしてお金を稼いでるの、あのスティーヴィーという人は？」とスーザンは訊いた。口のなかにロールパンの大部分を押し込もうとするマッコイを眺めていた。

マッコイはそれを噛んで飲み込んでから答えた。「いろいろやってる。どうして？　なんでまた急にスティーヴィー・クーパーに興味を持ったんだ？　おれの友達の話をするんじゃなくて、おたがいの耳に甘いことばをささやき合うもんだと思ってたんだけどな」

スーザンを相手に話をそらすのは簡単ではなかった。「彼は売春も取り扱ってるの？　ビジネスとして」

「なんだって？」と彼は訊き、彼女を見た。彼だけではなかった。真珠を身に着けた中年女性も彼女のほうを見た。会話の内容にいささか驚いているようだった。

「そうなの？」

「まあ、そうだともいえる――」

「すてき！」スーザンはうれしそうだった。「まさに論文のために話を聞きたかった人よ」と彼女は言った。「会わせてもらえるわよね」

スーザンとクーパーが性的搾取の経済学について仲よくおしゃべりをしている姿は想像できなかった。

「正直言って、クーパーがそういったことについてきみに話したがるかどうかわからない」とマッコイは言った。「彼は話し好きなタイプじゃないからな」

「でも頼むことはできるでしょ」と彼女は言った。

マッコイはうなずいた。心配はあとですればいい。今、彼の頭のなかはもっと重要なことでいっぱいだった。ステーキが到着した。

マッコイはこの夜のことをあまり愉しみにはしていなかった。気取ったレストランは彼の本来の生息地ではなかったのだ。だが愉しんでいた。ステーキを食べ、赤ワインをかなり飲み、テーブルの下でスーザンと足でいちゃついた。ふたりとも心地よく酔っぱらい、十一時頃に店をあとにし、フラットに戻った。マッコイはシガーボックスを開け、ベッドの端に坐って、マリファナ煙草を巻き始めた。

「ああいう場所にも慣れることができたよ」彼は靴を脱ぎながらそう言った。

「あら、そう?」とスーザンは言った。

「ああ、宝くじにでも当たらなきゃ、もう行けないけどな。でも可能性はある」と彼は言った。「おれは運がいいから」

「あなたはもう宝くじに当たってるわ。わたしを手に入れたんだから」と彼女は言い、ベッドカバーの下に入った。

彼はもう下着姿になっていた。マリファナを渡すと、彼女がそれに火をつけた。

「なんてこと、煙草も混じってる?」強いにおいの煙を吐き出しながらスーザンが訊いた。

「少しだけ」彼はニヤッと笑うと、スーザンの化粧台の上にある小さな植物や装飾品のあいだから灰皿を見つけようとした。

「ベッドに入るの、それともパンツ一枚で寝室を練り歩くつもり？」

彼は背を向けると、彼女に向かって尻を振ってみせた。「それもいいかもしれない」とマッコイは言った。「どうだ？　興奮するだろ？」

スーザンはマッコイを見た。「何杯ブランデーを飲んだの？」

「きみと同じだよ、三杯」

スーザンは頭を振った。「わたしは一杯よ」

「ああ」とマッコイは言い、下着を脱いでベッドに入った。「それで説明がつく」彼女にすり寄る。「マリファナを置けよ」

「さもないと？」

「さもないと、きみに飛びかかったときに火傷しちまう。さあ寄越して」

スーザンは微笑むとマリファナを渡した。マッコイはそれを灰皿で消すと、ベッドサイドテーブルの上に置いた。

「さあ、おいで」

ふたりは向き合うと、抱き合った。彼は彼女にキスをしながら、下へと移動し、彼女の太ももをやさしく押し広げながら、彼女を見て笑った。彼女の望むことをすると、ぎゅっと抱きしめてきた。高まっていくにつれて指がこわばった。彼が彼女のなかに入ったときには、彼女はすでに半ば達していた。ふたりはいっしょに動いた。息がしだいに荒くなり、速くなった。彼女が彼の腰に手をまわし、引き寄せると耳元でささやいた。「来て、マッコイ、来て……」

彼女はいつものようにそのあとすぐに眠ってしまった。彼は胸の上に灰皿を置いて横になったまま、最後の一服を吸い、いつものようにその日一日の出来事に想いを馳せた。毎晩〈マルメゾン〉で食事をするにはどれくらいの金持ちにならなければならないのだろう。スーザンはスティーヴィー・クーパーとおしゃべりすることを忘れてくれるだろうか。なぜエレイン・スコビーはコナリーが自分を傷つけないと確信しているのだろう。

だが、彼は自分をごまかしていた。ほんとうに考えていることはただひとつだった。どうしても頭から離れなかった。スティーヴィー・クーパーが見せた、折りたたまれた新聞の切り抜き。礼装の制服を着て微笑む警官。

眼を閉じた。

ワインとブランデー、そしてマリファナに身を任せようとした。

眠ろうとした。

眠れなかった。

9

一九七三年二月十二日

マッコイは机の上に積み上げられたメモ——『デイリー・レコード』のメアリーに電話のこと——の山の上に紅茶のマグカップを置き、腰を下ろすとあくびをした。昨晩は三時を過ぎた頃にようやく眠りについた。今もまだ乱れたベッドのような感覚だった。机の真ん中に灰褐色のフォルダーがあった。万年筆で書かれた整った大文字に見覚えがあった。検察医のギルロイのメモがフォルダーの隅に添えてあった。〝これをだれに渡そうか迷っていたところで、困難に陥った人々に対するあなたの思いやりを思い出したの〟

マッコイは頭を振った。ひとりの酔っぱらいを気にかけてやっただけで、一生ついてまわるとは。検視報告書を開いて読み始めた。これを読んで、やっと新聞売りの棚にあった〝教会の悲劇〟という見出しの意味がわかった。ポール・ジョセフ・ブレイディという男がホープヒル・ロードのセント・コロンバ教会の礼拝堂で首を吊ったのだ。マッコイの記憶しているかぎりでは自殺は大罪だ。それを礼拝堂でするなんて冗談にしか思えなかった。

　彼は残りをざっと読んだ。三十から三十五歳。自分の体重により首の骨が折れたことが死因だった。栄養不良の状態で、長期にわたるアルコール依存症の兆候があった。肝硬変。喫煙による肺の損傷。幼少期に腕を骨折した形跡があった。写真で見ると五十歳くらいに見えることを除いて、特に意外な点はなかった。路上生活には犠牲が伴う。仕方のないことだ。

　報告書を閉じた。首を吊ることは犯罪ではない。その報告書をどう扱えばいいのかわからなかった。だれかが探しに来たときのために引出しにしまっておこうと思った。念のため確認したが、近親者に関する記載はなかった。

　煙草を取り出すと火をつけた。吸っては咳き込み、また吸った。なぜ礼拝堂で自殺を？ブレイディのような男にとって、自殺という解決方法はごく一般的だ。〈パラセタモール〉（鎮痛剤）と安いウォッカを飲んで、クライド川に架かる橋から飛び降りる。もう一度写真を見た。ポール・ジョセフ・ブレイディ。カトリックに違いない。死ぬときには神の近くにいたかったのかもしれない。

　マッコイは椅子の背にもたれかかると、刑事部屋を見まわした。いつものおしゃべりの声、電話をする者、帽子を膝に載せてだれかを待っている制服警官。トムソンは『レーシング・ポスト』を手にブックメーカーに行くための情報を集めて歩きまわっていた。ロバートソンがみんなの机の上からマグカップを集めている。お茶当番なのだ。ワッティーだけは例外で、受話器を首のあいだに挟んで一生懸命働いていた。彼の眼の前にはホテルやB&Bのリストがあった。コナリーを探しているのだ。

理由はわからなかったが、精神科医から訊かれた質問のひとつが頭のなかで渦巻いていた。〝今でも警察官でいたいと感じていますか？〟

どうだろうか？　実際のところ、ここ何年も考えていなかった。学校を卒業してすぐに警察に入り、ただ頭を低くして働き続けてきた。警官でなければ何になっていただろう。警官であることこそが彼なのだ。髪の毛の色やジミー・ギブスから受けた眉の上の傷と同じく、それこそが彼の一部だった。

もう一度あくびをすると、紅茶をひと口飲んで、身震いをした。赤い手帳を開いて書き込んだ。

チャーリー・ジャクソン

コナリー

「それだけか？」

顔を上げると、マレーが立って見下ろしていた。

「すぐに全員引き上げさせていいぞ、名探偵マッコイの登場だ」

「おもしろいですね」とマッコイは言った。

「ワトソンと来てくれ。タレコミがあった」とマレーは言った。「まともな情報のようだ」

〈セントイーノック・ホテル〉は、セントイーノック駅の上にある巨大なビクトリア朝様式のビルだった。数年前まで、この駅は南へ向かう主要ルートだったのだが、今は閉鎖され、路線はすべてセントラル駅に移されていた。長いホームと線路はセメントで塗り固められ、巨大な駐車場にその姿を変えていた。駅のガラスと鉄の屋根はまだ残っていて、ガラスの割れた窓枠と巣を作ったハトでいっぱいだった。蒸気機関車もフライング・スコッツマン（エジンバラとロンドンを結ぶ急行列車）もなく、グラスゴーの買い物客が駐車する車があるだけだった。

ホテル自体はまだ営業していた。かろうじてではあったが。かつては華美を誇った赤い砂岩の正面部分は、今は放置され、煤《すす》で黒くなっていた。壊れやすくなった彫刻には、落ちてだれかに当たらないように金網がかぶせてあった。上階のいくつかのフロアは完全に閉鎖され、部屋はすべてカーテンが閉められていた。窓はハトの糞《くそ》や煤《すす》で汚れていた。建物全体が必死になって生にしがみついているようだった。絶え間なく降り続く雨もこの建物の姿を美しく見せる助けにはなっていなかった。低い灰色の雲が尖塔の数メートル上にあるように見えた。

マッコイとワッティーは〈コルティナ〉の覆面パトカーを走らせ、〝営業中〟の看板の前を通り過ぎてスロープを上り、正面玄関の外に車を止めた。マッコイは車から降りると、あくびをしながら伸びをした。まだ疲れていた。それから日よけの下に立っているマレーのところへ歩いた。マレーはホテルを見上げ、空《から》のパイプを嚙んでいた。パイプを口からはずすと、それを使って最上階を示した。

「新婚旅行の最初の夜をそこで過ごした。それが今じゃひどいありさまだ」

「残りはどこで過ごしたんですか？」マッコイが煙草に火をつけながら訊いた。

「え？　ああ、ウィットレイ・ベイだ」

「そこはもっとよかったんですか？」とマッコイは訊いた。

「それほどでは」とマレーは言い、周囲を見まわした。「ワトソンはどこだ？」

「ここです、ボス」とワッティーは言った。車を施錠していた。ぶらぶらと歩いてくると、ふたりに加わり、ホテルを見上げた。「まるでごみためだ。まだちゃんと営業してるなんて信じられない」

「昔はそれなりだったんだ。思い出すよ」とマッコイは言った。

「たしかに」とマレーは言った。「ハネムーン・スイートはやたらと高かった」

「コナリーのフラットは時間の無駄でした」とマッコイは言った。「何もなかった。ただ、チャーリー・ジャクソンのルームメイトが言うには、ジャクソンはエレインがだれかほかの男と会っていたと考えていたそうです」

「まさか彼と？」とマレーは言った。「コナリーだというのか？」

マッコイは肩をすくめた。「ルームメイトは知りませんでした。が、そうかもしれません」彼はホテルを見上げた。「で、ここはどう関わってくるんですか？」

「フロントで働いている男からタレコミがあった」とマレーは言った。「ビリーの情報屋のひとりだ。コナリーがここにいると言っている。本名は使わず、ミスター・マクリーンと名乗っているが、人相は一致している。二日前からいるそうだ」

マッコイはまだ建物を見上げていた。スズメの群れが屋根の上を飛びまわりながら、降りる場所を探していた。

「今もいるんですね？」と彼は尋ね、マレーを見た。

うなずいた。「そいつはそう考えている。彼は常に違うドアを使って出入りするらしい。このごみためには二十もの出入口があるはずだ。駅を閉鎖したときに、取り壊しておくべきだったんだ」

「スコビーと彼の手下はそこまで血眼《ちまなこ》になって探していなかったんじゃないかな」とワッティーは言った。「街のど真ん中にある大きなホテルだ。やつが目立たないようにしているようには思えない、違いますか？」

「ボスだったらここに泊まりますか？」マッコイは訊いた。

「だれも泊まろうとは思わん」とマレーは言った。「やつがここを選んだ理由もおそらくそこにあるんだろう」

入口に観光バスが停まった。脇に〝カレドニアンツアーズ〟というロゴと飛びかかろうとする大きなライオンの紋章が描かれていた。運転手がクラクションを鳴らした。三人は横に移動して、そのバスを駐車させた。

マレーが一方を指さし、それから別の方向を指さした。「すべての出入口には制服警官を二名ずつ配置していて、この扉はあのふたりが――」大きな警官のペアを顎で示した。「――正面をカバーしている。上がって、コナリーの部屋のドアをノックして彼がいるかどうかたしかめよう」

マッコイは計画の残りを聞こうと待った。が、なかった。「それだけですか？」

「何がだ？」とマレーは言った。

「それが計画なんですか？　頭のおかしいやつなんですよ！　ドアをノックして、おとなしくパトカーに乗るか試してみるとでも？」

マレーが心を動かされたようには見えなかった。「やつはほかの悪党と同じだ。くそスーパーマンってわけじゃない。しっかりしろ、マッコイ。さあ、行くぞ」

ホテルのロビーは広く、黄緑色の絨毯《じゅうたん》とベージュの壁の組み合わせが醜く、使い古された印象を与えていた。小さなスーツケースを持った年金生活者のグループがうろうろしながらバスに向かい、スコットランドの最も惨めなホテルをめぐるツアーの次の目的地を目指していた。ガラスの扉の向こうにはレストランがあった。白いクロスで覆われたテーブルが長く連なり、来ることのない客を待っていた。

その隣にはバーがあった。タータンチェックの絨毯が敷かれ、壁にはハイランド地方の風景画が何点か飾られていた。バーテンダーもタータンチェックのベストを着て、ミルクも腐らせてしまいそうな生気のない表情をしていた。まるで自殺する前に最後の一杯を飲みに行くような場所だった。フロントに坐っている、金《きん》の縁《ふち》取りがされた制服を着た太った男が顔を上げ、彼らにうなずいた。

「三階だ。三一四号室」

彼らは大きな大理石の階段を上り始めた。ワッティーはマッコイと同じように緊張した面持ちだった。

「ほんとうにいいんですか？　ドアをノックするだけで？」マッコイは訊いた。

「ほかに何か案でもあるのか？」とマレーは言った。「マシンガンでクソ野郎を撃つとか？」

「たしかに」彼は黙っていることにした。チャーリー・ジャクソンの様子――眼と後頭部が吹き飛ばされ、まわりの水たまりに血がにじんでいた――を思い出さずにいられなかった。

三階に上がったところで黄ばんだ扉に続く廊下が左右に伸びていた。頭上の電灯は半分は電球がなかった。絨毯には染みがあり、いくつかの部屋の扉の外には硬くなった食べ物のトレイが置かれていた。バーリニー刑務所を少しだけ高級にしたような感じだ。

「ワッティー、おまえはこの階段のそばで待機していろ。もしあいつがおれたちをすり抜けて逃げたら止めるんだ」とマレーは言った。

ワッティーは怯えているというよりは驚いているようだった。「おれがですか？」

「あい、おまえがだ」とマレーは言った。「おまえはでかいからな。やつをぶちのめすんだ」

ワッティーはふたりに向かってうなずくと、警戒し、どんな事態にも対応できるようにみせた。いくらかは希望が持てそうだ。

三一四号室は廊下のなかほどにあった。扉の外で止まったときになって初めて、マッコイは自分が爪先立ちで歩いていたことに気づいた。彼はマレーを見た。マレーは彼を見ると、扉を指さした。ため息をひとつつき、激しくノックした。さあ、行くぞ。

「ミスター・コナリー！ 警察です！ ドアを開けてください」

何もない。

マッコイは振り向いてマレーを見た。マレーは苛立たしげに扉を顎で示した。マッコイはもう一度ノックした。

「ミスター・コナリー、グラスゴー市警です。すぐにドアを開けてください」

今度も何もない。

「別のドアから出たんだろう。制服組がもう捕まえてるかもしれない」マッコイは期待するようにそう言った。

「入るぞ」とマレーは言った。

「なんですって？ 本気ですか？」

「聞こえただろ」とマレーは言った。「押し入るぞ」

マッコイは周囲を見まわすと、廊下を戻り、大きな赤い消火器を壁から取りはずした。一トンもあるように思えた。それを持ってドアの前に立った。「いいんですね？」マレーがうなずいた。マッコイは一歩下がると、消火器を両手で持ったまま、ドアノブに向かって振り下ろした。ドアが割れ、破片が飛び散ったがまだ開いていなかった。マッコイは小声で悪態をつきながら、もう一度振りかざした。今度はドアが負けて、内側に開いた。ドアノブは砕けた木に囲まれてまだ錠前についたままだった。

「ミスター・コナリー？　いるのか？」マッコイは叫んだ。

部屋のなかは薄暗く、レースのカーテンから朝の弱い光がかすかに射し込んでいた。マッコイはなかに足を踏み入れるとすぐにそのにおいにたじろいだ。腐った食べ物のような、あるいは何かが排水溝に詰まったようなにおいだった。灯りのスイッチを探そうと振り向いたとき、椅子が彼に当たった。

椅子は頭をかすめ、肩に当たっただけだったが、いずれにしろ彼を押し倒した。頭上にコナリーのスキンヘッドがちらっと見えた瞬間、彼がふたたび椅子を振り下ろした。椅子の脚がマッコイの胸に当たり、激しい痛みが襲った。彼は声をあげ、転がって逃れようとした。コナリーが自分を飛び越え、マレーに椅子の脚を押し当て、廊下の壁に押しつけて動けなくしているのが見えた。椅子の脚のひとつがマレーの胸に、もうひとつが気管に食い込んでいた。コナリーが椅子を前に押し出すと、脚が肌を破ってさらに首に食い込み、マレーは恐ろしいうめき声をあげた。

マッコイは起き上がって膝立ちしたがそこまでだった。コナリーが振り向いて、彼の側頭部を激しく殴った。何で殴られたのかわからなかったが、硬くて重いものがこめかみを直撃し、ベッドルームの壁に背中を強く打ちつけた。そこまでだった。

気を失っていたのは一分ほどだっただろうか。意識が戻ると、頭がくらくらし、小さな閃光が見えた。顔を上げると、コナリーはいなかった。ワッティーがかがんでマレーに覆いかぶさるようにしていた。

「彼は大丈夫か？」マッコイはようやく声を絞り出した。

マレーは苦労して立ち上がるとワッティーを押しのけた。「大丈夫に決まってるだろう。やつを追うんだ」彼はワッティーに怒鳴った。「行け！」

ワッティーはもがくようにして立ち上がると階段のほうに向かって廊下を走りだした。

マッコイは体を起こすと、坐ったまま頭をさすった。すでにこぶができていた。見下ろすと、シャツに四角い血のあとがにじんでいた。「何があったんだ？」

マレーは無線機のボタンを押しながら、マイクに向かって叫んでいた。聞こえるのは雑音だけだった。彼は無線機を壁に投げつけ吠えた。「クソが！」そしてマッコイのほうを向いた。

「何が起きたか教えてやろう。やつはおれとおまえを押しのけて、ワッティーをハエみたいに払いのけると、猛烈な勢いで走り去ったんだ」

「制服組が捕まえます」とマッコイは言い、シャツの襟元からなかを覗き込んだ。胸に血が流れていた。

「それはどうかな。役立たずばかりだからな！」

不運な制服警官がひとり階段の上に現われ、マレーの集中砲火を浴びた。マレーは彼に出口を封鎖し、駐車場を監視するように命じた。マッコイには時間の無駄のように思えたが、マレーの気を晴らすのに少しは役立つだろう。

マッコイはベッドに向かって這って進み、それを支えにして立ち上がった。ジャケットとシャツを脱いで、ドレッサーの鏡に映る自分を見て顔をしかめた。椅子の脚の形の四角いくぼみからひどく出血し、赤いみみず腫れになっていた。肋骨が何本か折れているような気がした。

よく見ようと体を乗り出したとき、それに気づいた。鏡に映る自分の背後にそれはあった。二十本かそこらの古い牛乳瓶が壁に並んでいた。それぞれに濃い黄色の小便がさまざまな高さまで溜めてあった。彼は眼をそらして、うめき声をあげた。喉の奥に強烈なにおいを感じた。

彼は水を飲もうとバスルームのドアを押し開けた。突然、さらににおいがひどくなった。タオル掛けから使い古しのタオルを取ると、口に押し当て、なんとか息をしようとした。眼にしているものが信じられなかった。バスタブは紙袋に詰められた人糞《じんぷん》でいっぱいで、その上をハエがブンブンと音をたてて飛びまわっていた。紙袋にはボールペンで重さが書いてあった。百十グラム、百四十グラム。同じ重さでグループ分けしているようだ。彼はうめき声をあげ、口のなかのものをシンクに吐き出し、トイレットペーパーを丸めて口のまわりを拭いた。貯水タンクの上にペーパーバックが開いた状態で置いてあった。スヴェン・ハッセル。『アサインメント・ゲシュタポ』。

表紙には大きな燃える戦車が描かれていた。ひげ剃りセットが棚の上に置いてあった。口に引き紐のついた紺色の袋に入っている。開けてみた。〈ブリュット〉のアフターシェーブローション、フェイスタオル、爪ブラシ、そして錠剤のボトル。彼はボトルを取り出し、においにまたむせ返った。薬局のラベルはない。二種類の異なる錠剤が入っていた。見たところブラックボンバーとマンディー（いずれもドラッグの一種）のようだ。彼はそのボトルをズボンのポケットに入れ、袋を棚に戻した。

ベッドルームに戻ると、カーテンを大きく引き、窓を目いっぱい開けて、小便のにおいを追い出し、新鮮な空気を入れようとした。牛乳瓶にも側面に色鉛筆で量が書いてあることに気づいた。

彼は化粧だんすの引出しを開けた。シャツが二枚あるだけでほかには何もなかった。クローゼットも同様だった。汚れたワイシャツが何枚かと、ズボンがハンガーに掛かっているだけだ。コナリーは身軽に旅をしているようだ。彼はまた少しめまいを覚え、ベッドに腰を下ろして深呼吸をした。息を吸うたびに痛みを感じた。肋骨がかなりひどくやられているに違いない。

眼の前の壁に写真がピンで留めてあることに気づいた。新聞で見た写真だった。市長主催のパーティーでのチャーリー・ジャクソンと婚約者のエレイン・スコビー。チャーリーはタキシードを着て若々しく、エレインはロングドレスを着て、束ねた髪に花をあしらっていた。チャーリーの頭の部分には、青いボールペンで怒りの殴り書きがあった。写真の下には、花柄の壁紙に鉛筆で何か書かれてあったが、判別できなかった。マッコイは体をずらし、窓から射し込む光を壁に当てた。

バイバイ・チャーリー

何もかも同じ味だ
おれの魂はときどき体を離れる

マッコイは腰を下ろすと、静かに「クソが」と言った。

「大丈夫か？」マレーが部屋に入ってくると訊いた。

「なんとか」と彼は言った。「あんたは？」

マレーはうなずくと、血の染みがついたハンカチで首筋のみみず腫れを拭った。「なんだ、このにおいは？」

マッコイは牛乳瓶を手で示した。「バスルームには入らないほうがいい。もっとひどい。この頭のいかれた男は自分の小便と糞《くそ》を全部溜めておいて、その重さを量っていたんだ」

「なんだと？」マレーは信じられないという表情で牛乳瓶を見た。「なんてこった」

マッコイは壁に書かれた文字を指さした。

マレーはそれを読み、頭を振った。「いったいどういうことだ？」

「わかりません。結局のところ、ロマックスが正しかったんでしょう。彼は頭がおかしくなってしまったようだ。やつを取り逃がしたんですか？」

「そのようだ。部屋に入ったとき、ちゃんと見てなかったのか？」とマレーは訊いた。

「まさか？　ちゃんと見てましたよ。そこを椅子で殴られたんです。ボスはどうだったんですか？」

マレーはもうひとつのベッドに腰を下ろすと頭を振った。「おれも昔ほど若くないのかもしれない。おまえが倒れ、あいつが椅子の脚を突きつけるまで何が起きたのかわからなかった」彼はそう言うと顔を上げた。「何をニヤニヤ笑ってるんだ？」

マッコイは頭を振った。「おたがいさまですよ。グラスゴー市警の精鋭ふたりが、ベッドルームの椅子で武装した頭のおかしいやつに屈服させられた。勲章ものじゃないですか、あ？」

マレーは頭を振った。「行くぞ。こんなクソみたいなショーのあとは、何か飲まずにはいられない」

「どこにもいません、ボス。制服警官たちは出口から動いていませんが、何も見ていません。だれも通り過ぎませんでした。建物を探すことはできますが、四百近くも部屋があって……」

「で、やつはどこにいるんだ？」とマレーは訊いた。

ワッティーは肩をすくめた。「ホテルのなかのどこかに潜んでいるか、どうにかしてほかの出口から出たかのどちらかです」

マレーはテーブルの上にグラスを戻した。彼らは一階にある、ほとんど客のいないラウンジバーに坐っていた。いたるところにタータンチェックが施されていた。壁には湿ったにおいがこびりついている。みすぼらしい姿のバーテンダーがグラスを磨きながら、怪訝な顔で彼らを見ていた。ほかにはシェリー酒をちびちびと飲んでいる老婦人ふたりしか客はいなかった。

「ここにはいない。いつまでもここに居坐っているはずがない」マッコイはビールをひと口飲みながら、まわりを手で示した。「このホテルはばかでかい。出口を押さえたとしても窓や、搬入口、搬出用シュート、いくらでも逃げ道はあったはずだ」

マレーは彼が正しいとわかっていたが、それを認めたくないようだった。「で、どうするというんだ？」

「できることはありません。そのうち見つかるでしょう。コナリーはこれまでグラスゴーを出たことがないはずだ。どこにも行くところはない。少なくともエレイン・スコビーがここにいるあいだは。おれたちも探しているし、情報屋にも探させている。スコビーの手下どもも探しているはずだ。見つかりますよ。今度は大勢で取り囲んで、逃げられないようにすればいい」

マッコイはコナリーのホテルの部屋で見つけたペーパーバックを掲げてみせた。「アンダーラインが引いてあります」

「ほう」とマレーは言った。不機嫌そうだった。「なんと？」

読み上げた。「〝大佐はひどい死に方をした。彼は涙を流して懇願し、ヒステリックにわめき散らした。命を助けてくれたら提供できる利益について。彼が最後に絶望のなかで放ったことばは、彼らに自分の妻と娘を自由にしていいというものだった……〟」

「それはジェイク・スコビーのことを言ってるんだろうか？」とワッティーが言った。

「かもしれない」とマッコイは言った。「どうやらほんとうにエレイン・スコビーに来てもらう必要があるようだ。何か根拠が必要だというなら、ホテルの部屋の壁の写真が証拠だ。彼は明らかに取り憑かれている。彼女は安全じゃない」

マレーはうなずいた。「ロマックスにもう一度当たってみよう」

マッコイはビールを飲み干すと、立ち上がって顔をしかめた。

「どこに行く？」とマレーは訊いた。

「〈ブーツ・ザ・ケミスツ〉（英国のドラッグストア・チェーン）と〈マークス＆スペンサー〉に。アスピリンと絆創膏、それに新しいシャツを買ってきます。あんたは？」

「二時間ほど署に行ってから家に着替えに戻る。市庁舎で晩餐会があるんだ。チャリティーか何かの。最近はクソ晩餐会ばかりだよ」

「ビッグボスでいることのリスクってわけだ」マッコイはそう言うとマレーの首を指さした。「礼装の制服が名誉の負傷の痕を隠さないようにしたほうがいいですよ。女性議員全員がワクワクするでしょうから。あとでどこかで落ち合いましょう」

「また血まみれになるだろうな」マレーはゆううつそうに言った。「報道陣と警視の板挟みになって、チャーリー・ジャクソンの事件を解決しなければならない。事件は全国的なニュースになってしまった」彼はそう言うとふたりを見上げた。マッコイは初めて、マレーが年を取ったことに気づいた。ひげは赤毛というよりもグレーになっていた。「警視はわれわれが今日コナリーを取り逃がしたことを喜ばないだろう」

「捕まえますよ、ボス。すぐに」

マッコイはドアに向かった。それが真実であることを願いながら。

ラウンジバーの古びたロビーを出て、ホテルの正面玄関に向かった。そのとき、眼の前のドアが勢いよく開いた。ジェイク・スコビーとその手下がふたり、騎兵隊が到着したかのように立っていた。

「捕まえたのか？」スコビーが訊き、周囲を見まわした。

「今回はだめだった」とマッコイは言った。「逃げられた」

「クソが！」スコビーの怒鳴り声がだれもいないロビーに響きわたった。フロントの太った男が驚いて顔を上げた。

マレーがマッコイの横に現われた。「スコビー、ここで何をしてるんだ？」彼は怒りに満ちた口調で言った。

スコビーの顔が赤くなり、拳《こぶし》を握りしめた。「逃がしたそうじゃないか！」

マレーは前に進み出た。マッコイが腕を差し出して、マレーを制した。スコビーが怒鳴り散らしたのは、明らかに戦いを求めているからであり、マレーの今の気持ちを察すれば、喜んで戦いに応じるに違いなかった。

「ミスター・スコビー、どうしておれたちがここにいることを知った？」とマッコイは訊いた。

「なんだと？」

「あんたがここに現われたのは偶然じゃないんだろ？　どうやっておれたちがここにいることを知ったんだ？」

スコビーは苛立った様子だった。「それになんの関係がある？　おまえらがコナリーを見つけ、逃がした！　役立たずの集まりだ。あいかわらずのくそポリ公だ」彼は頭を振った。「自分たちでやるしかないようだ」

マレーはまだマッコイの腕を押していて、スコビーに詰め寄ろうとしていた。彼の力を感じていた。マッコイはしっかりと押さえた。〈セントイーノック・ホテル〉のロビーでマレーとスコビーが取っ組み合いをしたところで捜査にはなんの役にも立たなかった。

「もう一度訊く、ミスター・スコビー。どうやっておれたちがここにいることを知った？」

返事はなかった。ただにらんでいた。彼の部下のひとりが咳払いをして、絨毯に唾を吐いた。

「オーケイ、ミスター・スコビー、わかりやすいことばで説明しよう。あんたは警察やケヴィン・コナリーがここにいることをどうやって知ったか話そうとしない。もしあんたがこの事件の関係者を買収していたり、圧力を加えたりした結果、秘密情報を入手してここに来たのだとしたら、あんたを逮捕して、数カ月間バーリニーで過ごしてもらう。アーチー・ロマックスがなんと言おうが関係ない」

マッコイは自分のこの虚勢がどこから来ているのかよくわからなかったが、どうやらうまく働いたようだった。スコビーは警察がいかにクソかということについての罵り合いを期待していたようだが、マッコイはそんなことをするつもりはなかった。心臓がドキドキしながらも静かに、落ち着いて話をした。

「どうなんだ？　ミスター・スコビー」

スコビーはマッコイを見た。彼自身がどうであろうと、マッコイが本気なのだと悟ったようだった。マッコイを指さし、口の端に唾を飛び散らしながら話し始めた。

「よく聞け、この思いあがったガキが。おまえの名前も住所もわかっている。おまえとおまえの後ろのデブ野郎のな。この件が終わったら、おまえらふたりに会いに行く、覚えておけ」

彼は背を向けると、手下に向かってうなずき、両開きのドアから出ていった。


おれは〈セントイーノック・ホテル〉が好きだった。部屋、ベッド、階上のだれもいないフロア。ときどき、だれもいない部屋で寝た。夜中に目を覚まし、暗闇のなか、廊下を歩いた。壁のなかのネズミ、屋根のハト、そして死者のささやきに耳を澄ました。ある部屋でポルノ雑誌の山を見つけた。その上には乾いた精液で固くなった綿のハンカチがあった。だれかがおれの前にここにいたのかもしれない。だがおれはその雑誌の女の子に見覚えがあるような気がしていた。彼女たちを知っているような気がした。ひょっとしたら、自分でその雑誌を買ったのだろうか？　よくわからない。

年配のやつ。帽子をかぶったやつは以前スコビーに会いに来たことがある。大物を気取って、くだらないことを話していた。何も知らないくせに偉そうにしているポリ公だ。椅子をもっと高く掲げて、椅子の脚をやつの顔に強く押し当ててやればよかった。やつの眼に。

セントラル駅の屋根の大きな時計が四時半を告げている。おれは自由な男だ。どこでも好きなところに泊まることができる。コレクションを再開しよう。記録をつけることを欠かすことはできない。すべてを量る必要があるのだ。自分の体から何が出ていったのかを確認するのだ。

おれは新聞売り場で〈マーズ・バー〉を買った。五十グラム。包みを剝がし、ひと口かじった。顔をしかめた。すべて同じ味がした。

10

マッコイは署に戻ると、アスピリン二錠を〈アイアンブルー〉（スコットランドの炭酸飲料）で流し込んだ。一瞬立ち止まると、〈アイアンブルー〉のボトルと〈マークス&スペンサー〉の紙袋を机の上に置き、大きなげっぷをした。すっきりした。受付デスクの巡査部長からの『デイリー・レコード』のメアリーに電話をするようにというメモ六つを丸めて、六メートル離れたワッティーの机の横のごみ箱に投げた。直接入ると、両手を上げてガッツポーズをした。

「やった！」と彼は言った。「見たか？」

ワッティーは書類仕事から顔を上げた。「すごいな」

マッコイは上着を脱いで、ネクタイをゆるめた。「おいおい、どうしたんだ？」と彼は尋ねた。が、ワッティーがわめきだすのを見て、すぐにやめておけばよかったと思った。

「何があったか教えてやるよ。だれもがやりたがらないクソみたいな仕事は全部おれの机の上に放り出していくんだ。見ろよ！」

彼は立ち上がり、両手を広げた。彼の言うことにも一理あると認めざるをえなかった。ワッティーの机はありとあらゆるクソ書類で覆われていた。

ワッティーの愚痴は止まらなかった。「だれも元に戻さないファイル、ここにいる全員の電話のメッセージ、紅茶の缶、トムソンのクソ伝票！　おれは新人の刑事で物事を学ばなきゃならないんだ。使い走りじゃない！」

マッコイはズボンからシャツを出すと、ボタンをはずし始めた。「終わったか？」

ワッティーは不機嫌そうな表情で腰を下ろした。「あんたが買い物に行ってるあいだ、おれは二時間もグラスゴーじゅうのあらゆるB&Bや下宿に電話をしてたんだ」

マッコイは何かを踏んだふりをし、それを拾うためにかがみ、ワッティーに差し出した。

「おしゃぶりだ。おまえが吐き出したんだろう」

ワッティーは心ならずも笑ってしまった。「クソが」

「クソ刑事と呼んでくれ」彼はシャツを脱ぎ、新しいシャツに着替えようとした。部屋の奥から口笛を鳴らす音が聞こえた。トムソンがニヤニヤと笑っていた。

「トムソン！　おまえもようやくおれの肉体的な魅力に気づいたみたいだな」

「虫けらみたいな体にも筋肉があるところをもっと見せてくれ」とトムソンは言った。

マッコイは〈エラストプラスト〉（伸縮性の絆創膏）の缶を開けようとした。最終的に釘を蓋の下にねじ込んでどうにか開けることができた。二枚ほど取り出すと、蓋を開けるのと同じくらい苦労してラップを剝がした。ワッティーの机の上に茶色の紙袋があることに気づいた。「それはなんだ？」

「クソみたいなもんだ。ところでなんでそんなに機嫌がいいんだ？」

「どうしてだろうな」と彼は言い、大きな絆創膏を胸の傷のひとつに貼った。「けど、滅多にないことだからできるだけ利用しといたほうがいいぞ」

マッコイは、自分でもどうしてこんなに上機嫌なのかわからなかった。スコビーとの対決でアドレナリンが出たのだろう。それにあのあとマレーが彼を脇に連れていって、よくやったと言ってくれたのだ。事態を鎮めるために正しいことをしたと。ゴールデンボーイの復活だ。

「オーケイ、じゃあこれを持っていってくれるか？」ワッティーは茶色い紙袋を差し出した。「首を吊った男のことを覚えてるか？　教会で――」

「礼拝堂だ」とマッコイは言った。「彼がどうした？」

「これはそいつの私物だ。こんなものをおれにどうしろっていうんだよ？」

「どれ」とマッコイは言った。もう一枚の絆創膏を左の乳首の上の切り傷に貼った。「寄越せ」彼は声を小さくした。「実はそいつの検視報告書を持ってる。それもいっしょにして、トムソンが出かけたらあいつの机の上に置いといてやる」

ワッティーは袋を渡すと、自分の机の整理に戻ろうとした。「トムソン！」彼は叫んだ。「あんたのクソをおれの机の上からどけてくれないか？」

トムソンは両手を上げた。「おれはおまえの机の上に何も置いちゃいないよ」

マッコイは、ふたりの口論は放っておき、席に戻った。着ていたシャツを見て、とっておいてもしょうがないと判断してごみ箱に入れ、新しいシャツのボタンを留めた。ワッティーから受け取った紙袋は、ひとりの男の最後の持ち物にしてはかなり軽かった。開けてみた。汗と煙草のにおいのするスーツとシャツがたたまれて入っていた。下着と靴下は入っていなかった。財布が一番上に置いてある。マッコイは取り出して開けてみた。

腕時計の質札と祈りのカードが入っていた。セント・ジュード。敗北者の守護聖人。この可哀そうな男には何もしてやれなかったようだ。裏返してみた。裏にはボールペンで聖書の一節がびっしり書き込まれていた。よくあるやつだ。コリント人への第一の手紙十三・四、ヨハネによる福音書三・一六、マタイによる福音書十一・二八。彼は学校や施設で長年、無理やり聖書を教え込まれてきたので、そのほとんどをそらんじることができた。

庭の柵の前に立って赤ん坊を抱いている女性が写った、ひび割れた写真を取り出した。服装から判断して彼とその母親だろう。四〇年代に撮られた写真のようだ。断酒会《AA》の時間と場所が書かれた小さなカードもあった。少なくともこの哀れな男も頑張っていたようだ。折りたたまれた新聞の切り抜き。マッコイはそれを見て、なぜこの男が、春に球根を早く植えるという記事を取っておいたのか不思議に思った。だが、反対側の面を見ていることに気づき、ひっくり返した。ホテルの宴会場。三人のビジネスマンと礼装の制服を着た警察官。

警察本部長の退職記念パーティー

すぐにめまいがし、気分が悪くなった。顔を上げると、トムソンが渋々、ワッティーの机からフォルダーを取り去っていた。マレーは制服を着た大きな男とメルローズ（スコティッシュ・ボーダーズのメルローズを本拠地とするラグビーチーム）のスコアについて話していた。ゆっくり息をして、呼吸を整えようとした。頭がぐるぐるとまわっているのを止めようとした。

彼は写真に眼を戻した。よく見た。礼装の制服姿の警官の頭の上には青のボールペンで、大文字で何か書いてあった。

詩編五十六・四

知らない一節だ。彼はトムソンに向かって叫んだ。「あの聖書はまだあるのか？」

トムソンはファイルを机の上に置くとうなずいた。「まだ物置に山ほどある」

マッコイは急いで出ていくと、聖書を一冊持って戻り、自分の席に着いた。それはバイブル・ジョン（一九六八年から一九六九年までのあいだにグラスゴーで三名の女性を殺害したとみられるシリアルキラー）の事件のために買ったものだったが、捜査が行き詰まったために物置に片付けてあった。ページをめくり、十九番目にある詩編をヨブ記と箴言《しんげん》──それらは何年経っていても暗唱できた──のあいだに見つけた。五十六編を見つけ、さらに四節を見つけ読んだ。

神に信頼し、恐れることはありません。肉なる者がわたしに何をなしうるでしょう。
（日本聖書協会共同訳）

椅子の背に体を預けた。トムソンがワッティーに向かって叫んでいるのが聞こえた。机の上のごみは自分のじゃないと言っている。背後ではラジオが明日の天気を伝えていた。自分の息の音も聞こえた。

もう一度読んだ。

胸が痛むので早退するとワッティーに告げ、だれも見ていないことをたしかめてから、男の財布をポケットに入れ、検視報告書をコートの下に隠して、ドアから出た。

マッコイは礼拝堂の扉の外にしばらく立っていた。煙草を吸いながら、このまま礼拝堂をあとにして署に帰り、ケヴィン・コナリーやエレイン・スコビーのこと、ワッティーとトムソンの不平の言い合いに身をゆだねたいという想いを打ち消そうとしていた。ほんとうは署にいたいわけではなかったが、なぜか今は、そこが心地よく、安全であるような気がしていた。それでも、ようやく彼はいつも自分のすることをした。煙草を赤い砂利の上に落とし、足で踏み消した。そして礼拝堂の重い扉を押し開けた。

マッコイが以前礼拝堂に入ってからずいぶんと経っていたが、においは今も同じだった。足を踏み入れるとすぐに襲ってきた。床磨き剤、ろうそく、そしてかすかにお香の香りがする。幼い頃に行ったことのある礼拝堂は暗くて寒く、恐怖と服従を植えつけることを意図していた。少なくとも、この礼拝堂はそれよりは少しだけ心地よく感じた。

内装は通常の暗い石造りではなく、白いしっくいと木でできており、屋根はまるで船をひっくり返したような形をしていた。高い窓から午後の陽の名残が射し込んでいた。祭壇の両脇には大きな花瓶がふたつあり、壁には何かを刺繍《ししゅう》したタペストリーのようなものが掛かっていた。それは明るい色と虹に彩られ、大きな色とりどりの文字で〝主のことばを聞きなさい〟と書いてあった。

変わっていないものもあった。奥の壁には汚れた大きな十字架像があった。イエスが石膏の顔に苦悩と失望をにじませながら見下ろしている。彼はまさにこのような十字架像の前で殴られたことを覚えていた。シスター・ヘレンというのが彼女の名前だった。革のベルトで何度も何度も打たれ、髪をつかまれて永遠に失望した主イエス・キリストの顔を見上げさせられた。

彼女は、おまえには価値はないとマッコイに言い、おまえが邪悪だから、両親はおまえを捨てたのだと言った。態度を改めないかぎり、毎日このようなことが続くと言った。おまえは通りの犬以下なのだと。おかしなことに、今になってみると、そのときの彼女がせいぜい十九歳かそこらだったことに気づいた。そんなに若いというのにどうしてあんな憎しみを抱くことができたのか不思議でならなかった。

彼は会衆席に腰を下ろした。思わず十字を切らないように気をつけた。神父が祭壇の上で聖杯と、あとは名前を思い出せないようなものを並べていた。若い男性で背が高く、二十代後半といったところだ。黒いスーツを着て、赤い髪をしていた。彼は顔を上げると、マッコイを見て微笑み、チャペルハウスに戻ろうとした。

「話がある」とマッコイは言った。人気《ひとけ》のない礼拝堂でその声は大きく響いた。

神父は立ち止まり、振り向いてマッコイのほうに歩いてきた。「どうされましたか？」と彼は訊き、握手をしようと手を差し出した。「神父のモナハンです」

マッコイは警察の身分証明証を出した。「ポール・ジョセフ・ブレイディについて話がある」と彼は言った。

神父は手を下ろすと、眼の前の会衆席に坐った。こうなることがわかっていたようだった。

「以前から彼を知っていたのか？」とマッコイは尋ねた。

「残念ながらあまりよくは知りませんでした」彼は弱々しく笑った。「彼を助けてやれるほどには」

マッコイは周囲を見まわした。「ここでやったのか？」

神父はうなずいた。マッコイの頭越しに指さした。「バルコニーの会衆席にロープを取りつけて、その縁《ふち》越しに首を吊ったんです。六時のミサのために開けたときにわたしが見つけました」彼は十字を切った。「手遅れでした。もう亡くなっていました」

「彼はどんな男だった？」

「静かでした。何度か話しかけようとしましたが、とても恥ずかしがり屋だった。荒れた生活をしている印象で、元気そうな日もあれば、そうでない日もありました。炊き出しや簡易宿泊所のチラシを渡して、来たらいつでも話し相手になると言いました」彼はまた微笑んだ。「充分ではなかったようです」

「どのくらいの頻度で来ていた？」

「週に二、三回でしょうか。いつも朝のミサに来て、後ろのほうに坐っていました。最後に来たのは二週間前です。異常な寒さが続いたときがあったでしょう。少し興奮した状態で、凍えそうでした。暖を取りに礼拝堂に来たんでしょう。何も言いませんでしたが、紅茶を淹《い》れてやり、しばらくふたりで坐って話しました」

「何について話した？」

「わたしは彼をクライド川沿いにあるサイモン・コミュニティに行かせようとしました。空きがあることを知っていたので。そこに電話をして、スタッフが彼の来るのを待っていると彼にも告げました。行くとは言っていましたが、正直なところ、彼の言っていることはあまり筋道が通っていなかった。ほんとうに行ったかどうかはわかりません」

彼は少し考えてから続けた。

「酔っていたとは思えません。たぶん混乱していたんでしょう。時間や場所がごちゃごちゃになっていた。母親の葬式に行かせてもらえないとか、〈グレート・イースタン・ホテル〉の人間に金を盗まれたとか、その行方をわたしが知らないかとか言っていました。彼に話をさせました。だれかに話を聞いてほしがっていたように思えたので。そういえば、おじさん《アンクル》のひとりを見たと――」

マッコイは体を乗り出した。「なんだって？」

「おじさんを見たと言っていました。ひどく混乱していて、最近のことなのか、ずっと昔のことなのかわかりませんでした。名前はなんと言っていたか――」

「ケニー？」とマッコイは言った。

神父は驚いたようだった。「どうしてそれを知ってるんですか？　ええ、そうです。その人を知ってるんですか？」

マッコイは首を振った。

「さっき言ったように、あまり筋が通っていませんでした。「彼はアンクル・ケニーのことをなんと言ってた？」

わたしはおじさんなら助けてくれるかもしれないと言いました。ただ見たと言っていました。しばらくのあいだ、引き受けてくれるかもしれないと」

「彼はなんと？」

「笑いました。それから泣きだしました」

背後の大きな扉が開いて、冷たい空気が流れ込み、ふたりの少年が転がるように入ってきた。ふたりは笑い、たがいに体をぶつけあっていた。神父に気づいて、すぐに立ち止まった。ひざまずくと十字を切った。

「行って、支度をしなさい。すぐに終わるから」と神父は言った。

少年たちはうなずき、走って祭壇の後ろに消えていった。

「ちょっと前まではわたしも彼らのようにミサの侍者を務めていたんです」彼は微笑んだ。

「年配の信徒の何人かからは今もそのように扱われます」

「彼は告解に来たことは？」マッコイは訊いた。

「一度。一度だけ来たことがあります」

「いつ？」

神父は答えなかった。

「いつ？」マッコイは繰り返した。

神父は顔を上げた。眼が赤かった。「前の晩です。死んだ前日の晩です」

「何を話した？」

神父は首を振った。「話せないことはご存じでしょう」彼はマッコイの背後の祭壇を見た。「すみません、準備をしなければならないので」

彼は立ち上がって行こうとした。マッコイはその腕をつかんだ。

「彼はあんたのクソ礼拝堂で首を吊ったんだぞ。話すんだ！」

神父は腕を引き離そうとしたが、マッコイはさらに強く握った。知らなければならなかった。「今となっては何も変わりはしない。あの哀れな野郎は死んだ。だから彼があんたに何を話したか言うんだ」

神父は身をよじって、逃れようとした。

「話すんだ！」

自分の声が礼拝堂に反響しているのを聞くまで、マッコイは自分が叫んでいることに気づいていなかった。

神父は彼を見た。口を大きく開いていた。「あなたはブレイディがなんと言ったか知ってるんでしょ、違いますか？　あなたの顔にそう書いてあります」

マッコイは腕を下ろすと、あとずさった。

「お待ちなさい！」と神父は言った。「お願いです、話を聞かせてください！　たぶんわたしならあなたを救うことが――」

マッコイは立ち上がり、扉に向かって歩き始めた。足早に歩いた。できるだけ早く外に出たかった。神父が戻るように呼びかけているのが聞こえた。その声は人気《ひとけ》のない礼拝堂に反響していた。それを無視し、歩き続けた。神父がさらに呼びかけた。重荷を下ろす必要性について、祈りの力について何か言っていた。

マッコイは重い扉を押し開け、冷たく澄んだ空気のなかに足を踏み出した。扉が彼の後ろで大きな音をたてて閉まった。もう神父はいない。夕方のガースキューブ・ロードを通り過ぎる車の音がするだけだった。いい音だ。彼は礼拝堂の壁にもたれかかった。気がつくと泣いていた。

マッコイはレンフィールド・ストリートを歩き、自分が何をしようとしているのか整理しようとした。おれは何をしてるんだ？　自分のしていることはよくわかっていた。自分は火をつけようとしているのだ。礼拝堂に入ったときからそうしていることはわかっていたし、今はそれにガソリンを注ごうとしていた。このあとはもうあと戻りできないだろう。二月の寒い月曜の夜、通りに人はいなかった。彼には買えないスーツが並んだ〈フォーサイス〉のウインドウの前を通り過ぎ、レストランの入口の前で立ち止まった。

やめるなら今だ。なかに入ればもう戻れないとわかっていた。礼拝堂で首を吊ったブレイディのことを考え、同じことをしたかもしれないほかの少年たちのことを考え、そして自分やスティーヴィーのようになんとか逃げのびることのできた者のことを考えた。マッコイは彼らに借りがあった。煙草を歩道に落とすと足で踏み消し、〈ジェイド・シー〉のドアを開けた。

なぜ中華料理店はいつも二階にあるのだろうと不思議に思いながら階段を上がり、ドアを押し開けてなかに入った。そのレストランは東洋の庭園のような内装が施されていた。ブースの上には小さな仏塔の屋根があり、植物や水槽があった。天井からは鮮やかなペイントが施された木製のドラゴンがぶら下がっていた。床には茶色の渦巻き模様の絨毯《じゅうたん》が敷かれ、いくぶん効果を薄めてしまっていた。

蝶ネクタイをした笑顔のウェイターが、メニューを手に近づいてきた。マッコイは隅のブースを指さした。クーパーとナンバー2のビリー・ウィアーが、黒髪をオールバックにし、長い革のコートを着た男と真剣に話をしていた。歩み寄ろうとすると、ジャンボがどこからともなく現われ、彼の前に立った。

「すみません、ミスター・マッコイ。打合せ中なんで」

彼が眼をやると、クーパーが指を五本立てた。「五分待て」と口元で伝えた。

マッコイがテーブルに坐ると、ジャンボは彼の横に坐り、マッコイに見られる前に戦争コミック誌をテーブルの下に隠そうとした。遅かった。

「なんてこった！」とマッコイは言い、顎で示した。「驚いたな！」

ジャンボは少し困ったような顔をした。「クーパーさんに読み書きの勉強をする必要があるって言われたから持ってきたんだ」

「なるほど。悪い考えじゃない」

マッコイは煙草の火をつけ、マッチを灰皿に落とした。ジャンボはいつものように無表情で、大きな手にコミック雑誌を持っていた。十七、八にしか見えない。大きな子供のようだ。だが彼のセーターの下の筋肉は、彼がクーパーを護衛するためにここに坐っていることを物語っていた。

「で、スティーヴィーの下で働くのはどんな感じだ?」とマッコイは訊いた。

ジャンボは顔を輝かせて微笑んだ。「気に入ってる。クーパーさんはよくしてくれてる」

「そうなのか?」とマッコイは言った。「手の具合はどうだ?」

ジャンボは困惑した様子で、手を差し出した。指が一本なく、片方の手はぐちゃぐちゃにつぶれていた。

「そうしなきゃならなかったんだ。わかってるだろ」とマッコイは言った。「おれがそうしなければ、もっとひどいことになっていた。おれもやりたくなかった」

ジャンボはうなずいた。「わかってる。あんたが来てくれなかったら、クーパーさんはおれを殺していた」

それは冗談でも誇張でもなかった。単純な真実だった。クーパーは、ジャンボの仲間を殺したように、ジャンボも殺していたかもしれなかった。すべてはクーパーの帳簿を盗んだために。

マッコイは頭を振った。「ほんとうに大丈夫なのか、ジャンボ?」

彼はうなずいた。「仕事をもらって、住むところもある。ラッキーだよ」

マッコイはうなずいた。たぶんそうなのだろう。ジャンボのような男に、ほかに何ができるというのだ？　まともな仕事には就けないだろうし、運がよくても日雇い労働者になるのがせいぜいだ。マッコイはコミック雑誌を顎で示した。

「よし、読んでみろ」と彼は言った。

ジャンボは開くと読み始めた。「『合図がよう……ようが？』」

彼は顔を上げた。

「要塞《strength》だ」とマッコイは言った。「gはほとんど発音しない」

ジャンボは困惑したようにマッコイを見た。

「わかるよ」とマッコイは言った。「おれに訊かないでくれ。そうなってるんだ」

ジャンボは続けた。「『ようさいからきた。が、おれにはわかった《ゴット・ザ・ギスト》──』」

「わかっただ《ゴット・ザ・ジスト》。そう発音する──」

「クソが！」

ふたりは、声のしたほう──レストランの反対側──を見た。クーパーがナイフを握っていた。正確にはナイフの柄《つか》の部分だ。刃は革コートの男の手に深く刺さり、テーブルに突き刺さっていた。男はすすり泣き、うなずいて、クーパーが耳元でささやいていることば──それがなんであれ──に同意していた。顔は苦痛に歪んでいた。

木の葉のあいだから、ビリーがクーパーを説得し、落ち着かせようとしているのが見えた。だがうまくいっているようには見えなかった。それどころか逆効果だった。クーパーはビリーに黙っていろと言い、ナイフをさらに深く突き刺した。また悲鳴があがる。

「なんてこった」マッコイはそう言うと表情を曇らせた。「何が起きてるんだ？」

ジャンボはちらっと見て、肩をすくめると、読書を続けた。

「『きんきゅうじたいだ。あのじいさんのところに行ったほうがいい』」

マッコイは椅子の背にもたれかかった。なぜ自分が今もクーパーと友人でいるのか不思議だった。どうしてマレーが言い続けているように距離を置かなかったのだろう。ジャンボはまだ雑誌を読んでいた。部屋の反対側で起きていることには眼もくれようとしなかった。もう慣れっこなんだろう。

クーパーがナイフを引き抜くと、男がビリーの腕のなかに倒れ込んだ。ビリーは彼の手をリネンのナプキンで包み、ブースから体を引き出して、ドアのほうへと引きずっていった。

「悪いな、ハリー。もう少し待っていてくれ」ビリーは陽気にそう言うと、怯えきった男を引きずってふたりの前を通り過ぎた。

ジャンボはまだ雑誌を読み続けていた。「『オーケイ、あいぼう。ぜんせんにメッセージを――』」

「どうした?」ビリー・ウィアーが戻ってきて、立ったまま手を差し出した。ふたりは握手をした。マッコイはビリーが好きだった。マッコイの知るかぎり、彼はクーパーの部下のなかで唯一分別のある人間だった。ビリーが歯を見せて笑った。彼もまた若かった。せいぜい二十代前半だろう。黒髪を短く切っていた。シャツの袖に血が飛び散っている。

「これ以上、ボスをイラつかせる前にあのばかをぶちのめす必要があったんだ。ばかには言っても無駄だ。身をもって教えるしかない」

彼は芝居がかったようにお辞儀をした。「陛下がお会いになるそうだ」そう言うとジャンボの肩を叩いた。「さあ、相棒、散歩にでも行って、煙草を買ってこようぜ。ミスター・クーパーはふたりきりにしてほしいそうだ」

ふたりが去り、マッコイはブースに近づくと、ウェイターが血の付いたテーブルクロスを丸めてバケツのなかに入れ、新しいのを敷くのを待った。

「またおまえか?」クーパーは穏やかな口調で言った。「夕メシでも食うか?」

マッコイはうなずいた。クーパーはウェイターに料理を持ってくるように言った。特に何も注文せず、その日のお薦めに任せた。

「さっきのはなんだったんだ?」とマッコイは訊いた。

「ビジネスだ」とクーパーは言い、血の付いたナイフの刃をナプキンで拭ってから、ジーンズのポケットに入れた。

マッコイは検視報告書をテーブルの上に置き、その上に財布を置いた。

クーパーはそのふたつを自分のほうに引き寄せると、報告書を開いて、なかに眼を通した。「男が首を吊った」彼はニヤリと笑った。「これがどうした？　少なくともこの件をおれのせいにはできんぞ」

マッコイは名前の部分を指で叩いて示した。クーパーはもう一度読んだ。

「ポール・ジョセフ・ブレイディ。それで？　ホームにいたやつか？」

「ジョーイ。彼はあのジョーイだ」とマッコイは言った。

クーパーはマッコイを見た。「なんだって？　あのチビのジョーイか？　嘘だろ」彼は表紙にホッチキスで留められた写真をもう一度見た。「たしかか？」

マッコイはうなずいた。

「哀れなやつだ」とクーパーは言った。「あいつのことはあまり助けてやれなかった」

マッコイは財布を開け、新聞の切り抜きを取り出して広げた。クーパーはそれを見ると、眉を上げた。

「首を吊ったとき、これを持っていた。あいつも彼に気づいたに違いない」

「それはなんだ？」クーパーが警官の頭の上に書かれた文字を指さして言った。

「聖書からの引用だ。〝神に信頼し、恐れることはありません。肉なる者がわたしに何をなしうるでしょう〟」

ウェイターが現われ、テーブルに皿を並べ始めた。クーパーは椅子の背にもたれかかり、ウェイターが料理、皿、ボウル、銀食器を並べるのを待った。視線はマッコイに向けたままだった。ようやくテーブルの上がウェイターの満足いくように整えられた。彼はお辞儀をして去っていった。

「アンクル・ケニー」とクーパーは言った。

「アンクル・ケニー」とマッコイは言った。「一日かそこら時間をくれ。ファイルを調べてみる。今どこに住んでいるのか見つけ出す」

「そしてぼこぼこにぶちのめす」とクーパーは言った。

マッコイはうなずいた。「ぼこぼこにぶちのめす」

クーパーはニヤリと笑った。「どうしておれが言ったときにやると言わなかったんだ？時間の無駄だろうが」

「なぜなら、おれがばか野郎だからだ。違うか？」

「たしかに」クーパーはスペア・リブを手に取ってかじった。「今日、いいニュースがあった。ビリー・チャンが香港から電話をしてきた。供給ラインが立ち上がって稼働するぞうだ」

「じゃあ、偉大な計画が具体化しつつあるということか？」クーパーはうなずいた。「ハリー、事態は変わりだしている。大きく変わろうとしているんだ。今夜は何かあるのか？」

「何も予定はない」とマッコイは言った。

「そりゃ、いい」とクーパーは言い、スペア・リブの骨を皿に戻した。「久しぶりだ。釣りに行くのに付き合え」

正直なところ、ほかにすることもなく、断る理由も見つからなかった。なので〈ゼファー〉の後部座席でジャンボの横に坐り、クーパーとビリー・ウィアーがあと何人、手下が必要なのか話しているのを聞いていた。結論は五人か六人ということになったようだ。そう決まると、ビリーはラジオをつけ、《マイ・スイート・ロード》に合わせて歌い始めた。下手だった。

幸いにも長く我慢する必要はなかった。遠くまで行くつもりはないようだ。アーガイル・ストリートをガロウゲートまで行くだけだった。目的地は、正確には〈ランド・バー〉なのだが、正確に言うのは簡単ではなかった。その店はしょっちゅう名前を変えていたのだ。マッコイが最後に行ったときには〈シビック〉と呼ばれていた。その前は別の名前だった。〈リーズ〉だっただろうか？

クーパーは座席の背もたれから身を乗り出し、ウォッカのハーフボトルをマッコイに手渡した。マッコイはそれを受け取るとひと口飲んだ。ジャンボに差し出すと、ジャンボは首を振った。

「何をしようとしてるんだ？」マッコイは訊いた。

「新しい血を見つける」とクーパーは言った。「このままいくと、新しい血が必要になる。このあたりのくだらない小さなギャングどもを仕切ってるやつは悪くないらしい。仲間も何人かいる。お薦めだそうだ」

マッコイはウォッカをもうひと口飲んで顔をしかめた。どんな人物が新進気鋭のギャングを推薦するのだろうかと不思議に思った。彼らはハイ・ストリートの信号で停まった。乳母車を押しながら、ふたりの子供の手を引いて、苦労して道を渡っている女性を見ていた。雨はまだ降り続いており、濡れた通りが車のヘッドライトを反射していた。ジャンボは鼻歌を歌いながら、窓の結露にスマイルマークを描いていた。

「その連中は、おれたちが来ることを知ってるのか？」車が走りだすと、マッコイは訊いた。

ビリーはミラー越しにマッコイを見て、ニヤリと笑った。「そういうわけじゃない」〈ランド・バー〉はグラスゴーのほかの汚いパブと変わらなかった。使い古されたリノリウムの床、テーブルと椅子がいくつかに、薄汚れた窓がふたつ、そして天井の蛍光灯が、色あせた壁紙とバーに並んで坐る負け犬たちを照らしていた。三人が店内で席を見つけているあいだに、ジャンボがバーカウンターに行った。

店の奥は明らかにこの店を縄張りとしている若い男たちでいっぱいだった。長髪、デニム。革のコートを着ている男もいる。全員が煙草を吸い、ビリーとクーパーを見つめていた。スティーヴィー・くそ・クーパーが自分たちのバーで何をしようとしているのか知りたくてたまらないのに、必死で無関心を装っていた。

「で、あれがそのギャングなのか？」とマッコイは言った。ジャンボが飲み物をテーブルに置いた。

「クソの集まりみたいだな」クーパーは穏やかな口調で言った。

「おれはここで頭を蹴られることになるのか？」とマッコイは訊いた。「もしそうなら、さっさと終わらせて、どこかほかの場所に飲みに行こうぜ？　ひどい場所だ」

「いや、おまえは大丈夫だから、黙ってろ」とクーパーは言った。「そこに坐って見ているだけでいい」

「すばらしい」とマッコイは言った。「なんて夜だ。家でテレビにかじりついてなくてよかったよ」

ビリーが立ち上がり、ビールを飲み干した。「ショーを始めたほうがいいかもしれんな」

クーパーはうなずいた。

ビリーが若者たちの集団に近づいていった。動きがあり、何人かが位置を変えた。ポケットに手を入れ、ナイフを握っている者もいた。勇気のある者は反抗的な視線を送っていた。

「トニー・リードってのはどいつだ？」とビリーが訊いた。

背の高い赤毛の男が集団のなかから一歩踏み出してきた。デニムに白いヘンリーネックTシャツ、フェアアイル柄《がら》のベストを着ていた。「だれが言った？」と彼は訊いた。

「おれだよ、ガキが。来い」とビリーは言った。「話したがってる人がいる」

彼は背を向けてクーパーのほうに戻ろうとしたが、リードは動こうとせず、その場に立ったままだった。

「くそっ、なんてこった」とビリーは言った。「そう来るのか、あ？」

「ああ、そうだ」とリードは言った。

ビリーは時間がないんだとかなんとか小声でつぶやきながら、前に進み出ると、リードの顔に頭突きを食らわせた。リードがくずおれると、ビリーは髪をつかんで顔を地面に叩きつけ、クーパーのところまで床の上を引きずって連れていこうとした。若者たちはあとずさり、ビリーが汚い床の上を、リードを引きずっていく様子から眼をそむけていた。

ビリーはリードを抱え上げると、クーパーの向かいの椅子に坐らせた。リードは鼻から血を流し、呆然とした表情をしていた。虚勢は消え失せていた。

「おれがだれだかわかるか？」とクーパーは訊いた。

リードはうなずいた。

「おまえを推薦された。自分をコントロールできるやつだと。そのとおりなのか？」

リードはもう一度うなずいた。

「よし、なら今日はおまえのラッキーデイだ。おまえとあとふたり必要だ。おれのために働く。ビリーが取り仕切る」

リードは怪訝な表情でビリーを見た。ビリーが彼に微笑み、ウインクをした。

「わかったか？」

「はい、ミスター・クーパー」

「その調子だ。細かいことはビリーが説明する。おれは仕事仲間と飲みに行く」

クーパーは立ち上がり、マッコイを見た。

「ああ、おれのことか？」マッコイは驚いたように言った。「すまん、だれのことを言ってるのかわからなかった。いいぞ」

クーパーは頭を振った。

彼らはガロウゲートに沿って街まで戻った。ジャンボがふたりの数歩後ろをついてきた。雨はいっそう激しくなってきたので、マッコイは前方の〈トルブース〉を指さした。すでにびしょ濡れになっていて、これ以上歩くのは無理だった。それに彼は〈トルブース〉が好きだった。きちんとしたパブでうまいビールを出してくれた。クーパーはそこまで気に入ってはいないようだった。女がいなくてじいさんばかりだと文句を言った。だがそこは暖かく、そして近かった。マッコイが勝った。

彼らは火のそばに坐り、体を乾かした。ジャンボはうれしそうに〈コカ・コーラ〉を手に、スロットマシンにコインを入れていた。ふたりはビールを数杯飲み、クーパーがほかにも何人か若者を必要としていること、ビリーが優秀なナンバー2であること、サッカーのスコットランド代表がいかにだめかについて話した。やがてクーパーは、ここに来たほんとうの理由について話し始めた。

「あのクソ病院にいたとき、アンクル・ケニーのことばかり考えていたわけじゃない」と彼は言った。「将来について考えた」

「深刻そうな話だな？」とマッコイは言った。

「ああ。おれは何者だ？　三十一歳？　年を取りすぎちまって、これまでと同じというわけにはいかない。ストリートファイトや借金の取り立てはもう終わりだ」

「けどおまえは戦いが好きなんだろ？」とマッコイは言った。

クーパーはうなずいた。「だが昔ほどではなくなってきた」彼はマッコイをちらっと見た。「だれかにこのことを話したら、ぶっ飛ばすからな、いいな？」

マッコイは敬礼をした。

「背中がちょっとひどくてな。筋肉に大きな損傷がある。あの剣を持ったクソ野郎にやられたところだ」

そのニュース自体はマッコイにとって驚きではなかった。彼は最近のクーパーの動きを見ていたからだ。驚きだったのは、彼がそれを認めたことだった。

「そこまで悪くはないんだろ？」

クーパーは肩をすくめた「かもしれない。二カ月後にまた行って、専門家だかだれかに診《み》てもらわなけりゃならない。とにかく、どうなるにしろ、次に進むべきときだ。ばかなことを長くやりすぎた。物事は変わり始めていて、うまくいきつつある。おれ、おまえ、ビリー・ウィアー、ビリー・チャンでやっていくんだ」

「おれ?」とマッコイは訊いた。

「あい、おまえだ」

「おれは何をするんだ?」

「頭を低くして、偉くなるんだ」クーパーはニヤリと笑った。「いつかお偉いさんのなかに友達が必要になるかもしれんからな」

マッコイはそのことばを無視した。彼とクーパーがどれだけ仲がよくても、彼がクーパーの子飼いの警官になることはありえなかった。

「それで新人が必要なのか? 世界でも征服しようってのか? いつから始まるんだ?」

「すぐにでも」とクーパーは言った。「あとふたつほどピースがはまれば、レースが始まる」彼は立ち上がった。「それまでは酔っぱらおうぜ」

何杯か飲んで、ふたりはすっかり酔っぱらった。ビリー・ウィアーがやってきて、〈ランド・バー〉でほかにも何人か使えそうなやつを選んできたと告げて去っていった。彼はテーブルの下で二グラムほどの覚醒剤《スピード》も渡していった。

マッコイは鼻を拭いながら、トイレから出てきた。月曜の夜八時からスピードをやるのはいい考えではないとわかっていたが、自分を止めることができなかった。特に数杯飲んだあととあっては。クーパーの隣に坐ると、喉の奥をおなじみのドラッグの味が落ちていくのを感じ、ビールをぐいっと飲んで流し込んだ。

クーパーは眼を大きく見開いて、バーを見まわした。機嫌がよさそうではなかった。

「ここはクソじじいばかりだ」

彼の言うとおりだった。六十歳以下の客は、彼らふたりとジャンボだけのようだった。

「どこへ行く気だ」とマッコイは訊いた。

クーパーはマッコイのほうを見ると、ニヤッと笑った。「わかってんだろうが」

三十分後、彼らはロイヤル・エクスチェンジ・スクエアにある〈ゲイ・ゴードン〉で、酒を前にして坐っていた。入るのには少しトラブルがあった。ドアマンがジャンボをひと目見て、常連客以外はお断りだと言ったのだ。クーパーは微笑みながら、顔を殴られる前にチャンを連れてこいとドアマンに言った。

それが功を奏したようだった。マネージャーのチャンが満面の笑みで戸口に現われ、握手をして、ドリンクチケットを渡すと、彼らを招き入れた。そこはまるで大きなショートブレッドの缶のなかに入ったようだった。絨毯はタータンチェック。壁もタータンチェックで、雄鹿とハイランドの戦士の絵が掛かっていた。チャンは三人を店の奥にあるカクテルバーのブースまで案内し、キルトのミニスカートを穿いたウェイトレスを寄越して注文を取らせた。

マッコイが来たいと思う場所ではなかったが、クーパーは愉しそうで、ウェイトレスに微笑みかけ、軽口を叩きながら、酒を飲んでいた。

「ここに来たのには、何か特別な理由でもあるのか？」とマッコイは尋ねた。

「今にわかる」とクーパーは言った。「おとなしくしてろ」

スピードがマッコイをおしゃべりにさせ、酒が質問する自信を彼に与えていた。

「メメン・ロードでのことを覚えてるか？」

「なんだと？」クーパーは心ここにあらずといった感じで顔を向けた。眼は別のブースに坐っているふたりの女の子に向けられていた。

「マレーが汚れていると言っただろ。賄賂をもらっていると」

クーパーが彼を見た。今度はちゃんと聞いていた。

「ほんとうなのか？」とマッコイは訊いた。

ウェイトレスがビールとウィスキーのお代わりの載ったトレイを持って現われた。ジャンボには〈コカ・コーラ〉だ。それらを慎重にテーブルの上に置くと、クーパーにウインクして、バーカウンターに戻っていった。

「嘘だ。おまえがおれをイライラさせるからでっちあげた。これで満足か?」

「ほんとうなのか?」

「うるせえな、マッコイ、そう言ってんだろうが」

彼がもう一度訊こうとしたところで、照明が暗くなり、スピーカーからジェームズ・ボンドのテーマが流れてきた。

クーパーが身を乗り出し、マッコイの耳元でささやいた。「これがここに来た理由だよ」

音楽にかぶさるように大きな声が響いた。「みなさん、ブライアン・マーリー・ダンサーズです!」

ステージを覆うドライアイスの煙のなかから六人の女性が現われ、スポットライトの下に進み出た。全員がビキニ姿で、リボルバーの拳銃を持っていた。音楽はシャーリー・バッシーが歌う《ゴールドフィンガー》に変わり、女たちはステージの上を歩きながら、観客に銃を向けて踊り始めた。

マッコイはブースに深く坐り、ウィスキーを飲みながら、女たちが天井まで伸びるポールに体を巻きつけたり、脚を上げてハイヒールの先を向けたりするのを見ていた。クーパーが今、嘘をついているのか、それともあのときの話が嘘だったのかわからなかった。
それが知りたかった。

頭が痛い。ずっと痛かった。何度か壁に頭をぶつければうまくいくこともある。だが、今回は違った。寒さが痛みを落ち着かせると思い、雨のなかを散歩する。クライド川に架かる橋の上で立ち止まり、水面《みなも》を眺める。

よくわからないが、死体が川を流れていくのを見たような気がする。両手を広げ、回転しながら橋の下に消えていく。一九四四年のライン川のように水面に浮かぶ死体だ。

空には光が見え、街灯のまわりに色が見える。アスピリンを六錠嚙み砕く。

新しいコートのポケットからウォッカのハーフボトルを取り出す。街を歩きながらそれを飲み、ブラックボンバー三錠を流し込む。気分がよくなってきた。だれかとセックスをしようと決める。それが彼女だと思って。手のなかに彼女の髪を感じ、ヒップのカーブを感じ、乳首を口に含む。そうすれば頭痛もなくなるだろう。

ポケット越しにペニスを撫でながら、ソウチーホール・ストリートを進む。ブライスウッド・スクエアに着く頃には、すでに硬くなっている。ライン川を渡っているところを想像する。背中にモーゼルを背負い、横にはポルタと外人部隊の兵士がいた。ドイツの女を手に入れるのだ。

しばらく眺めてから、彼女と同じ黒髪の女を選ぶ。

ああ、愛しい人。そう言いながら彼女に覆いかぶさり、彼女のなかに入る。もうすぐだ、もうすぐだ……

一九七三年二月十三日

11

新聞に掲載されていた、悲嘆に暮れる婚約者の写真は、彼女のほんとうの姿を写してはいなかった。彼女は眼を見張るような美人だった。今は短く切りそろえた黒髪が軽く顔に掛かっていた。青い大きな眼で、時計さえ止めてしまいそうな美しい顔立ちをしていた。エレイン・スコビーは古い製図用キャビネットにもたれかかり、青いシルクのジャンプスーツに緑の厚底の靴を履き、軽蔑の表情を浮かべていた。どんなに頑張ってもここまで不機嫌には見えないだろう。

ブティックに不似合いなのは、製図用のキャビネットだけではなかった。店内はどこで拾ってきたのかは神のみぞ知るといったがらくたであふれかえっていた。古い路面電車の看板、ビクトリア朝の将軍の胸像、シダを植えたしびんが置かれた木製の鉢植え台。がらくたのせいで商品の服が見えないほどで、まるであとから思いついたかのように無造作に並べられていた。マッコイは雄鹿の角《つの》に吊るされた小さなブラウスの値札を見た。彼がスーツ一着に費やす金額よりも高かった。

「なんとも大勢で押しかけてきたもんだな？」とロマックスが言った。むしろこの事態をおもしろがっているようだった。いつものようにスーツにブーツを合わせていた。チョークストライプのスーツに花柄のネクタイ。「フルメンバーをもてなすことになるとは思っていなかったよ」

「多ければ多いほど愉しいからな」とマレーは言った。「山のほうがムハンマドに会いに来てやったんだ」

エレイン・スコビーは納得のいかないといった笑みを浮かべ、〈ソブラニー・ブラック〉の最後の一本を大きな大理石の灰皿でもみ消した。「長くかかるの、アーチー？」と彼女が訊いた。「このあと約束があるの」

ロマックスは店の奥にある、ぼろぼろで革のひび割れたチェスターフィールド・ソファを手で示した。「紳士諸君、お坐り願えるかな」

坐ると、あっという間に体がソファに深く沈み込み、三人は普通の高さに戻ろうともがいた。マレー、マッコイ、ワッティーが一方に、ロマックスとエレインがもう一方に坐った。そのあいだには古い〈ルイ・ヴィトン〉の旅行用トランクがあり、ユニオンジャックの国旗で覆われた上にもうひとつの大理石の灰皿が置いてあった。

彼らはその日の朝に連絡を受けていた。ロマックスの事務所から署に電話があった。ようやく面談に同意したのだ。署やロマックスの事務所のような普通の場所ではなかった。彼女のブティックだった。ミス・スコビーの苦悩もようやく治まったということのようだ。マッコイには治まったというよりも、意図的に隠しているように見えた。

大きな紫のバギーパンツにストライプのタートルネックという、《トップ・オブ・ザ・ポップス》（英国BBCの音楽番組）に出てくるような服装の女の子がうろうろしていたが、近づいてくると彼女のボスの横にしゃがみこんだ。

「何かお持ちしますか、エレイン？　大丈夫ですか？」と彼女は訊いた。

エレインは首を振った。苦しみに満ちた殉教者《じゅんきょうしゃ》のようだった。少女の手を取ると、握りしめた。「いいえいらないわ、マーゴ。わたしは大丈夫。外に出たら看板を〝準備中〟にしてくれるかしら、ありがとう、ハニー」

マーゴは彼女に微笑んでから、ソファに坐っている三人の男たちにミルクも腐るような敵意に満ちた視線を送った。「わかりました」と彼女は言った。

マーゴが立ち去るまで、三人はしばらく待ち、無言のまま坐っていた。壁に掛かった、駅にあるような大きな古い時計が不吉なほど大きな音をたてていた。ワッティーは周囲を見ると、眼を大きく見開いて言った。

「この店《ゴールデン・ドーン》はもう長くやってるんですか、ミス・スコビー？　いい店ですね」

「二年になるわ」と彼女は言った。「世間話をしてる時間はないの、ミスター……」

「ワトソン」と彼は言い、顔を赤らめた。

「ミスター・ワトソン」と彼女は言った。「さっさと始めてくださる？」

マッコイが割って入った。「たしかに。では、ミスター・ジャクソンと最後に会ったのがいつだったか、教えてもらえますか？」

彼女はロマックスを見た。彼はうなずくと、革のアタッシュケースを膝の上に置き、ノートパッドを置く机代わりにした。

エレインは身を乗り出すと、スラックスの脚についた糸くずをつまんだ。「前の日……彼が亡くなる前の日よ」彼女は天井を見上げ、一瞬唇を震わせた。そして続けた。「金曜日。トレーニングの前にここに来たの。ふたりでコーヒーを飲みに行った」

「それは何時頃ですか？」とマッコイは訊いた。

「店を開けてすぐだった。十時半くらいだったかしら？　彼は十二時までにトレーニングに行かなければならなかった」

「ふたりでどこに行ったんですか？」と彼は訊いた。

「ウエスト・ナイル・ストリートの〈エピキュアーズ〉。いつも行くところよ。どうしてそんなことが重要なの？」と彼女は尋ねた。苛立っているようだった。

「はっきりさせようとしているだけです」とマッコイは言った。「それが彼に会った最後ですか？」

彼女はうなずいた。

「彼はどんな様子でしたか？　どんな話をしましたか？」

「元気だったわ。チャーリーはいつも元気で、小さなことにくよくよするようなタイプではなかった。試合のこととか、父の誕生日に何を贈るかとか、いつもどおりのことを話したわ」彼女は頭を振った。「わからない」

ロマックスが体を寄せると、彼女の手を握った。「心配ないよ、エレイン。きみはよくやっている」彼は眼を向けると言った。「ミスター・マッコイ？」

マッコイはうなずいた。「チャーリーが……亡くなった晩はどこにいましたか？」

「ミルンゲイヴィにあるドディ・レインの家で開かれたパーティーに行っていたわ。アーチーもそこにいた」

全員がロマックスのほうを見た。

彼は微笑んだ。「たしかにわたしもいた。すばらしいパーティーだったよ。ドディはとても寛大な人物だ」

「その夜は泊まった」と彼女は続けた。「ドディの娘のフィオーナが友達なの。朝七時に起こされて、パパが電話で……」彼女はそう言うと膝に眼を落とした。覚悟を決めたようだ。顔を上げたときには彼女の眼は涙で曇っていた。「チャーリーのことを知らせてくれた」

ドラマチックな瞬間を締めくくるかのように、ロマックスがスーツのポケットに手を入れ、水玉模様のシルクのハンカチを取り出して渡した。エレインが、化粧が落ちないように涙を拭いているあいだ、ロマックスは三人に眼をやった。

「諸君、ご覧のようにミス・スコビーはとても動揺している。重要な質問がないかぎり、これで終わりにしていただきたい」彼が立ち上がろうとしたところにマレーが話した。

「坐ってくれ、ミスター・ロマックス」と彼は言った。「終わったときにはこちらから知らせる」

ロマックスは固まった。坐ろうかどうか決めかねね、やがてソファに腰かけた。「いいだろう、できるだけ早く終わらせてくれ」

「ケヴィン・コナリーを最後に見たのはいつですか？」とマッコイは訊いた。

彼女はまたロマックスのほうを見る。ロマックスがまたうなずく。マッコイには見え見えだった。彼女はこれらすべてについて事前にコーチされていたのだ。おそらく二回ほどリハーサルもしたのだろう。だが、なぜ？

「去年の十一月の終わりよ。仕事から戻ると、彼が花束とチョコレートの箱を持って、わたしのフラットに坐っていた。鍵は持っていないはずなので、押し入ったに違いないわ。怖かった。ほんとうに怖かった。だから父に電話をしてすぐに来てもらった。彼のことは父に任せて、それ以来会っていない」

「彼のあなたに対する態度が変わったのは、そのときが最初だったんですか？　そのとき初めて不安を覚えたんですか？」とマッコイは訊いた。

彼女は首を振った。「ケヴィン・コナリーとは昔から家族ぐるみの付き合いで、わたしが小さい頃から知っていた。父の親友で、いつも叔父のような存在だった。でもこの一年かそこらで変わってきたの」

「どんなふうに？」とマッコイは訊いた。

「わたしを見る眼が変わり、偶然を装ってわたしに触れたり、この店やレストランといったわたしの行く先々に現われたりするようになった。尾行していたんだと思う。気味が悪かった。わたしのフラットにいたのを見て、もう我慢できなかった」

マッコイたちは彼女が台本を読み進めるのを辛抱強く聞いていた。コナリーがどんなふうに嫌がらせを始めたのか、コナリーがどれほどチャーリーのことを嫌っていたのか。チャーリーがビルの屋上にひとりでいたと聞いて彼女がどれだけ動揺したのか。彼の死を信じることができないということを。

マッコイはしばらくのあいだ、同情するようにうなずいていた。だがそのうち彼女が、明らかにロマックスにコーチされたとおりに話すのを聞いていることにうんざりしてきた。煙草が吸いたかった。この事件にほんとうに役に立つ何かが知りたかった。そして何よりもこの坐り心地の悪いソファから逃れたかった。先に進める頃合いだ。

彼は彼女に微笑みかけると、当惑したような表情をした。「ミス・スコビー、あなたなら、おれのために何かを明らかにすることができるはずです」と彼は言った。「何が起きているのか理解する手伝いをしてくれますか？」

彼女は笑みを返した。「何をすればいいんですか？」

「コナリーはあなたのボーイフレンドだった、違いますか？　あなたが魅力的なサッカー選手のために彼を捨てるまでは？　そういうことなんでしょ？」

ロマックスはショックを受けたようで、息を吸い込むと、ノートパッドに走り書きを始めた。エレインは違った。彼女は身を乗り出し、マッコイから数センチのところまで顔を近づけた。彼女の香水の香りがし、青い瞳が見えた。そこに怒りを見た。

「もしあなたがおもしろいと思ってそういった発言をしているのなら、あなたのことを気の毒に思うわ。本気で言っているなら、なおさら気の毒ね。ケヴィン・コナリーがわたしのボーイフレンドだったことはないし、今も、そしてこれからもそういうことはない。もしあなたの捜査能力がこのようなばかげた侮辱的な質問をする程度だというなら、ここにいるアーチーに苦情を申し立てるように頼んで、別のだれかをこの事件の担当にしてもらう。わたしのフィアンセが殺されたというのに、あなたたちは安っぽい点数稼ぎしかできないのね。恥ずかしいと思いなさい、ミスター・マッコイ」

彼女は立ち上がり、奥のオフィスに入ると勢いよくドアを閉めた。

マッコイはチェスターフィールド・ソファの背にもたれかかった。「ドラマチックな退場を台無しにするのは残念だが」と彼は言った。「まだ終わってないんだがな」

ロマックスが立ち上がった。「わたしも終わったんだと思ったよ、ミスター・マッコイ」彼はアタッシュケースを開け、ノートパッドをそのなかに落とした。「お引き取り願おうか」

三人はユニオン・ストリートに出てパトカーを待った。渋滞で車はほとんど動いていなかった。土砂降りの雨のせいですべてが止まっていた。彼らは〈ゴールデン・ドーン〉の日よけの下に立って、少しでも濡れないようにしていた。

「すみませんでした」とマッコイは言った。

「クソが」とマレーは言った。「あいつら、くたばりやがれ」

彼はパイプを取り出し、ガソリンのにおいのするジッポーで火をつけようとした。「あれは正当な質問だった。問題は、その答えがエレインの台本には書いてなかったということだ」

「じゃあ、そう思ってたのはおれだけじゃないってことですか？」とマッコイは訊いた。

マレーはうなずいた。「すべてコーチされていた。ロマックスがそうしたのにはふたつ理由がある。彼女がとても繊細で混乱してしまうのを心配したか――」

「それはないでしょう」とワッティーは言った。「そこまで繊細には見えませんでした」

マレーはうなずくと、青い煙を吐き出した。「あるいは、何を話して、何を話さないかを正確に教えようとしたかだ」

「まさかほんとうに彼女がコナリーのガールフレンドだと思ってるんじゃないですよね？」とワッティーが訊いた。「そもそも十歳も年が離れているし、彼女のあの美貌だ」

マッコイとマレーは顔を見合わせた。

「エアシャーの坊やは世間の苦労ってもんを知らないんだな」とマレーは言った。道路に眼をやり、立ち往生している車を見た。パトカーが来る気配はなかった。「ちょっと雨が降るだけで、この街は止まってしまう」

「じゃあ、なんで彼女に事情聴取をしたんですか？」

「それはな、坊主、藪《やぶ》をつついたのさ」とマレーは言った。「何が跳び出してくるか待つんだ。昔からあるトリックで――」

「マッコイ、このろくでなし！」

三人は振り向いた。叫び声は道の反対側からだった。毛皮のコートを着込んだ小柄な女性が、向かいの歩道から気も狂わんばかりに激しく手を振っていた。

「あんた、このろくでなし！　そこで待ってるのよ！　動くんじゃないわよ！」と女性は叫んだ。

マレーは驚いたように眉を上げた。「おまえの友達か、マッコイ？」

マッコイは首を振り、運命を受け入れたかのような表情をした。「おれだったら友達にはなりません。メアリー・ウェブスター。『デイリー・レコード』の記者です」

三人は、彼女が車のあいだを縫い、大きな厚底ブーツで慎重に水たまりを通り抜けるのを見ていた。ようやく道路の反対側にたどり着いた。彼女は、近くで見ると十五歳くらいに見えた。小さめの丸い鼻にライムグリーンで縁《ふち》取られた眼、頭にはプラスチックのさくらんぼの房がぶら下がった毛糸の帽子をかぶっていた。

「お出かけかい、メアリー？」とマッコイは訊いた。

「はいはい」彼女は頭を振った。「ごまかそうったってだめよ、このろくでなし。あんた、電話を切ったでしょう」

マレーとワッティーは、チャンスを見つけてその場を離れ、〈ライト・バイト〉のウインドウで、うつむいたままケーキを見るふりをしていた。

「いつのことだ？」とマッコイは言い、困惑した表情をしようとした。「おれじゃないよ、メアリー。署にいただれか別のやつだ」

「二十件近く、メッセージを残したのよ！」彼女はわめいた。

「ほんとうに？」考えようとするふりをした。「ああ、そうか。受付デスクのビリー巡査部長に預けたんだろ？　あいつは人に何かを伝えるのがおそろしく下手でね。今度ちゃんと言っておかなきゃならんな」

彼女は疑わしそうな顔をしていた。「そういうことにしといてあげるわ、マッコイ。そういうことにね」彼女はそう言うとバッグから煙草の箱を取り出した。火をつけると緑のマニキュアを塗った指を彼のほうに振って、彼の顔に煙を吹きかけた。

「ほんとうにいいかげんな男ね、わかってんの？」彼女はハスキーボイスでそう言った。

マッコイは平然とした表情で彼女を見た。

彼女は舌打ちをすると言った。「ところでここで何をしてるのよ？」

彼は肩越しに背後を示した。「悲嘆に暮れる婚約者」

「なんですって？　あの陽気なエレインのこと？　美人だけど、自分でもそのことがわかってる。それに正直に言うと、彼女は〝悲嘆〟がドレスの下を這いずりまわって、お尻のあたりで叫んでも気づかないはずよ。でも、読者は彼女が好きだけどね。飽きないのよ」

「なんとな」とマッコイは言った。「きみはいつもすてきな言いまわしをするな。作家とかになることを考えたほうがいいんじゃないか？」

彼女はマッコイに向かって舌を出した。

「で、きみがここにいる理由も同じというわけだ？」とマッコイは言った。

彼女はうなずいた。「でも遅かったようね。お嬢さまはご機嫌ななめみたい。明日は四面と五面の扱いね。ふたりがどうやって知り合い、彼がどんなふうにプロポーズをして、彼女はどれほど彼がいなくて寂しいか。よくあるくだらない記事よ。十時までに仕上げる。正直言って、家にいてひとりで書き上げたほうがいいくらい」

「じゃあ、真実の愛は海よりも深いなんてことじゃないんだな？」

彼女はじっとマッコイを見た。「ちょっと待ってよ。どうしてわたしがあんたに教えてあげなきゃならないのよ？　あんたが何をくれたっていうの、このろくでなし」

彼はニヤッと笑った。

「ふざけないでよ！　酔っぱらって一回ヤっただけでなんにもないでしょ。特にあんたからはね。パンツを脱いで石畳の上で自転車に乗るほうがよっぽどスリルがあるわ。何か情報を寄越しなさいよ」

彼は両手を上げた。「何もないよ、メアリー。何かわかったら、一番にきみに電話する。約束だ」

無言のまま、彼女は煙草を吸い、マニキュアをじっと見ていた。

「頼むよ、メアリー、友達だろ。昔のよしみで」

彼女は鼻で笑った。「気持ち悪いこと言わないで。今でもあのふしだらで最悪な夜のことは忘れようとしてるんだから」彼女はスパイのように通りの左右を見た。「なんであんたにこんなことを話さなきゃいけないのかわからないけど、彼女はひとり悲しんでいるわけじゃないわ」

「どういうことだ？」と彼は言った。

「演技よ、わからないの？　勘弁してよ。彼が死んでから何日経った？　二日？　彼女はもう電話で笑っておしゃべりしてる。女の勘だろうって言ってもいいわよ。けどだれが女友達とひと晩過ごすために、あのくそビアンカ・ジャガー（元女優、慈善活動家。一九七三年当時はミック・ジャガーの妻だった）みたいにドレスアップするっていうの。それはないわ。ほかに男がいるのよ。可哀そうなチャーリーとは別れてはいなかったようだけど。それに犯人が彼に書いたこと——」

「おい、そんなことだれから聞いたんだ？」

彼女は勝ち誇ったような眼で見た。「やっぱりね！　あんたが教えてくれたようなもんよ。マッコイ。認めたも同然ね、ざまあ見ろよ」

彼は頭を振って、自分がされたことをしっかりと悟った。「ほかの男のことはどうなんだ？」

彼女はうなずいた。「ええ、間違いなくいるはずよ。女はこういったことには詳しいのよ」

「それがだれなのか知ってるのか？」

彼女は首を振った。「彼女の代わりに電話に出たことが一度だけある。それがだれであれ、アーチー・ロマックスと同じ学校の出身じゃないことはたしかね。犬みたいに荒々しい声だった」

「年配の男か？」と彼は訊いた。

彼女はうなずいた。「かもしれない」

マッコイは考えた。「で、きみたちはふたりでおしゃべりしたあとはどうすることになってるんだ？」

「飲みに行くって言ってた」彼女はあきれたようにぐるりと眼をまわした。「ひとりでフラットにいるのが嫌いなのよ、あの子羊ちゃんは」

「あとで教えてくれないか？」とマッコイは言った。

彼女は腕を組んだ。ビジネスライクな表情をしていた。「そうしたら、あなたもほんとうのことを教えてくれる？」

ふたりはベルの音と、背後で〈ゴールデン・ドーン〉のドアが開く音を聞いた。アーチー・ロマックスが頭を突き出し、ふたりを見た。あまりうれしそうではなかった。

マッコイはメアリーにうなずいた。交渉成立。彼女は微笑んだ。

「きみたちふたりが知り合いだとは知らなかったな」とロマックスは言った。「メアリー、彼女の準備ができた」

「たったいま来たところよ、アーチー」とメアリーは言った。その声は強いブリッジトン訛りから、気取ったウエストエンドの訛りに変わった。彼女は煙草を水たまりに落とすと足で踏んだ。

「さよなら、ミスター・マッコイ」彼女は体を寄せると、彼の頬にキスをした。「それにありがとう」

彼女がなかに入ってドアを閉めると、マッコイはブティックの窓に何か詩のようなものが書かれていることに気づいた。一歩下がって見た。

あなたは宇宙の子供
木や星と同じ

彼はそこで読むのをやめた。すでに吐き気がしてきた。マレーとワッティーがぶらぶらと戻ってきた。ふたりともうれしそうだった。

「ずいぶんと親しそうじゃないか？」とワッティーは言った。澄ました顔を保とうとしていた。

「ふざけるな、ワッティー。そろそろ――」

クラクションが鳴り、彼らは振り向いた。トムソンが覆面パトカーの〈ローバー〉を停めた。マレーがドアを開けた。「ゴングに救われたな、マッコイ。ゴングに」彼はそう言うと車に乗り込んだ。

12

午後のまどろみの時間。電話で話している人たちの低いつぶやき、時折聞こえるあくび、新しい電動タイプライターを叩く音、何かうまくいかないときの悪態。マッコイは仕事をしていた。本来の仕事ではなかったが、それでも仕事だった。総務の記録係のダイアンから職員名簿を手に入れた。スコットランドの警察官全員の名簿だ。階級、自宅住所、近親者が掲載されている。

ケネス・ラルフ・バージェス本部長、ストラスブレーン、ストラスブレーン・ロード、グレンビュー。

アンクル・ケニーの顔がページからこちらを見ていた。ダンバートンシャー警察本部長。ダンバートンシャー警察の管轄区域は広く、クライドバンク、カンバーノールド、レンジーなどの多くの地区をカバーしていた。そこには児童養護施設、少年院、感化院、ボーイスカウトやガールスカウト、陸軍士官学校などがあった。アンクル・ケニーの好きそうな場所、アンクル・ケニーのような人物が行きそうな場所だった。

今はジョーイのことを思い出していた。自分の影に怯えているような静かな少年だった。

マッコイとたいして変わらなかったが、ジョーイには面倒を見てくれるスティーヴィー・クーパーのような存在はなかった。だからいじめられ、おねしょをし、いつも泣いていた。生まれながらの犠牲者。スティーヴィーでさえ、何度か彼を殴ったことがあった。地下室で、アンクル・ケニーやほかの男たちが見ていたあの夜のことだ。

彼らは丸い輪になっていた。瓶ビールの蓋を開け、たかぶった笑いを交わしながら脇の下に汗をかいていた。きらきらと眼を輝かせてすべてを見ながら、ズボンに手を入れ、下着の下の勃起《ぼっき》したペニスの位置をなおしていた。

スティーヴィーがジョーイを殴ったのはそういったときのことだった。興奮を求めて行なわれた、ちょっとしたレスリングの試合。ふたりの少年が下着だけになり、たがいをぶちのめす。理由は単純だ。勝てば、お愉しみが始まる前に階上《うえ》に戻れることもあるからだ。

「聞いてるのか、マッコイ？」

顔を上げると、マレーが机の前に立っていた。「おい、どうしたんだ？」

マッコイは姿勢を正し、妄想を振り払って現実に戻ろうとした。「すみません、ボス。ぼうっとしてました」

マレーは頭を振った。「しっかりしてくれ」そう言うと彼は一枚の紙を手渡した。「コナリーは一九七一年十月から五カ月間バーリニー刑務所にいた。彼の同房者を調べる必要がある。そのなかにおれたちの知らない友人がいるかもしれない」

「いい考えですね」マッコイはそう言うと、その紙を受け取った。

「あい、そうだろ。というかおまえが思いついていていい話だぞ」

「すぐに取りかかります」とマッコイは言った。

マレーが行こうとした。

マッコイが呼び止めた。「ボス、バージェス本部長をご存じですか?」

マレーはうなずいた。「あい。ケンのことか。ダンバートンシャー警察だ。何度かディナーでいっしょになったことがある。なぜだ?」

「どんな人ですか?」とマッコイは訊いた。

マレーは怪訝そうな顔をした。「なぜ知りたい?」

マッコイは無邪気な表情で答えた。「理由はありません。先日、新聞で彼の写真を見たんです。彼が退職する影響で、上層部はあんたを昇進させようとしてるんでしょう?」

マレーはうなずいた。「セントラル署の署長がダンバートンシャーに行って、おれがセントラルの署長になる。問題はおれにその気がないということだ。何度断っても頼んでくる。まあ、ケンのように新聞に載るようなやつはあまりいない。普通は身を潜めて静かにしているものだ。彼はスコットランド国教会の長老か何かで、熱狂的な《ホーリー・ローラー》信者だ。ストラスブレーンに住んでいたはずだ。おれから見れば退屈な男だが、評判はいい。これで気がすんだか？」

「あい、訊いただけです」

「さあ、言ったはずだぞ」彼は自分のオフィスに向かって歩き始めた。「クソ同房者について調べるんだ。すぐにな！」

マッコイは電話を取ると、バーリニー刑務所にかけた。


マレーとワッティー、マッコイの三人はピット・ストリートの警察本部の食堂で〈フォーマイカ〉のテーブルに坐っていた。彼らの前には紅茶が置いてあった。マレーがセントラル署に関する別の会議に参加したので、ふたりのほうが彼のところに来たのだった。マッコイはこの食堂が好きだった。最上階にあり、景色がよかった。食べ物と煙草の煙、煮詰まった紅茶と焦げたトーストのにおいが心地よかった。背後ではラジオが流れていた。ニュー・シーカーズ（英国のポップグループ）がまだ世界に歌うことを教えようとしていた。

厨房の女性たちが、ランチタイムの残り物のマカロニが載っていた大きな金属製の皿をごしごし洗っていた。彼女たちを除くと、ほかにはだれもいなかった。マッコイは赤い手帳を眼の前に開いていた。二ページにわたって青のボールペンで書き込みがしてあった。

彼は紅茶をひと口飲むと始めた。「コナリーが収監されていたあいだ、三人の同房者がいました。クリフォード・リード、加重暴行——」

「その名前は聞いたことがある」とマレーは言った。

マッコイはうなずいた。「そう聞いても驚きません。逮捕歴のリストは腕の長さほどもあります。家宅侵入、治安妨害、盗品の買い取りなどなど。いずれにしろ問題ではない。今はカードナルド墓地にいます。去年死にました」

「くずを厄介払いできたってわけだ」とマレーは言った。彼は厨房の女性たちに眼をやった。「ワトソン、あそこに行って、ケーキかビスケットが残ってないか訊いてきてくれ」

ワッティーは眼をぐるりとまわして立ち上がった。「あんたは何かいるかい?」彼はマッコイに訊いた。

「チーズサンドイッチを作ってもらえるか、訊いてみてくれないか」と彼は言った。前の晩は覚醒剤《スピード》のせいで何も食べていなかったので、胃のなかがからっぽだった。

「もう終わってるから、作っちゃくれない」とワッティーは言った。「無理だと思うよ」

「愛嬌を振りまくんだ、みんなから好かれてるんだろ。そう言ってなかったか?」

ワッティーはニヤリと笑った。「ハンサムだからな。当然だろ」

「くだらんことはいいかげんにしろと言わなかったか?」マレーが苛立たしそうに言った。

「すみません、ボス」ワッティーはそうつぶやくと、思い切り明るい笑顔を作ってカウンターに向かった。「やあ、レナ、元気だった？」

「次」とマレーは言った。

「次はスチュアート・マクフィー。妻をハンマーで死ぬほど殴って、今はストレンジウェイズの刑務所にいる」

「なんてこった」とマレーは首を振った。「なんなんだこの連中は？」

ワッティーがビスケットの皿を持って戻ってくると、腰を下ろした。「どうぞ。レナがチーズサンドイッチをあんたのケツに突っ込んでろって言ってたぞ。というか、そんなことを」

「すばらしい。大きなお世話だ、レナ。三番目の男は変なやつです。ドクター・ジョージ・エイブラハムス」

マレーはビスケットを二枚取り、口に押し込んで噛んだ。

「刑務所に医者？」ワッティーが紅茶を飲みながら訊いた。「そりゃあ変だ」

「もっと変になってくる。エイブラハムスはダンディーのナインウェルズ病院でそこそこの地位にあった。精神科医かなんかだ。おれは覚えてないが、新聞にもよく載っていたらしい」

「そいつは何をしたんだ?」マレーはそう訊くと、ビスケットをもう一枚取り、紅茶に浸した。

「患者への暴行で逮捕された」とマッコイは言った。マレーが全部食べてしまう前に皿から一枚取った。

「患者を殴ったのか?」とワッティーが訊いた。

マッコイは手帳を叩いた。「残念だが違うんだ、ワトソンくん。なんだかんだ言っても彼は医者だ。だれかを殴るなんてありふれたことはしない。なんと、こいつは患者にロボトミー手術をしたんだ」

マレーとワッティーはマッコイを見た。「何をしただって?」とマレーが訊いた。

マッコイは話をするのを愉しんでいた。「ダンディー警察のメイソンという男に話を聞いた。この事件の担当だった男で、全部話してくれた。ナインウェルズ病院には大きな精神科がある。ロボトミーが専門で――」

「驚いたな、まだそんなことをやってたのか」とマレーは言った。「何年も前にやめたと思ってた」

マッコイは首を振った。「ほかのところはみんなやめた。そこはまだかなり熱心だったようだ」彼は肩をすくめた。「ダンディーらしいこった」マッコイは続けた。「で、ひとりの患者がいた。若い女性だ。名前は忘れたが、両親が金持ちで、ティサイドの半分を所有しているほどだ。その女性はちょっと荒れていて、違反や迷惑行為で何度か逮捕されていた。弁護士はナインウェルズ病院で精神鑑定を受けさせると主張して、禁固刑を免れようとした。エイブラハムスは彼女を診察して、ロボトミー手術を勧めた」

「嘘だろ!」とワッティーは言った。

「ああ、信じられん。両親ははっきりと断った。彼女のしたことは、飲みすぎて店員に怒りを爆発させ、スチール製の櫛で脅したことだけだ。世紀の大犯罪ってわけじゃない。エイブラハムスはどうしたかって? 大胆にもかまわず手術をした。その女性は植物状態で家に戻ってきた。もちろん、父親は怒り狂い、エジンバラの大物弁護士を雇って、エイブラハムスを告訴し、医師免許を剝奪《はくだつ》させた」

「それで彼は今どこにいるんだ」とマレーは訊いた。

「デニストゥーンのホワイトヴェイル・ストリートにあるフラットです」とマッコイは言った。

「医師としては落ちぶれたってことだな」とマレーは言い、最後のビスケットを取った。

「この変わり者に会って、彼がコナリーから何か聞いてないかたしかめてこい」

「わかりました」マッコイはそう言うと立ち上がった。「いくぞ、カサノヴァ。運転してくれ」

三時。すでに暗くなってきた。冬のグラスゴーのいいところだ。マッコイはあくびをした。救急車がライトをまわし、サイレンを鳴らしながら王立病院に急ぐのを見ていた。ポケットから煙草を見つけ、ダッシュボードのライターを押した。戻ってくるのを待った。

「ロボトミーってなんなんだ？」とワッティーが訊いた。

「あ？」とマッコイ。

恥ずかしそうな顔をしていた。「正確にはよく知らないんだ」

マッコイはライターの熱くなった部分で煙草に火をつけると元の穴に戻した。「脳の前の部分を切り取るんだ」

ワッティーは顔をしかめた。「そうするとどうなるんだ？」

「おとなしくなる。自分がだれなのか、何が起きてるのかわからなくなるくらいに。植物状態になる。ああ、ここだ」

ワッティーはウインカーを出すと、デューク・ストリートの車の流れが途切れるのを待ってから曲がった。ホワイトヴェイル・ストリート十八番地はセント・アン教会の向かいにあった。葬儀の車が通り全体を埋め尽くしていたので、かなり先のほうに止めなければならなかった。ワッティーはイグニションからキーを抜くと、正面玄関から出てくる人々を顎で示した。

「だれだか知らないけど、人気者だったに違いない」

「死ねばだれでも人気者さ」とマッコイは言った。「もうだれも困らせないからな」

「はっ」とワッティーは言った。「あんたが陽気なろくでなしだってことを忘れてたよ」

ふたりは弔問客のあいだを通り抜け、階段を上がった。例のごとく最上階だ。階段はこぎれいで、壁にはタイルが貼られ、濡れた足元からは漂白剤のにおいがした。ワッティーがドアをノックした。反応はない。もう一度ノックする。

「いないよ。それに階段を汚さないでおくれ。掃除したばかりなんだから」

ふたりは振り向いた。廊下を隔てて向かいのドアが開いていて、花柄のエプロンドレスを着た中年の女性が立っていた。

「今日は火曜日だ。サラセン・ストリートにいるよ」と彼女は言った。

「彼はサラセン・ストリートにいるのか？」とマッコイは訊いた。「どういうことだ？彼はそこで働いてるのか？」

女性は首を振った。ばかにするような眼でふたりを見ると、滔々《とうとう》とそらんじてみせた。

「月曜日アーガイル・ストリート、火曜日サラセン・ストリート、水曜日ビクトリア・ロード、木曜日ソウチーホール・ストリート、金曜日バイヤーズ・ロード。いつもいっしょだよ」

「その通りで何をしてるんだ？」ワッティーは訊いた。

「行ったり、来たりさ。すぐに見つかるよ」彼女はそう言うとドアを閉めた。

ふたりは顔を見合わせた。ワッティーが肩をすくめて言った。「おれに訊くなよ」


人々がいかに信じやすいかに驚かされる。ただドアをノックするだけでよかった。そして今、おれはここにいる。バスタブのなかのそいつが音をたてるので、その顔を何度か踏みつける。血がダクトテープの下から噴き出し、頭のまわりに血だまりを作る。

昨日の夜、灯りのスイッチを切ったとき、光が電球のなかに戻っていくのを見たような気がした。おれの能力は高まっている。平衡感覚を保っている。入った量と同じ量だけ出ていく。何も残らない。死んだ食べ物も、死んだ水も、死んだ空気もおれの体を汚染することはない。頭痛は去った。あの女に会ったとき、そうなるとわかっていた。彼女には二ポンド多く渡した。

ポケットには〈マーズ・バー〉がふたつとスピードが二グラム、マンディー十六錠、それに〈アイアンブルー〉のボトルが入っている。二、三日は持つだろう。

彼のたんすを調べたところ、おれとサイズは同じだ。趣味のよいスーツやシャツもいくつかある。おれは靴を履いてみる。〈ロブス〉のウイングチップシューズ。ぴったりだ。きれいに整頓されている。おれは微笑む。

キッチンで、食べかけのコーンフレークのボウル、折りたたまれた紙、冷たくなったコーヒーに眼をやる。朝食を取って、今日一日を頑張ろうと思っていたのだろう。今日もまたタイムカードを押し、言われたことをする。きっと彼はおれに感謝しているに違いない。

13

エプロンドレスの女性の言ったことは正しかった。エイブラハムスを見つけるのは難しくなかった。まったく。ふたりは図書館の近くに車を止め、サラセン・ストリートを歩き始めたところだった。ワッティーが立ち止まると、前方を指さした。


「あれが彼だろう」とワッティーは言った。

マッコイも眼をやった。気分が重くなった。

ドクター・エイブラハムスはこざっぱりとした恰好の小柄な男で、カーコートにハンチング、小さな丸眼鏡をかけていた。だれにも気づかれないような男だった。今のように棒の先に汚れた大きな看板をつけて持っていなければ。看板は手書きだがきちんとしていた。プラモデルのペイントに使うようなエナメル塗料を使っているようだ。防水だ。タイミングよく、また雨が降り始めていた。

マッコイはその看板を読んだ。〝気分の落ち込み！　色情症！　アルコール依存症！　不安神経症！　ヒステリー！　うつ病！　躁病！　すべて**ロボトミー**で治すことができます。なぜ**政府**がそれを認めないのか、わたしにお尋ねください〟

「なんてこった」マッコイはそう言うと、首を振った。「なんでおれたちが……」

ふたりはその場に立ったまま、彼が通りを歩いてくるのを待った。ほとんどの人は以前にも見たことがあるようで、彼を無視して店に出入りしたり、ひっきりなしにやってくるランブヒルやスプリングバーンに向かうバスの流れのなかで自分の行き先のバスに乗ろうとしたりと忙しくしていた。何人かの小学生が、湯気の上がったフライドポテトの入った茶色い紙袋を手に、笑いながら通り過ぎた。そのなかの勇敢なひとりが「いかれたやつ！」と叫んで走り去っていった。

男物のダッフルコートを着てヘアネットをかぶった歯のない女性が、彼の小冊子を手に取り、読むと約束した。マッコイは、エイブラハムスが近づいてくると、避難していた精肉店の日よけの下から出た。

「ドクター・エイブラハムス、お茶をごちそうさせてもらえませんか？　ちょっとお話を伺いたいのですが」

小柄な男は怪訝そうな顔をした「きみたちはわたしの運動の支援者かな？」と彼は尋ねた。「以前にお会いしたことはないと思うが」

「違います」とマッコイは言った。「でもその運動とやらについて話してもらってもかまいませんよ。さあ、土砂降りになってきた」

三人はサラセン・ストリートを〈ジョーズ〉のほうに向かった。街灯が灯り、店のウィンドウが雨の降る冬の午後の薄暗がりを照らしていた。三人がカフェに入ると、ドアの上のベルが鳴った。こじんまりとした、典型的なスコットランドのカフェだった。窓は寒さのせいで曇り、コーヒーとホットミルク、そしてソルト＆ビネガーの香りがした。アイスクリームの値段表が、煙草の広告や来店したことのある有名人の写真のあいだに貼ってあった。写真はなんとも中途半端なラインナップだ。ルル（スコットランドの歌手）、ビル・テナント（スコットランドのテレビ番組のパーソナリティ）、メアリー・マーキス（英国のテレビ番組のパーソナリティ）、モイラ・アンダーソン（スコットランドの歌手）、そしてどういうわけか、アルヴィン・スターダスト（英国のロックシンガー）。〈コカ・コーラ〉

やアイスクリーム、スイーツで上機嫌になった少年たちが去っていったテーブルをワッティーが占領した。

「カウンターで注文するんだ」とエイブラハムスが言った。まだ怪訝そうだった。

マッコイが近づいていくと、カウンターの後ろの男が手帳を取り出した。すでに何か書き込んであった。「教授はホットオレンジとホットピーズだろ」彼は顔を上げた。「いつものやつだ。きみたちは？」

「紅茶をふたつ」とマッコイは言った。

男はうなずき、手帳からページを剝ぎ取ると、失敗した蜂の巣のような髪型をした疲れた表情の女性に手渡して微笑んだ。「坐っていてくれ。すぐに行くから」

エイブラハムスは、ビニールで覆われたベンチシートに慎重に看板を立てかけると、小さなバッグに手を入れて小冊子を取り出し、ふたりに手渡した。表紙に赤の大文字でタイトルが書かれていた。ページ全体を埋めるような大きな文字だった。

ロボトミー手術を阻止する陰謀とこの国の精神衛生に与える有害な影響

ドクター・ジョージ・エイブラハムス（王立精神科医学会会員）著

マッコイはそれに眼をやり、何ページかめくってみた。さらに赤い大文字が続き、脳の図が描かれていた。感嘆符も多い。

「自分で印刷したのか？」と彼は尋ねた。

エイブラハムスはうなずいた。「ああそうだ」

「それは残念だ」とマッコイは言った。「間違いがある」

エイブラハムスは怪訝そうな表情をした。「そんなことはない。自分で校正した。間違いがあれば自分で気づいたはずだ。きみのなじみのない用語があるだけでは？」彼は小冊子を手に取ると、ぱらぱらとめくり始めた。顔を上げると言った。「どこに間違いが？」

マッコイは小冊子を取ると閉じ、表紙を叩いた。「表紙のここだ」

エイブラハムスは表紙をじっと見た。「どこにも間違いはないが」

「そうか？　あんたが医師だと書いてある。もう違うはずだ」

「教授にはホットピーズとホットオレンジ。おふたりには紅茶。砂糖とミルクはテーブルのそこにある。ほかにも注文があったら大きな声で呼んでくれ」男が注文したものをテーブルに置いているあいだ、三人は黙って坐り、ティースプーンやナプキンをいじって、彼が去るのを待った。

「何が望みだ？」エイブラハムスがきっぱりとした口調で言った。

マッコイは身分証明証を出し、テーブルの上に置いた。「警戒する必要はない、ミスター・エイブラハムス。あんたの古い友達のケヴィン・コナリーについて話を聞きたいだけだ」

「ケヴィン・コナリー？」エイブラハムスは無表情だった。正確には無表情を装おうとしていた。

「思い出せないのか？　それはおかしいな」そう言うとマッコイはホットピーズの皿を自分のほうに引き寄せた。「彼のことを早く思い出せば、おれたちは出ていき、それだけ早く豆を食べられる」

エイブラハムスは折れた。「刑務所で同房だった。わたしのトラブルのあと。バーリニーで」

「あんたのトラブルだと？」マッコイはそう言うと微笑んだ。「ものは言いようだな。あの女性の両親がそれを聞いてなんと言うかわからんが、まあいい」

エイブラハムスは憤慨したようだった。「彼らにロボトミー手術がどんな利益をもたらすかわかってさえいたら――」

マッコイは手を上げて制した。「黙れ！　そんな戯言《たわごと》はその小冊子だけにしておけ。聞きたいのはコナリーとおまえのことだ。どうだったんだ？　ふたりで一日二十三時間、あの狭い監房に閉じ込められていたんだろ？」

エイブラハムスは眼鏡をはずすと、ナプキンでレンズを拭いた。「わたしにとっては大変だった。とても大変だった。ケヴィン・コナリーは精神病質者《サイコパス》だ」彼は眼鏡をかけなおすと、何度か眼をしばたたいた。「わたしは二十年近く精神科医を務め、国内の各地の施設で勤務し、恐ろしい暴力行為を働く男たちをたくさん見てきた。そして彼こそが、その二十年間でわたしが出会ったなかでも真のサイコパスだといって過言ではないだろう」

彼はふたりを見ると、弱々しく笑った。「ある意味完璧な標本だった」

「そしてあんたは彼と同じ監房に閉じ込められた」とマッコイは言った。

エイブラハムスはうなずいた。唾を飲み込もうとした。ホットオレンジをひと口飲んだ。

「生きて出られるかどうかわからなかった。彼といっしょだった三カ月間、まともに眠れたかどうかわからなかった」

「やつはあんたを脅したのか？」とワッティーが訊いた。

エイブラハムスは首を振った。「その逆だ。わざとらしいほどに礼儀正しかった。一日のほとんどを、本を読んで過ごしていた。スヴェン・ハッセルがとても好きだった。戦争や強制収容所のようなものについてのむごたらしい話だ。雑誌の『トゥルー・ディテクティブ』とかも」

「どうして彼がサイコパスだとわかった？」とマッコイは訊いた。

エイブラハムスはポケットから〈リーガル〉の十本入りのパッケージを取り出し、一本くわえると火をつけた。マッチを持つ手が震えていた。「わたしはそれまで刑務所に入ったことがなかったので、礼儀作法がわかっていなかった。ある夜、消灯時間が過ぎてベッドに入った。ひどく暑い夜で、ふたりとも眠れなかった。いろいろな話になり、いい雰囲気になった。わたしは彼に何をして刑務所に入ることになったのか訊いたんだ」

エイブラハムスはもう一度ふたりを見た。その表情はどこか怯えているようだった。「コナリーについて話すことだけでも恐怖を覚えているかのように。「で、彼は自分のやったことを話した。詳しく、はっきりと。それから彼がやったのに、捕まらなかったほかの事件についてもすべて話した」彼はホットオレンジをゆっくりと飲んだ。「最悪だったのは、話しながら彼がマスターベーションをしている音が聞こえたことだった」

「なんてこった」とワッティーは言った。

エイブラハムスは微笑んだ。「どうしても慣れなかった。そのあと、わたしは標準テストの質問を彼にした」

「標準テスト？」とマッコイは訊いた。

彼はうなずいた。「いろいろなものがあるが、どれもよく似ている。標準的な幅広い質問で、患者はそれぞれの質問にイエスかノーで答える。診断の判断材料になる」

「どんな質問だ？」とマッコイは訊いた。

「ちょっと思い出させてくれ、ここのところ少し錆びついてるんでな」彼は一瞬考えたあと、思い出して言った。「ときどき、悪霊が取り憑くことがあるか？　数日おきに悪夢を見ることがあるか？　眠りが浅くて、よく眼を覚ますか？」彼は微笑んだ。「あんたが好きそうなやつもある。探偵小説やミステリーは好きか？」

「彼はそのテストにどう反応した？」とマッコイは尋ねた。

「直接質問はしなかった。彼がわたしのしようとしていることに気づいてまずい反応をするのが怖かった。一日にふたつから三つの質問をさりげない会話を装ってするんだ」

「どうやって？」マッコイは訊いた。

「そうだな、〝騒音で眼を覚ましやすいか？〟とは訊かずに、〝昨日、物音がしなかったか？　だれかがドアを叩いていなかったか？〟と訊く。そんな感じだ。あまり多くの質問は必要なかった。すでにわかっていたからな」彼は肩をすくめた。「彼がサイコパスだということは」

「そのあと、彼と会ったことは」とマッコイは訊いた。

エイブラハムスは首を振った。「幸いなことにないよ」

「彼がどこにいるか心当たりは？」

彼はもう一度首を振った。「ない。心当たりがあるとすれば、刑務所に戻ったか、あるいは自分の手で命を絶ったかだな」

マッコイは豆の皿をエイブラハムスのほうに押し戻した。ふたりは立ち上がって去ろうとした。

「彼が連絡してくるようなことがあったら教えてくれ」

エイブラハムスはうなずいた。テーブルから小冊子二冊を手に取り、差し出した。「忘れものだ。同僚のためにもっと必要なら、裏に住所が書いてあるから」

14

マッコイが署を出たとき、雨はまだ降っていた。驚いたことに、メアリーはほんとうに電話をしてきた。結局のところ、ふたりが過ごしたあの夜はそれほど悪くはなかったのかもしれない。あるいは彼が自分に都合のいいようにそう考えているだけで、彼女はただ取引をしたがっているだけなのかもしれない。結局のところ、あれは数年前の酔った勢いの一夜で、世紀のロマンスではなかったのだ。正直、あの夜がどうだったのかはよく覚えていなかった。ふたりともひどく酔っぱらっていたのだ。今もまだ同じだ。彼は腕時計を見た。一杯を求めて、早くから営業しているウエスト・ナイル・ストリートの〈レッドライオン〉に入った。迎え酒だ。

煙の立ち込めた小さなパブには人があふれていた。バーカウンターにたむろしているのはほとんどが男だったが、隅のほうに向かいの鮮魚店の女性のグループがいた。仕事帰りにいつも来るのだろうか、みんなパーマをかけていて、〈キャプスタン〉を吸っていた。マッコイはバーカウンターに行き、〈テネンツ〉を注文した。湿ったコートを脱ぐと、振ってからカウンターの上に置いた。バーテンダーに金を払おうとしたとき、ポケットに小冊子があることに気づいた。あのエイブラハムスという男はおかしなやつだ。ダンディーのナインウェルズ病院の精神科医として一時は活躍していたのに、今はロボトミーのすばらしさを世界に語りかける看板を掲げ、街を行ったり来たりするまでに落ちぶれている。

マッコイの伯母がロボトミー手術を受けていた。メアリー伯母さん。父親の一番上の姉だ。何年も精神科病院を出たり入ったりしていたが、週末になると満面の笑みを浮かべて家に帰ってきた。自分がどこにいるのか、何が起きているのかさえまったくわかっていなかったが、気にしてはいないようだった。エイブラハムスは正しかったのかもしれない。

伯母のような人は、結局手術を受けたほうが幸せだったのだろう。

ジョーイも手術を受けたほうがよかったのかもしれない。そうすれば、首を吊らなくてすんだだろう。何も思い出せないほうがよかったのだ。ホープヒル・ロードの神父は正しかった。マッコイはジョーイが告解室で何を神父に話したか、よくわかっていた。今でも彼らをすべて覚えていた。ひとりひとりを。アンクル・ケニー。ファーザー・トレント。ただダディと呼ばれていた男たち。よくホームに来ていたクソ野郎ども。笑顔でお菓子をくれ、大きくて豪華な車に乗りたいかと訊く。ジョーイのようにそこで起きたことのせいで心に傷を負い、生きていけなくなった子供たちがいったい何人いるのだろうか？

マッコイやスティーヴィーのような子供たちは、いわゆる〝安全でない家庭〟から連れてこられ、その身を守るために施設に保護されていた。皮肉でもなんでもなく、そこは地獄でしかなかった。今さら何も変わらないことは否定できなかったし、わかっていたが、それでも彼はあの親愛なるアンクル・ケニーを蹴ることを愉しむつもりだった。あの太ったクソ野郎が血を流し、泣きながら慈悲を乞うまで蹴り続けるのだ。自分がそうされたように。

鮮魚のにおいと煙草の煙で、鮮魚店の女のひとりがバーカウンターの彼の隣に来たのがわかった。

「どうしたんだい、あんた?」彼女は青のキャッツアイ型の眼鏡越しに彼を見つめた。

「幽霊を見たような顔をしてるよ」

彼はその女性に微笑んだ。大丈夫、考えごとをしていただけだ、と言った。彼女はうなずくと、グラスを掲げた。「ウィスキーを飲みな。助けになる。脳にいいんだ」

マッコイは彼女に一杯おごり、自分自身にも頼んだ。ふたりはグラスをチリンと鳴らし、それを飲み干した。彼女は礼を言い、人ごみをかき分けて仲間たちのところへ戻っていった。ポートワインとシェリー酒のグラスの載った〈スイートハート・スタウト〉のブリキのトレイを持ち、〈キャプスタン〉を口からぶら下げていた。

ある意味、彼女は正しかった。彼は幽霊を見ていた。ただそれがだれなのかよくわからなかった。彼は棚の上の鏡のなかに自分自身を見た。幽霊は自分なのか、ジョーイなのか、それともアンクル・ケニーなのだろうか?　考えても仕方がないとわかっていたので、ビールを飲み干してコートを着た。ほんとうの仕事をするときだ。エレイン・スコビーとケヴィン・コナリーに何が起きたのかを見つけ出すのだ。

マッコイは、〈ロガーノ〉のドアを押さえて開けていてくれたドアマン――制服にハンチングをかぶっていた――にうなずいた。その男にみくびられているという想いを顔に出さないよう努めた。彼はスーツにネクタイ、そしてオーバーコートを着ていたが、問題はそれらがこの店にふさわしくないということだった。ふさわしいほど高価なものではなかったのだ。〈ロガーノ〉はアーチー・ロマックスとその仲間がよく行くような場所だった。同じ学校、同じ大学に通い、同じゴルフクラブや同じ組織の会員である弁護士やビジネスマンたち。マッコイのように施設で育ち、いまだに〈バートン〉のセールでスーツを買うような人々ではなく。

彼はコートを玄関のクロークに預け、身だしなみを整えると、正面のバーに入った。〈ロガーノ〉は一九三〇年代に建てられており、それ以来変わっていなかった。サトウカエデのフローリングとその流れるような木目の線が、まるでアールデコの客船に乗り込んだような気分にさせた。彼はバーで、高等法院で見かけたことのある弁護士の隣に無理やり坐り、ウィスキーと水を注文した。ほんとうはビールが飲みたかったが、出してくれるかどうかわからなかったし、訊いてみるつもりもなかった。飲み物の値段を知ったショックから立ちなおり、グラスを唇に当てたとき、彼女の声が聞こえた。

「ハリー・マッコイ？　ここで何をしてるの？」

振り向くと、メアリーとエレインが薄暗いブースに坐っているのが見えた。ふたりの前のテーブルには赤ワインのボトルが置いてあった。エレインは襟ぐりの深い黒のドレスを着て、髪を後ろに流した派手な服装をしていた。メアリーはアメリカのスタジアム・ジャンパーのような服にキャップをかぶっていた。彼は近づいていった。

「メアリー、ミス・スコビー。世間は狭いな」

「ほんとうに」とメアリーは言った。「ふたりが知り合いだとは知らなかったわ」

「知り合いじゃないわ」とエレインは言った。「今朝、事情聴取を受けただけよ」

マッコイは坐るようにという招待を待ったが、なかった。「オーケイ、じゃあ」と彼は言った。「おれは消えるとしよう。ナイトキャップに立ち寄っただけだから」

「それがあなたの習慣なの、ミスター・マッコイ?」とエレインは言い、テーブルの上のメアリーのパッケージから煙草を取り出して火をつけた。「〈ロガーノ〉でナイトキャップ?」

「ときどきね」と彼は言った。

エレインは煙を吸い込むと、ゆっくりと吐き出した。「ほんとうに? あなたには驚かされるわね」

マッコイが立ち去ろうとすると、エレインは芝居がかったため息をついた。「坐って、ミスター・マッコイ」と彼女は言った。「わざわざこの茶番を手配したのなら、一杯ぐらい飲んでったらいいんじゃない?」

ふたりが体をずらし、マッコイはブースに腰を下ろした。エレインは彼のためにボトルからワインをグラスに注いだ。彼女の香水の香りがした。なんなのかわからなかったが、高価な香りだった。

彼女はふたりを見た。「メアリー、あなたも一枚噛んでるんでしょ?」

メアリーは鼻で笑った。「冗談でしょ? この男とはもう一生分つきあったわ」

エレインはワインをひと口飲むと、長椅子の背にもたれかかった。状況を完全に掌握していた。考えるふりをして、指で顎を叩いていた。

「オーケイ、わたしが正しいかどうかたしかめさせて。ミスター・マッコイ、あなたは突然現われて、わたしがあなたの、正直に言ってありもしない魅力に騙されると思った。弁護士が同席していないことも無視して、わたしが青ざめるまでチャーリーとコナリー、そして父の話をとことんまで話そうとしている。そんなところ?」

「まあ……」とマッコイは言った。

「わたしのこと、どれだけばかだと思ってるの?」

「どうやら、騙されるほどにはばかじゃないようだ」

エレインは微笑むと、グラスを上げて言った。「言うじゃない」

彼らはグラスを鳴らした。エレインが彼のほうに身を乗り出し、青い瞳でじっと見た。

「気を悪くしてほしくないんだけど、ミスター・マッコイ、さっさと消え失せて、わたしがロマックスやあなたの上司にまだ電話をしていないことをラッキーだと思ったらどうかしら？」

マッコイは椅子の背にもたれかかり、ワインの残りを飲み干した。エレインは愉しんでいるようだったが、マッコイはエレイン・スコビーにも彼女の尊大な態度にも飽きてきていた。ほんとうにうんざりだった。彼は彼女に向かって微笑んだ。

「いいか、ミス・スコビー、おれが消える前に、自分にこう訊いてみたらどうだ？　なぜおれがこんな気取ったクソみたいなところをわざわざうろつきまわって、あんたが靴の下のクソみたいに振る舞ってるところに話をしに来たんだろうかってね？　理由はひとつだ。おれがここにいる理由も、わざわざ来た理由もひとつだ。ケヴィン・コナリーが精神病質者《サイコパス》だからだ。やつはあんたのボーイフレンドを撃った。だがその前に高層ビルの屋上で彼を殴りまわし、あとでおかずにするために写真まで取った——」

「マッコイ！」とメアリーが言った。「嘘でしょ！」

「なんだって、ああ、すまない。ワインが不味くなったか？　せっかくの高級ワインなのに、悪かったよ。だがコナリーは制御不能だ。そして次に狙われるのはきみだ。だからおれはここに来た。やつを捕まえるまで、数日間きみを保護拘束しよう。それほどばかな考えかな？」

エレインはマッコイを見ていた。気取った笑いは消え、顔面は蒼白で下唇が震えていた。

「二分経ってもここにいるなら、ロマックスを呼ぶわよ」

マッコイは立ち上がると、肩をすくめた。「わかった。忠告はした。きみの問題だ」

彼は〈ロガーノ〉の戸口に立ち、煙草に火をつけた。偉大な計画も無駄に終わり、少しだけ暗い気分になった。雨はやんでいたが、風はまだ強かった。彼の父親はいつも雪が降るにおいがすると言っていた。副鼻腔と何か関係があるのだろう。マッコイもそれを受け継いでいるようだ。朝のうちから雪になると確信していた。空気が彼の喉の奥に氷のような感触をもたらしていた。

背後のドアが開き、エレインが現われた。黒の毛皮のコートを肩から羽織っていた。

「ロマックスに電話するのか？」マッコイは訊いた。「ブキャナン・ストリートとゴードン・ストリートの角に電話ボックスがある。頑張って行くんだな」

「電話ボックスを探してるんじゃないわ」と彼女は言った。「メアリーの聞いていないところであなたと話したい。どこか行ける場所はない？」

ふたりは〈ホースシュー〉まで歩いた。大きすぎたし、ばかな客や大きな声でしゃべる客がいっぱいでマッコイの好きなバーではなかったが、思いつくかぎりで一番近いバーだった。彼がエレインのためにドアを押さえてやり、ふたりはなかに入った。いつものように混み合っていた。彼は客をかき分けて進み、長いバーカウンターの横の小さなテーブルを見つけた。エレインは周囲の人ごみを見まわしてから席に着いた。コートに身を包んだ赤ら顔の酔っぱらいたち、肩を寄せ合ってビールや手巻き煙草を手にした老人たち。表情を見るかぎり、彼女が好むような場所ではないようだった。彼女はコートを脱ぐと、膝の上に置いた。

「すぐに戻る」とマッコイは言うと、彼女のコートを顎で示した。「おれがきみだったら、そいつはしっかりと持っておくよ」

彼は舌打ちと悪態を無視し、人ごみをかき分けてバーに行くと、ウィスキー二杯とビール一杯を注文した。それらを運んできた。「ここであえて赤ワインを頼んでみたいとは思わなかったんでな」彼はそう言うと、ウィスキーを彼女の前に置いた。

エレインはそれを手に取るとひと口飲んだ。顔をしかめた。彼を見ると言った。「あなたは間違っている」

マッコイはスツールを引いて坐ると、ビールをひと口飲んだ。

「赤ワインのことか？　それとも全般的に？」

「コナリーのことについてよ」と彼女は言った。

「そうは思わない」と彼は言った。「あのクソ野郎は今朝、椅子でおれに襲いかかってきた。ホテルの部屋にはやつの小便と糞《くそ》でいっぱいの瓶が残されていた。やつはまともじゃない」

「彼はわたしを傷つけたりはしない」と彼女は言った。

マッコイは首を振った。「きみにそんなことがわかるわけがない。やつはきみが知ってるような人間じゃない。やつの振る舞いはまるでたがはずれてしまったようだ。まるっきりな」

「わかってる」と彼女は言った。

怒らないように、自分を抑えているような口調だった。反対されることに慣れていないのだ。

「彼はすべてをチャーリーのせいにした。チャーリーだけの。わたしを振り向かせて、彼から遠ざけるために。コナリーから見れば、わたしは罪のない人間よ。わたしは彼が怒るようなことは何もしていない」彼女はウィスキーをひと口飲んだ。「なんにしろ、わたしがここに来た理由はそのことじゃない。父のことについて話したいの」

「あい」とマッコイは言い、眉を上げた。「話してくれ」

ベルが鳴り、ラストオーダーを告げる叫び声がした。客のほとんどが立ち上がって、バーに向かった。マッコイは期待するようなまなざしでエレインを見たが、彼女は首を振った。

「コナリーは気に入らなかった。父が……」彼女は口ごもった。「チャーリーを好きだという事実を。それどころか父はチャーリーを崇拝していた」彼女は微笑んだ。「父が、わたしよりも彼のほうを愛してるんじゃないかと思うこともあった。自分の持つことのできなかった息子であり後継者である彼を」

彼女は髪の毛を掻いて耳にかけた。「母はわたしを産んだあとは子供ができなかった。父はそれでよしとしようとしたけど、息子がいないのは寂しいのだとわたしにはわかっていた。もしわたしが男だったら……」彼女はふさわしいことばを探して考えた。「父のビジネスを受け継いでいたでしょう。言ってる意味はわかるでしょ？　でもその代わり、わたしは可愛いものでいっぱいの店を持って、〈フレイザーズ〉（グラスゴーにあるデパート）で散財している。わたしはただの小娘でしかない」

マッコイは首を振った。「きみはそんなことを信じていないはずだ。だれもきみのことを〝ただの小娘〟だなんて言いはしない」

彼女はマッコイを見た。微笑んだ。「わたしを口説こうとしてるの、ミスター・マッコイ？」

「褒めて釣りあげようってのかい、ミス・スコビー？」

彼女は微笑んだ。「結局のところ、ロマックスの言うとおりだったみたいね。彼はあなたのことを賢いと見ていたわ。前途有望だって」

「すばらしい。アーチー・くそ・ロマックスからの推薦を首を長くして待ってたんだ。で、きみのお父さんがどうしたんだ？」

「ごめんなさい。チャーリーが現われ、コナリーは脇に追いやられて、家族の一員から、ただの従業員に逆戻りした」彼女は煙草のパッケージを取り出した。箱をトレイのように開くと、黒い煙草が見えた。一本取り出すと火をつけた。「それが彼を追い詰めたんだと思う。組織のヒエラルキーのなかで居場所がなくなった。だれかにチャーリーの脚を襲わせたのが決め手になった。そのあと、父は彼をクビにした」

「クビにした？」とマッコイは訊いた。

エレインはうなずいた。「コナリーは十代の頃から、父の下で働いてきた。人生でそれ以外には何もしてこなかった。それが突然捨てられた。仕事もなければ、家族もいない、何もない。コナリーが怒りを向ける人がいるとすれば、父よ。あなたが気をつけなければならないのは父のほうなのよ」

マッコイは笑った。「いいか、自分のことは自分でできる人間がいるとすれば、それはきみの父親だ。そもそもきみの父親は今朝、喜んでおれを罵り、無視しようとした」

「父にできるとは思えない。今はもう」彼女はためらった。言おうかどうか考えていた。「父は肺癌《がん》と診断された」

マッコイは驚いたふりをした。「なんだって？」

「肺癌よ。二週間以内に手術をしなければならない。父も六十代後半になって怯えている。以前の父ではないの」

「そうかもしれない。だがそれでも今も彼はジェイク・スコビーだ」とマッコイは言った。

彼女は首を振った。「いいえ、違う……父はもうあなたの言うような人ではない」

またベルが鳴った。バーカウンターの奥にいる白い半袖シャツを着た太った男が叫び始めた。「さあ、帰った、帰った。閉店だよ」客は不平を言いながらも、ビールを飲み干し、ドアに向かった。

マッコイは理性的であろうとした。「いいか、たとえ彼が以前と違っていたとしても、彼には護衛や用心棒、部下がいつもいっしょだろう」

「それが問題なのよ。ガキとチンピラ、それがすべて。コナリーが去った今、父のまわりにはそんな連中しかいない」彼女は残りのウィスキーを飲み干した。「みんなは、コナリーがただの殺し屋で、父の汚れ仕事をしていただけだと思っているけど、彼はそれ以上の存在よ。彼は頭がいい。みんなが考えている以上に頭がいいの。もし彼が父を捕まえようと思えばそうするはずよ。警察に父を見張ってもらえない？　尾行してほしいの。父が無事であるように」

「ジェイク・スコビーを尾行して保護するだって？　本気で言ってるのか？　今日のあの態度のあとで？　おれのボスがそんなことを認めるわけがない」とマッコイは言った。

エレインの眼がきらめき、声は鋼のように鋭くなった。「わかったわ。じゃあ、何もしないで、コナリーが父を襲うのを待つって言うのね？　警察の手間を省くため？　そうなのね？　そんなことだと思ってたわ」

「そんなつもりはない」と彼は言った。

「ほんとうに？　信じられないわ。ジェイク・スコビーを排除することはグラスゴー市警が長年望んできたことじゃないの？」

「いいか、もしきみがほんとうに父親のことが心配なら、おれの知ってる連中に話をして、そいつらに――」

エレインは立ち上がった。「何もしてくれないなら、それでいいわ。でも上からものを言わないで。お願いだからやめてちょうだい」

「そんなつもりは――」

「飲み物をありがとう」とエレインは言い、コートを肩から羽織った。「ありがとう、何、もしてくれなくて」

マッコイは彼女がパブを出ていくのを見送った。彼女にはほんとうにドラマチックな退場を演出する才能がある。彼は坐ったまま、ウィスキーを飲んだ。今夜は何もかもうまくいかなかった。エレインが今後、警察に何かを話すことはないだろう。この事件からはずされるかもしれない。三週間の休暇のあとで、腕がなまってしまっていた。集中力に欠けていた。心ここにあらずといった感じだ。アンクル・ケニーとジョーイのことでいっぱいいっぱいだった。

パブのドアが開き、コートに雪をつけたカップルが入ってきた。バーテンダーはもう閉店だと彼らに告げた。まあいい、少なくともひとつだけ正しいことがあった。彼は雪のにおいを嗅いでいた。

マッコイはベッドの脇の時計に眼をやった。四時半。ため息をつくと渋々起き上がった。フラットは凍えるほど寒かったが、小便がしたかったのだ。ひどく。〈ホースシュー〉から戻ると、缶ビールを二本見つけ、それを飲んで、どうやって気づかれることなくアンクル・ケニーに近づくかをずっと考えた。今になって、そのつけがまわってきた。彼はバスルームまで歩いた。すぐになぜこんなに寒いのか悟った。バスルームの窓から見える裏庭にはすでに雪が積もっていて、大きな雪の塊が降っていた。小便をして流すと、寝室に戻った。靴下と昨日のシャツを身に着けるとベッドに入った。が、役には立たなかった。まだ凍えそうだった。

やっと見るべきものを見ることができるようになった。きみだ。風呂の蛇口をひねっているきみ。色のついた液体を注いで泡立たせている。おれはすでに硬くなり、ズボンの前が張っている。ベルトのバックルをはずすと、ズボンが床に落ちる。

きみはスカート、そしてブラウスを脱ぎ、ブラとパンティーで鏡の前に立つ。髪を上げながら鏡のなかの自分自身を見る。おれは下着を脱ぐ。手のひらに唾を吐く。窓ガラスに近づく。ブラを取ると、きみの胸が見え、おれの手は動き始める。バスタブのなかのそいつがまたうめき声をあげるのが聞こえる。痛みにうめく声。気持ちよくなってくる。

おれの手の動きが速くなる。もうすぐだ。バスタブからまた叫び声が聞こえ、おれはシンクのなかに放出し、震え、うめき声をあげる。指から精液を舐め、残りを水で流す。きみは風呂に入り、もうおれからは見えない。

おれは一度イったが、もう一度イく必要がある。震えて放出する必要がある。エレイン、きみときみの脚のあいだの黒い茂みのことを思いながら。おれはバスタブのなかのそいつを見る。髪をつかみ、口からガムテープを剝がす。もし音をたてたり、叫び声をあげたり、おれの言うとおりにしなかったりしたら殺すと言う。そいつはうなずく。おれはそいつの口のなかにそれを突き刺す。

一九七三年二月十四日

15

トムソンはウェールズ公橋の上で早朝の太陽を背にしており、まるで影絵のようだった。襟を立て、両手をポケットに深く入れて待っていた。暖を取ろうと、行ったり来たり歩いている。マッコイは坂の上から重い足取りで彼のほうに向かった。長靴を履いてくることにして正解だった。クリスマスに近所の人がくれたみっともないスカーフも見つけて、しっかりと首に巻いて家を出ていた。フラットは凍えるほど寒く、内側にまで氷が張っていて、外にいるのとほとんど変わらなかった。引出しのなかに手袋は片方しかなく、わざわざ探す価値もないような気がした。マッコイが非常線のところにいる制服警官――ビッグ・ゴーディ――にうなずくと、彼は脇によけてマッコイを通した。

「ウィンター・ワンダーランドへようこそ」とトムソンは言った。

一面の銀世界のなかで唯一、ケルヴィン川だけが色のついた筋を作っていた。グレーの水は波立っていて、およそ九メートル下を勢いよく流れていた。遠くで犬の鳴く声と、警察無線の音が聞こえたが、それ以外は静かだった。雪が街の音を消していた。ケルヴィン・グローブ公園も、今日ばかりはグラスゴーのウエストエンドではなく、まるでハイランド地方にあるようだった。そのウエストエンドの約二万四千平米の公園は、いつもは犬の散歩をする人たちや、子供たち、通勤のための近道として利用する人たちでいっぱいだった。今日は違った。見えるのは制服警官と雪、そして橋の上で立っているトムソンだけだった。

「ワッティーが迎えに行ったのか？」マッコイが近づくと彼が訊いた。

マッコイはうなずいた。「ギブソン・ストリートに車を置いて歩かなければならなかった。車があちこちに捨て置かれていて、それ以上近づけなかったんだ。バスまでも坂の下で立ち往生していた。滑ってしまって上がってこれないんだ。大混乱だよ」マッコイはもう一度彼を見た。「コートはないのか？」

トムソンは不機嫌そうな表情をした。「ダンディーの子供たちのところに行ったとき、置いてきちまった」

「ばかかよ。で、どうだった？」

「最悪だよ」トムソンは陰気な顔で続けた。「子供たちがボブとどんどん仲よくなっていく上に、おれはそれに怒っているしかない。それでも子供たちがダンディー・ユナイテッドを応援しださないかぎりは、なんとか我慢できる」彼は指を口のなかに入れ、感覚を取り戻そうとした。上流を顎で示して言った。「覗いてみれば見える」

マッコイは石の欄干の上に積もった雪を払い、体を乗り出して、橋の下を見た。何も見えなかった。グレーの水が見えるだけだ。「どこだ？」

トムソンが隣で身を乗り出し、指さした。「あそこだ。二十メートルほど上流だ」

彼は流れの真ん中にある岩と木の枝でできた小さな島を指さしていた。男は流れてきて、そこに捕まったのだろう。上半身は島に引っかかって水面から出ていたが、下半身は今も川のなかだった。水が体のまわりで渦を巻いていた。裸で、寒さのせいで真っ白だった。右腕はありえない角度で後ろのほうに曲がっていた。その角度を見るかぎり、骨折しているとしか思えなかった。

「公園の管理人が今朝見つけて、六時頃通報してきた」とトムソンは言った。

マッコイは周囲を見まわした。「マレーはいないのか？」

トムソンは首を振った。「ジョーダンヒルから向かっている途中だ。クロウ・ロードまで一時間かかったそうだ。期待しないほうがいい」

ワッティーが制服警官の列のあいだからやってきた。ニットのハンチングに大きなアノラック、〈ボブリル〉(牛肉のエキスを溶かしたスープ)の入った紙コップを三つ持ち、雪に足を取られないよう、慎重に歩いてきた。彼はカップを橋の欄干の上に置いたが、そのひとつがこぼれて手を火傷しそうになり、悪態をついた。マッコイは紙コップを受け取った。〈ボブリル〉を飲むのは初めてだったが、少なくとも温かかった。どれだけ不味いのだろう？　ひと口飲んでみてわかった。顔をしかめた。

「紅茶はないのか？」と彼は訊いた。

「ふざけんなよ」ワッティーが指を舐めながら言った。「それを手に入れるのも大変だったんだぞ」

「わかったよ」とマッコイは言った。

トムソンは体を温めようとして、行ったり来たりを繰り返していた。「問題は彼をこの川から救い出すことができないことだ。ダイバーは昨晩、リースで転覆したボートの件で出動していて、あと数時間はここに来れない。まだ現場から戻っている途中だ」

「水上警察は？」とマッコイは訊いた。

「彼らの管轄はクライド川だけだ。連中のクソ巡査部長が今朝、うれしそうにそう伝えてきた」トムソンは両手をこすり合わせてから、ポケットに突っ込んだ。「公園は封鎖したが、待つ以外、できることはない」

マッコイは太陽の下で眼を細め、おぞましい〈ボブリル〉をひと口飲んだ。「今朝、行方不明で届けが出ている者は？」

ワッティーが首を振った。「調べたけど、署はしっちゃかめっちゃかだ。交通事故、車のなかに閉じ込められた者、電話の回線もダウンしている。まだだれも彼がいないことに気づいていない可能性が高い」

「いったいだれなんだ？」とマッコイが訊いた。「何か思い当たるふしは？」

トムソンは肩をすくめた。「わからんよ。ここからじゃ顔もよく見えない」

三人は橋から身を乗り出して覗き込んだ。ワッティーが一番視力がいいようだ。「黒髪、年配だ。六十歳くらい。傷があるみたいだ。頰に切り傷が。だれかがかみそりで切りつけたような」

「すばらしい」とトムソンは言った。「これがあの困った状態の男についてのすべてってわけだ――」

「傷はどちら側だ？」とマッコイは訊いた。

ワッティーはまた眼を細めた。「左だ」

マッコイはよく見た。胃のなかを何かが沈み込んでいくような感覚がした。たしかではなかった。よく見えなかった。だがなぜか彼にはわかっていた。

「ジェイク・スコビーかもしれない」と彼は言った。

「え?」とトムソンが言った。よく見た。「なんとな。おまえの言うとおりかもしれない。どこか彼に似てる」

マッコイは欄干の近くに積もった雪を蹴った。「くそっ!」

「どうしたんだよ?」とワッティーが訊いた。

「昨日の晩、彼女が言ったんだ。彼のことを心配していた。おれはそれを戯言《たわごと》だと思った」

「だれのことだよ?」とワッティーは訊いた。苛ついていた。

「エレイン・スコビー」とマッコイは言った。「くそっ!」また雪を蹴った。

「マジかよ! 落ち着けよ! じゃあ間違いなく彼なのか?」とワッティーは訊いた。

三人はできるだけ橋の欄干から身を乗り出した。

「顔を見ろ」とマッコイは言った。「傷があるのがここからでもわかる」彼は指さした。

「間違いなく彼だ。見てみろ、あの――」

そのときスコビーが眼を開けた。

マッコイは〈ボブリル〉のカップを川に落とした。トムソンが悪態をつき始め、ワッティーが走りだした。

トムソンは無線機を見つけ、救急車を呼ぶようにと吠え始めた。ワッティーは橋の上を走り、遊歩道脇のフェンスを乗り越えると、川の土手を降り、シャクナゲの茂みや背の高い草をかき分けて進んだ。あちこちで雪が舞った。

「あのばかはどこへ行くつもりだ？」無線機が音をたてるなか、トムソンが訊いた。

マッコイは首を振った。「わからん。たぶん、もっと近くで見ようとしてるんだろう」

そのとき、思い当たった。「ああ、くそっ。まさか川に入ろうってんじゃないよな？」

ワッティーは川岸まで来ると、かがみ込んで靴の紐をほどき始めた。

トムソンは怯えた表情をした。「なんてこった、あのばか溺れちまうぞ」

ふたりは、滑らないように必死になりながら、橋の上を走り、土手を降りた。トムソンが前を行き、茂みをかき分けた。雪がふたりのまわりで舞い上がった。川岸にたどり着く頃には、ワッティーはズボンと肌着、靴下だけになっていた。今、近くまで来ると、マッコイは、雪解け水で増水した川の流れがいかに速いか、そしていかに危険そうかがわかった。

トムソンがワッティーの腕をつかんだ。「無理だ！　いいかこれは命令だ。溺れるか、凍ってしまうかだ。待つしかない。危険だ」

マッコイは体を折り、両手を膝に置いて、息を整えようとしながら言った。「いいか、ワッティー、ばかなことはするな。危険すぎる」

ワッティーは肌着を頭から脱ぐと、ベルトをはずし始めた。「彼はまだ生きている。やってみる価値はある。あんたらふたりは泳げるのか？」

トムソンは恥ずかしそうに首を振った。

「おれは泳げる」とマッコイは言った。「けど、そういうことじゃない。流れが速すぎて——」

「おれは水泳の郡代表だった。ライフセイバーの資格も持ってる。アラン島沖の海を八キロ泳いだこともある！」彼はトムソンとマッコイを見た。「あんたは泳げないし、あんたはぼこぼこに痛めつけられて戻ってきたばかりだ。おれしかいないだろ？　さあ、どうする？」

トムソンがマッコイを見た。マッコイはトムソンを見た。ふたりともなんと言っていいかわからなかった。

ワッティーはふたりを交互に見た。「頼むよ！　さあ、決めてくれ！」

「ほんとうにやれるのか？」とトムソンが訊いた。

「もちろんだ！」とワッティーは言った。そしてそこに立っている彼を見ているとできそうに思えてきた。大きな肩と腕の筋肉、広い胸。

トムソンはうなずいた。「よし、行け」

ワッティーはズボンを下ろし、靴下を脱ぎ、パンツ一枚で氷のように冷たい水のなかに入っていった。

「無茶はするなよ」マッコイは叫んだ。

「おれの心配よりも、救急車を呼んでおいてくれ」ワッティーは叫び返した。

マッコイは煙草を取り出したが、マッチが見つからなかった。トムソンが自分のライターを取り出して、マッコイの煙草に差し出し、それから自分の煙草に火をつけた。「信じられん」トムソンはマッコイのほうを見た。「なんて言えばよかったんだ？」

「あいつが行きたがった。おれたちのなかであいつだけが可能性がある。おまえは正しいことをした」とマッコイは言った。が、自分でもそう信じているのかどうかわからなかった。

ワッティーはもう胸まで水に浸かっていた。対岸ではキツネがまわりのにおいを嗅ぎながら、彼らを見ていた。ワッティーは深呼吸をひとつすると、水のなかに潜った。数メートル上流にふたたび姿を現わすと、スコビーが捕まっている、岩と木の枝でできた島に向かってクロールで泳ぎ始めた。

必死で泳いでいたが、ほとんど進んでいないように見えた。島に向かって進むたびに、流れが彼を押し戻した。彼はしばらく止まって立ち泳ぎをし、まわりを見て自分の位置を確認した。ふたたび泳ぎだす前に、流れに押し流され、頭が水のなかに沈んだ。島から遠ざかり、彼らが立っていた橋の下まで流された。

「くそっ！」トムソンは川岸を行ったり来たりして、速い川の流れのなかにワッティーを見つけようとした。「あいつが見えるか？　なんてこった！　よりによってジェイク・くそ・スコビーなんかのために！」

マッコイは水面をよく見た。いない。見えるのは茶色がかった灰色の水と、時折、流れに巻き込まれる木の枝だけだった。橋の上の制服警官が叫びだした。見上げると、彼らは橋の欄干から身を乗り出して、自分たちの下を指さしていた。

ワッティーは橋げたにつかまっていた。凍てついたような表情で、顔や肩は橋げたの石に対抗するように青白く、唇も青くなっていた。

トムソンは水しぶきを上げて川に入り、声のかぎりに叫んだ。激しい川の流れにかき消されないように。「そこにいるんだ、ワッティー！　動くな！　すぐに行く！」

彼は振り向いてマッコイを見た。その声はパニックに満ちていた。「あいつに聞こえたかな？」

「そう思う」

ほんとうに聞こえたかどうかわからなかった。だが次にマッコイが見たのは、ワッティーが深呼吸をひとつして、橋げたを離れ、上流のスコビーのほうへと泳ぎだした姿だった。マッコイはうめき声をあげ、トムソンも悪態をつき始めた。

ワッティーは止まった。ふたたび立ち泳ぎをし、周囲を見て、スコビーとの距離を測ろうとした。流れに戻されそうになるが、それに逆らうように必死に泳ぎ、ゆっくりと島に近づいていった。

マッコイは小声でつぶやいていた。「行け、ワッティー、行くんだ」胃のなかがむかつくような感覚を覚え、彼を行かせなければよかったと思った。

ワッティーは最後のひとかきでなんとか島に到達し、枝のひとつをつかんだ。そしてスコビーの傷ついた体の横に体を起こした。

橋の上の制服警官らが拍手と歓声をあげた。トムソンはマッコイをつかみ、抱きしめ、ふたりは何度も飛び跳ねた。

「やった！　あいつやりやがった！」

ワッティーは小さな島に横たわってあえいでいた。疲れ果てていた。彼は体を乗り出して、スコビーの口に手を突っ込み、土と葉っぱを掻き出した。スコビーは咳き込むと、勢いよく川の水を吐き出した。

「彼は生きてる！」とワッティーは叫んだ。「そこにいろ。ワッティー！　動くな！　ロープを用意する！」

「そこにいるんだ！」マッコイは叫んだ。「そこから脱出させてやる！」

ワッティーはわかったというように疲れた手を上げると、マッコイが予想していなかったことをした。彼はスコビーを自分の顎の下に抱えると、枝から手を放した。そしてふたりとも滑るように川のなかに入っていった。

「だめだ！」トムソンが叫んだ。その声が静かな公園のなかにこだました。「あいつ殺してやる。あのクソ野郎殺してやる！　あいつ聞こえなかったのか？」彼は無線機のボタンを強く押し、応答を待った。「あいつが水から上がったら、すぐに殺してやる」

ワッティーはスコビーの頭を胸に抱え、水に浸からないようにしながら、川岸に向かって泳ぎ始めた。スコビーの頭はだらりとして左右に揺れ、眼はガラスのように虚《うつ》ろで、何が起きているのかさえわかっていないようだった。

ワッティーは疲れ切っているように見えた。流れに逆らいながら、スコビーの頭を水面の上に保とうとして顔を歪めていた。何か叫んでいたが、激しい川の流れのせいでマッコイには聞き取れなかった。

「なんだ？」マッコイは叫んだ。「どうした？」彼はトムソンにつかみかかった。「なんだあれは？　なんと言ってるんだ？」

トムソンはマッコイを見た。顔面は蒼白だった。「もう持ちこたえられないと言っている」

マッコイはうめき声をあげた。「頼む！　なんとかならないのか？」

トムソンは立ちつくしていた。スーツをびしょびしょにし、役に立たない無線機を手に水面を見つめていた。「どうしたらいいんだ、ハリー」彼は静かに言った。「どうしたらいいかわからない。おれがあいつを行かせた。行かせるべきじゃなかった」

マッコイは走って水のなかに入った。冷たさが彼を襲った。ワッティーに頑張れと叫んだ。ワッティーは頭を上げているのが難しく、一度水のなかに潜り、また上がってきた。「頑張れ、ワッティー！」マッコイは叫んだ。「頑張るんだ！」

そしてまた水のなかに沈んだ。

マッコイは川を見まわし、橋のほうに走ろうとして、氷のような水のなかで転んでしまった。立ち上がって、唾を吐くと、寒さに震えながら、ワッティーの頭が浮かび上がってくるのを探した。彼の大きなばか面とくすんだブロンドが水面から現われるのを。だが現われなかった。

彼は走るのをやめ、凍てつく水のなかに立って、ただひたすらワッティーを見つけることに集中した。小声で祈りをささげながらひたすら待ったが、ワッティーの頭は現われなかった。

橋の上から叫び声があがり、マッコイは顔を上げた。ビッグ・ゴーディが下を見て、向こう岸のほうを指さしていた。マッコイは、ワッティーとスコビーが流れのなかで回転しているのを見つけた。体の半分は泥水のなかに沈んでいた。スコビーが漂い始めた。ワッティーが握っていた手を離したに違いない。

「ワッティー！　ワッティー！　水のなかから出るんだ！　彼は放っておけ！」マッコイは叫んだ。

ワッティーがうなずくのを見たような気がした。それから水が彼の頭を覆った。

「ワッティー！」彼は叫んだ。「ワッティー！」

遠くでサイレンの音が聞こえ、キツネが振り向いて茂みのなかに消えていくのが見えた。マッコイはその場に立ったまま、川がふたりの体を橋の下へ、さらに下流へと運ぶのを見ていた。そして見えなくなった。

橋の上の制服警官は、もう歓声をあげることも拍手をすることもなく、ただワッティーが消えた水面を見つめていた。マッコイは重い足取りで水のなかから上がると、土手を上がった。トムソンは倒れた木の幹に坐り、両手で頭を抱えていた。

「あいつに言ったんだ。聞いてただろ、ハリー。入るなって言ったんだ」

マッコイは彼の隣に坐り、肩に腕をまわした。何が起きたのか信じられなかった。十分前、あのばかは自分に〈ボブリル〉のカップを渡してくれたのに、今はもういない。ほんとうならマッコイは凍えるほど寒いはずなのに、何も感じなかった。彼はトムソンの背中を叩いた。

「行こう、トムソン。おれたちにできることはない。おまえはベストを尽くした。あいつが行くと決めたんだ」

「行かせるべきじゃなかったんだ。行かせるべきじゃ。おれが……」

トムソンはスーツの袖で眼を拭った。いっとき、ふたりはそこに坐っていた。トムソンはすべて自分が悪いんだと言い、マッコイはできることはすべてやったと言った。無線が息を吹き返した。マレーが到着したのだ。

マッコイは立ち上がり、橋の上にいるマレーを見ようと土手のほうに歩いた。足が何かにぶつかった。ワッティーの服だ。急いで川のなかに入ったのに、土手にきちんとたたんで積み上げてあった。一番上に時計が置いてあった。彼はかがんで、それを手に取った。擦《す》り切れた革のベルトのついた、どこにでもある〈タイメックス〉だ。裏蓋に刻印があった。〝アカデミー卒業おめでとう。愛している。ママとパパより〟

マッコイは時計をポケットに入れ、服の山を手に取ると、トムソンのほうを向いた。

「行こう、相棒。ここにはできることは何もない」

ふたりは土手を上がり、小道のほうに戻った。救急車の青い光とワッティーがもういないという現実。

マレーは橋の上に立って、ふたりを待っていた。「無線で聞いた。次の橋にいた連中が、ふたりの体が流れていくのを見たそうだ」

マッコイは彼を見た。マレーはそう言い、なんとか理解し、現実のものとしようとしていた。

「大丈夫なんだろう?」とマッコイは言った。「浮いているだけだ。疲れて泳げないんだ」

「どのくらい水のなかにいたんだ?」

マッコイは考えようとした。

「十五分くらいになる」とトムソンが言った。「二十分かもしれない」

「長すぎる」とマレーは言った。「水は凍りそうなほど冷たい」

「くそっ」とマッコイは言った。「ここはグラスゴーだぞ! グラスゴーだ! なんであんなことを」

トムソンは道路脇に歩いていった。静かに泣いていた。

「あいつの服か」とマレーが訊いた。

マッコイはうなずいた。「それと彼の時計。お母さんとお父さんがくれたんだろう。裏に刻印がある」。

マレーは彼からそれを受け取ると裏面を読んだ。「なんと愚かな人生の無駄遣いだ」

マッコイは橋の欄干まで歩いていき、水面を見下ろした。今になってようやく理解が追いついてきた。無線が聞こえてきた。アートギャラリーのそばの橋でふたりの遺体が発見された。彼はマレーに眼をやった。

マレーは彼にうなずいた。「行こう」

マッコイは橋の上で彼のあとを追った。

16

「新聞に載るためにここまでするかね」マッコイは病院の外で新聞配達の少年から買った

『イブニング・タイムズ』を掲げた。

ヒーロー警官、溺れている男を助ける

ワッティーはベッドに起き上がって坐り、ニヤニヤと笑っていた。ウエスタン病院に運び込まれると、彼は個室をあてがわれた。なんだかんだ言ってもヒーローだから、スター扱いを受けたのだ。疲れているようで、顔はまだ青白いが、ニコニコと笑い、いつもとあまり変わらなかった。

「写真で見るとばかっぽく見えるな」とワッティーは言った。

マッコイは新聞を自分に向けた。「おことばだが、いつものおまえと変わらんよ」彼はベッドの脇の椅子に坐った。

「おれのあとを追って水のなかに入ったんだって?」とワッティーは言った。

「おまえにばかなことをするなと言うために近づこうと水に入って転んだんだ。新しいスーツ代は貸しだぞ。で、どんな気分だ?」

「あまりよくない」彼は眉毛の上の縫い目を撫でた。「ビッグ・ゴーディがボートに引き上げたときに、縁《へり》に頭をぶつけやがった」

「元気そうに見えるがな」とマッコイは言った。

「そうか？」

「あい、ちゃんとがんこなクソ野郎に見えるよ」

ワッティーはニヤリと笑った。「結果的にはな。破傷風の予防でケツに注射は打たれるわ、川の水のせいで何か恐ろしいものを飲まされるわで大変だったけど、それ以外は大丈夫だ。やっと調子も上がってきた。朝まではここにいて、休むように言われている。朝になって気分がよければ、退院していいそうだ」

マッコイはワッティーの〈ルコゼード〉（英国の清涼飲料水）を自分のためにグラスに注ぎ、煙草に火をつけた。「マレーはおまえを武勇殊勲章に推薦した。トムソンが提案したんだ」

ワッティーはニヤリと笑った。「ほんとうか？　ママとパパが喜ぶよ」

マッコイは首を振った。「ママとパパどころじゃない。ここの看護婦のだれかに言ってみろ。本物の英雄だ。それと縫い目のあるその顔があれば、あっという間にみんなパンツを脱ぐぞ」

制服警官らがふたりを救ったのは、川を四百メートルほど下った、ケルヴィン・ホールを過ぎたあたりだった。デュナスキン・ミル（グラスゴーにある学生寮）の近くの水のよどんだ淵のあたりまで流されたのだ。ワッティーは元気だった。寒さと疲労はあったが、命に別状はなかった。

「おれはおまえが死んだと思った。みんなもだ」とマッコイは言った。

「ほんとうに？」

「ああ」

　ワッティーはベッドに体を起こして坐り、少し顔をしかめた。「おれはただできることをやっただけだ。泳ぐのをやめて、エネルギーを温存した。上がることのできる川岸が見えるまで浮いていたんだ。結局ゴーディのほうが先に見つけてくれたけどな」

「あい、いいかもう二度と川なんかに入るんじゃないぞ。わかったな？」

　ワッティーは敬礼をした。「スコビーの具合は？」

　マッコイはため息をついた。「よくない。回復は期待できそうもない。おまえはやれるだけのことをやった。だれもが期待する以上のことを」

　ワッティーはうなだれた。「けど、その価値はなかったってことだろ？」

「自分を卑下するな。その価値はあった。それ以上のな。コナリーに、スコビーがベッドで意識を取り戻して、おれたちに事件のことを話したと思わせておくことができる」マッコイは新聞を指さした。「今日の午後、彼が新聞を見たら、クソを漏らすだろう。スコビーがおれたちに何を話したかと怯えながら、ドアがノックされるのを待つはずだ。そう思わせておくんだ。報道陣には死ぬ前に事情聴取したと言っておく」

「うまくいくと思うか？」とワッティーは訊いた。

「そう願うよ。やつが不安になれば、ミスを犯す可能性が高くなるし、捕まる可能性も高くなる。そこに期待しよう」

「やつはなぜスコビーを水のなかに落としたんだろう？」

マッコイは肩をすくめた。「あのサイコ野郎が何をするかなんてだれにわかる？　何か意味があるかもしれないし、ただ――」

「なんなのよ、マッコイ。あんた、わたしのあとを悪臭みたいにつきまとってるの？」

マッコイは振り向いた。『デイリー・レコード』のメアリーが、片手にブドウの入った茶色の紙袋を、もう片方の手には〈アイアンブルー〉のボトルを持って、ドアの前に立っていた。彼女はその両方をベッドの上にどさっと置くと、握手を求めて、ワッティーに手を差し出した。

「メアリー・ウェブスター、『デイリー・レコード』の特集記事の主筆よ」彼女はワッティーを上から下まで見た。「あなたはヒーローよ」

ワッティーは握手をしながら、少し困ったような顔をした。「明日の第一面を飾るインタビューをするために来たの。警察上層部の許可は取ってあるわ。彼らはたまには警官が善人のように行動するという考えが気に入ったみたい」彼女は鼻で笑った。「電話も返してこようとしない、信用のならないふた股クソ野郎とは大きな違いね」

彼女はベッドに坐り、もう一度ワッティーをじっと見ると、マッコイのほうを見た。

「新人がハンサムだなんて聞いてないわよ。カメラマンを呼んで何枚か写真を撮ってもらわなくちゃね。傷もいい感じ」

「おれに選ぶ権利はないのか？」とワッティーは訊いた。

「もちろんある」マッコイがそう答えると同時に、メアリーが「ないわ」と言った。

「断ってもいいんだぞ、ワッティー」とマッコイは言った。

「いいえ、だめよ」とメアリーは言った。「警視正とうちの編集長にケツを蹴られたくないなら、やめといたほうがいいわ。だから、わたしとこの役立たずが煙草を吸いに行ってるあいだ、わたしに話すエキサイティングな話について考えておいて。あなた独身なの、ワッティー？」

「えーと、そうです」ワッティーはそう言うと赤くなった。

「すばらしい！」とメアリーは言った。彼女は偶然を装って手で彼の股間に触れた。

ワッティーは固まった。

「買う前に商品をチェックするのが好きなの」彼女は微笑んだ。「いい感じよ。かなりね。

わたしは大きい男が好きなの。態度に問題のある、疲れ切った半分アル中の男はだめよ。ところでマッコイ、ちょっといい？」

困惑し、どこか怯えているワッティーを残して、ふたりは廊下に出ると、煙草に火をつけた。

「よろしく頼むよ」とマッコイは言った。「彼はまだちょっと青臭《あおくさ》いところがあるんだ」

「あなたのアドバイスが必要なときはそう言うわ。彼は下の階にいるの？」

「だれのことだ？」とマッコイは訊いた。

彼女はマッコイを見た。「勘弁してよ、マッコイ。ジェイク・スコビーよ、そうなんでしょ？」

嘘をついてもしょうがないようだ。もしまだだとしても、すぐにニュースは広まるだろう。彼はうなずいた。

「チャーリー・ジャクソンをやったのと同じ男？」と彼女は尋ねた。

「そのようだ」

メアリーは息を吐き、頭を振った。「エレインはイライラさせる娘《こ》だけど、だからってあんな目に遭っていいはずがない。一週間でフィアンセと父親が殺されるなんて。彼女がコナリーに何をしたと言うの？」

「彼女に言わせれば何もないそうだ。新雪のように純真無垢だ」

メアリーは鼻で笑った「純真無垢が聞いてあきれるわ」

「何か根拠でもあるのか、ミス・ウェブスター？」

「いいえ」と彼女は言い、マッコイに向けて煙を吐いた。「けど、昨日の晩は、わたしと〈ロガーノ〉で飲むためにドレスアップしたんじゃないのはたしかよ。あんたのせいで台無しになったけどね？」

マッコイは肩をすくめた。「たぶん、おれは彼女のタイプじゃないんだろう」

メアリーは鼻で笑った。「あんたはだれのタイプでもないわ。ほんとうよ、酔っぱらってやけくそになったんじゃないかぎりはね。で、ジェイク・スコビーについてほかのだれも知らない情報を話してくれるんじゃなかった？　話してくれたら、あなたの相棒を一面じゃなくて、もっと慎み深い記事で紹介してあげてもいいわよ」

「なんで哀れなワッティーのためにおれがそこまでしなきゃならないんだ」とマッコイは言った。

「そうしてくれたら、わたしがすてきなエレインや彼女の電話、街へのお出かけに眼を光らせてあげるからよ」

「どんなお出かけだ？」彼は尋ねた。

メアリーは何も言わなかった。爪を調べ、煙草を吸うと、腕時計を見た。

「オーケイ、乗った。スコピーの腹には〝CUNT《クソおんな》〟と彫ってあったんだ」とマッコイは言った。

彼女はマッコイを見た。「わかってるでしょ。それは使えない。うちは家族向けの新聞なのよ。ほかにはないの？」

「コナリーの名前はまだ新聞には出ていない。写真を渡すから、最重要容疑者として名前を出せば――」

「気に入ったわ――」

「明日の一面はワッティーに任せることにして、一日待ってくれるなら、マレーの許可を取る」

彼女はマッコイを見て、眼を細めた。「わたしを騙そうとしてるんじゃないわよね、マッコイ？」

「もう飽きたよ」と彼は言った。

彼女はあきれたというように眼をぐるりとまわし、煙草をリノリウムの床に落として踏み消した。「明日の午後六時までに許可を取って写真を渡してもらう必要がある。約束よ、ハリー。さもなければ――」

「大丈夫だ。約束する」

彼女はうなずいてワッティーの病室に入っていった。「さあ、ワッティー、準備はできた？」

スコビーは命があったものの、かろうじて生にしがみついているといった状態だった。胸にナイフの傷があり、そのひとつは危険なことに心臓のすぐ近くだった。大量の血を失い、低体温症に加え、流れの速い川のなかにいて疲れ切っていた。腕に加え、骨盤や脚も骨折していた。さらに数多くの切り傷や打撲があった。それが川のなかで岩にぶつかってできたものなのか、川に入る前にできたものなのかはわからなかった。当然のことながら、予後はよくなかった。意識がなく、回復する望みも生存する望みも薄かった。

マッコイはワッティーを見舞う前に、スコビーの病室に寄っていた。彼は二階下の静かな病室のベッドに横たわり、苦しそうに浅い呼吸をしていた。顔にはあざがあり、頭の側面は剃り上げられ、大きな縫い目が走っていた。両眼にはコットンパッドが当てられていた。〝CUNT《クソおんな》〟と彫られた傷は縫い合わされていて、黒い糸が青白い肌と対照的だった。

マッコイはもう少しでこの男のことを可哀そうだと思うところだった。もう少しで。

年配の牧師が彼のそばに坐って手を握り、膝の上に聖書を開いて小声で朗唱していた。

マッコイは彼を無視し、ベッドの反対側の椅子に坐った。

「親戚のかたですか？」と牧師が尋ねた。彼は期待するようにマッコイを見ていた。

マッコイは首を振った。「いいや」

ドアが開き、若い医師が入ってきた。医師によくあるような、髪をきれいに横分けにしたラグビーチームのキャプテンといった感じで、鼻につく男だった。マッコイは身分証明証を差し出した。医師の表情から見下した態度が消えた。

マッコイはドアに向かってうなずき、牧師を部屋に残してふたりで外に出た。廊下に立って、看護婦の一団が通り過ぎるのを待った。

「何か聞いておくことはありますか？」とマッコイは尋ねた。

彼は首を振り、エジンバラ訛りで話した。「数時間ももたないでしょう」

「意識を回復する見込みは？」

「あるとは思えません」

マッコイは立ち去ろうとした。

「ですが、ひとつだけ」と医師は言った。「血液検査の結果が早く出ました。ほかは別として、メタカロンが大量に検出されました」

「それは？」マッコイは訊いた。

「一般的には〈マンドラックス〉として知られている催眠鎮静剤です」と彼は言った。

17

落ち込んでいて、元気を出す必要があるとき、病院の食堂は行くべき場所ではなかった。黄ばんだ天井のタイルに取りつけられた蛍光灯、ベージュの壁、古いワインレッドのリノリウムの床、そしてヒートランプの下で丸くなった、火を入れすぎた料理の数々。マッコイとマレーは窓際のテーブルに坐っていた。ふたりの前には飲みかけの紅茶のカップがあり、マレーの前には食べかけのパイナップルケーキがあった。

マレーもワッティーに会いたがっていたので、マッコイは彼が現われるまであたりをぶらぶらして待った。医師は、ワッティーは後遺症もなく、明日の朝には退院できると言っていた。今、ふたりは黙ったまま、浮かぬ顔で部屋の奥のほう、唯一埋まっているテーブルを見ていた。

そのテーブルからは遠すぎて何も聞こえなかったが、何が起こっているのかを理解するのは難しくなかった。医師が深刻そうな表情でテーブルに近づき、何かを伝えた。エレイン・スコビーが泣きだし、ロマックスは腕を彼女の肩にまわした。

「亡くなったに違いない」とマッコイは言った。

「そのようだ。それを聞いても、あまり残念だとは言えんがな」とマレーは言い、紅茶をひと口飲んだ。

エレインの嗚咽《おえつ》はさらに大きくなり、不謹慎を承知で言えば、より芝居がかってきた。

厨房の奥の女性が布巾を置いて、十字を切った。

「お悔やみを言いに行くべきだな」とマレーは言った。

「あんたが行ったほうがいい」とマッコイは言った。「彼女はおれには会いたくないだろう。彼女は昨日の晩、父親に尾行をつけてくれとおれに頼んだ。彼が襲われるのを心配していた」

「あい。で、なんと答えたんだ？」マレーは訊いた。

「頼む相手が違うと言った」

「そのとおりだ」

ロマックスがコートのポケットからハンカチを出し、エレインはそれで眼を拭っていた。

マレーが立ち上がり、カップの紅茶を飲み干した。「思い切っていくしかない」

マッコイは椅子の背にもたれ、マレーの巨体が〈フォーマイカ〉のテーブルのあいだを縫うようにして行くのを見ていた。彼はエレインとロマックスの前に立って話し始めた。エレインは彼を軽蔑のまなざしで、ロマックスはどこか憐れむようなまなざしで見ていた。エレインが立ち上がり、怒りに満ちた顔でマレーの胸を指で突いた。マッコイは彼女がなんと言っているのか聞こえなくてよかったと思った。その必要はなかった。彼には充分想像できた。ロマックスが彼女をなだめようとするあいだも、マレーはすべてを受け入れ、静かに立っていた。彼女はロマックスのことばさえ聞く耳を持たず、まだ指を突きつけ、叫んでいた。

そして彼女はマッコイを見た。眼を細めると、彼のほうに向かって歩きだした。ロマックスが彼女の腕をつかんだが、振り払われた。

彼女が近づいてくると、マッコイは立ち上がった。「今回のことは残念だった――」謝罪のことばは顔への平手打ちにさえぎられた。

ただその場に立っているしかなかった。顔が刺すように痛んだ。

「あんたが殺したようなものよ。わたしは言った。言ったはずよね。なのにあんたがしたことはわたしを笑うだけ」

「おれは笑ってなんか――」

さらに平手打ち。マッコイはやり過ごすことにした。言い争っても無駄だ。

「あんたはわたしがばかだと言った。父は危険じゃないと。父を見た？　あのけだものが父にしたことを見た？　見たの？」

彼はうなずいた。

「なのにそこに突っ立って、わたしに残念だったと言うだけ？　あんたが父を殺したのよ！」彼女は吐き出すようにそう言った。涙と鼻水が流れていた。彼女はそれを袖口で拭った。「さっさと消えて、マッコイ。あんたはもう刑事なんかじゃない。見ておきなさい、ロマックスにあんたを始末してもらう。恥を知りなさい。恥を！」

そして彼女はマッコイの顔に唾を吐いた。

彼がそれを拭くと、彼女はもう一度同じことをした。眼はもう一度やらせろと言っていた。マッコイは彼女の唾が頬を伝い落ちるままにして立ち、彼女がドアを出ていき、ロマックスがそれを追いかけるのを見ていた。

腰を下ろした。

マレーが現われ、彼にナプキンを渡した。「なんともチャーミングな女性だ」と彼は言った。

マッコイは顔を拭くと言った。「彼女の言うとおりだ」

「いや、違う」とマレーは言った。「ジェイク・スコビーは報いを受けたんだ。自分で蒔《ま》いた種だ。やつが苦しみ悶えて死んだことを願うよ。あのけだものが人々にしたことに対する報いだ。そしてあの女は充分愉しんだはずだ。三文芝居には飽き飽きだ。明日には彼女を事情聴取しよう。あの女は自分で言ってるより多くのことを知っているはずだ。ロマックスがノーと言うなら、彼女を従犯で逮捕して、マスコミに全部知らせればいい」

マッコイは彼を見た。「何か知ってるのか、マレー？」

マレーは首を振った。

「あんたが味方でよかったよ」

18

「〈マンドラックス〉」

「は？」とクーパーは言った。まだ膝の上の地図を覗き込んでいた。

「売ってるのか？」とマッコイは訊いた。

「いや、手に入れるのが難しい。それにもうあまり人気がない。わざわざ取り扱う価値もない。なんでだ？」

「どこに行けば手に入る?」

「ああ、そうか」とクーパーは言い、顔を上げた。「夜のお愉しみってわけだ? おまえとあの小鳥ちゃんか? タイプなんだろ。熱を上げてるんだな?」

マッコイはため息をつくと、フロントガラスのワイパーをまたつけた。雪がふたたび降り始めていた。大きな〈オースチン〉のヘッドライトに照らされて、ぶ厚い雪片が渦を巻いていた。「おれにじゃない。コナリーだったらどこで手に入れる? スコビーも大量に飲まされていたし、チャーリー・ジャクソンもそうだったとわかった。やつはそれをふたりに飲ませていた。その……やる前に。知ってるんだろ?」

「なんだ? 刻んだってことか?」クーパーがフロントガラス越しに指さした。「次の交差点を右だ」

「あい。〈マンドラックス〉がどんなだか知ってるだろ。あっという間にイっちまう。抵抗できなくなってコントロールしやすくなる」マッコイは前方を見た。「右? 間違いないか? 標識じゃストラスブレーンは左だぞ」

クーパーは地図をたたむと、後部座席に放り投げた。「知るかよ。おれは運転もできねえんだ。地図の読み方なんて知るかよ」

彼は身を乗り出すと、ラジオのスイッチをオンにして、サッカーの試合を探してチューナーをまわした。ようやく見つけた。スコアを聞き、悪態をつくと、ラジオをオフにした。

「車は何台持ってるんだ?」とマッコイは訊いた。

「こいつを除いてか?」

マッコイはうなずいた。

「二台だ」

「ほんとうに? 車を三台も持ってるのに、運転できないのか?」

「必要ない」とクーパーは言った。「いつも運転してくれるばかがいるからな」彼はニヤリと笑い、マッコイをちらっと見た。

彼らは今、田園地帯の奥深くにいた。道路脇には生け垣があり、その向こうには雪で真っ白に覆われた畑が遠くまで広がっていた。ヘレンズバラの標識を通り過ぎると、クーパーがウインドウの外を見た。

「このあたりにいたことなかったか?」と彼は訊いた。

「セント・アンドリューズ・ホーム」とマッコイは言い、左を指さした。「たしか、この道を三十キロほど行ったところだ」

車内はワイパーの音がするだけで、静まり返っていた。クーパーが煙草に火をつけた。

「おれはあのくそホームで前歯を折った。あのブラザー・ベネディクトの野郎がいた施設か？」

マッコイはうなずいた。「ジョーイもそこにいたと思う」

「あいつが？　覚えてねえな。ああいう場所はどこにでもあるし、アンクル・ケニーやブラザー・ベネディクトみたいな連中もどこにでもいる。しばらく経つと全部ぼんやりしちまう。あとどれくらいで着く？」

「十分かそこらだ」とマッコイは言った。「雪がこれ以上ひどくならないかぎりは」

ストラスブレーンは美しくて小さな村だった。赤い砂岩の家々が並び、左手には教会があった。特に今日は雪のおかげでクリスマスカードのような美しさになっていた。ふたりは大通りに出た。ほとんど村の反対側まで来ていた。マッコイは脇道に入ると、スカウトホールの裏に車を止めた。

「住所はあるのか？」クーパーは訊いた。

「ブレインフィールド・ハウスからすぐだ。そう遠くはない。歩いていこう。車を覚えられたくない」

クーパーはうなずいた。手を伸ばすと、後部座席から〈アンブロ〉のスポーツバッグを取って、なかを開け、目出し帽とビリヤードのボールが入ったぶ厚い毛糸のソックスをマッコイに渡した。「家に着くまではポケットに入れておくんだ」

クーパーは自分用の一式も取り出すと、ポケットに入れた。マッコイを見ると言った。

「準備はいいか？」

マッコイはうなずいた。

「よし。じゃあ行って、あのクソ野郎を捕まえよう」


村は静かで、雪の降るなか、通りも閑散としていた。窓から時折サッカーの試合を映すテレビが見えた。イングランドによるスコットランドへの猛攻はまだ続いているようだ。

ふたりは無言で歩きながら、これからしようとしていることを考えた。マッコイは自分が越えてはならない一線を越えようとしていると感じていた。クーパーに任せるべきだったのかもしれない。彼ならひとりでも気にしなかっただろう。だが彼はこれまで何度も汚れ仕事をクーパーに任せてきた。この件に関しては自分も加わる必要があった。

ふたりはブレインフィールド・ハウスを通り過ぎた。道は片側に敷地を囲む長い塀、もう片方には野原があった。ふたりは右に曲がり、野原のなかを家に向かった。安全灯が点灯しないように私道は避けた。家は大きな石造りの邸宅で、傾斜した屋根の煙突から出ている煙が冷たい空気のなかをくねるように立ち昇っていた。

「アンクル・ケニーの野郎は成功したようだな」とクーパーは言った。

居間にはテレビがあり、薄いカーテン越しにその光が見えた。廊下とダイニングルーム、そして二階の寝室のひとつにも灯りが灯っていた。

「よく聞け」とクーパーは言った。急に真面目に、ビジネスライクになった。「おれたちはいっさい話さない。話す必要があっても名前は言うな。おまえはやつの女房を別の部屋で縛りつけておけ。おまえが戻ってくるまではおれがアンクル・ケニーの相手をする。いいな？」

マッコイはうなずいた。泣き叫ぶ女性をどうやって縛るのかは考えないようにした。

クーパーはビリヤードのボールの入ったソックスを出すと言った。「あまり強く殴らないようにするんだ。このビリヤードのボールは簡単に頭蓋骨を割っちまうからな。関節を狙うんだ。膝、肘を思い切り打て。ひどく痛いはずだ。蹴るなら金玉と腹だ。おれは太い脂まみれの指を一本一本折る。いいな？」

マッコイはまたうなずいた。少し気分が悪くなりだしていた。自分たちがやろうとしていることを現実として感じ始めていた。ふたりは手袋と目出し帽を着け、坂を邸宅に向かって歩いていった。半分ほど進んだところでマッコイが立ち止まり、手を上げた。

「今のはなんだ？」と彼は訊いた。たしかに何かが聞こえた。

「なんだと？」とクーパーは言った。

ライトが突然私道を照らし、車がカーブを曲がって現われた。

「くそっ！」とマッコイが言い、クーパーを地面に引きずり倒した。

その車が家に近づくと、中年の女性が玄関の扉を開けて外を覗き、玄関ホールに向かって叫んだ。「ケネス！」

車が停まり、助手席のドアが開くと、二十代半ばの女性が降りてきた。毛皮の帽子をかぶり、色鮮やかなスカーフにロングコートという姿だった。

「こんばんは、ママ！」

年配の女性が彼女を抱き寄せた。驚いた様子だった。「キャロライン？　ここで何をしてるの？」

戸口に男の姿が現われ、マッコイの胃がひっくり返りそうになった。男はスラックスに柄《がら》物のセーターを着ていた。

「キャロライン？」と彼は言った。

「来ちゃった、パパ！　ジェイミーが数日休みを取ったから、ふたりを驚かそうと思って」

「くそっ」とクーパーはつぶやいた。「ちくしょう」

「陛下は起きてるかしら」キャロラインはそう言うと、後部座席のドアを開けた。運転席からはカーコートにスーツ姿の男が降りてきて、アンクル・ケニーの妻を抱き寄せた。

アンクル・ケニーはサンダルで車をまわると、キャロラインが後部座席で寝ている男の子を抱き上げるところに歩み寄った。彼はその子の頭のてっぺんにキスをすると、腕をお尻の下に入れ、首を自分の肩に預けさせた。

「早くなかに入ったほうがいいわ、パパ」とキャロラインは言った。「パジャマしか着てないから」

ふたりは車から荷物が下ろされ、家じゅうの電気がつくのを見ていた。雪がまた降り始めていた。

「待っていても仕方がない」クーパーはそう言うと、目出し帽を脱いだ。「今日はやめだ」

ふたりは街に戻り、開いているパブを見つけた。ウィスキーを二杯注文すると、店主がいやな顔をした。地元の人間ではないからだ。グラスゴーの訛りが強すぎた。ふたりは暖炉の近くに坐り、芯まで暖まろうとした。マッコイはポケットのなかのビリヤードのボールの重さを感じていた。

「娘がいると知ってたか？」とクーパーは尋ねた。

マッコイはうなずいた。「ファイルに書いてあった。彼女はヨークシャーに住んでいたから、そのことが問題になるとは思わなかった」

「よりによって娘がサプライズでやってくる夜を選ぶとは運がいいもんだ」クーパーは頭を振った。「クソが。別の日に仕切りなおしとしよう。あいつの家はわかったんだ。どこにも逃げやしない」

「あいつが子供を抱くのを見たか？」とマッコイは訊いた。

クーパーはうなずいた。

「おれを抱えたときと同じやり方だ」マッコイは言った。「おれがトミー・ダンと戦わなければならなかった夜。おれは疲れ切っていた。それで終わりだと思っていた。あいつが二階のベッドに連れていってくれると思った」

「くよくよ考えるな」とクーパーは言った。「過ぎたことは過ぎたことだ。やつは償うことになる」

「さっさとやっちまおうぜ」とマッコイは言い、クーパーを見た。「あいつがあの子供に何かする前に」

クーパーはうなずいた。ウィスキーを飲み干すと言った。「もう一杯頼んでくる」

スーザンの部屋に戻ると、ドアにメモが貼ってあった。

クレアと〈ビクトリア・バー〉にいる。来て!! XX《キスキス》

今ばかりは勘弁してほしかった。彼はため息をつくと、ドアのメモを剝がしてポケットに入れた。

〈ビクトリア・バー〉はダンバートン・ロードのパーティック駅の真向かいにあり、彼女の家よりはマッコイの家のほうが近かった。彼は図書館を通り過ぎ、そのまま坂を上がって、自分の部屋に戻りたい誘惑に駆られた。突然、ただベッドに入って、カバーを頭からかぶって眠りたいと思った。アンクル・ケニーのこと、セント・アンドリューズ・ホームのこと、それらすべてを考えることをやめたかった。だがそうしなかった。歩道に積もった半分溶けた雪をよけて歩き続け、無理やり笑顔を作ろうとした。

「ハリー!」

彼は手を振ると、スーザンとクレアが坐っている隅のテーブルまで歩いた。坐るとスーザンがキスをした。ふたりはすでに何杯か飲んでいた。

「クレアのことは覚えてるわよね」と彼女は訊いた。

うなずいた。残念ながら覚えていた。スーザンの大学時代の友人で、とにかくイライラさせる女性だった。彼女と同じ大学院生、彼のような人間をブタと呼ぶのが好きなもうひとりの人物だ。

彼女が彼に微笑んだ。自分の顔に浮かんでいる軽蔑の表情をなんとか隠していた。「たしか、信頼できる地元のおまわりさんじゃなかった?」

「ウィスキーを注文しておいた」とスーザンは言い、グラスをテーブル越しにマッコイのほうに押した。「どこに行ってたの?」

「別に。いつもと同じだ。署で書類仕事に追われていた」

「彼に頼んでくれた?」スーザンは期待に満ちた顔でそう言った。

「しまった! 忘れてた」

「もう、ハリー! 約束したじゃない」

「明日、頼むよ」と彼は言った。「ほんとうだ」

スーザンはクレアのほうを見ると言った。「この前ハリーの友達のひとりが彼を探しにわたしのフラットに来たの。その彼がちょっと悪い人なの。不正な商売に手を染めてるみたい。論文のためにその人との面談を設定してもらうようにハリーに頼んだの」

「で、彼は忘れちゃったのね」とクレアは言った。

「ああ」とマッコイは言うと立ち上がった。「たくさんあるおれの欠点のひとつだ。お代わりは?」

彼はバーカウンターでビールを大きなジョッキで注文し、そこで立ったまま飲んだ。できるだけ長引かせようとしていた。スーザンとクレアといっしょにいるのは気が進まなかった。ほんとうは彼女たちのせいではなかった。だれとも話す気になれなかったのだ。クレアに何か言われて腹を立てて喧嘩になり、次の日ずっとスーザンに謝って過ごすのが目に見えていて、気が重かった。

アンクル・ケニーのことは忘れて、自分の仕事のことを考えようとした。コナリー。もし彼がエレインの恋人を殺して、自分と彼女がいっしょになる障害を取り除き、自分を捨てたジェイク・スコビーを殺したのだとすれば、もうそこまでなのかもしれない。それで終わりだ。

棚の上の鏡に、スーザンとクレアが映っているのが見えた。笑い、愉しんでいる。彼のするべきことだ。

たぶん、コナリーはやる必要のあることはやり終えたのだろう。任務完了。だがなぜかマッコイにはそうは思えなかった。コナリーはあまりにも多くの橋を燃やして退路を断ち、もう普通の生活に戻ることはできなかった。何かもっと大きなことが起きないとこれを終わらせることはできないだろう。マッコイはそれがなんであれ、エレインに関わりのあることだというおぞましい感覚を覚えていた。

「どうしたの？」

眼を向けると、横にスーザンが立っていた。「何かあったの？　入ってきたときからどこか変だったわよ」

「なんでもない」と彼は言った。

「スコットランド西部の男は言う。何も悪いことはない、少なくとも飲んで解決できない問題はないと」

彼は思わず笑ってしまった。「クレアは？」

「トイレよ。彼女のことあまり好きじゃないのね、違う？」

「おれのせいだと言うのか？　前に会ったとき、彼女はおれのことをブタと呼んだんだぞ。世界の災厄のほとんどはおれひとりのせいなんだそうだ。〝腐敗したシステムを実行する資本家のしもべ〟そのものだそうだ」

彼女はマッコイにキスをした。「ええ、それは正しいけど、あなたはわたしのしもべ。重要なのはそこよ」

彼女は飲み物を手に取ると言った。「帰りなさい、ハリー。わたしもすぐ戻るから。シガーボックスにレッド・レブ（大麻樹脂のひとつ。赤くレバノン産であることからそう呼ばれる）が四分の一ほど入ってる。ショーンが今日の午後来たの。これを飲んだら、クレアを追い払って、できるだけ早く帰るから」

彼はうなずくと、彼女にキスをして、パブをあとにした。

彼は、スーザンがバスルームで準備をしているあいだ、横になっていた。彼女が歯を磨く音が聞こえた。眠かった。よい心持ちに酔っぱらっていた。スーザンが戻ってきたときには、半分吸ったマリファナ煙草を指のあいだに挟んだままソファで眠ってしまい、ローリング・ストーンズのアルバム《スティッキー・フィンガーズ》のB面が終わったままずっとまわっていた。最後の記憶は《ムーンライト・マイル》に合わせて歌ったことだった。アンクル・ケニーとストラスブレーンはもうはるか昔のような気がした。スーザンはすぐにいつものようにベッドの端に坐り、水の入ったグラスをテーブルに置いて、翌日大学に行く時間に目覚まし時計をセットするだろう。スーザンが水の入ったグラスを取りにキッチンに行くあいだ、彼女のやさしい歌声を聞いていた。少しのあいだだけ眼をつぶり……

……

ブラックボンバーをもう一錠、水なしで飲む。何も食べたくない。食欲を抑え、眼を覚ましているためには覚醒剤《スピード》が必要だ。悪いエネルギーを溜め込んでいる。食べたものが体に溜まり、腐って、自分を毒そうとしている。〈セントイーノック・ホテル〉を出て以来、きちんと記録を残すことができていなかった。

エレインは、今晩は部屋にいて眠っている。今夜は風呂には入らず、そのままベッドに向かった。おれのための黒髪が揺らめくのを見ることはできない。残念だ。だからおれはここでやるべきことをやっている。計画。物事はすぐに変化するので、それに備えなければならない。正確に行動し、考えるのだ。

ダンバートン・ロードを行き交う車の音がとても大きく聴こえる。感覚がより鋭くなっているのだろう。鋭すぎることがある。騒音が痛くなってきた。頭痛がする。口のなかの味が強すぎて、何をしても消えない。背中にシャツの綿、小さな繊維、足に革靴の感触を感じる。

もうすぐだ。

そこにいない人の影が見える。においがする。

すぐに暗闇のなかでも眼が見えるようになる。

うまくいっている。

一九七三年二月十五日

19

受付デスクの巡査部長のビリーは電話にかかりっきりだった。うんざりした顔で、眼の前のメモ帳に何ページも走り書きをしていた。マッコイは手を振ると、ビリーが待つように合図する前に急いで通り過ぎた。刑事部屋は静かでトムソンひとりしかいなかった。彼は自分のデスクに坐って、紅茶を飲みながら、〈グラッタン〉（英国の通信販売業者）のカタログを眼の前に広げ、ボールペンの端《はし》を噛んでいた。

「何を買おうってんだ？」マッコイはそう訊くと、ベーコンロールの入った、湯気を立てている紙袋を机の上に置いた。

トムソンは顔を上げた。「新しいコートが必要なんだ。金がないから、分割払いで買わなきゃならない」彼はペンでカタログを叩いた。「記録係のダイアンがこれをくれたんだ。

注文してくれるそうだ」

「彼女が？　仲がいいんだな。自分のカタログを貸してくれたのか？　彼女、次にはおまえの家に引っ越してくるぞ」とマッコイは言い、テイクアウトの紅茶をひと口飲んだ。不味い。

「おまえも何かほしいのか、マッコイ刑事。それともおれをイライラさせに来たのか？」

「〈マンドラックス〉」とマッコイは言った。「どこで手に入る？」

トムソンは椅子の背にもたれかかるとニヤッと笑った。「簡単だ。魔法使い《ウィザード》に会いに行けばいい」

「なんだって？」とマッコイは言った。油があちこちにつかないようにしながら紙袋を開けた。

「魔法使い《ウィザード》だ。カータインに住んでる」

「オズじゃなくて？」

「おれにもベーコンロールを買ってきてくれた？」

ふたりが振り向くと、ワッティーがそこに立っていた。いつものとおりでかかったが、いつもの倍は醜かった。

「いや」とマッコイは言い、自分のをかじった。

「大丈夫か、ジョニー・ワイズミュラー（元水泳選手、俳優。《類猿人ターザン》でターザンを演じた）？　頭の具合はどうだ？」トムソンが訊いた。

「大丈夫だ。二、三針縫って、アスピリンが必要だけど問題ない」とワッティーは言った。

トムソンは首を振った。「しばらくのあいだ、おまえが死んだと思ってたんだぞ。ほんとうにばかなやつだよ」

「おれは違うぞ」とマッコイは言った。「そう望んで、祈ったんだがな。新しい相棒と組めるかもって。今度はもうちょっとまともなやつとな」彼はベーコンロールを食べ終え、紙をごみ箱に投げ入れた。「だがおまえとはくされ縁《えん》のようだ。埋め合わせに車を見つけてきて、正面にまわしてこい」

「どこに行くんだ？」とワッティーが訊いた。

「黄色い煉瓦の道《イエロー・ブリック・ロード》（『オズの魔法使い』に出てくるオズへと続く道）をたどるんだ」とマッコイは言った。

ワッティーはラジオから流れるエルトン・ジョンに合わせて歌いながら、ルームミラーで傷の縫い痕に見惚れていた。マッコイは幸せそうにうとうとしていた。ヒーターが温風を送るなか、車はデューク・ストリートを走っていた。天気はまだ悪かった。雨が凍りつき、歩道には溶けかかった雪が積もって、ひどい黒灰色になっていた。マッコイも新しいコートが必要かもしれないと思った。彼が着ているコートは煙草の焼け焦げだらけだった。

あのカタログをちょっと見てみようか。

うたた寝はそう長くは続かなかった。

「そもそも〈マンドラックス〉ってなんなんだ？」

「あ？」とマッコイは言った。

「〈マンドラックス〉だよ。なんなんだ？」

「なんてこった、ときどきおまえがグリーノック出身だってことを忘れちまうよ」彼はあくびをすると、煙草をポケットから取り出した。「マンディー。昔はとても人気があった。精神安定剤だ。飲むとぼんやりとする。酒といっしょに飲めば特によく効く。自分がどの星にいるのかわからなくなるくらいだ」

「じゃあ、それを使ってコナリーはチャーリー・ジャクソンとジェイク・スコビーを捕まえたのか？」

背後でクラクションが鳴った。信号が変わっていた。ワッティーは手を上げると車を発進させた。

「そのようだ。ふたりとも血液から大量に検出された」マッコイは煙草に火をつけると、マッチを振って消し、ウインドウを少し開けて、外に投げ捨てた。「スコビーやチャーリーが刺激を求めて自ら飲んだとは思えない」

「じゃあ、どうやって飲ませたんだ？」とワッティーは訊いた。

「知るかよ。ナイフでも突きつけたとか？　たぶんそれが入った酒を飲ませたんだろう」

車はコニストン・ストリートを曲がって、ダルマホイ・ストリートに入り、十九番地で止まった。

「行くぞ、ドロシー」車から降りるとマッコイはそう言った。「魔法使い《ウィザード》が待っている」

ワッティーは首を振った。マッコイの言っていることがわかっていないようだった。

魔法使い《ウィザード》は半分眠ったような顔で戸口に現われた。小柄で長髪、顎ひげが胸まで伸びていた。長い爪を黒く塗り、中つ国（J・R・R・トールキンの作品に出てくる架空の世界）の地図が描かれたTシャツを着ていた。ぶかぶかの黒い下着から細い脚が伸びていた。

「あとで来てくれるか、あんたら」と彼は言った。「いま起きたところで、店を開ける前にいろいろとやることがあるんだ」

「だめだ」とマッコイは言い、男の横を通って、フラットのなかに入った。

廊下のドアが開いて、十六歳くらいの寝ぼけまなこの少女が現われた。彼女は『キープ・オン・トラッキン』（ロバート・クラムによるひとコマ漫画）のTシャツ以外は何も身に着けていなかった。

「ベッドに戻ったほうがいいぞ、お嬢ちゃん」とマッコイは言った。

「あんたたち警官？」と少女は訊いた。期待に興奮しているようだった。

「勘弁してくれ」とワッティーは言った。「ここはカータインだ。くそカリフォルニアじゃないんだぞ。さっさと失せろ！」

彼女はドアの奥に入って閉めた。彼らが逮捕してくれないことにがっかりしているようだった。

リビングルームは薄暗く、お香とマリファナのにおいがした。黒い壁に囲まれており、窓にはカーテンが掛けられ、ろうそくがあちこちで燃えていた。マッコイはカーテンを引き開けて、二月の朝の光を入れた。

魔法使い《ウィザード》は明らかに苦々しげだった。「おい、あんたら」と彼は言い、光に眼をしばたたかせた。「お手柔らかに頼むぜ」

「お手柔らかだと、クソが」とマッコイは言い、身分証明証を出した。

「くそっ」と魔法使い《ウィザード》は言い、突然、麻薬でぼうっとしたヒッピーというよりもカータインの麻薬ディーラーの口調になった。彼はソファに坐り込んだ。

ワッティーがポケットを探って、コナリーの写真を取り出すと、彼の前にひざまずいて写真を見えるように差し出した。「ここに来なかったか？」

魔法使い《ウィザード》は写真を見た。それがだれなのか知らないふりをした。

マッコイはため息をついた。「一度しか訊かないぞ。やつはここに来たのか、来なかったのか?」

首を振った。「いいか、おっさん、おれはそいつがだれなのかも知らない。あんたがここに来て——」

マッコイはワッティーにうなずいた。ワッティーは重い靴を魔法使い《ウィザード》のはだしの足の上に置いた。

「くそっ、やめろおまえら！　おれは何も——」

抗議は無駄だった。ふたりとも聞いていなかった。

マッコイがもう一度うなずくと、ワッティーは体重をかけた。

魔法使い《ウィザード》は顔を歪めてうめいた。ワッティーがさらに体重をかけると、悲鳴をあげた。

マッコイは骨が折れる音をたしかに聞いた。

ワッティーがもう一度踏みしだくと、靴をどけた。魔法使い《ウィザード》は床に崩れ落ち、うめき、泣いていた。

マッコイは彼の横にしゃがみこんだ。「痛かっただろ、ミスター・ウィザード？　おれの知りたいことを教えてくれないなら、ここにいるワッティーはもっと独創的な方法を考え出すぞ。おれと違って、こいつは血を見るのが好きなんだ。変態だからな」

魔法使い《ウィザード》は脚を抱えて、汚れた絨毯《じゅうたん》の上に坐った。爪先の片方がおかしな方向を向いていた。マッコイが手を差し出して助け起こそうとすると、彼はすくみ上がった。自分で立ち上がり、慌ててソファに戻った。

「そいつは一週間前に来て、二十錠買った。別の日にも来て二十錠買ったことがあった」

「常連なのか？」とマッコイは尋ねた。恐ろしいことに彼の足の長い爪も黒く塗られていることに気づいた。

魔法使い《ウィザード》はうなずいた。「二週間おきに来る」

「どこにいるんだ？」

肩をすくめた。「わからない。名前と住所を聞いたりする商売じゃないからな」ワッティーが彼のほうに動くと、彼はまたすくみ上がった。「知らない！　ほんとうだ！」

「やつは何か言ってたか？」とマッコイは訊いた。

彼は首を振った。「くだらんことだけだ。おれが見たところ、あいつは覚醒剤《スピード》漬けになっていた。もうすぐ状況は変わると言ってた。もっとよくなる、もうすぐ彼女といっしょになれると。女を観察していると――」

「女を観察している？」とマッコイは訊いた。

「とても満足そうだった。彼女がいかに美しいかを話してくれた。彼女は彼が見ていることを知っているはずだと言っていた。とてもセクシーに振る舞い、彼をじらしてるんだと」

「すばらしい」とワッティーは言った。

「おかしなやつだ」と魔法使い《ウィザード》は言った。「みずがめ座に違いない」

マッコイはあきれたというように眼をぐるりとまわした。「そいつがまた来たら、セントラル署に連絡しろ。マッコイ刑事だ。やつがまだここにいるあいだに電話をするんだぞ。引き留めておくんだ。いいな？」

魔法使い《ウィザード》はうなずいた。

「それでいい」とマッコイは言った。「それから二十錠もらっていく」

ふたりは車に戻り、マッコイは薬の入ったビニール袋をコートに入れた。

「おまえも立派なろくでなしになったな、ワッティー。あいつの骨を折ったぞ」

「先輩から学んだんだよ、違ったか？　なんのために買ったんだ？」とワッティーは訊いた。「マンディーだっけ」

「どう思う？」マッコイは訊いた。

「だれかに飲ませるつもりだとか？」と彼は言った。

マッコイは笑った。「いや、自分のだ。マンディーはここ何年もやってないんでな」

20

エレイン・スコビーはプリンセス・テラスのフラットに住んでいた。マレーから圧力をかけた結果、ロマックスが渋々その住所を教えた。ガードナー・ストリートのマッコイのフラットからは直線距離ではそれほど遠くないが、家賃とステイタスの点で言えば雲泥の差だった。プリンセス・テラスはハインドランドのなかでも一等地だった。静かな道と巨大な赤い砂岩のフラット、手入れの行き届いた共同の庭園、そして資産家たち。

マッコイとワッティーは五番地の外で待っていた。そこにマレーを後部座席に乗せたパトカーがやってきて停まった。彼は車から降りると、カーコートと残った髪の毛を撫でながら歩いてきた。

「わざわざ来た価値があるんだろうな？」彼はうなるように言った。

「来てくれてうれしいです、ボス」とマッコイは言った。エレインの部屋の窓を指さした。

「コナリーのドラッグの売人、魔法使い《ウィザード》が……」

「なんだと？　なんて名前だ、信じられん」マレーは首を振った。「麻薬の売人どもは刑務所送りにすべきだ。自由にさせて――」

「コナリーが女を観察していると言っていた」マッコイはマレーが不満をぶちまけだす前に割って入った。「エレインがいつもいる場所は彼女の店とここだけです。やつが店のあるユニオン・ストリートをうろつくとは思えない。あそこじゃ窓をじっと見ているだけですぐにだれかに気づかれる。だから彼女を観察するとしたらここでしょう。魔法使《ウィザード》いは、彼女が彼のためにセクシーに振る舞っていると言っていた」

「なんだと？」とマレーが言った。

「おそらくベッドに入るために着替えているところを見たとか、そういったことでしょう。彼女が自分に見せるために服を脱いでると思い込んでいるふしがある」

マッコイは振り向くと、エレインのフラットの前の大きな庭を見渡した。「木の上にでも住んでないかぎり、正面の窓からは見えません。裏から見てるに違いない」

ワッティーが地図を出した。「クラウン・ガーデンズのどこかから彼女のフラットの裏を見ているに違いない」

マッコイはうなずいた。「だから、この五番地を観察できるクラウン・ガーデンズのフラットをすべて調べれば、やつを見つけることができるかもしれない」

マレーはエレインのアパートの窓を見上げた。「くそっ、簡単に見つかることを期待しよう」

三人はフラットの裏をまわってクラウン・ガーデンズに入り、周囲を見まわした。静かだった。通りに車は少なく、スコティッシュ・テリアを散歩させている男と、控えめにクラクションを鳴らして、到着を知らせている鮮魚店のヴァンがいるだけだった。

「この辺に住むのも悪くないな」とワッティーが言った。

「あい、ならおれもサンディー・ショー（英国の歌手）とひと晩過ごすのも悪くない。どちらもありえないけどな」とマッコイは言った。

彼は十九番地を指さした。「ここが一番いいんじゃないか。エレインのフラットの真裏だし、木にもさえぎられない」

マレーはうなずいた。「たしかめてみよう」

ベルが三つあった。マッコイは一番下のベルを押した。スネドンと書いてある。女性の声が答えた。彼が警察だと言うと、彼女は三人を建物のなかへ入れた。

彼女は玄関ホールで三人を出迎えた。半分開いたドアからは、濃く茂った植物やカバーのされたソファなどが見え、小さな黒猫が鳴きながら彼女の足にまとわりついていた。小柄な女性で、日本の着物のようなものを着て、かすかに赤みがかった髪をしており、こてで塗ったような化粧をしていた。三人に身分証明証の提示を求め、じっくり調べた。マレーが上司だと認識すると、彼のほうを向いた。

「ヴェロニカ・スネドンよ。どういったご用かしら？」彼女はそう言うと、マレーの帽子をメッセージが伝わるのに充分なほど見つめた。

彼は帽子を取った。微笑むと言った。「いくつかお尋ねしたいことがあります、ミス・スネドン」

「ミセスよ」と彼女は言った。「三十一年間未亡人よ。エル・アラメイン（エジプトの町。一九四二年、第二次世界大戦で英国軍がドイツ軍に勝利した）よ」

マレーはうなずいた。「お気の毒に。最近、何か変わったことがなかったかと思いまして。人の出入りが多くなったとか」

「まったく逆よ」

「と言いますと？」とマレーは訊いた。

「ここにはわたしと二階にミセス・キャンベル、三階にミスター・ミッチェルがいるの。ミセス・キャンベルは今オーストラリアにいるわ。娘さんに会いに行ってるんじゃなかったかしら。ミスター・ミッチェルについては神のみぞ知るってところね」

「どういう意味ですか？」とマッコイが訊いた。

「彼の牛乳と新聞を取ってあげなければならなかったの。きっと休暇で出かけて、止めるのを忘れたのね。とても迷惑だし、わたしに言わせれば完全に無駄なこと――」

ワッティーはすでに無線に向かって話し、応援を要請していた。

21

ミスター・ミッチェルは休暇で出かけているのではないことがわかった。彼は家にいた。死んでいた。バスタブに横たわり、口と足首、手首にダクトテープが巻かれていた。

マッコイは彼を見下ろした。三十五歳くらいだろうか。シャツにネクタイ、スーツのスラックス、グレーのソックス。オフィスで働く、どこにでもいるような男だった。髪は茶色で襟にちょうど掛かるくらいだった。ブルーの眼は天井を見つめていた。マッコイは背後にマレーの気配を感じた。

「職場に問い合わせたところ、三日間休んでいた。インフルエンザだと思っていたそうだ。何度か電話をしたが出なかったらしい。見たところ、ひとり暮らしのようだ。玄関ホールの床にある手紙には彼の名前しかない」

彼はマッコイをまわり込んで、バスタブを覗き込んだ。

「肌にメッセージが彫られているわけではなく、拷問の痕もない。メイン・イベントの前のいつもの切り傷や打ち身もない。ほんとうにやつなのか？」とマレーが言った。

マッコイはうなずいた。「間違いなくやつです」彼は指さした。「窓からエレインのフラットが見えます」彼はバスタブの縁《ふち》に坐った。「この男がコナリーにとって重要な意味を持っているとは思わない。だからいつものものはない。個人的な関係はないんです。おそらく彼のことを知りもしないでしょう。たまたまエレインの寝室が見えるフラットに住んでいたというだけの不運な男だ」

「そして自分のバスルームで殺されることになった」とマレーは言った。

マッコイはうなずいた。「そのようです」

「哀れな男だ」とマレーは言った。「ついてない哀れな男」

三十分後、三人はダイニングルームのテーブルに坐り、鑑識課員や救急隊員、カメラマンのアンディの邪魔にならないようにしていた。マレーの指示で、ワッティーが今回にかぎり現場を取り仕切っていた。

ミッチェルのアパートは明るく、大きな窓からは雪の積もった庭が見えた。壁は白く塗られ、暖炉の上にはバスター・キートンの大きな写真があり、その向かいの壁にはジェロニモの写真があった。家具は雑誌からそのまま出てきたようで、モダンでスタイリッシュだった。スモークガラスのコーヒーテーブルには『タウン』という古い雑誌が積み上げられてあった。紫色の低めの長いソファにはトラの毛皮の敷物が掛けてあり、キャビネットにはカラーテレビがあった。だれかほかの人物が泊まった痕跡はなく、ミッチェル自身の生活の痕跡もほとんどなかった。

「なかなかいい部屋だ」とマッコイは言った。

マレーは部屋のなかを見まわした。感銘を受けたようには見えなかった。「こういうのが好きならな」

ギルロイが現われ、テーブルに坐った。つなぎの服を着ていても、上品な雰囲気をまとっている。耳からマスクをはずし、ゴム手袋を取った。

「シッティング・ブル？」彼女はそう言うと、暖炉のほうを顎で示した。

「ジェロニモ」とマッコイは言った。「下にそう書いてある」

「ああ」と彼女は言った。「知ってなきゃいけないのに。『我が魂を聖地に埋めよ』という興味をそそる本を読み始めたところなの。アメリカ西部の物語を先住民の視点で――」

「アラン・ミッチェルは？」マレーがあからさまに割って入った。

「ごめんなさい……本題に戻りましょう。どうやらミスター・ミッチェルは不運にも自分の吐いたものを吸い込んでしまったみたいね。吐いたけど、ダクトテープが口に貼ってあったから肺に入るしかなかった」

「また飲み込めばよかったんじゃ？」とマッコイは訊いた。

「理論的にはそうね」と彼女は言った。「咽頭反射が何かによって低下していたに違いない」

「〈マンドラックス〉？」とマッコイは言った。

彼女はうなずいた。「かもしれない。それかほかのアヘン系のドラッグだとそうなる。ミュージシャンによくあることよ……たとえばジミ・ヘンドリックスとか……」

彼女はマレーが自分をじっと見ていることに気づいた。

「ごめんなさい、ミスター・マレー。またやっちゃったわね。今日はどういうわけか気が散りやすいみたい。ええ、〈マンドラックス〉の可能性は高い。ミスター・ジャクソンとミスター・スコビーの血液にも含まれていたことを考えると、不運なミスター・ミッチェルからも検出される可能性は高そうね」

彼女はマッコイを見た。「コナリーがまだほかのだれかを殺そうとしていると考えてるの？」

マッコイはうなずいた。「彼がもう終えたとは思わない」

「精神科医とは話をした？」と彼女は訊いた。「助けになるかもしれないわ」

マレーが鼻で笑った。「こいつはそこまでじゃない。血についても我慢できるようになってきた」

ギルロイは微笑んだ。「わたしが言ったのはコナリーのことよ」

「ああ！　すまない」とマレーは言った。

「実《じつ》はした」とマッコイは言った。「おもしろいことに、やつの以前の同房者が精神科医だった。コナリーは彼がこれまでに見てきたなかでも純然たる精神病質者《サイコパス》に最も近いそうだ」

「ジョージ・エイブラハムスのこと？」とギルロイは訊いた。

「なぜそのことを知ってるんだ？」とマレーが訊いた。

「刑務所に入った精神科医はそう多くはないわ。その事件のことは覚えている。彼はなんと言ったの？」

「コナリーは殺し続けるか、自殺するかのどちらかだと言っていた」とマッコイは言った。

「あとのほうであることを望むわ」そう言うと彼女は腕時計を見た。「わたしは農場の事故で亡くなった十歳の子の検視をしなきゃならないの。あまりお役に立てなくて申しわけない」

「ほかに知っておくべきことは？」とマレーは言った。

「あとひとつ。彼の口と鼻のまわりから乾燥した物質が検出された。どうやら精液のようね」

「なんてこった《ジーザス》」とマレーは言った。

「精液？」とマッコイは訊いた。「コナリーが……その」彼は言いよどんだ。

「口のなかに射精した？」とギルロイが言った。「かもしれない。何時間かすればもっとわかるわ」

「コナリーがそういう性的志向の持ち主だとは思わなかった」とマレーは言った。「彼が追いかけていたのはエレインじゃなかったのか？」

「シンクのなかにもその痕跡があるようよ」とギルロイは言った。「この場合は被害者の性別には関係なかったと思う。だれでもよかったんじゃないかしら。エレインを見て興奮したとか……わからないけど」

彼女は立ち上がった。「ここでの自分の役割を越えてしまったかも。この辺で潔く身を引くことにするわ」彼女はマッコイを見た。「わたしが刑事だったら、一九四一年に刊行されたハーヴェイ・クレックリーの『正気の仮面』のなかの精神病質症状のリストを見ておくわ。こんなに年月が経ってもまだ充分役に立つはず」

彼女は歩きだしたが、立ち止まって振り向いた。「ところで、教会で自殺した放浪者の件は？　何かわかった？」

マッコイは首を振った。「ただのうつ病のアル中だよ」

彼女はうなずくと、つなぎの服を肩から下ろしながら去っていった。

「彼女が結婚してないことにも驚かんよ」とマレーは言った。「頭のよさが仇となってるんだろう」

マッコイはニヤッと笑った。「あんたはマダム・ギルロイのことが好きなんだとずっと思ってた」

マレーは彼を見た。「黙れ、マッコイ刑事。なんでもセックスに結びつけるんじゃない」

マッコイは降参したというように両手を上げた。「おれはセックスについては何も言っちゃいない。言ったのはあんただろ」

「クソ賢いな、マッコイ。彼女は知的で、育ちもよい女性で——」

「ボス?」

ふたりが振り向くと、ワッティーが立っていた。「来て、見てもらえますか?」

アラン・ミッチェルのインテリアのセンスは寝室までは及ばなかったようだ。そこにはシングルベッド、クローゼット、美術書でいっぱいの本棚に小さな肘掛け椅子があった。ベッドには寝たあとがあり、すえた汗のにおいがした。ベッド脇のテーブルには半分空いたウィスキーのボトルと、その横に丸めたフィッシュ・アンド・チップスの紙包み、吸い殻でいっぱいの灰皿があった。カシミアのコートが肘掛け椅子に掛けてあった。

マッコイは見まわした。どこかにある気がした。クローゼットを開け、あとずさった。

「やつの小便と糞《くそ》が全部このなかにある」

ワッティーは顔を歪めた。

「ホテルの部屋と同じか？」マレーは訊いた。

マッコイはうなずいた。「重さが全部書かれている。ホテルと同じように」

マレーはワッティーを見た。「アンディを呼んできて、写真を撮らせろ」

ワッティーは慌てて出ていった。

マレーは打ちひしがれていた。「こんなところにいるのをどうやって見つけろというんだ」

「見つけたじゃないですか」

「あい、だが遅すぎた。わかっているのは、やつがどこかのだれかのドアをノックして、バスルームで縛り上げ、くつろいでいたということだけだ。今頃はテレビで競馬でも見ながらのんびりしてるんだろう。どうやって見つけろというんだ？」

「ここでやつを見つけたのと同じ方法で」とマッコイは言った。「いつもあんたが言ってるようにやる。物事を追いかけて確認する。それが警察の仕事だ。そうすれば、運も開ける」

「常に運は開ける」とマレーは言った。「ロマックスに電話をして何があったか話そう。それで彼女の行動がどう変わるか見てみよう。今夜はワッティーは必要か？」

「いいえ」とマッコイは言った。「どうしてですか？」

「ボクシングの試合がある。〈オールバニー〉（グラスゴーのホテル）のセント・アンドリューズ・クラブで。何週間も前から行こうとせがまれていたんだ。川でのスタントにちょっとは報いてやろうと思ってな。それにほかのお偉方に会わせておくのもあいつにとっていいことかもしれない」

「気前がいいですね？」とマッコイは言った。「どうしておれには声がかからないんですか？」

「ボクシングだぞ？　そこらじゅう血が飛び散るんだぞ？　おまえなら吐いてしまって、五分もすれば気を失っちまう」

マッコイはニヤッと笑った。「たしかに」

「それにお偉方連中との夜なんて、おまえにとっちゃ地獄だろ」彼は帽子をかぶるとドアに向かった。「ロマックスがなんと言ったか連絡する」

マッコイは彼がドアから出ていくのを見送った。腕時計に眼をやった。午後二時。夜までにクーパーを見つけるのに充分時間はある。

マッコイは自分のデスクに坐り、引出しのなかにあった黄色い鉛筆の端《はし》を噛んでいた。行き詰まったときにいつもマレーがするように言っていたことをする時間だ。第一の原則。書き出してみる。

どこに泊まっている？

コナリーはどこかにいるはずだ。さらに書いた。

エレインの店の向かいは調べたか？

マッコイは刑事部屋のなかで叫んだ。「トムソン？」

トムソンが顔を上げた。まだカタログでコートを見ていたようだった。「なんだ？」

「ユニオン・ストリートにフラットはあったか？〈ライト・バイト〉や〈ゴールデン・ドーン〉の向かいのあたりに」

トムソンは椅子の背にもたれかかった。「ないと思う。あそこは全部オフィスだ。あるとしたら、ブリティッシュ・レールが大家だろう」

「頼まれてくれるか？　調べてほしい」

彼は鼻で笑った。「ワッティーはどうした？」

「あのばかは見つからな――」

「だれかおれの名前を呼んだか？」

部屋のなかの全員が声のするほうを見た。やじと口笛が沸き起こった。ワッティーがタキシードに光沢のあるエナメルシューズ、ダークブルーのベルベットのボウタイをして立っていた。ブロンドの髪は濡らしてきちんと横に分けていた。

彼はお辞儀をすると、両手を上げて言った。「どうした？　やっとおれの魅力に気づいたみたいだな」

「いかにも急いであつらえたって感じだな」とトムソンが叫んだ。

さらに笑いが起こった。

マレーがオフィスから現われた。書類の山を手に、パイプをくわえてやってくる。ワッティーを上から下まで見ると怒鳴った。「何をやってる、ワトソン？　出かけるのは三時間も先だぞ。それに着替えはホテルでするんだ！」

ワッティーは立ったまま、真っ赤になった。

「そのばかげたくそスーツを脱いで、仕事をしろ！」彼は書類をトムソンのデスクに置くと、自分のオフィスに戻り、勢いよくドアを閉めた。

「ちょっと調子に乗っちまったな」とワッティーは言った。

「罰だ。ブリティッシュ・レールの件でトムソンを手伝ってくれ」そう言うとマッコイは立ち上がってコートを着た。

「あんたはどこへ行くんだ？」ワッティーはボウタイをはずしながら訊いた。

「出かけてくる」とマッコイは言った。


また頭痛がする。

左眼はほとんど見えない。

これ以上どこまで耐えられるかわからない。


ハロー、ポグバ。

ハロー、外人部隊《レジオネラ》。

かつての同志を助けてくれ。

お願いだ。

光がおれを焼いている。

助けて。

22

マッコイが大きな円形の売店〈ジョン・メンジーズ〉に並べられた新聞を見ていると、だれかが肩を叩いた。振り向くと、スティーヴィー・クーパーが立っていた。

「おまえに手を振ってたのが見えなかったのか？」

「すまん」

気づかなかったのも無理はない。彼が赤いハリントンジャケットとジーンズ以外を着ているのを最後に見たのがいつだったか思い出せなかった。今日はブロンドのオールバックさえもなかった。髪はいつもより暗い色に見えた。ブリルクリームで固めたのが功を奏したのは間違いなかった。

マッコイは一歩下がると、〈アンブロ〉のダッフルバッグを肩に掛けている。「おまえがスーツを持ってることすら知らなかったよ」

「たくさん持ってるさ」とクーパーは言った。「着ないだけだ」

「言いたかないが、とても似合ってるぞ。なんというか大人っぽく見える」

「からかうな!」とクーパーは言った。「ほかのやつと同じに見えるから着た。それだけの理由だ」

グリーノック行きの五時十五分発の列車がスピーカーからアナウンスされ、プラットホームに乗客が押し寄せると、クーパーは道を開けた。

「準備できてるか?」と彼は尋ねた。

マッコイはうなずいた。「いつでもオーケイだ」

ふたりは振り向くと、混雑した駅の構内を通り抜けた。カタカタと音をたてている出発時刻表示板の下を通り過ぎ、タクシーのそばを通ってホープ・ストリートに出た。雨がふたたび降りだし、小雨が街灯をぼんやりとかすませていた。

マッコイは一瞬立ち止まり、煙草に火をつけた。「捕まらずにどうやってやり遂げるんだ？　ここは警官でいっぱいだ。おそらくほとんどは知ってる連中だ」

「いや、大丈夫だ」とクーパーは言った。「家族連れやビジネスマン、試合を見に来た連中でいっぱいだ。だれもおれたちに気づきはしない」彼はマッコイを見た。「ほんとうにやるんだな？　心配なら、おまえぬきでおれひとりでもできる」

「とんでもない」とマッコイ。思っていたよりも強い口調に聞こえた。「やるよ」

〈オールバニー〉のロビーは二階分の高さの大きな広間で、見渡すかぎり、淡い色の絨毯《じゅうたん》が広がっていた。肘掛け椅子と小さなテーブルがあちこちに置かれ、水色の壁の前には鉢植えの植物が置かれていた。フロントのまわりはチェックインする人でにぎわっていた。ダンスホールに続く半分開いたドアから、男たちが、何人かでボクシングのリングを組み立てているのが見えた。マッコイが頭を下げ、館内電話のほうに向かうあいだ、クーパーは壁に額装されたロッド・スチュワートのアルバムジャケット、《エヴリ・ピクチャー・テルズ・ア・ストーリー》を見つめていた。その下にはロッド・スチュワート自身がホテルの支配人と肩を組んでいる写真があった。

マッコイが電話を取ると、女性が出た。

「〈オールバニー〉、モイラです。どんなご用でしょうか」

「ミスター・バージェスにつないでもらえるかな？　部屋にいると思うんだが……くそっ、

たったいま話したばかりなのに。ざるみたいに忘れちまった」

「四三四号室ですか？」

「それだ、ありがとう」

「今、おつなぎします」

カチッと音がして、呼び出し音が鳴った。シャワーを浴びているかもしれないと思い、二十回ほど鳴らしてみた。出ない。マッコイは受話器を戻した。小声で悪態をつく。

「どうする？」写真の下にいるクーパーのところに行くと尋ねた。

「バーを調べてもいいが、だれかに見られるかもしれない」とクーパーは言った。

「マレーは彼が熱狂的な信者《ホーリー・ローラー》だと言っていた。バーにはいないだろう。クソッ……」彼はしばらくそこに立ったまま考えようとした。何かのにおいがすることに気づいた。塩素だ。

「におわないか？　おまえがアンクル・ケニーだったらどこにいる？」

クーパーはにおいを嗅ぐと微笑んだ。見まわすとプールの看板があった。

「こっちだ」

廊下を進み、いくつかのドアを通るとそこにあった。ふたりはプールを見下ろす大きな窓の前に立った。彼を見つけるのにそう時間はかからなかった。彼はプールの縁《ふち》に腰を下ろし、肉づきのよい体にぴちぴちできつそうな青い水泳パンツを穿いていた。黒い髪には白いものが混じり、かなり老けて見えた。がっしりとしていた体型はゆるみ、太っていた。だが間違いなく彼だった。

マッコイは突然彼のにおいを思い出した。少しだけタルカムパウダーの混じった汗のにおいだ。煙草を取ろうとしたが、手が震えていることに気づき、クーパーに見られる前にポケットに入れた。

彼がそこにいた理由はすぐわかった。ローブを羽織った女性がふたり、プールサイドのデッキチェアに横になっておしゃべりをしていた。ふたりの眼の前の浅くなった端で水着姿の三人の少年が水しぶきを上げて笑っていた。アンクル・ケニーは彼らをじっと見ていた。

マッコイはガラスから離れた。なんとかアンクル・ケニーから眼をそらすと、クーパーを見た。彼はあの危険な眼をしていた。遠くを見つめ、口をきつく結んでいた。右手を握りしめて拳《こぶし》を作っていた。

「スティーヴィー？」反応はない。もう一度言った。「スティーヴィー？　大丈夫か？」

クーパーは窓から眼を離した。「行こう」と言った。「部屋でやつを待つ」

ふたりは階段で四階まで行った。エレベーターを使うよりも知っている人間に会う可能性が低かった。マッコイは胃のなかが気持ち悪くなってきたが、それが久しぶりにアンクル・ケニーを見たからなのか、これからしようとしていることのせいなのかはわからなかった。クーパーは無言のままで、ただただ怒っているようにしか見えなかった。マッコイは、彼が以前にそんな雰囲気だったときにしたことを見たことがあった。世界じゅうの金を積まれてもアンクル・ケニーの立場にはなりたくなかった。

部屋の鍵はたいしたものではなく、クーパーがバッグに忍ばせていたピッキングのセットで充分だった。すばやく錠を開けると、部屋のなかに入った。部屋は広く、大きな窓には白いレースのカーテンが掛かっていた。ダブルベッドがふたつあり、ひとつの上にはスーツケースが開いて置いてあった。クローゼットの取っ手にワイシャツと礼装の制服が掛けてあり、ベッド脇のテーブルにはアリステア・マクリーンのペーパーバックが開いて置いてあった。〈マザーケア〉（英国の子供向けの衣料、雑貨などの小売り業者）のカタログもあった。なぜそれがここにあるのか理解するのに一瞬かかった。

クーパーがバッグを開けると、マッコイはそのなかから目出し帽をひとつ取り出してかぶった。なぜ自分たちがここにいるのかが突然現実となった。マッコイは自分たちのしようとしていることに疑問を持っていなかった。ジョーイとマッコイ自身の記憶がそれをたしかなものにしていた。だが彼は奇妙な感じがし、突然、間違った側にいるような気がしてきた。

ベッドに腰を下ろすと、鏡のなかに自分自身とクーパーの姿を見た。目出し帽をかぶって全身安っぽいいでたちをした自分たちは、どこか恐ろしげで、どこかばかっぽかった。だがそれが狙いなのだ。クーパーはまたバッグのなかに手を入れた。ビリヤードのボールがふたつ入った毛糸の靴下を取り出して、マッコイに渡した。

ふたりは待った。長くはかからなかった。だれかが《リトル・ベイビー・バンティング》を口笛で吹く音がし、それから鍵をまわす音がして、アンクル・ケニーがドアを開けた。動きが止まった。ベッドの上のマッコイを見て何が起きているのか理解しようとした。そのわずかな隙をついてクーパーが首をつかんで部屋に引き込み、床に引きずり倒した。

「おまえら、何を――」

彼が口にしたのはそこまでだった。マッコイがバスルームから持ってきたフェイスタオルをアンクル・ケニーの口に押し込んだ。クーパーが靴下を頭上に振りかざし、顔に叩きつけた。アンクル・ケニーの鼻から血が雲のように噴き出した。彼は驚いていた。まだ何が起きているのかわかっていないようだった。やがて痛みが襲い、顔を歪めると、丸まったフェイスタオル越しに叫ぼうとした。

マッコイは自分が彼を殴ることができるかわからなかった。ひどくひとごとのように思えていた。だがそれもアンクル・ケニーの指にある印章付きの指輪《シグネットリング》を見るまでだった。かつてアンクル・ケニーがマッコイの首に腕をまわして、押さえつけたときに、その手にあった指輪を思い出した。「やれ、恐れるな」とクーパーが言った。

マッコイはベッドから立ち上がると、アンクル・ケニーの体を蹴った。殴り、ビリヤードのボールの入った靴下を振り下ろした。クーパーがやめろと叫んでも、彼は靴下を振り下ろし、蹴り、殴った。殴って、殴って、殴り続けた……

彼はクーパーが自分を引き離そうとしているのを感じ、自分に向かって何か叫んでいるのを聞いた。クーパーを振りほどくと、重いボールの入った靴下をアンクル・ケニーの左手に振り下ろした。指の骨が折れる音がした。もう一度振り下ろそうと頭の上まで上げたところ、クーパーが激しく引き寄せ、自分のほうを向かせた。そしてひと言言った。「充分だ」

マッコイはアンクル・ケニーを見下ろした。ぼろぼろになった彼を見た。血を、折れた指を、そしてグレープフルーツほどの大きさに腫れあがった肘の関節を見た。どうしてこうなったのか、どのくらいの時間が経過したのかわからなかった。たしかに覚えているのはシグネットリングを見たことだけで、そのあとはすべてが真っ白になっていた。

クーパーはマッコイを引っ張って立たせた。ドアに向かうように導いた。マッコイは一度だけ振り向いた。アンクル・ケニーのまわりの真っ赤などろりとした血の海を見て、吐き気が襲ってきた。タオル地のローブが開いて、やわらかな腹が青黒くなり、水着が血で汚れているのが見えた。クーパーはマッコイをバスルームに押し入れると、両手の血を洗わせ、目出し帽を取って、マッコイの眼を見た。

「何しやがるんだ？　もう少しで殺すところだぞ！」とクーパーが言った。

「すまなかった」とマッコイは言ったが、そう思ってはいなかった。それどころではなかった。シンクの排水口に血の混じった水が流れていくのを見ていた。アンクル・ケニーの血だ。ジョーイのこと、スティーヴィーのこと、あのクソ地下室に並ばされたそのほかの少年たちすべてのことを考えた。自分自身のことを考えた。

クーパーはマッコイにざっと眼を通すと、マッコイの髪を撫でつけ、首筋の血しぶきを拭った。まるで男の子の外出の準備をしてやる母親のようだった。

「速く歩くんじゃないぞ。注意を引くな。酒を飲んだふたり連れが家に帰るところだ。いいな？」

マッコイはうなずいた。

クーパーはドアを引き開けると、廊下に出てエレベーターのほうに向かった。ただ家に帰ろうとするふたり連れだ。

ふたりはパーティック地区にある〈ビクトリア・バー〉にたどり着いた。席に着いて、ビールを飲んだ。ふたりともあまり語らなかった。あまりにも多くの思い出があり、考えることが多すぎた。クーパーは上着を脱いでネクタイをはずし、シャツの一番上のボタンをはずしていた。まだ落ち着かない様子だった。マッコイは彼が煙草に火をつけるのを見て、彼の爪の下に乾いた血が付いていることに気づいた。

マッコイはクーパーが注文してくれたウィスキーを飲みながら、もしふたりが出会っていなければ、自分の人生はどうなっていたのだろうかと考えた。もし少年時代に自分が生き延びるのをクーパーが助けてくれなかったらと。ジョーイのように自分を見失い、路上で生活していたかもしれない。これ以上は無理だと思うまで、酒ですべてを忘れようとしていたかもしれない。

クーパーはビールを手に取り、飲み干した。マッコイが自分を見つめているのに気づいた。「どうした？」

マッコイは首を振った。「なんでもない」

「腑抜けちまって」とクーパーは言い、立ち上がった。「もう一杯持ってくる」

アンクル・ケニーを殴ったことはよく覚えていなかった。部屋に入ってきたこと、クーパーが彼を床に引きずり倒したこと、シグネットリングをふたたび眼にしたことまでは覚えていた。そのあとクーパーが自分を引き離し、バスルームに押し込み、鏡で自分の顔を見るまでのことは何も覚えていなかった。真っ青な顔、両手が血にまみれ、頬についた血しぶきを見るまでは。

「ほらよ」クーパーがテーブルにビールを二杯置いて坐った。「よく聞け。おれたちは侵入して脱出した。やったんだ。だれにも見られずにな。やつは報いを受けた。以上。そこに坐ってくよくよしてるんじゃねえ。わかったか?」

マッコイはうなずいた。

「さあ、そいつを飲め」

マッコイはビールをひと口飲んだ。クーパーに言われたとおりにした。いつものように。彼はジャンボが迎えに来るのを待つクーパーを置いて、パブをあとにした。クーパーには、どこかで何かを食べると言った。フィッシュ・アンド・チップスでも。クーパーは、元気を出して、今日のことは忘れるように、と彼に言った。すんだことはすんだことだと。

マッコイはうなずき、そうする、と答えた。

フィッシュ・アンド・チップスの店には行かなかった。何も食べたくなかった。ガードナー・ストリートの端にある〈ハドウズ〉に行き、缶ビールの六本パックとウィスキーのハーフボトルを買った。家に帰ると、袋から取り出して、キッチンのテーブルに並べた。

そして魔法使い《ウィザード》から買ったマンディーをビニール袋から三錠取り出すと、これもキッチンのテーブルの上に並べた。

パニックがまた襲ってきた。恐怖が。おれはいったい何をしたんだ？　気分が悪くなりそうだった。絨毯の上の血が眼に浮かぶ。アンクル・ケニーの折れた指、彼から漂う塩素のにおい、腹の打撲傷、クーパーにつかまれたときの彼の顔。

彼は一本目のビールでマンディーを流し込んだ。もう一本。そしてもう一本。しばらく意識を失いたかった。ここにいたくなかった。アンクル・ケニーのことも地下室のこともシグネットリングのことも考えたくなかった。ただすべてを忘れたかった。

ウィスキーのボトルを開けて飲むと、ソファに深くもたれかかった。マンディーが効いてくるのを感じ、体じゅうに温もりが広がっていくのを感じ、ビーチの波のように過去が遠ざかっていくのを感じた。この感覚が懐かしかった。アンジェラとのドラッグ漬けの週末。ドラッグに身を任せ、包み込まれていく感覚。マンディーをもう一錠、ウィスキーで流し込んだ。

あばよ、アンクル・ケニー。あばよ、セント・アンドリューズ・ホーム。あばよ、おれが置き去りにされたすべてのくそホーム。まぶたが下がってきた。ウィスキーのボトルが手から床に落ちるのを感じていた。あばよ、汗とタルカムパウダーのにおい。あばよ……

一九七三年二月十六日

23

ノックの音が聞こえた。眼を開けた。ドアの向こうにだれかがいるようだ。時計を見たが、焦点を合わせるのに時間がかかった。午前八時。水中にいるような感覚だった。ノックの音がやむのを待って、寝返りを打ち、眠りに戻った。夢のない眠りへ。

またノックの音がした。時計を見る。午前十一時十分。うめき声をあげた。ドアのところでワッティーが自分の名前を呼んでいるのが聞こえた。起き上がって、部屋が動かなくなるのを待った。なんとかベッドを抜け出す。スーツのままだということに気づいた。そして玄関に向かった。

視界がぼやけ、すべてのものの輪郭が二重に見えた。すべてがおかしく見えた。まっすぐ立っていられず、体が揺れ続けている。玄関まで進むのもままならない。壁に手をついて体を支えようとした。ワッティーにドアを叩くのをやめてほしかった。なんとかドアを開けた。ワッティーが言っているのが聞こえた。「いったいどうしちまったんだ？」

そして気を失った。

ワッティーが電話をしている声が聞こえた。マレーと話しているに違いない。マッコイがひどい食中毒になり、かなり具合が悪いと言っている。ベッドに戻っていたようだが、どうやって戻ったのかわからなかった。どこかおかしかった。もうスーツは着ておらず、下着だけだった。寝室のカーテンは閉めてあり、隙間から薄暗い光が漏れて、ベッド脇に置いてあるバケツ――嘔吐物が半分ほど入っていた――を照らしていた。ベッドサイドテーブルに水の入ったビールのパイントグラスが置いてあった。彼はそれをひと息に飲み干し、また眠りについた。

二時間後、彼はワッティーが運転する車のなかにいた。眼を覚ましたあと、風呂に入り、大きなマグカップに入ったコーヒーを二杯飲んで、ワッティーから説教を受けた。彼は怒るというよりも怯えていた。マッコイはトーストを持ち、坐ってそれを食べようとしていた。綿が口のなかにあるようだった。ワッティーはマンディーの残りをトイレに流したと言い、恥を知れと言った。

今、マッコイは車のウインドウに頭をもたせかけていた。まだ気分が悪かった。少なくとも視界は正常に戻り、二重に見えることはなかった。ただ馬を倒すほどの頭痛があるだけだ。眼を閉じ、額《ひたい》を冷たいウインドウに押し当て、ワッティーの言っていることに意識を集中させようとした。

「あいつがまたやったんだ」とワッティーは言った。

「だれのことだ?」とマッコイは訊いた。なんのことを言っているのかわからなかった。

「おいおい」とワッティーは言った。「決まってんだろ。コナリーだよ!」

「ああ」とマッコイは言い、コートのポケットから煙草を探そうとした。

「それにあんたがいなくてマレーが怒り狂ってる」

ワッティーはダンバートン・ロードの交差点で停まった。大きな乳母車を押すふたりの女性が前を横切った。毛皮のコートを着て、〈レインメイト〉を顎の下で結んでいた。ワッティーは、大きな穴の開いた赤いサッカーソックスのようなものでフロントガラスを拭いた。

「もし訊かれたら、昨日の晩、カレーを食べて腹を壊し、それ以来ずっと吐いていたと答えるんだ。いいな」

マッコイはうなずいた。

ワッティーはクラッチを踏むとギアを入れ、アクセルを踏み込んだ。

「彼は信じるだろう。あんたは充分ひどく見えるからな」彼はマッコイを見た。「で、ほんとうのところは何があったんだ？」

マッコイは首を振った。煙草に火をつけた。煙を肺のなかに入れると、胃がひっくり返りそうになる感じがした。「いつものよくある夜だ」

「気をつけたほうがいいぞ、マッコイ」

「あいよ、パパ」彼はそう言うと、シートのなかで背筋を伸ばした。煙草のおかげで気分がよくなってきた。「で、彼女はどこだ？」

「だれのことだ？」とワッティーは訊いた。

「エレイン・スコビー。コナリーがまたやったと言ってなかったか？」

ワッティーは首を振った。「今朝はおれが思っていたよりぼうっとしてたみたいだな。全部話しただろうが！　エレイン・スコビーじゃない。バージェス本部長だ」

「なんだと？」とマッコイは訊いた。自分の耳が信じられなかった。

「ダンバートンシャーのケネス・バージェス本部長だよ。昨日の晩、襲われたんだ」

「食中毒になるには最悪の日を選んだな」とマレーは言った。「カレーの食い方を教えなきゃならんようだな。いいかげんにしてくれよ。大丈夫なのか?」

マッコイはうなずいた。自分が〈オールバニー〉のロビーに戻ってきたことが信じられなかった。ワッティーから聞いてからずっと、床に開いた穴に落ちたような感覚だった。気分が悪くなったといって、ボスウェル・ストリートで車を停めてもらわなければならなかった。

頭がぐるぐるまわっていた。コナリーがなぜアンクル・ケニーを襲ったのかわからなかった。どうやって捕まることなく捜査の網の目をかいくぐることができるというのだ。本部長が殺されれば上層部は厳戒態勢を敷き、徹底的に捜査を進めるだろう。やつは終わりだ。ほんとうに。

「さあ、行くぞ」とマレーは言った。「もう充分時間を無駄にしている」

マレーはエレベーターに向かい、マッコイはそのあとを追った。マンディーの後遺症なのかわからなかったが、自分自身を見ているような、実際にはそこにいないような感覚だった。エレベーターに乗り込むと、ワッティーが何階かとマレーに尋ねた。マッコイはあやうく四階だ、と答えそうになった。

エレベーターが上がり始めた。冬だというのに暑かった。マレーが自分をじっと見ていた。食中毒という話は信じていないようだ。何か言いたい、普通に振る舞いたいと思ったたが、不明瞭なことばを発しそうで怖かった。

「大丈夫か？」

振り向くとマレーが見ていた。マッコイの額を指さしていた。手を上げて触れると、汗が流れ落ちた。ポケットからハンカチを取り出し、拭き取ろうとした。エレベーターがチンと鳴り、ドアが開く。眼の前には長い廊下が伸びていた。部屋にあったのと同じ絨毯《じゅうたん》。アンクル・ケニーの血で濡れていたのと同じ絨毯。めまいと吐き気の波が襲ってきた。

エレベーターを降りると、マレーのあとについて四三四号室の外に立っている人々のほうに向かって廊下を進んだ。

いつものメンバー。トムソン、カメラマンのアンディ、ギルロイ。数名の制服警官。彼らは、うなずき、挨拶をすると、彼らを通すために脇に移動した。マッコイにひとつだけわかっていることがあるとしたら、もうあの部屋には戻れないということだった。彼はマレーの腕を引っ張った。

「ボス、もしあの部屋に入ったら、気分が悪くなるか、気を失うか、あるいはその両方になりそうだ。まだ具合が悪いんだ。邪魔になるだけだと思う」

マレーは彼を見ると、頭を振った。部屋のドアを開けた。

マッコイは待った。ドアの向こう側の音に耳を澄ました。何が起きているのか理解しようとした。コナリーとアンクル・ケニー？　どういうことだ？　部屋を出た数分後に、クーパーと彼が廊下ですれ違っていたのかもしれない。コナリーはどう思ったのだろう？　アンクル・ケニーが半殺しにされて横たわっているのを見て。

　マレーがふたたび現われたが、彼でさえショックを受けているようだった。「具合が悪くてラッキーだったな、マッコイ。これまででも最悪の現場だ」

「やつは何をしたんですか？」とマッコイは訊いた。

「むしろしてないことのほうが多い。ただひたすらハンマーか何かで殴ったようだ。そして文字どおり逃げおおせた《ウェント・トゥ・タウン》」マレーは無精ひげを撫で、悲痛な表情をした。「彼の腹に〝BEAST《けだもの》〟と彫ってあった。それに床に使用済みのフラッシュの電球が――」

「なんてこった」

「両眼もえぐられて、絨毯の上に転がっていた」

　突然、マッコイに聞こえるのは、ざわざわという大きな音だけになった。壁が揺れだし、ぼやけて見えた。「マレー」と言おうとし、ドアのフレームにつかまろうとした。つかめなかった。倒れた。マレーが自分を見下ろしているのが見えた。そして何も見えなくなった。

　どうやってそこまで行ったのかわからなかったが、眼を開けたとき、マッコイはホテルのロビーの肘掛け椅子に坐っていた。ふたりの女の子が眼を大きく見開いて彼を見ていた。起き上がろうとすると、大慌てで逃げていった。しばらく腰をかけたまま、人の出入りを見ていた。ゆっくりと息を吸い、普通の状態に戻ろうとした。頭が痛い。手で触ると、後頭部に大きなこぶがあった。倒れたときにできたに違いない。エレベーターのドアが開き、ワッティーが降りてきて、彼のほうに歩いてきた。

「具合はどうだ？」と彼は訊いた。

「よくなった。少しだけ」

「すごい勢いで倒れたんだ。アンディが床に伸びているあんたの写真を撮って掲示板に貼るって言ってたぞ」

「あいつはどこだ？　あいかわらずいやな野郎だ。マレーはどこだ？」

「まだ現場でギルロイと話している。あんたが大丈夫かどうか見てこいって言われたんだ」

「大丈夫だ。紅茶をおごってくれたらすぐにでもよくなる」

ワッティーはあきれたというように眼をぐるりとまわし、バーに向かって歩きだした。

マッコイは生き返ったように感じていた。まだひどい二日酔いのような感覚だったが、もうろうとした感じはなくなっていた。今はまともに頭が働くようになっていた。自分が何をしなければならないかわかっていた。

ワッティーが紅茶をふたつ持って戻ってきて、ひとつをマッコイに渡すと横に坐った。

「昨日の夜、ほんとうは何があったのか話すつもりはあるか？」

「いや」

「だと思ったよ」そう言うと、彼は音をたてて紅茶をすすった。ダイニングルームへ向かう途中の、帽子をかぶった女性とその母親から非難のまなざしで見られた。

「どうやって彼を発見したんだ？」とマッコイは訊いた。

「昨日の晩のボクシングの試合に現われなかった。マレーは、彼が来るのをやめて、家に帰ったんだろうと思った。今朝、ハウスキーピングに発見されるまではだれも気にしなかった」

「運がよかったな」

「わからないのは、バージェス本部長がコナリーやスコビーとどんな関係があったかってことだ。意味がわからない。なぜコナリーが本部長を殺さなきゃならないんだ？」

ワッティーは調子づいてきた。考え込んでいた。マッコイは彼に話させることにした。今、マッコイがすることはマレーが下りてくるのを待つことだけだった。

「やつは警官を殺すことにしたのかもしれない。警官ならだれでもよかったんだ。頭がおかしくなっちまったのかな？　それともバージェスに逮捕されたことがあって、その復讐のためなのかな？　どう思う？」

マッコイはうなずいた。「かもな」

「それともバージェスが汚職警官だったとか？　スコビーと共謀していたけど、何かがうまくいかなくなって、コナリーが復讐を決意したとか？」

マッコイはまたうなずいた。これ以上彼の話に付き合いきれないと思って、ワッティーに黙れと言おうとしたとき、エレベーターがチンと鳴り、マレーとギルロイが出てきた。

ワッティーが立ち上がり、手を振った。

ギルロイが彼を見下ろして言った。「ミスター・マッコイ、食中毒になったんですって？」マッコイはうなずいた。「ひどくなるかもしれないわよ。気をつけて。水分をしっかり摂って安静にしていなさい。気の抜けた〈コカ・コーラ〉がよく効くわ。試してみて。それから朝は何も塗らないトーストを食べるといいわ」

マッコイはうなずいた。「ありがとう、やってみるよ」

「それがいいわ」彼女はマレーを見た。「夕方の検視のときに会いましょう。遺体は業務用のエレベーターで運ぶ？」

マレーはうなずいた。

「賢明ね。じゃあ、みなさん、失礼するわ。それとミスター・マッコイ、気の抜けた〈コカ・コーラ〉よ、忘れないでね！」

彼らは彼女が去るのを見ていた。片手に黒いバッグ、もう片方の手に傘を持って、玄関の大きなドアに向かって歩いていった。

「話があります」とマッコイは言った。

「ああ」とマレーは言った。「今か？」

「ふたりきりで」

ふたりはワッティーを見た。彼は頭を振った。「階上《うえ》に戻って、どんな様子か見てくるよ」

マッコイは立ち上がった。「バーに行きませんか。酒を飲まずに話せるかどうか自信がありません」

ふたりは奥のテーブルに坐った。盛り上がっている結婚式の二次会のテーブルからは離れたところにした。何かあると察したマレーは、何も訊かずにウィスキーのダブルを二杯持ってきた。それをガラスのテーブルの上に置くと坐った。バーはフロントの先にあり、渓谷や山の奇妙な白と黒の絵が並ぶ閉鎖的な空間だった。

「どうした？」とマレーは訊いた。「なぜスパイみたいなまねを？」

「コナリーがバージェスを殺した理由がわかりました」とマッコイは言った。

マレーは眉を上げた。

「ちょっと調べれば、コナリーが子供の頃、ヘレンズバーグの近くの養護施設か寄宿学校にいたことがわかるはずです」

「それで?」とマレーは言った。

マッコイはウィスキーをひと口飲んで続けた。「二、三日前、ポール・ジョセフ・ブレイディという男が首を吊って自殺しました――」

「ファーヒルの礼拝堂」

マッコイはうなずいた。「ギルロイが検視のあと、彼の持ち物をおれに寄越した。財布のなかに新聞から切り取った写真が入っていた。何週間か前に何かのチャリティーに参加したときのバージェスの写真だった。ブレイディはバージェスの頭の上に聖書の一節の番号を書いていた。〝神に信頼し、恐れることはありません。肉なる者がわたしに何をなしうるでしょう〟」

「何を言ってる、マッコイ?」マレーは怒ったような表情をした。「あのバージェスが彼を殴ったというのか? 彼を責めたと?」

マッコイは首を振った。「違う。やつが彼をファックしたと言ってるんだ」

「なんだと? ばかな! 彼は結婚していた。教会にも行っていたし、長老だったんだぞ! 二十年前から知ってる。そんなはずが――」

「すみません、先走ってしまった。やつがホモセクシャルだというわけじゃない」マッコイは静かに言った。「何年も前の話です。ブレイディが十歳かそこらの頃。少年たち。バージェスは男の子が好きなんだ」

マレーはマッコイをじっと見た。「なんだって？」

「そういうことです」

マレーは椅子の背にもたれた。「バージェスが？　たしかなのか？」

マッコイはうなずいた。「間違いありません」

「なんてことだ。もしこのことが漏れた上に事実じゃないとわかったら、おまえは彼の評判を台無しにすることになるんだぞ。彼には妻も子供もいるんだ……」

「だからといって彼が善人だとはかぎらないでしょう？　そうはならない、マレー、わかってるはずだ」

彼は顎の無精ひげを撫でた。「彼のような男が？　信じられん」

「ああ、そうでしょうね。バージェスのような男は痕跡を隠すのがうまい。その必要があった。だからこそこれほど長いあいだ逃げおおせてきたんだ。ブレイディはすさんだ少年時代を過ごしていて、養護施設にいた。そこでバージェスにレイプされた。彼は新聞に載ったバージェスの写真を見た。すでに人生は下り坂だった。その写真によってさらに崖っぷちまで追い詰められたに違いない。もしコナリーも養護施設か孤児院にいたなら、バージェスに遭っている可能性がある」

「彼はけだもの《BEAST》だった」

マッコイはうなずいた。「だから胸にそう刻まれた」

「どうしてそのことを知ってるんだ？」とマレーが訊いた。眼に恐れのようなものを浮かべながらマッコイを見た。

マッコイは一瞬考えた。なぜ知っているのかほんとうのことを話そうかと思った。彼はマレーの肩越しに結婚式の二次会の人々を見た。キルトスカートを穿いた少年が、しわくちゃのタキシードを着た酔っぱらった父親からポテトチップスの包みと〈コカ・コーラ〉を渡されていた。隅のほうにいる母親と彼女の友人はジン・トニックのグラスと〈ベビーチャム〉（洋ナシを発酵させたスパークリングワイン）のボトルを持っていた。どこにでもある生活。彼は息を吸うと言った。

「ブレイディの神父から聞きました。自殺する前日に告解をしたそうです」

「ひょっとしたら、その神父は尋ねられても否定すると言うんじゃないだろうな？」

マッコイはうなずいた。「そうしなければならない。告解の神聖さとかなんとかで」

「じゃあ、どうしておまえには話したんだ、ハリー？」

マッコイは頭を振った。眼が涙でにじんでくるのを感じていた。話せばあふれだしてしまうとわかっていた。

マレーは体を乗り出した。大きな両手をツイードのスーツの膝に置いた。無精ひげを撫で、自分を落ち着かせてからマッコイの顔をまっすぐ見た。「何かおれに話しておきたいことはないか、坊主？　どんなことでも、なんでも話していいんだぞ。こういうことは言ってしまったほうがいいこともある」

マッコイは首を振った。涙が頬を流れ落ちるのを感じ、ウィスキーグラスを持つ手が震えているのがわかった。

「ハリー、何かあったら、おれに言うんだぞ。いいな？」

マッコイはうなずいた。鼻をすすり、袖の裏で拭った。

マレーは立ち上がると、帽子を手に取り、マッコイの肩に手を置いて、ぎゅっと握った。

「家に帰れ、坊主、な？　少し休むんだ。だれにも言うな。明日、何ができるか考えろ。ほかのだれにも言うんじゃないぞ、いいな？　本気だぞ」

マッコイはマレーが結婚式の二次会の横を通り過ぎ、ラウンジのドアから出ていくのを見送った。そして泣きだした。

ひょっとしたらきちんと正確に量ってなかったのかもしれない。ひょっとしたらおれの体は結局のところ死んだものでいっぱいになっているのかもしれない。うんざりだ。肌や服についた血にうんざりだ。洗い落とそうとすることにもうんざりだ。待つことにも、計画することにも、考えることにもうんざりだ。眠りたい。口のなかのクソ以外のものを味わいたい。

残されたエネルギーを温存しなければならない。終わりが始まっている。

どこに行けばいい？

ホテルや下宿はもういやだ。

静寂が必要だ。

考え、眠り、自分に何が起きているか理解するための部屋。

過去がおれを押しつぶそうとしている。おれがしてきたことさえ、おれに安らぎを与えてくれなかった。

失敗している。すぐにうまくいかなくなる。ずっと頭が痛い。

もう時間はあまり残されていない。

終わりが始まっている。道はもうほとんどない。

24

一九七三年二月十七日

四時半に起きてフラットを出た。なんとか二時間ほど眠ることができた。思っていたよりも長く。だが眠りもあまり助けにはなってくれなかった。悪夢を見た。コナリーの画像が頭のなかを駆けめぐった。アンクル・ケニーの画像。考えたくなかったこと。汗びっしょりで眼が覚めた。体の下のシーツが濡れていた。何かしなければならない。動かなければ。これ以上、ひとりで考えているわけにはいかなかった。

急げば、クーパーが寝る前に捕まえられるかもしれない。金曜の夜は外出するというのが彼のルールで、それを破ることはほとんどなかった。フラットの外の暗い通りはぶ厚い霜に覆われ、街灯に照らされて白く輝いていた。ハインドランド・ロードに向かう坂を歩くと、靴が霜を踏み砕いた。

どんなクラブやバーにいたとしても、クーパーとその仲間はそこでパーティーをお開きにすることはない。いつも最後はだれかのフラットに転がり込んでいた。覚醒剤《スピード》でハイになって、何がなにやらわからなくなった連中がまだ寝ているはずがなかった。

ビリー・ウィアーの家にいる可能性が高かった。ビリーは結婚していないし、クーパーと同様パーティー好きだった。彼のことを溺愛している母親がおり、週に二回やってきて、部屋を掃除したり、皿洗いや洗濯をしたりしてくれているせいで、フラットはビリーのような独身男が住んでいるとは思えないほどきれいだった。

ビリーが住んでいたのは、グレート・ウエスタン・ロードの少しはずれで、大学周辺の学生用アパートとメアリーヒルやセント・ジョージズ・クロスで働く一般家庭のファミリーフラットの境界にある地域だった。マッコイが、自分がどこにいるか気づいたときには、ケルヴィン・ブリッジを越え、すぐそばにまで来ていた。すっかり考え込んでいた。コナリーは、次は何をするのだろう。もし彼がスコビー親子との決着はついたと思い、今度は自分の過去を清算しようとしているのだとしたら、それがどこにつながっているかはだれにもわからなかった。いったい何人の人々が彼に悪意を向けたのだろうか？　おもしろいことに、結局はエレインの言うとおりだったのかもしれない。コナリーの関心は彼女を傷つけることではなく、彼女の周囲の人々を傷つけることにあるのだ。

マッコイはダンアーン・ストリートのビリーのフラットのある路地に着き、階段を上り始めた。落書きされた壁と、ドアの外に捨てられたごみでいっぱいのビニール袋を横目に見ながら上っていった。ビリーも、マッコイがこれまでに訪れてきたほかの連中と同じで最上階に住んでいた。階段を上りきると、手すりにもたれかかってしばらく立ったまま、耳を澄ました。遅すぎたかもしれない。何も聞こえなかった。音楽も笑い声もなかった。くそっ。だがここまできたのだから、必要ならクーパーを叩き起こすまでだ。

ドアをノックした。すぐにドアが開き、驚いてあとずさった。スーツとネクタイのままの心配そうな表情のビリーがそこに立っていた。玄関の灯りのなかに足を踏み入れて初めて、マッコイはビリーのスーツの前と薄いブルーのシャツが血にまみれていることに気づいた。

「マッコイ？　ここで何をしてるんだ？　ドクター・パーディーが来たんだと思った」

「どうしたんだ、ビリー？」

ビリーがドアを開けて押さえた。「なかに入れ、彼はバスルームにいる」

マッコイはフラットのなかを進んだ。リビングルームには見覚えのない、ドレスアップした女がふたりいて、〈ジャックダニエル〉の大きな鏡の下のソファに坐っていた。ミニスカートにロングヘア、厚底のサンダルを履いていた。ふたりの前のコーヒーテーブルは空《から》のグラスと灰皿に覆われ、マリファナのにおいが漂っていた。レコードが静かに流れている。ジェームス・テイラーかだれかのようだ。マッコイはふたりにうなずくと、ビリーを追って廊下を進んだ。

ジャンボがガードするようにバスルームのドアのそばに立っていた。ジーンズにジャンパー、白いズック靴が黒っぽい血に覆われていた。怯えた真っ青な表情をし、爪を嚙んでいた。「ミスター・マッコイ」

「何があった、ジャンボ？　スティーヴィーはどこだ？」

ジャンボはバスルームを顎で示した。「あんたを入れていいかどうか――」

マッコイは彼の脇を通って、ドアを押し開けた。クーパーは空のバスタブに横たわっていた。血で汚れたパンツ以外は何も着ていなかった。マッコイは彼を見て、慌てて眼をそらした。鏡の下の棚のアフターシェーブローションの列を見つめた。

「気を失うんじゃねえぞ」とクーパーは言った。「今夜はクソみてえなことはもうたくさんだ」

マッコイはうなずき、ひとつ息を吸うと、彼に眼をやった。クーパーのブロンドの髪は濡れており、血がこびりついていた。眉毛からギザギザの切り傷が走り、頭皮のなかに消えていっていた。肩にも傷があった。大きく開いた十五センチほどの切り傷で、血が染み出ていた。さらに濃い胸毛にも大きな傷が走っていた。血はあちこちについていた。彼の体、バスタブ、床のタオル、そしてナイロンのシャワーカーテンにも。どこもかしこも血まみれだった。

マッコイはゆっくり呼吸をしようとした。吸って、吐いて、吸って、吐いて。

クーパーはしばらくマッコイを見ていたが、頭を振った。「よくなったか？」

マッコイはうなずいた。

「そりゃクソありがてえ」とクーパーは言った。彼はバスタブを顎で示して言った。「ビリーがここに押し込んだんだ。フラットを血まみれにしたくないんだとさ」彼はニヤリと笑った。酔っぱらっているのか、何かでハイになっているのだろう。あるいはクーパーのことだからその両方なのかもしれない。「生意気な野郎が。汚したら母親に叱られると言いやがった」

マッコイはトイレの蓋を閉め、そこに坐った。

「パーディーが来る。ここに向かってるところだ」とクーパーは言った。

「どうして王立病院に行かなかった？」とマッコイは訊いた。コートのポケットから煙草を探した。見つけると、二本に火をつけ、一本をクーパーに渡した。

彼は受け取ると深く吸った。「冗談だろ？　すぐに警察がやってきちまう」彼はバスルームの棚を顎で示した。「それを取ってくれ。おまえもどうだ?」

マッコイは見上げた。使い古しのかみそりとバブルバスの〈メイティ〉のボトルのあいだに、〈ホワイト&マッカイ〉のウィスキーボトルがあった。マッコイは棚から取ると、自分でひと口飲んでからクーパーにボトルを渡した。

「で、何があったんだ?」とマッコイは訊いた。「今度はだれを苛つかせたんだ?」

クーパーはぐいっと飲んだ。飲むために腕を上げたとき、背中の下のほうに消えていくロープのようなピンクの長い傷痕が見えた。剣による傷だ。

「だれも苛つかせちゃいねえ。愉しい夜を過ごそうとしただけだ」

「それで?」

「王《キング》が死んだ。そういうことだ。もうスコビーはいない。ああいった人物がいなくなれば、やつの部下たちは地位を求めて争いを始める。自分の商売を始めるのに、おれの縄張りを奪い取るのが一番だと思ったんだろう。跡目争いに手を出すなという警告かもしれない。ファミリーで勝手にやってろってんだ。ばかな連中だ」

「どこにいたんだ?」とマッコイは訊いた。

「〈マスキュラー・アームズ〉で飲み始めて、そのあとは〈クラウズ〉で踊った。それからバイヤーズ・ロードのパブを貸し切った。出てきたときにやられた」

「そいつはどうしておまえがそこにいることを知ってたんだ？」マッコイは訊いた。

彼は肩をすくめた。「そこにいただれかがすぐに電話でチクったんだろう。二十ポンド目当てに」彼は顔をしかめながら、ボトルを口元まで持っていった。「ところでおまえこそこんなところで何をしてる？」

「アンクル・ケニーが死んだ」

「なんだって？」クーパーはボトルを下ろした。

「あいつが死んだ」とマッコイは言った。

クーパーは首を振った。「ありえない。殺す寸前でおまえを引き離した。いいか、野獣みたいだったんだぞ。あんなおまえは見たこともない——」

「やったのはおれじゃない」

クーパーはマッコイを見た。

「コナリーだ。やつがあのクソ野郎をめちゃくちゃにした」

「コナリー？　スコビーのところのコナリーが？　なんでやつが関係してくるんだ？」クーパーが訊いた。

「おまえとジョーイが見たのと同じ写真を見たんだろう。コナリーもどこかの施設にいた可能性が高い。ワッティーに調べさせている」

クーパーはバスタブに深く横たわった。「クソ野郎が。もっと早くやってくれれば手間が省けたのに」彼はボトルを上げた。「コナリーに乾杯だ。少なくともあの頭のおかしいクソ野郎も今回は役に立つことをしたってわけだ」

ドアがノックされ、ジャンボが顔を入れた。「クーパーさん、医者が来ました」

ジャンボが横によけると、パーディーが革のバッグを手に立っていた。四十歳くらいの痩せた男で、赤色っぽい髪をしていた。口から煙草を取ると言った。

「諸君、どんな具合だ？　すまん、このあたりはなじみがないもんで、見つけるのに時間がかかってしまった」

マッコイはクーパーを顎で示した。「おれは大丈夫だ。診《み》てほしいのは彼だ」

パーディーは血と傷を見て、ため息をついた。「また戦争か、ミスター・クーパー？」

「そんなところだ」

パーディーはなかに入ると、コートを脱いでジャンボに手渡し、ふわふわしたバスマットにひざまずいた。シャツの袖をまくると、下からワインレッドのストライプのパジャマが覗いた。クーパーの切り傷を調べ始め、ときどき、歯の隙間から空気を吸っていた。

「借金は今いくらだ？」とマッコイは訊いた。

パーディーはバッグのなかを引っかきまわしながら答えた。「二千五百ポンド」

マッコイが口笛を吹いた。「そんなに馬が好きなのか？」

「まあな」と彼は言った。「残念ながら、馬のほうはおれのことが好きじゃないようだ」

彼はバッグのなかを探ると、注射器を取り出した。

クーパーの顔が曇った。「なんだそれは？　おれは注射が大嫌いなんだ」

「局所麻酔。きみしだいだ、ミスター・クーパー。だが強くお薦めするよ。じゃなければ、ぞっとするようなことになる。それに、わたしが縫おうとしてるときに、身をよじったり、うめいたりすることもなくなる」

クーパーは彼を見た。「わかったよ、借金から三百ポンド引いておく」

パーディーは、注射器を手に何も言わず、ただ立っていた。待った。

「くそっ、五百ポンドだ。さっさとやれ」

パーディーはニヤリと笑い、近づくとクーパーの肩に注射器を突き刺した。クーパーは平然としていた。たじろぎはしなかったが、パーディーが脇腹に注射すると、眼をそらして見ないようにし、針がさらに深く刺さると、両手でバスタブの縁《ふち》をきつく握りしめた。

「正直に言うと、次は痛いかもしれない」パーディーはそう言うと、針をクーパーの頭皮に突き刺した。

マッコイは眼をそらしたが、クーパーの顔が恐ろしいほど歪むのが見えた。

パーディーは針を抜いた。「終わりだ。あとは五分待つ」

「クソありがとうよ」クーパーはうなるように言った。「そのバッグのなかにはほかにも何かあるのか？」

パーディーはバスタブの縁《ふち》に坐ると、バッグのなかを探し、赤いカプセルを取り出した。「これを飲め」彼はそう言って手渡した。クーパーはそれをウィスキーで飲んだ。マッコイのほうを見ると言った。「おまえも飲むか？」

「もらっておこう」マッコイはそう言うと、ポケットにしまった。「万一の場合に取っておくよ」彼は立ち上がるとパーディーに言った。「しばらくあんたに任せておこう」

マッコイはバスルームから出ると、そのまままっすぐジャンボのところに行った。ジャンボはひどく怯えた表情をしていた。

「彼は大丈夫だ、ジャンボ。あいつがどんなだか知ってるだろ。数回斬られたくらいじゃ、なんてことはないさ」

ジャンボはうなずき、ほっとした表情をした。「オーケイ、ミスター・マッコイ」

マッコイは腕時計を見た。まだ六時にもなっていなかった。彼はあくびをした。「ジャンボ、コーヒーを淹《い》れてくれないか。眼を覚ましたい」

ふたりはキッチンに立って、やかんのお湯が沸くのを待った。床は古いリノリウムだけで、ヒーターもなく寒かった。窓には結露ができていた。ビリーも女たちの気配もなかったが、隣の寝室から聞こえるベッドのきしむ音やクスクス笑う声が、彼らがどこにいるかを教えてくれた。ジャンボは〈メロウ・バード〉のインスタントコーヒーを、スプーンで慎重にふたつのマグカップに入れ、お湯を注いでミルクを加えるとマッコイに手渡した。

ふたりはテーブルに坐った。

マッコイはテーブルの上のパンくずを払うとマグカップを置いた。「読書は進んでるか？」

ジャンボの顔が明るくなった。「うん。聴きたい？」

マッコイはうなずいた。もちろんだ。ジャンボは尻のポケットから折りたたんだ『コマンド』を取り出し、その漫画をキッチンのテーブルの上に広げて読み始めた。ゆっくりで、聴くのはちょっとつらかったが、確実にうまくなっていた。

「『ジェリーいっかはけいかいしているころだとおもう。なにをするかわかってるよな、あいぼう』」

「いい感じだ、ジャンボ」

彼はそのまま読ませた。心はダンケルクの戦場から離れていった。コナリーとアンクル・ケニーの関係をさっさと解明しなければならない。コナリーがやったことの理由を証明できれば、物的証拠――〝BEAST《けだもの》〟の文字など――がある以上、捜査はあっという間に終わるだろう。

あの夜起きたことについて、コナリー以外のだれかの関与を疑う理由はなかった。特に自分やクーパーを疑う者などいるはずがない。もしコナリーが逮捕され、彼がホテルの部屋に着いたときにはアンクル・ケニーがすでにひどく殴られていたと証言しても、だれも信じないだろう。気にもかけないはずだ。

「『イギリスのサボ……サボ？』」

マッコイが手を差し出し、ジャンボは漫画を渡した。マッコイは見た。「サボタージュだ。心配するな、ジャンボ。難しいことばだ」

ジャンボがうなずいて、また読み始めようとしたとき、パーディーがドアから頭を出した。

「おふたりさん、終わったよ」

ふたりはパーディーがバスルームに戻るのについていった。クーパーは、今は温かい泡風呂のなかに横たわって、至福の笑みを満面に浮かべていた。

「〈メイティ〉だ」とパーディーは言った。「棚にあるのを見つけた。うちの子も好きなんだ。できるかぎり縫っておいた。望むらくは額《ひたい》の傷があまり痕が残らなければいいんだが。お湯には〈デトール〉（除菌、消毒液）も入れてある。二十分かそこら入っていれば消毒にもなる。それから風呂から出してベッドに寝かせるんだ。〈セコナール〉（鎮静剤）は強いから、眠ってしまって溺れないよう注意してくれ」

マッコイはうなずいた。「ジャンボ、ドクター・パーディーがお帰りになる前に、紅茶を淹れてやってくれ」

「それはありがたい」とパーディーは言った。「わたしのことはフレイザーと呼んでくれ。堅苦しいことを求められるような場でもないからな。この次にはそうしてくれ」

ふたりが出ていき、マッコイはトイレの蓋の上に坐った。「よくなったか？」と彼は訊いた。

「あい」とクーパーは言った。両腕をバスタブの側面に沿って伸ばし、頭は水面に出していた。脇腹と肩に黒い縫い目が走っているのが見えた。額の縫い目はもっと細かく、あまり深くなかったので、傷痕が残る可能性は少ないだろう。

クーパーは湯のなかに頭を潜らせてから体を起こし、濡れた髪を後ろにやった。「言っとくがマッコイ、その薬がなんだか知らんが、クソよかったぞ。おまえもやればよかったのに」

「無理だ。仕事に行かなきゃならない」

クーパーは頭を振った。まるですっきりさせようとするかのように。そして半分閉じかかった眼でマッコイを見た。「これをやったあの田舎者どもを捕まえるのか？　スコビーのところの半人前どもを？　あいつらは何が起きているのかまったくわかっちゃいない」

「そうなのか？」とマッコイは訊いた。ウィスキーのボトルに手を伸ばした。

クーパーはうなずいた。「連中、ネスミス、サウスサイドのコリンズ。どいつもこいつも何もわかっちゃいねえ」

マッコイは彼の機嫌を取ることにし、ひと口飲んで口元を拭うと言った。「で、どうなるんだ？」

クーパーは物憂げに微笑み、鼻の横を叩いた（秘密であることを示す仕草）。「そのうち教えてやるよ、ハリー、いずれな。だが事態は変わるだろう。大きくな。ほんとうだ」

「頼みたいことがある」とマッコイは言った。

「ほう？」クーパーは眠そうに言った。「いつもおまえのクソ頼みごとを聞いてばかりだな。今度はなんだ？」

「スーザンがおまえにインタビューしたいそうだ。大学の論文のために。かまわないか？」

クーパーの眼は今にも閉じそうだった。頭をバスタブの縁《ふち》に置いて言った。「かまわんよ。言っただろ、おまえの可愛い小鳥ちゃんは……」

マッコイがジャンボに向かって叫ぶと、彼がバスルームの戸口に現われた。

「おまえのボスが溺れる前に、風呂から出したほうがいいようだ」とマッコイは言った。

25

「ハリー！　まだ朝の六時半よ！」とスーザンは言った。「凍える前に入ってちょうだい」

マッコイはロールパンとベーコンの包みの入った袋を持ち上げてみせた。

「そんなことよりこんな時間に何してるのよ？」と彼女は訊いた。ドアを閉めると、寒そうにドレッシングガウンの前をきつく閉じた。

「通りかかったんだ。朝メシを作ってやろうと思ってね。二十分後にベーコンロールができるぞ」

「すてき。ベーコンは好きじゃないけど」

「嘘だろ！　ベーコンロールが嫌いなやつなんかいるのかよ」とマッコイは言った。

スーザンが頭を振りながらバスルームに入っていき、マッコイはキッチンに向かった。

二十分後、ふたりはスーザンの部屋のキッチンでベーコンロールと紅茶のマグカップを前に坐っていた。部屋のなかはようやく暖かくなっていた。電気ストーブのヒーターが三本ともつき、ふたつのガスコンロも火がついていた。窓は湯気で曇り、焼いたベーコンの香りが漂って心地よく感じた。頭の上のプーリーからさまざまな衣類が吊るされていて、まるでテントのなかにいるようだった。

「昨日の朝、ワッティーがあなたを探しにここに来たのよ」ロールパンを半分に切りながらスーザンは言った。「あなたの家のドアをいくらノックしても返事がないって言って」

「あいつが？」マッコイはロールパンを口いっぱいに含みながら言った。「食中毒でひと晩じゅう吐いていて、そのまま眠ってしまったんだ。疲れてしまって」

彼女は微笑んだ。「わたしはここで、あなたがすてきな女性とすてきな一夜を過ごしてるんだと思ってたわ」

「それもあるけどな。ところで、まだスティーヴィー・クーパーから話を聞きたいか？」

彼女はうなずくと、マグカップを置いた。「頼んでくれたの？」

「ああ。今日の午後はどうだ？　あいつはダンアーン・ストリートのフラットにいる。ちょっと具合がよくないから、きみに会えて喜ぶと思う。ほかにやることもないだろうしな」

「彼はどうしたの？」

「風邪だと思う、鼻風邪だ。それ食べるか？」彼は彼女の皿の上のロールパンを指さした。

「どうぞ」彼女は自分の皿を彼のほうに押しやった。彼は手に取ると丸ごと口のなかに押し込んだ。

「もっと前もって言ってほしかったわ、ハリー」彼女は立ち上がった。「質問のメモをまとめておいたほうがいいかも」

「なんだって？　今かい？」彼はなんとか呑み込むと言った。「ちょっとだけベッドに行こうと思ってたのに」

「今？」と彼女は訊いた。「ならあなたのすてきな女性に電話してちょうだい。わたしはインタビューの準備をしなきゃ」

「でもきみの朝メシを作ったんだぞ！」と彼は言った。

彼女はマッコイを見た。「紅茶とベーコンロールで買収できると思ったの？」

「洗い物もするよ」

「ごみ捨てもよ」

「なんてこった」とマッコイは言った。「人使いが荒いな、スーザン。わかった取引成立だ」

彼女は微笑んだ。「礼儀にかなった申し出だと思うけど」彼女は腕時計を見て、彼を見た。「でも、早くしてちょうだい」

彼は立ち上がると、ニヤリと笑った。「いつもそうだろ」

午前八時、署はすでにフルスピードで活動していた。幹部警官の死は大きな波紋を呼んでいた。コナリーの捜索は突然数段もギアアップされ、イースタン署から応援要員が招集された。あらゆる残業の予算が承認され、あらゆる措置が講じられた。マッコイは自分のデスクに坐り、周囲を見まわした。トムソンが休暇中の警官に電話をして、長いリストにチェックを入れていた。マレーはドアを閉めてオフィスのなかに籠《こも》っており、すでに一時間はそうしているようだった。上層部とのミーティングだろう。

マッコイは机の上の書類の整理を始めたが、ワッティーに探すように頼んだ児童養護施設の記録に関するメモは見当たらなかった。もう一度探したが、自分のしていることに集中できなかった。署についてから、泡立つように湧き上がってくるパニックを抑えるのに必死だった。彼らが探しているのはコナリーなのだと自分に言い聞かせた。自分でもクーパーでもないのだと。気がつくと、マレーのオフィスのくぼみのあるガラス越しに、マレーとふたりの背広組を見ていた。故殺で起訴され法廷にいる自分の姿が頭に浮かんだ。外に煙草でもなんでもいいから買いに行って、落ち着こうと思ったとき、ワッティーが現われた。

彼は白い紙袋と、紙コップに入った紅茶を持って入ってきた。髪の毛がまだ濡れていた。機嫌よさそうに口笛を吹いているのはともかくとして、まだいいスーツを着ていることは気になった。

彼は自分のデスクに坐り、あからさまにマッコイを見ないようにしていた。

マッコイは自分の椅子にもたれかかると言った。「ミスター・ワトソン、来てくれてうれしいよ。昨日の晩はお出かけだったのか？」

ワッティーはうなずいた。紙袋を開けると、四角いソーセージロールを取り出した。

「愉しかったか？」マッコイは何食わぬ顔で尋ねた。

ワッティーはうなずくと、ソーセージロールにかぶりついた。茶色いソースがメモの上に垂れた。悪態をつくと、紙ナプキンでそれを拭いた。

「ほっといてくれ、マッコイ」

「そうか！」とマッコイは言った。「だれかさんは昨日の夜、ヤったんだな」

ワッティーはロールパンを食べ続けた。マッコイのほうを見ようとしなかった。

「そのついてない女はだれだ？」と彼は訊いた。「おれの知ってる女か？」

食べ続ける。

「待て待て、考えさせろ。そのピカピカのスーツで気を引こうとしたところを見ると、初めてのデートに違いない」

ワッティーは指を二本立てた。

「ということは知り合ったばかりの女性だ」そして気づいた。「嘘だろ！」

ワッティーはうなずいた。

「『デイリー・レコード』のメアリーなのか？ くそっ。おれよりもおまえのほうがいい男だっていうのか！」

「ああ、彼女もそう言ってたよ」ワッティーは空《から》の紙袋を丸めて、ごみ箱に捨てた。「さて、コナリーのことを知りたいんじゃなかったのか？ 来いよ」

マッコイは立ち上がると、ワッティーのあとについて裏の廊下を署の古い一角へと向かった。そこはほとんど使われておらず、部屋のなかは今もまだ馬具でいっぱいだった。なんだかんだ言っても、ワッティーは忙しく働いていたようだ。彼は古い会議室のひとつを借り受けていた。壁には警察のサッカーチームや〝この男を見かけませんでしたか？〟と書かれたバイブル・ジョンの指名手配ポスターが貼ってあった。真ん中の大きなテーブルは児童養護施設、孤児院、児童自立支援施設の膨大なリストで埋め尽くされていた。それらの横に電話と走り書きされた紙切れが置かれていた。

ワッティーは椅子のひとつに坐った。「昨日の晩、あんたがクソ食中毒で家にいるあいだこれをやってたんだ。クソ悪夢だよ」彼はリストを指さした。「これらの場所のいくつかは市によって運営されている。ほかに教会によるものもあれば、バーナードのような慈善団体によるものもある。何かを知っている人物を探そうとするのは悪夢のようなもんだ。だけど」彼は二本のペンを使ってテーブルの上でドラムロールをした。「おれさまは見つけた」

彼はノートをめくった。「ビショップブリッグスのセント・マーチン児童自立支援施設。おれたちのコナリーは一九五六年にふたりの仲間といっしょにアッシュギル・ロードの煙草屋を襲おうとしてここに送られた」

「彼は何歳だったんだ」とマッコイは訊いた。

彼はノートを見た。「待ってくれ……」顔を上げると言った。「十三歳だ。さて、これがどういうことなのか教えてくれるか？」

「記録係のダイアンを知ってるんだったよな？」ワッティーの質問を無視してマッコイは訊いた。

ワッティーはため息をつくとうなずいた。「彼女もおれと同じグリーノック出身だ。実は彼女の兄さんが同じサッカーチームで――」

「彼女に会って、ケネス・バージェスが一九五六年当時どこに勤務していたか調べてくれ。そうしたら二十分後に外で会おう。マレーが葬儀の下見におれたちを送り出す前にここを出る必要がある」

ワッティーは坐ったままだった。

「何を待ってるんだ？」気づいた。「ああ、わかったよ。ありがとうよ、ワッティー。養護施設の件での働きには感謝する。それにダイアンに会いに行ってくれることにも。彼女の兄さんのサッカーチームのことについては今度にしてくれ。それで満足か？」

「問題ないよ」ワッティーはそう言うと立ち上がった。「でも覚えておいてくれ、マッコイ刑事、マナーは無料《ただ》だってことを」

マッコイが見つけることができた覆面パトカーは、おんぼろの〈ビバ〉だけで、フロントガラスにはひびが入っており、ヒーターもまともに動かなかった。それでも、エンジンの音だけは快調だった。彼がその車に乗ると、警察のヴァンがガレージのそばに停まり、イースタン署の六名の制服警官が降りてきた。ジェイク・スコビーは明日の朝、埋葬されることになっていた。山のような数の悪党が参列することが予想されており、コナリーも現われるかもしれなかった。マレーは葬儀場周辺のあらゆるルートを押さえるつもりで、今日の午後にも下見にいくことになっていた。そんなことに付き合っているわけにはいかなかった。明日の葬式に行くだけでも最悪なのに、今日の午後まで車のルートの下見でつぶすのは勘弁してほしかった。

彼はブロックを一周してから、署の前に車を停めた。ワッティーが両手に息を吹きかけながら立っていた。彼は乗り込むと、ヒーターを強くしようとした。が、変わりがないことに気づいた。

「これから行くところは泥んこじゃないといいな。このスーツを台無しにしたくない」

「で、昨日はどこに行ったんだ、おまえとすてきなメアリーは？」とマッコイは言った。渋滞にはまっていた。

「あんたには関係ないだろ。〈ベルニ・イン〉で食事をしてから彼女の部屋に行った」彼はウインドウの結露をこすりながら言った。「彼女はいい娘《こ》だ。メアリーは。とても積極的だ」

「ものは言いようだな。ダイアンのほうは？」

「ああ」ワッティーはポケットを探ると、折りたたんだ紙切れを取り出した。「バージェスは一九五六年当時レノックスタウンに勤務していた。だれかの休暇のカバーで六カ月ほど出向していたようだ」

「なんだと？　ビショップブリッグスから十分かそこらじゃないか？　そんなに遠くはない」

「で、ほんとうのところおれたちはその自立支援施設に何を探しに行くんだ？」

「証拠だ。バージェスがその施設に来たことを覚えている人間を探すんだ」とマッコイは言った。

「一九五六年のことを？　相当運がよくなきゃならんだろうな」

ふたりはスプリングバーンを過ぎて、丘陵地帯に向かった。雪に覆われた山には太陽が照りつけていて、まるで薄いビスケットが重なっているようだった。

「どうしてバージェスがその施設に行くんだ？」とワッティーは訊いた。「理解できない」

マッコイはため息をついた。説明したくなかった。アンクル・ケニーが児童養護施設のようなところに行きたがる理由をどうして知っているのかを、ワッティーに話したくはなかった。それに、マレーからだれにも言わないように言われていた。

「バージェスは施設を訪れて、少年たちに職業講話をしていたらしい。そこでコナリーに会い、コナリーを怒らせることをして、彼がそれを忘れなかったんだろう」

「なんだって？」ワッティーは彼を見た。「いったいだれがそんなクソみたいなことを言い出したんだ？」

「おれだ」とマッコイが言った。「クソかもしれないが、この天気のなか、葬儀のルートを下見するよりはましだろう」

「たしかに」とワッティーは言った。「けど、マレーがそんな話に騙されるなんて信じられないな」

ビショップブリッグスは、グラスゴーの北の端のオーチネアンを過ぎたあたりで、ほとんど田舎と言ってよかった。古い通りをどれも似たような新しい家々が取り囲んでいた。すべての善良な市民にとってのあこがれの家。小さな庭付きで、寝室が三つ。ビショップブリッグスは、労働者階級の人々が充分な資金を手にするやいなや、ミルトンやスプリングバーンの公営住宅を離れて移り住む場所だった。タクシー運転手、電気技師、ペンキ職人、装飾職人、そういった人々だ。

セント・マーチン児童自立支援施設は、建設された当時はおそらく農地の真ん中にあり、背後にはキャンプシー・フェルズ（スコットランド中央部の丘陵地帯）が見えるいい場所だったのだろう。今は徐々に新しい家に囲まれつつあった。彼らは道を曲がると、長いでこぼこした私道を進んだ。マッコイはセント・マーチンに来たことはなかったが、彼がいたことのあるどのホームともまったく同じように見えた。大きなビクトリア朝様式の建物を、小石打ち込み仕上げの安普請の増築部分が取り囲み、周囲に運動場が広がっていた。一番来たくない場所だったが、選択肢はなかった。アンクル・ケニーとコナリーの接点を見つけ、できるだけ早く捜査を終わらせなければならなかった。

「で、計画はあるのか？」とワッティーは訊いた。

「知るかよ」とマッコイは言った。エントランスの正面に車を止めた。「ぶっつけ本番で行く」

ワッティーがベルを鳴らした。マッコイは待っているあいだ、煙草に火をつけた。鍵を開ける音とともに、「ちょっと待ってください」という声がして、ドアが開き、マッコイが予想していなかったものが現われた。赤い髪を頭の上で盛り、ジーンズとピースマークのTシャツを着た魅力的な若い女性だった。

「すみません、このドアはひどい建付けなの。どういったご用かしら？」

ふたりは警察官の身分証明証を見せた。

「じゃあ、あの子を見つけたのね？」と彼女は言った。

「なんですって？」とワッティーは訊いた。「だれを見つけたって？」

彼女は困惑した表情をした。「バリー・アームストロングの件で来たんじゃないの？」

「違います」とワッティーは言った。

「ああ、正直言って、彼を見つけるにはちょっと早すぎると思ったわ。普通、三日くらいはなんとか逃げまわってから捕まるから」彼女は微笑んだ。「アリスよ。どうぞ入って」

　ふたりは彼女のあとをついて、メインホールに進んだ。ほかの施設と同じだった。掲示板、壁には子供たちの絵、床磨き剤のにおい。唯一違うのは、アリスが腰に付けた鍵の束が、歩くたびにジャラジャラと音がすることだった。ジーンズに青いジャンパー、白いズック靴を履いた、陰鬱そうな表情の少年たちのグループが、階段に向かって行進している脇を通り過ぎると、彼女は散らかったオフィスにふたりを案内し、机の後ろに坐った。ワッティーとマッコイは彼女の向かいに坐った。

「もう一度伺うわ」と彼女は言い、トゥイードルダムとトゥイードルディー（『鏡の国のアリス』に登場する双子らしいふたりの人物）の絵が描かれた大きなマグカップからひと口飲んだ。「どういったご用かしら？」

「ちょっと奇妙な話なんだ。五〇年代半ばにここにいた人に話を聞きたい」とマッコイは言った。

「あらまあ！　そう言われても、そんな人いないと思うわ。もちろんわたしも。ちょっと考えさせて」彼女はマグカップを置くと、指で机を叩いた。「ミスター・マクブライドは二年前に辞めたわね。彼なら中世からここにいたんじゃないかしら」

「地元に住んでる人ですか？」とマッコイは訊いた。

「住んでた。残念ながらクリスマスに亡くなった。何に関することか訊いてもいいかしら？」

「殺人事件の捜査です」とマッコイは言った。

「そうだ！」と彼女は言った。「教師じゃなきゃだめ？」

マッコイは首を振った。

「だとしたら、あなた、運がいいかも。管理人のミスター・スペンスがいるわ。彼はたしか昔からここにいたはず。そんな昔じゃないかもしれないけど、たぶん彼が最適かも」

「どこに行けば会えますか？」とワッティーが訊いた。

「体育館の裏よ。小さな小屋を持っていてそこに住んでるの。こんな天気じゃ、仕事もせずに暖かい小屋のなかにいるはずよ」

グラウンドは寒さで岩のように固くなり、霜で滑りやすくなっていたが、それでも使用中だった。少年たちがサッカーをしていた。正確にはサッカーのゲームを利用して、日頃の鬱憤《うっぷん》をたがいに晴らしていた。レフリーの笛が五分ごとに鳴り、叫び声と抗議の声がそれに続いた。

「凍えちまうぞ」とワッティーは言った。ふたりはサッカーグラウンドの前を通り過ぎようとしていた。「この天気に半パンかよ」

「人格形成のためだ。少なくとも以前はそう言われていた。あれだ」マッコイは緑の木造の小屋を指さした。隅の煙突から煙が上がっていた。「なんという名前だった？」

「スペンス」とワッティーは言った。

スペンスは豊かな黒髪の小柄で痩せた男だった。しわくちゃの顔にビートルズのかつらをかぶせたような男だ。あまりいい印象ではなかった。彼はふたりを小屋に招き入れると、古びた公園のベンチに坐らせ、自分は暖炉のそばのぼろぼろの肘掛け椅子に坐った。小屋は狭く、施設のがらくたでいっぱいだった。壊れたベンチ、針がひとつなくなった大きな時計、体育館のマットの山、壊れたテニスラケット。煙と肥料のようなにおいがした。

「何が知りたい？」火をつつきながらスペンスが訊いた。

「ここにはどのくらいいるんですか、ミスター・スペンス？」とワッティーが訊いた。

「おれか？　今さら訊くのかよ」考え、指を折って数えた。「三十三年。復員して以来だ」

「じゃあ、五〇年代はここにいたんだな？」とマッコイが訊いた。

「そう言わなかったか？」彼はわかりきったことを訊くなと言わんばかりに頭を振った。

「クソ三十三年だ」

「なるほど」とマッコイは言った。「ケネス・バージェスという警官のことを覚えていないか？　ここに来たはずだ」

火かき棒が知っていることを物語っていた。一瞬、炭を並べ替える手が止まった。

スペンスは首を振ると、また火を突っつき始めた。「いや。クソおまわりがなんで施設になんか来るんだ？　それに来ていたとしても、そんな昔のことは覚えちゃいない。そうだろ？」

マッコイはベンチの背にもたれかかった。「ワッティー、頼みがある。車のなかに手帳を忘れてきちまった。行って取ってきてくれないか？」

ワッティーは、頭がおかしいんじゃないかと言わんばかりにマッコイを見た。「本気で言ってんのか？」

「行って取ってきてくれ」とマッコイは言った。

ワッティーは恐ろしい形相で立ち上がり、足を踏み鳴らすようにして小屋を出ていった。

マッコイはワッティーが完全に去るまで待った。スペンスは火を突っつきながら、坐ったまま、何かつぶやいていた。マッコイは煙草を取り出すと火をつけた。

「三十三年間」とマッコイは言った。「たいしたもんだ。そんなに長く隠し通せたなんてよっぽど運がよかったんだな。運と青い制服の男からのちょっとした保護。ちょっとした便宜ってわけだ。すばらしい。おまえはここで若い男の子たちといて、彼は男の子たちの苦情をなかったことにする」

スペンスは彼を見た。「なんのことを言ってるのかわからんよ」

「ほんとうに？　じゃあ、はっきり言ってやる、このクソ野郎。おまえがポン引き代わりに少年たちをバージェスに提供し、やつがファックした。いや、もっとありそうなシナリオがあるぞ。おまえはただのポン引きじゃないってことだ。引き渡す前に自分で商品を試してみたんだろ？」

スペンスは立ち上がり、また腰を下ろした。ドアのほうに眼をやった。

「今朝ベッドから出たときはこんな日になるとは思ってなかっただろうな。だが、わかっていたはずだ。いつかこの日が来ることを。そして今日がその日だ。幸運の列車は脱線したんだ、スペンス。おしまいだ」

スペンスはまた彼を見た。マッコイは罠に掛かったネズミを見たことはなかったが、今はそれがどんなものかわかっていた。

「簡単な方法と難しい方法、どっちがいい？」と彼は尋ねた。

スペンスは唾を飲み込んだ。「何を言ってるのかわからない」

「またそれか」マッコイはつぶやいた。

立ち上がるとスペンスに近づいた。

スペンスは火かき棒をマッコイに向けて突き出した。「近寄るな！　本気だぞ！」と彼は叫んだ。

マッコイは火かき棒をスペンスの手から蹴り落とした。スペンスは椅子のなかで縮み上がった。マッコイは彼をつかむと、椅子から床に引きずり下ろした。左足で彼の手を踏みつけ、叫び声を無視して、もう一方の足でスペンスの体を蹴った。股間にも何発か蹴りを入れた。しばらくすると、スペンスは叫ぶのをやめ、マッコイの靴が鈍い音をたてて当たるたびに、低いうめき声をあげるようになった。

最後にひと蹴り入れると、マッコイは彼のそばにひざまずいた。口を強く殴り、さらにもう一発殴った。そしてベンチの背にもたれかかって坐ると、煙草を取り出した。スペンスは泣きじゃくりながら横たわり、口元の血を拭いていた。

「教えてやろう、スペンス」とマッコイは言った。「こんなのはバーリニー刑務所で毎日起きていることに比べれば屁でもない。もっとひどいことになるぞ。連中は毎日おまえを殴り、砂糖入りの熱湯をおまえに投げつける。食べ物にクソを入れ、紅茶には小便を入れる。一カ月かそこらは耐えられるだろうが、それもだれかがおまえの元の職場を見つけ、そこに自分の弟や甥っ子がいたことに気づくまでだ。そして連中はおまえをできるだけゆっくり、苦しませて殺す」

スペンスは今や声を上げて泣いていた。手を伸ばし、マッコイの脚をつかんでいた。

「お願いだ……お願いだ、すまない……おれは……」

マッコイは煙草の煙を吐き出すと、それを手で払った。「すまないだと？　すばらしい、だが、おれにはそんなことはどうでもいい。おまえをバーリニーに入れてやる。毎日苦しむんだな」泣き声が大きくなっていった。「だがおれも忙しい。だから取引しようじゃないか」

スペンスはうなずいた。希望に満ちた表情になった。「わかった。お願いだ、なんでもする」

「オーケイ、そうこなくっちゃな。二度と言わない、交渉もなしだ。おれが知りたいことをすべて話すんだ。今すぐにだ。そして署に着いて監房に入ったら、おれは看守をお茶に誘う。おまえがベルトと靴紐を取り上げられる前にな。充分な時間を与えてやる。意味はわかるな？」

スペンスは提案内容を理解した。顔をくしゃくしゃに歪めた。

「なんだ？　まさか逃がしてもらえるとでも思ったか？」マッコイは首を振った。「それが唯一の取引だ。おまえしだいだ、このクソ野郎」

26

ワッティーがオフィスでアリスと話していると、マッコイが運動場を横切って施設の本館に戻ってきた。ワッティーは急いで「じゃあまた」と言うと、マッコイのほうに走った。

「手帳を持ってきた」と彼は言い、差し出した。「すまなかった、ちょっと呼び止められたんだ」

マッコイは手を差し出した。「寄越せ」

ワッティーは渡した。マッコイは受け取ると、ワッティーに見られる前にポケットに入れようとした。が、うまくいかなかった。

「どうして手に血がついてるんだ?」とワッティーは訊いた。彼は顔を上げた。「なんてこった、シャツも血まみれじゃないか」

マッコイは何かを手帳のあいだに滑り込ませた。「小屋から出たときに転んだ。小屋に戻って、あのクソ野郎を捕まえて、車に乗せるんだ」

「なんだって? 今か? 何か見つけたのか?」

マッコイはうなずいた。

「それだけか？　教えてくれないのか？」

「ああ。あいつを捕まえろ。やつのビスケットの缶も持ってくるんだ」

マッコイは建物のなかに入り、メインホールのベンチに腰かけた。両手を頭にやり、息をしようとした。連中はみな同じだ。我慢できなかったんだろう。写真を撮らずにはいられなかったのだ。〈ブーツ・ザ・ケミスツ〉に現像に持ち込めるような写真もあれば、パディーズ・マーケットのダーティー・アリーのようなやつのところに持ち込まなければならないものもあった。彼は手帳を開き、スペンスから取り上げたものを見た。

〈ブーツ・ザ・ケミスツ〉で現像できるほうのやつだ。床板の下にあったビスケット缶のなかに彼が保管していたほかの写真は見るに堪えなかった。眼の前の写真にはアンクル・ケニーがパンツ一枚で川岸に立っている姿が写っていた。ふたりの少年がやはりパンツ一枚で川のなかに入っていた。そのうちのひとりがコナリーだった。十三歳の少年だったが、それでも彼だとわかった。片方の腕をバージェスの脚にまわし、カメラに視線を向けていた。この写真があれば、マレーを充分説得できる。おそらく大丈夫だろう。

もし上層部がスペンスのほかの写真を見たがり、アンクル・ケニーがこういったキャンプがほんとうに好きだったことについてもっと証拠を見つけたいなら、それは彼らしだいだ。おれは自分の役割を果たした。そういった写真をもう見るつもりはなかった。たとえ大金を積まれてもごめんだった。

彼はバスルームに行き、手についた血を洗い流した。時間をかけてスペンスを尋問することもできたかもしれない。老人のことだから、いずれ吐いていただろう。だがマッコイはあまりにも疲れていた。否認し、泣きわめき、やがてクソ恐ろしい詳細を話す。そんな手順はもううんざりだった。彼は古びたにおいのするローラータオルで手を拭いた。赤い手帳から写真を取り出してもう一度見た。コナリーがくしゃくしゃの黒髪で写っているせいかもしれないが、マッコイは今、スキンヘッドにする前の彼をどこで見たか思い出せそうな気がしていた。

車が砂利の上を音をたててまわってきた。ワッティーが体を伸ばして助手席のドアを開けた。マッコイは乗り込み、ドアを閉めた。スペンスは後部座席にいた。眼のまわりにあざができ、鼻は折れ、目の上には切り傷があった。恐怖に満ちた表情だった。

「缶は持ってきたか?」とマッコイは訊いた。

ワッティーはうなずいた。「トランクのなかだ」

「見たのか?」

「ちょっと見てやめた」

「無理もない」とマッコイは言った。

「署に戻るのか？」

マッコイは首を振った。「まだだ。ウッディリー精神科病院、この道を十分ほど行ったところにある。レンジー方面だ」

たしかめなければならなかった。グラスゴーの周辺部にはいくつかの精神科病院があった。ウッディリー、ダイクバー、レバーンデール。その多くは女性でいっぱいだった。大部分はこれ以上治療できず、壊れるか、ただあきらめるかのどちらかという境遇だった。貧困や飲酒、夫からの激しい暴力。次の日がどうなるかわからない恐怖にさいなまれながら、ゆっくりと人生が押しつぶされていくのだ。

マッコイの母親もそうだった。子供の頃、何度かウッディリーに来たことを覚えていた。一度は父と、もう一度は市役所の女性と。そのとき彼女はまだ自分の母親だった。見た目もにおいも母親だった。だが何かが起きた。あとになってわかったのだが、それは電気ショックのせいだった。電気ショックのせいで母親はいなくなった。そこに残されていたものがなんであれ、ほどけて、リチウム（躁病の治療薬）と〈セコナール〉、そしてなんだかわからないものの霧のなかで、指からするりと逃げてしまったのだ。メアリー伯母さんも同じ病院にいた。みんなに微笑んで、ウサギのぬいぐるみを見せようとしていた。だがロボトミー手術のあと、彼女に残されたものは、その眼に浮かぶ荒廃だけだった。

マッコイは、そもそもメアリー伯母さんのいったいどこが悪かったのかさえ知らなかった。十五歳のときに子供を産み、その子供を連れ去られたことを知っていた。彼女の父親のドニーが〝売女《ばいた》〟といって暴力を振るっていたことを知っていた。伯母は二十歳《はたち》のときに逃げ出した。その十五年後にウッディリーの窓辺に坐って、眼のまわりにくまを作り、手にはウサギのぬいぐるみを持って指をくわえている伯母を見た。それまでのあいだのことは何も知らなかった。

「ここか？」とワッティーが言い、車を止めた。ウッディリー精神科病院はまるで一般公開されている大邸宅のようにしか見えなかった。塔とアーチで飾られた派手な赤い砂岩の建物。汚れひとつない敷地。

マッコイはうなずいた。

「精神科病院で何をしようとしてるのか教えてくれないか」

「ちょっと確認しておきたいことがある」とマッコイは言った。「何年か前にここでコナリーを見た覚えがあるんだ。たしかめておきたい」彼はワッティーを見た。「このクソ野郎といっしょに車にいてくれないか？」

「こいつが口を開かないなら」

マッコイはうなずいた。「長くはかからない」

彼は受付に行った。ミセス・マッコイは今も第九病棟にいた。だが面会時間外なので会えないと言われた。マッコイはバッジを取り出し、受付の不機嫌そうな女に警察の仕事だと告げ、病棟に続く廊下に向かった。

病棟の看護婦は、髪を三つ編みにした、頰に赤いあざのある大柄な女性だった。彼女は彼が入っていくと微笑み、立ち上がると、ミセス・マッコイは眠っているけど、よかったら行って見てきてかまわない、と言った。彼女からマッコイのことをよく聞いていると言った。大きなハンサムな息子が警察にいると。

病棟は、背の高い窓から光が注がれて明るく、壁は淡い黄色に塗られていた。彼はベッドの列を進んでいった。あるベッドでは、骨と皮だけの老婆が、何が起きているのかと眼を輝かせていた。また別のベッドはベッドカバーの下にふくらみがあるだけで、その患者は一日じゅう寝て過ごしているようだった。

看護婦は、マッコイの母は一番奥のガラスの扉のそばのベッドにいると言っていた。そこからは広大な芝生の庭が見え、遠くには森が見えた。彼はベッドの脇の椅子に坐り、母親の手を取った。彼の手は、今の母親の手に比べるととても大きかった。彼の手は傷やたこに覆われており、母親の手は乾いて温かかった。それでもふたりの手はぴったりと合った。彼は手を握った。母は動かなかった。眠っているようだ。薬のせいだ、と彼は思った。頭をベッドの上に乗せるとライラックのタルカムパウダーの香りがした。だれかが今でも母のために持ってきてくれているに違いない。

「彼女はよく眠るの」

振り向くとメアリー伯母さんがいた。彼女のウサギのぬいぐるみは擦《す》り切れてぼろぼろだったが、彼女は以前とほとんど同じに見えた。

「あなたの名前を知ってるわ」と彼女は言った。「マリーの息子ね」

彼はうなずいた。「ハリーです」

彼女はウサギを差し出した。彼はそれを受け取るとキスをして返した。

「ピーターよ」と彼女は言った。

看護婦が背後から現われ、彼女を病棟の入口のほうに連れていった。彼は母親に眼をやった。自分がここで何をしているのかわからなかった。何年か前からここには来なくなっていた。もう意味がないように思えていた。母親に残されていたものは、はるか昔になくなってしまっていた。彼は立ち上がると、さよならと言い、母親の手にキスをしてその場をあとにした。

このあたりのはずだ。待合室に坐って、退屈な医者と母親の病状について話すのを待っていたことを思い出した。たくさんの女性たちがテーブルに坐ってぬいぐるみを作っている部屋の前を通り過ぎ、長い廊下に出た。壁に看板があった。〝診察室はこちら〟

そのまま進むと、それを見つけた。曇りガラスがついた緑のドア。〝待合室〟と書いてあった。開けるとなかに入った。年配の女性がひとりそこに坐っていた。コートを着て帽子をかぶり、膝の上にバッグを置いていた。その女性は彼を見て驚いたようだった。彼はその女性にうなずくと、オレンジのプラスチックの椅子のひとつに坐った。

「あなた、大丈夫？」と彼女は訊いた。

彼はうなずいた。

「お医者さんの診察を待っているの？」

彼はもう一度うなずいた。彼女から逃れようとしたがうまくいかなかった。

「わたしもよ。妹なの。神経。神経のせいなの」

彼は以前ここに来たことを思い出そうとした。たしかコナリーは窓際に坐っていた。スーツを着て、黒い髪を短く切っていた。ほかの訪問者と同じに見えた。

「何年も前から来てるのよ」とその女性は言った。

受付係が入ってきて、彼の名前を呼んでいたことを思い出した。「ミスター・コナリー？　先生がお待ちです」コナリーはドアに向かう途中で彼の前を通った。両手を頭にやり、受付係に微笑んでいた。

そこまでだった。それ以上は思い出せなかった。思っていたとおりだ。コナリーに会っていたのだ。だが、それ以上はどこにもたどり着けなかった。何か重要なことを思い出せるかもしれないと、自分自身に言い聞かせていただけなのかもしれない。母親に会う口実を探していただけなのかもしれない。母の手を握るために。理由はわかっていた。まだ心の奥底で恐怖を感じていた。見つかることへの恐怖。自分とクーパーがしたことの理由をみんなに話さなければならない恐怖。これから何が起きるのかという恐怖。自分はすべてをなんとかしてくれる母親を求める怯えた少年なのかもしれない。彼は立ち上がった。母親にも何もできなかった。今回は。マッコイにできることは、コナリーがなぜバージェスを殺したのかを明らかにすることだけだった。

やるしかなかった。

数時間後、ワッティーはもう署をあとに帰宅していた。スペンスは監房で担当の看守を待っていた。マッコイは彼をここまで連れてくると、スペンスが自殺しないように監視するよう看守に告げていた。看守はうなずき、監房の外の黒板にその旨を書き込んだ。靴紐、ベルト、毛布、衣服を取り去り、紙でできた囚人服を着せた。スペンスは彼をぼんやりと見ていた。自分に何が起きているのかわかっていた。自分がバーリニー刑務所に行くということを。マッコイは看守に二十分ごとに彼をチェックするように言った。このクソ野郎に自分の報いを受けさせる前に自殺などさせてたまるものか。

「嘘をついたな」とスペンスは言った。

「ああそのとおりだ」とマッコイは言い、重い鉄製のドアを閉めた。

今、彼はデスクに坐り、時計を見ながらマレーがオフィスから出てくるのを待っていた。コナリーが今どこにいるのか考えようとした。警察はいまだに彼を見つけていなかった。人手を増やしたにもかかわらず、どこにいるのかという手がかりすらつかめていなかった。あの風変りな精神科医の言っていたとおりなのかもしれない。自殺したのかもしれない。だれもいないフラットや安ホテルの部屋、あるいは森のなかで死んでいるのかもしれない。もしかしたら自分たちは幽霊を探しているのかもしれない。

マレーのオフィスのドアが開き、彼がシャツの袖を肉づきのいい腕にまくり上げ、からっぽのパイプを持って立った。疲れているようだった。マッコイに手を振った。「来い」

マッコイが彼のオフィスに入り、ドアを閉めたときには、マレーはデスクの奥の自分の席に深く坐り、くつろいでいた。大きなあくびをすると、体を震わせた。時計を見た。八時。

「くそっ、十二時間もここにいるのか！」

彼は背を反らせると、ファイルキャビネットの引出しを開け、〈ホワイト＆マッカイ〉のボトルとグラスをふたつ取り出した。それぞれに注ぎ、ひとつをマッコイに手渡した。

「葬儀のほうの手配は終わったんですか？」とマッコイは訊いた。

マレーはひと口飲むと顔をしかめ、うなずいた。「ああ、カニのケツの穴ほど厳重にな」

「やつは現われると思いますか？」

「コナリーか？　わからん。すっかり頭がおかしくなってるからな。やつが来ないとしても、街じゅうの悪党がやってくる。忙しい一日になるぞ。アンディのほかにもふたりが全員の写真を撮る。スコビーが消えた今、だれが後継者レースに名乗りを上げたのかを知る助けになるはずだ。今後数週間は緊迫した状態が続くだろう」

「あい、みんなそう言ってます」とマッコイは言った。彼はウィスキーをもうひと口飲んだ。「スペンスと話しましたか？」

マレーはうなずいた。「弁護士が来るのを待つと言って、少ししか話さなかった。ビスケット缶のなかは見た」彼は書類をひっくり返すと、バージェスが川岸にいる写真を見つけ、じっと見た。「彼に間違いないんだな？」

マッコイはうなずいた。

マレーはまた書類をあさった。「トムソンにこの缶を調べるように言った。ほかにだれか特定できないか。おれは見るに堪えなかった」彼は一枚の写真を差し出した。「トムソンがこれを見つけた」

マッコイの胃はひっくり返りそうになった。自分が見ようとしているものが怖かった。それがなんであるか。それがだれであるか。手に取ると恐る恐る眼をやった。コナリーだった。豊かな黒髪をして、顔に笑みを浮かべていた。テントか何かのなかにいるようだ。コナリーは裸で、隣にはバージェスがパンツ一枚で彼の肩に手をまわして坐っていた。マッコイはその写真を返した。

「ふたりを結びつけ、殺人の動機と考えるには充分な証拠だ。別の人間の証言は必要ない」

マッコイはもう一杯ウィスキーを注ぎ、ぐいっと飲んだ。「よかった」

マレーはマッコイを見た。「言っておかなきゃならないことがある」

「あい、なんですか？」とマッコイは訊いた。声が震えていた。恐怖が高まる。自分とクーパーは逮捕されるのだ。有罪判決を受けるのだ。

「だれも知ることはない」

「なんですって？」とマッコイは訊いた。理解していなかった。

「バージェスは教会の長老だった。四十年間勤め上げ、勲章を授与された幹部警察官だ。

妻とふたりの子供、孫がいる。警視正友愛会のライト・ワーシップフル・マスター。地域の中心的存在。警視正はそのままにしておきたいと思っている」

マッコイはマレーが自分を見つめ、反応を待っているのがわかった。

「コナリーは警察に憎しみを抱く精神病質者《サイコパス》だ。無作為にバージェスを選び、彼を殺した。そこには理由などなかった。運が悪かっただけだ。それでいいか？」

マッコイはうなずいた。真実などどうでもよかった。自分とクーパーが関係ないということだけが重要だった。クーパーと自分は必要なことをした。あのクソ野郎は拷問されて死んだ。清算は終わった。

「スペンスは？」とマッコイは訊いた。

「バーリニーで毎週殴られ、小便の入ったお茶を飲まされて余生を過ごすことになる」とマレーは言った。

マッコイは立ち上がった。「終わりよければ、すべてよしです」彼はウィスキーの残りを飲み干し、グラスを机の上に置いた。

マレーは彼を見た。「ほんとうに大丈夫なのか、ハリー？　何かあるなら、話を聞いてもいいんだぞ」

マッコイは両手を上げた。「ほんとうに大丈夫です。でも、一杯おごってくれて、何か事件以外のことを話すってのはどうですか？　くそラグビーのことでもいいですよ」

マレーは微笑むと、コート掛けからコートを取り、マッコイのあとを追ってドアから出た。

どこに行くか議論の末、ケンブリッジ・ストリートの〈マッキントッシュ〉に落ち着いた。マレーにとってはあまり騒々しくなく、マッコイにとっては署から離れていてほかの警官に会わなくてすむ店だった。

マレーがテーブルに坐り、マッコイはバーカウンターに注文に行った。隅のテーブルには、おそらくサッカーをプレーした帰りに違いない、足元にスポーツバッグを置き、濡れた髪の若者のグループがいた。彼らと数組のカップルを除けば、店内は静かだった。マッコイはビール二杯とウィスキーを二杯注文し、マレーのいるテーブルに運んだ。

マレーはパイプを取り出し、数テーブル離れた席の女性のわざとらしい咳をよそに、愉しそうにくゆらせていた。「実は頼みがある」彼はそう言うと、ビールを飲んだ。

マッコイはウィスキーをいっきに飲み干し、顔をしかめた。「今度はなんですか？」

「デイヴィッドと話をしてほしい」とマレーは言った。

「彼はまだあんたの家にいるんですか？　彼とコリンは」

マレーはうなずいた。「あいつらをまだ追い出せないでいる。半年間のはずが、もう三年になる」

マッコイはニヤリと笑った。「マーガレットはそれについてなんと言ってるんですか?」

「彼女のことは知ってるだろう。彼女はどの子もずっと置いておくつもりだが、彼らももう十七歳になる」

「里親を続けるにはあんたも少し年を取りすぎたんじゃないですか?」

「かなりな。だがこの前、市からマーガレットに電話があったんだ。十三歳の双子。ほかに行くところがない。コリンとデイヴィッドには道を譲ってもらう必要がある」

「で、おれは何をすればいいんですか?」

「コリンは問題ない。来月から見習いに出る。デイヴィッドは少し迷ってる。学校を卒業したばかりで、何がしたいのかわかっていないいんだ。おまえから警察に入ることを話してくれないか」

マッコイは頭を振った。「あんたの家もあまり変わってないようですね?」

「ああ」とマレーは言った。「あいつも分別のある立派な若者だ。警察はあの子に合ってると思う。おまえがどうやって一人前になったか、あいつに話してくれ」

「一人前ですか?」マッコイはニヤッと笑った。

「気楽にやってくれればいい」彼はグラスを上げると言った。「お代わりは?」

ふたりはさらに何杯かビールを飲んだ。マッコイは少年に話してみるとマレーに言った。

マレーはマッコイに警察のラグビーリーグのことを話し、マッコイはうなずいていた。ほとんど聞いていなかった。九時半をまわる頃になると、マレーが帰ろうと立ち上がり、コートを着た。

「おまえはどうする?」とマレーは訊いた。

マッコイはポケットから赤い手帳を取り出して掲げてみせた。「もう一杯飲んで、ちょっと考えてから行きます」

「九時に葬儀で会おう。それまでに何か思いついたら教えてくれ」

マッコイはそうすると言って、彼が立ち去るのを見送った。ビールのグラスにはひと口分しか残っていなかった。お代わりをしようと思ったが、その前に小便がしたかった。飲み干すと、トイレに向かった。どこのパブのトイレにもありがちな小便と便器にこびりついた黄色い塊のにおいがした。彼は便器の前に立ち、ズボンのボタンをはずすと用を足し始めた。背後でドアが開いたが、トイレのマナーに従って、眼の前の壁をずっと見ていた。一瞬、後頭部に手が置かれるのを感じたが、次の瞬間には壁に額《ひたい》を激しく叩きつけられていた。そのまま冷たいタイルに顔を押しつけられた。動こうとしたが、彼を押さえているのがだれであれ強かった。彼よりも強かった。小便が脚を流れるのを感じ、耳元に温かい息を感じた。もがき、逃げようとした。

「おまえはおれのリストにはなかった」と声が言った。「だが今は違う」

27

マッコイはコナリーの息をこらえた。臭《くさ》かった。何か腐った、死んだようなにおいがした。動くことができず、額《ひたい》を壁のひび割れたタイルにこすりつけられた。脇腹にパンチを感じた。もう一発。そしてコナリーがマッコイの頭をさらに激しくタイルに押しつけた。マッコイは後方を蹴ろうとした。何かに触れようとした。足でもなんでもよかった。だが空《くう》を切った。

コナリーが耳元で怒鳴った。「顔に唾を吐きかけられただけで運がよかったと思え、さもないとこれよりももっとひどい目に遭うぞ」

においが不快だった。マッコイはもがこうとした。おぞましいことにコナリーは勃起《ぼっき》していた。尻に押しつけられるのを感じた。そしてまた耳元でささやかれた。

「この薄汚いクソ野郎、自業自得だ」

マッコイはなんとか少しだけ頭を動かすことができた。壁から顔を離した。「離せ、この野郎！」

コナリーは笑い、またマッコイを殴った。「おまえみたいなやつをやるのが愉しいんだ。最初は偉そうにしてるくせに、最後には小便を漏らして母親の名前を呼んで泣き叫ぶようなやつを。間違いない、マッコイ、おまえはそのうち泣きだすさ」

またパンチが襲い、マッコイは声を上げそうになった。脇腹全体が燃えるように熱かった。外のパブのジュークボックスの音や、笑い声が聞こえた。すべてがかなり遠くに聞こえた。タイルが皮膚を切り裂き、血が眼に入るのを感じた。屋上にいるチャーリー・ジャクソンの姿が眼に浮かび、まずいと思った。

そのとき、背後でドアが開き、驚いたような声がした。「いったいなにごとだ？」脇腹に痛みを感じた。手が首をつかみ、後ろに引っ張るとまた壁に激しく叩きつけた。倒れて、便器に半分体が入った状態で振り向くと、スキンヘッドの後頭部とかみそりが、トイレの戸口に立っている老人の顔に振り下ろされるのが見えた。

老人の顔がぱっくりと割れ、顔一面が血で覆われた。

コナリーは振り向くとニヤリと笑い、指で自分の首を切る仕草をした。「また会おう、マッコイ。おまえとはまだ終わっていない」そう言うと彼は、老人と大きくなっていく血の海をまたいでドアの外に消えた。

マッコイは立ち上がろうとしたが、気分が悪くなった。落ち着こうとタイルの床に手をついたところ、床を覆う温かい血液で滑ってしまった。老人は床に横たわり、両手で顔を覆っていた。ドアは閉まり、マッコイは自分の小便と血のなかに横たわったまま取り残されていた。すばやく立ち上がったが、よろめいて壁にぶつかり、下を見た。血がシャツに染み込んでいた。

ドアが半分開き、女性の声がした。「ウィリー？　あなた大丈夫なの？」

「助けてくれ」とマッコイは言った。「助けて」

彼が入ってきたとき、スーザンはキッチンのテーブルに坐っていた。ノートや本がそこらじゅうに広げられていた。彼は身を乗り出して、彼女のうなじにキスをした。〈エクスポート〉の四缶パックをテーブルの上に置いた。

「だれかさんはもうパブに行ったようなにおいをさせてるわね」彼女はそう言うと顔を上げた。

「ちょっと、ハリー！　何があったの？」

眉毛には縫った痕があり、唇は切れ、コートの下から救急治療室で着せられたパジャマが覗いていた。マッコイはソファに腰を下ろし、痛みに顔をしかめた。「大丈夫だ、ほんとうに」

大丈夫ではなかった。まったく。実際よりよく見せようとして微笑んだ。

スーザンは横に坐り、彼の顔をじっと見た。「大丈夫？　じゃあどうして変な坐り方してるの？　なんでクソ似合わないパジャマを着てるの？　ハリー？　ハリー？」

彼は手を上げた。「笑わせないでくれ。痛いんだ」

彼はゆっくりとコートを脱いだ。「パジャマを脱ぐのを手伝ってくれるか？」

彼女は近づくとボタンをはずし、ゆっくり慎重に上着を脱がせた。「ああ、ハリー」彼女は今にも泣きだしそうな顔をした。

「正直なところ、実際より悪く見えてるだけだ」嘘をついた。

腹には包帯が巻かれていたが、すでに血が染みになっていた。その下には十二針縫われていたかみそりによる傷痕が肋骨を横切るようにあった。上着の下にセーターを着ていなかった、ら、もっとひどいことになっていただろう。彼が感じたパンチが何だったのかはわからなかったが、それは実際には拳《こぶし》ではないようで、棍棒のような何か重いもので殴られたようだった。肋骨が二本折れ、体じゅうに黒と青のあざができていた。

スーザンは包帯を覗き込んで言った。「何があったの？」

痛みがひどく、疲れてもいたので、今夜は説明することができなかった。「ヘマッキントッシュ〉から出てきたところを車にはねられたんだ。おれのせいだ。前をよく見ていなかった。ちょっとぶつかっただけだ。朝には治ってる」

「なんてこと、ハリー、あなた大ばか者よ。人を心配させるなんて」彼女は立ち上がった。「しかもそんな状態なのに、帰りに酒屋に寄ったの？」

彼は微笑んでみせた。「レッド・レブがなくなったのは知ってたからな。ある種の麻酔が必要だったんだ」

彼女は首を振った。「寝なさい。今すぐによ」

彼は抗議しようとしたが、自分がどれだけ疲れているかに気づいた。ベッドに行くのも悪くない考えだと思えた。

ベッドに入るには少し手間がかかり、盛大なうめき声やうなり声をあげる羽目になった。ようやくベッドに入り、枕を支えにして坐った。スーザンがアスピリン二錠と睡眠薬、そして缶ビール二本を持って戻ってきた。

「はい、これ」と彼女は言った。「これで眠れると思うわ」そう言うとベッドに上がり、彼の隣に坐った。

彼女が体を寄せてきたとき、マッコイはうめき声を出さないようにした。缶ビールを開けると、泡が出てくるのを口で蓋をして押さえてからひと口飲み、薬を飲み込んだ。「クーパーに会いに行ったのか?」

「ええ、行ったわ、今日の午後」

「どうだった? 話してくれたか?」

「笑顔でいろいろ話してくれた」彼女はマッコイを見上げた。「彼が何をしてるのか知ってるの?」

うなずいた。

「それでも彼と親しくしてるの?」

マッコイはため息をついた。こうなるような予感がしていた。

「二十年の付き合いなんだ。兄弟みたいな――」

「女性の人生を台無しにする兄弟」

マッコイはベッド脇のテーブルの上にある煙草に手を伸ばした。「きみが売春業界の関係者と話がしたいと言ったんだぞ。論文のための情報が必要だと言って。彼がどんな人物だと思ってたんだ?」

「あそこまで反省していないとは思ってなかった。プライドがクソ高いし」

「きみがきれいだから、少しカッコつけたんだろう」

彼は煙草に火をつけ、睡眠薬とビールが効き始めてきたのを感じていた。病院ですでに薬を投与されていることは言わなかった。

「真剣に考えていないみたいだけど」と彼女は言った。「彼は怪物《モンスター》よ」

マッコイは肩をすくめた。こんな議論はしたくなかった。特に今夜は。

「気にしてないんでしょ、違う？」

彼は穏やかに聞こえるよう努めて、とげとげしくならないように言った。「おれはきみの頼みを聞いたつもりだった。いずれにしろクーパーはポン引きだ。ほかの連中と変わりはない。売春が明日にでもなくならないかぎり、彼のような人々は常に存在する――」

「彼のような男たちよ」

「売春を商売にする彼のような男たち。おれにそれを止めることはできない」

「止めようともしない。男同士だからでしょ？」

冷静でいようとしたが、しだいに腹が立ってきた。「頼むよ、スーザン、勘弁してくれ。おれはきみの敵じゃない」

「あら、ほんとうに？」

しばらく沈黙が続いた。マッコイは枕に頭をゆだねて横になった。「もう寝るよ。疲れたし、体も痛い。このまま続けたら、思ってもいないことまで言ってしまいそうだ。ただ、もしきみがほんとうにおれのことを敵だと思ってるなら、それは間違いだ」

彼は数時間後に眼を覚ました。脇腹が痛くてよく眠れなかった。雨が窓を叩いている。もっと楽な姿勢を取ろうと寝返りを打った。スーザンが彼を見ていた。

「起きてたのか」と彼は言った。

彼女はうなずいた。

「大丈夫か？」

「あなたは敵じゃないわ、ハリー。ごめんなさい」

彼女は体を寄せると、彼の胸に頭を預けた。マッコイは眼を閉じた。眠りに戻るふりをした。

判断が速くなっている
視力も
コントロールも
声が聞こえる
おれを憎む声
ママの声とパパの声が頭のなかでしていて、ずっと痛い

待つべきだった。時間は自分ではコントロールできない

外であいつをやった

通りで
路地で
ひとりで
おれは病んでいて、死んだ物質で太っている

こんなじんせいを生きたいとおもわない

じかんがななくなっていく
あといちにち

じゆうぶんだ

一九七三年二月十八日

28

マッコイはいかにも値の張りそうな仕立てのコートを見て彼だと気づいた。〈ターミナス・カフェ〉の外に立っている長身の人物は戸惑っているように見えた。日曜の朝のランブヒルは彼の通常の生息地ではないようだ。それどころかほかの曜日の朝であってもそうだろう。道を渡った。脇腹がひどく痛い。男のほうに向かった。

「あんたが来るとは思わなかったよ」近づきながらマッコイは言った。

「いや、来るかどうか迷った」ロマックスはマッコイの顔を覗き込んだ。「戦争にでも行ってきたのか、ミスター・マッコイ？」

マッコイは傷を縫った痕を撫でた。「似たようなもんだ」

「聞いたんだな？」とロマックスは尋ねた。

マッコイはうなずいた。「今朝、聞いた。エレインはあんたをお払い箱にしたそうだな」

ロマックスは苦々しい顔をした。「わたしの言い方とは違うが、まあそのとおりだ。もうサービスは必要ないんだそうだ」彼はまだ起きたことが信じられないでいるような表情だった。「それでも、彼女の父親のためにほぼ二十年間も働いてきたんだ。葬儀には顔を出すべきだと思った」

マッコイは指さした。「弔問客が道の向こう側に入っていく」

ふたりは弔問客の車がゆっくりと坂を下っていくのを見ていた。黒光りした〈ダイムラー〉や〈ジャガー〉のリムジンの長い列がバルモア・ロードの車の流れを止めていた。セント・アグネス教会の外の群衆は、マッコイが着いた二時間前からさらに増えていた。偉大な男に弔意《ちょうい》を表わしに来た者、興味本位の通行人、報道陣、そしてもちろん警察官。

ロマックスはコートの肩についた雪片を払った。「そのようだな。わたしもそろそろ行かないと。きみも参列するのか？」

「おれはここから眺めてるよ」とマッコイは言った。

エレイン・スコビーはポケットに手を入れ、どこか悠然とした態度だった。シルクハットをかぶった三人の会葬者が頭を垂れ、葬列を先導していた。六頭の黒い馬に引かれたガラス張りの馬車がそのあとに続いた。馬は鼻息を荒くして足を踏み鳴らし、冷たい空気に大きな息の雲を作っていた。手綱には黒い羽根が刺さっていた。

スコビーの棺は花で覆われてほとんど見えなかった。白ユリとバラの巨大な山。花で書かれた〝DADDY〟の文字がガラスのパネルを覆っていた。マッコイが、賭け事が好きだったなら、そこにあの悪名高きクレイ兄弟（一九六〇年代にロンドンの裏社会で暗躍した双子のギャング）からの花輪があることに賭けていただろう。

ロマックスは別れを告げると、道路を渡って礼拝堂の入口へと急ぎ、黒いコートを着て、降る雪に黒い傘を差している人々のなかに消えていった。マッコイは人ごみを見渡した。自分が何を期待しているのかわからなかった。コナリーが黒い腕章をはめ、首から〝逮捕してください〟と書かれた看板をぶら下げて立っているとでも？　彼は不味い紅茶が入っていた紙コップをバス停のごみ箱に投げ捨てると、ランブヒル警察署の外で、マレーが陣取っている場所に向かって歩きだした。

「なかなかいい場所に埋葬されるんだな」マッコイは道路の向かいの教会を指さして言った。「なんとも便利な場所だ」

「昨日の件はなんだったんだ？」とマレーが訊いた。

「ワッティーが話したんですか？」とマッコイは訊いた。

マレーはうなずいた。「だいたいのところは。コナリーで間違いないのか？」

「そう思います。ちらっと見ただけですが、〈マッキントッシュ〉のトイレでおれに襲いかかるスキンヘッドがほかにいますか？　それに〝彼女に唾を吐きかけられただけで運がよかったと思え〟と言っていました」

「やつはなぜそのことを知っていたんだ？」とマレーは訊いた。

「たしかに。おれの見たかぎりではやつはあの病院にはいなかった。そうなると残された可能性はひとつしかない」

「エレインが話した」

マッコイは肩をすくめた。「そのようです」

「なんてこった。彼女はいったい何を考えてるんだ。おまえにそこまでの被害がなくて幸いだった」

「それなんですが」とマッコイは言った。「すべてが急で、どこか混乱している。パブのトイレでおれに襲いかかる？　ベストなアイデアとは言えない。彼らしくない。これまでにやってきたことはすべて、正確で計画的だった。昨日の晩はちゃんと考えていないように思えます」

「そうかもしれない。だといいんだが。襲われた老人は？」

「傷痕が残ることを除けば元気です。奥さんは心臓発作を起こしそうだった」

「だとしても驚かんよ」マレーは首を伸ばして、屋根を見上げようとした。シープスキンの上着がぴんと張った。「アンディのやつはあそこにいるのか？」

マッコイは背後の二階建ての警察署の建物を見上げた。ほとんど何も見えなかった。

「そのはずです。ワッティーがくどいくらい彼に言ってたので」

「ワッティー！」マレーは叫んだ。

ワッティーがたちどころに警察署の入口から現われた。スーツに〈クロンビー〉のコートを着て、マッコイの十倍はちゃんとしているように見えた。腕に黒い腕章までつけていた。「呼びましたか、ボス？」

「あのばかはあそこにいるのか？」とマレーは訊いた。

「ええ、今、別れてきたところです。三脚、フィルムバッグ、ばかでかいレンズ。全部そろってます。大丈夫か、マッコイ？」

「あいつは自分が何をするかわかってるのか？」とマレーが訊いた。

ワッティーは復唱した。「〝弔問客、群衆、うろついている者はだれでも撮る。全員をカバーしろ。顔をはっきりと撮れ〟。五十回は言いました」

「準備させたほうがいい」とマッコイは言った。「ショーの始まりだ」

先頭の〈ダイムラー〉が礼拝堂の入口に停まった。神父がドアを開け、エレイン・スコビーが外に出てきた。オーダーメイドの黒いロングコートに帽子、その上からベールをかぶっている姿はまさに喪主そのものだった。黒く輝くハイヒールがどこか悲しげな色気を添えていた。群衆がふたつに分かれて彼女を通した。男性は帽子を取り、女性はうつむいて弔意を表わした。

彼女は入口で立ち止まると、いっとき群衆を振り返った。カメラのフラッシュがたかれた。ベールを下ろして完璧に化粧をした顔を覆うと、礼拝堂に入っていった。感心せざるをえなかった。去り際だけじゃなく、鮮やかに登場するすべも心得ていた。

彼らはリムジンが徐々に空《から》になっていくのを見ていた。親戚、友人、ギャングたち。

「おまえのガールフレンドも来たようだ」とマッコイは言った。メアリーが先頭から二台目のリムジンから降りてきた。黒い毛皮のコートに帽子といういでたちで、今日ばかりはかなりまともに見えた。芝居がかった化粧だけが、彼女の真剣な態度をわずかに損なっていた。

「おもしろいな」とワッティーは言った。「ところで、彼女から逃げといたほうがいいぞ。特ダネで貸しがあるって言ってたから」

「くそっ、忘れてた」

カメラマンの大群が一台の車に駆け寄った。フランキー・ヴォーン（英国の歌手、俳優）が車から出てくると、フラッシュがたかれた。豊かな髪をしており、笑って歯を見せ、細身の黒いスーツを着ていた。真の悪党たちは新聞に顔が出ないよう、目立たなくしていた。彼らは後方に集まり、全員が〈クロンビー〉のコートにハンチングという姿で、うつむいていた。ひとりを除いては。

二十年間ずっとジーンズ姿だったスティーヴィー・クーパーのスーツ姿を見るのは、この数日で二回目だった。おまけに新品だ。濃紺のスーツに黒のネクタイ、雪のように白いシャツ。自分がここにいることを確実に知らしめるように背筋を伸ばして立っており、その横にはビリー・ウィアーがいた。傷をいくつか負わせたところで彼を止めることはできなかった。スコビーの玉座を狙う競争相手に、自分がまだそのゲームに参加していることを知らしめるためにここに来たのだ。

「コナリーが顔を出すと本気で考えてるんですか？」とマッコイは訊いた。「だとしたら、やつは相当頭がいかれてるに違いない」

マレーは肩をすくめた。「知るか。やってみる価値はある。墓地までの道に何人か配置した、教会のなかにもふたりほどいる。あとで〈マロン〉にも何人かやる必要がある」

「じゃあ、このあとはそこでひと騒ぎあるってわけですか？〈マロン〉？なんで〈フェラーリ〉じゃないんですか？」

「スコビーはこのあたりで育った。だからだろう。昔のよしみってやつだ」

「墓地までの道を歩いてみます。連中が教会にいるあいだに」とマッコイは言った。

「勝手にしろ」とマレーは言った。「コナリーの気配を少しでも感じたら連絡するんだぞ。わかったな？」

マッコイはうなずいた。「心配いりません」彼は渡されたトランシーバーを掲げてみせた。どうやって使うのかわからなかったが歩きだした。

ランブヒル墓地は坂道を十分ほど上ったところにあった。街の端に位置し、畑とその先にはキャンプシー・フェルズが見えた。北から吹いてくる風が冷たく、雪を運んできて、マッコイを体の芯から冷やした。入口の大きな石造りのアーチをくぐると、制服警官が左のほうを指さしてくれた。どこか見覚えのあるその男にマッコイはうなずいた。

白い野原に黒い墓穴が見えるまで、そう歩く必要はなかった。ドンキージャケットにウールのマフラーをした墓掘人が防水シートに覆われた土の山――やがて元あった場所に戻されるのだろう――のそばに立っていた。マッコイは墓のあいだを歩き、ようやく後ろに隠れることのできる大きな墓石のようなものを見つけた。サミュエル・スネドン――一八五六‐一九一二――の頌徳文《しょうとく》に寄りかかると、煙草に火をつけ、脇腹の痛みを忘れようとした。

周囲を見まわすと、墓が並んでいるだけで、あとは風に煽《あお》られている木がわずかにあるだけだった。コナリーのことだから、ここにいるとしてもマッコイに見つかるようなことはないだろう。マレーは、坂道に警官を配置していることと、アンディの撮る写真に希望を託しているようだった。上層部からのプレッシャーが激しくなっているのだろう。明日も新聞はこの事件のことで持ちきりだろうし、葬儀がさらに話題を盛り上げることになるはずだ。太ったカモメが近くの墓に止まり、マッコイに向かって鳴いた。もう一度周囲を見まわした。コナリーの居場所はどこにもなかった。少なくとも、彼に見える範囲では。

最初にエンジンの音を聞いたのは墓掘人たちだった。彼らは顔を上げた。リムジンや車の列が墓地に向かってゆっくりと坂を上ってきた。マッコイは煙草の火を消すと、墓地の門に向かって歩きだした。埋葬が行なわれているあいだに〈マロン〉を見ておこうと思った。ウィスキーを一、二杯飲めば体の芯も温かくなるだろう。

最初のリムジンが近づいてくると、彼は道路から少し下がって立ち、帽子を脱いだ。エレインがマッコイの側《がわ》の座席に坐っていて、ウインドウの外に眼をやった。彼女は車が近づくとサングラスをはずした。気がつくとマッコイは頭を下げ、十字を切っていた。無意識のうちに。顔を上げると、彼女が見返してきた。間違いない。唇に半笑いを浮かべている。昨晩、マッコイに何があったのか知っているのだろうか？　彼女がそうさせるようにコナリーに頼んだのだろうか？

残りの車が続いた。車が通り過ぎるときにメアリーが中指を立て、口元で「あんたはもう死んでるわ、マッコイ」と言ったのを見て思わず笑ってしまった。

あいかわらず勇ましい。

〈マロン〉は教会からすぐのところにあった。奇妙な外観の建物だった。正面の丸い塔の壁には白い小石が打ち込まれており、まるで小さな灯台のようだ。その背後に赤煉瓦の建物があり、バーやラウンジ、多目的ルームを備えていた。結婚式や葬式によく利用され、通常の夜の営業でもにぎわっていた。金曜日や土曜日の夜には、歌を歌ったり、冗談を言い合ったりする客で混み合っていた。

彼は大きな正面ドアを引き開け、なかに入った。すぐに熱気とソーセージロールや卵サンドイッチのにおいが押し寄せてきた。ビュッフェの料理が、ウェイトレスの制服を着たふたりの若い女性によって並べられていた。サンドイッチ、パイ、ケーキなどがバーの隣の大きなテーブルの上に置かれていた。

「驚いた、ずいぶんと久しぶりだな」マッコイがバーに近づいていくとバーテンダーが声をかけた。「煉瓦の壁と喧嘩でもしたのか？」

「似たようなもんだよ、ボブシー、元気だったか？」とマッコイは言った。

「あいかわらずだ。ビール飲むか？」と彼は言い、ポンプのほうに移動しようとした。

「今日はビールはやめとく」とマッコイは言い、ずぶ濡れのコートを脱ぎ、スカーフをはずし、椅子の背もたれに掛けた。「凍えそうだし、小便がしたいんだ。〈ベルズ〉をダブルで。トイレはどこだっけ？」

ボブシーは隅にあるドアを指さすと、酒量分配器のほうに向かった。「ちゃんと払ってもらうからな、わかってるな！」

「あい、おまえの夢のなかでな」とマッコイは言い、微笑みながらトイレのドアを押し開けた。立ち止まる。笑みが凍りついた。「くそっ」とつぶやいた。「なんだこれは……」


マレー、マッコイ、トムソンの三人はそこに立ちつくしていた。ただ見ているものをすべて受け入れようとしていた。

男性用トイレの床は血でぬるぬるしており、小便器までも血まみれだった。どこもかしこも。洗面台の上の長い鏡は割られ、半分は床に落ち、半分は長い破片となって壁にしがみつくように貼りついていた。鏡のあったところに黒いスプレーでメッセージが書かれていた。

約束した。今がそのときだ

マッコイはポケットからハンカチを取り出して口を覆った。血のにおいに気分が悪くなった。「あのクソ野郎はここにやってきてすぐに出ていったんだろう。スタッフは二十分前に掃除をしている」

ワッティーが男性用トイレのドアを開け、なかに入ってくると、すぐに咳き込んだ。

「まったく、冗談だろ?」と彼は言い、床に唾を吐いた。「口のなかまで血の味がする」

「みんなは墓地で待たせてるのか?」とマレーは訊いた。

「あい。不満そうでしたが。三人の可哀そうな制服警官がアーチの下に並んで彼らを止めています。そろそろ怒りだしていて、何が起きてるのか知りたがっています。おれたちがただ騒いでるだけなんじゃないかと言って」

「移動させないと、ボス」とマッコイは言った。「ここでお別れの会をさせるわけにはいきません。あの頭のおかしいクソ野郎がこのあたりのどこかで待ち伏せているかもしれない。危険すぎる」

マレーはパイプで歯を叩いていた。「連中になんと言えばいいんだ?」

「ガス漏れ？　水道管が凍結したとか？」マッコイが言った。

ワッティーがまた咳き込みながら手を上げた。「すみません、においに喉が詰まった。この先の〈イン〉と話したら、ここと同じ大きさの多目的ルームがあるそうで、引き受けてくれるそうです。サンドイッチやらなんやらを運べばいい。パブはパブですから」

「いいだろう」とマレーは言った。「水道管が破裂したと言って、そこに移動させてくれ。すぐに行ったほうがいい」

ワッティーはうなずき、ドアのほうに向かい、新鮮な空気を吸おうとした。

「やつはこのあたりのどこかにいると思いますか？」

マレーは肩をすくめた。「すぐにわかる。ここに来た警官の半分が、このビルのまわりを捜索している」どこか落胆した様子で言った。「が、もういないだろう」彼は混乱した店内の様子を顎で示した。「やつは目的を達成した」

「目的はなんですか？」とマッコイは訊いた。

「わからんよ。警告？　やつが何をしたにせよ、あるいは何をしているにせよ、終わりが近づいている」

「結局のところ、エレインが殺人事件に関与していると考えてるんですか？　フィアンセと父親を始末する見返りに何かを約束したとか？」

「そうは思っていなかった。が、今はわからない。彼女はそんなふうに人を操るのか？ そこまで冷血なのか？」

「もし彼女が男だったら、そんな質問はしないのでは？ 彼女が組織を乗っ取るためにやったと思うはずだ」

「たぶん、おまえの言うとおりだろう。おれたちはみんな、彼女の女性としての魅力に騙されて、ほんとうの彼女が見えていないのかもしれない」

「『デイリー・レコード』のメアリーは、彼女に付き合っている男がいると確信していた。ボーイフレンドです」

「コナリーか？」とマレーは訊いた。

マッコイは肩をすくめた。「かもしれない。筋は通っている。もしかしたら、彼女が取引を反故《ほご》にしようとして、彼がそれを受け入れようとしていないのかもしれない」マッコイはスプレーで書かれたメッセージを顎で示した。「説明はつく。もし彼女が――」

ドアが大きく開いて壁に激しく当たり、彼らは振り向いた。

「ここにいると聞いた。いったいどういうつもりだ――」

アーチー・ロマックスは立ち止まり、口を大きく開けたまま、血と壁のメッセージを見つめた。あとずさった。顔から血の気が引いていた。

「なぜ彼が入ってくるんだ?」マレーがトムソンを見て言った。

「わかりません。きっとドアが——」

最後まで言うことはできなかった。

「さっさと行って、たしかめてこい!」

トムソンは呆然としているロマックスを押しのけて出ていった。

「これはなんだ?」とロマックスは言った。「いったい何が起きてるんだ?」

「コナリーだ」とマッコイは言った。

「何かおれたちに言っておくことはあるか、ミスター・ロマックス?」とマレーは訊いた。

「わたしが? 何について?」彼は早口でそう言った。

「あんたの元依頼人のことで」

「エレイン? 彼女がこれとなんの関係があると言うんだ?」

「おそらく、いろいろと。彼女が起きていることとほんとうに関係がないと信じてるのか? ボーイフレンドはいなくなった。父親もいなくなった。あんたもいなくなった。彼女は突然大金持ちになった。帝国の経営を受け継いだ裕福な若い女性だ」

ロマックスはタイル張りの壁にもたれかかり、手を上げて床の上に吐いた。「すまない」と彼はつぶやくように言い、イニシャルの刺繡《ししゅう》されたハンカチで口元を拭いた。「においがひどくて」彼はそのハンカチを洗面台の隣のごみ箱に捨てた。吐き終わると完全に弁護士モードに戻った。

「きみたちがほのめかそうとしてることはナンセンスだ。エレインがあの頭のおかしい男と共謀して、父親とフィアンセを殺すなんてありえない。そんな考えはばかげている」

「そうなのか？」とマレーは言った。「たしかか？　彼女はまばたきひとつせずに、あんたをお払い箱にした。彼女はあんたが思ってるようないい子ちゃんなのか？」

ロマックスはふたりを見た。そのことについて考えていた。おそらく疑い始めていた。が、それも一瞬だった。

「ナンセンスだ」と彼は言った。「わたしを解雇するという浅はかな決定を下したからといって、彼女が殺人の共犯ということにはならない。別の警官が〈イン〉に移動するとか言っていたが？　わたしからみんなに言おうか？」

マッコイがうなずき、ロマックスは出ていこうとした。

「ミスター・ロマックス」とマレーが言った。ロマックスは振り返った。「もし、あんたが正しいとして、そしてそうであることを望んでいるが、ひとつだけしてほしいことがある。頼むから、彼女を保護拘置にしてくれ。コナリーとの関係がどうであれ、もう破綻していると思う。彼は制御できなくなっている。もうあと戻りできなくなっている。彼女から進み出てきてくれなければ保護することはできない。あんたもわかってるし、おれもわかっている。このあたりでおれたちを助けてくれ」

ロマックスはうなずき、自分の嘔吐物をまたぐと出ていった。

「二十八名の警察官が残業して働いている。セントラル署の半分の警官とランブヒル署の連中が出動したというのに、すべて時間の無駄だった、違うか？」

「おいおい、マレー。ほかに何ができたっていうんだ？」とマッコイは訊いた。

「あのクソ野郎を捕まえることができたはずだ。それがおれにできることだ。自分のやるべき仕事をする」彼はコートのボタンを留めた。「行こう、新鮮な空気が吸いたい」

ふたりは外の歩道の上に立っていた。雪はやもうとしていた。マッコイは喉の奥にまだ血の味がしていた。雪に唾を吐くと、煙草に火をつけた。マレーは隣に立って、バルモア・ロードの街灯のまわりに最後の雪が漂っているのを見ていた。マッコイはバーテンダーのボブシーから渡されたウィスキーをマレーに渡した。マレーはそれを受け取るとひと口飲んだ。

「明日にはこの事件からはずされるだろう」とマレーは言った。「ロジアン署から新しい血を入れるそうだ。やつはすでに警官を含む四人を殺している。おそらくもっと殺すつもりでいるだろう。もうこれ以上は無理だ」

「何を言ってるんですか?」とマッコイは訊いた。「あんたほどグラスゴーを知っている人間はいないし、だれよりもやつのことを知っている——」

「あい、だがやつを見つけられないでいる、そうだろ? ひとりの男を。グラスゴーを逃げまわっている、ひとりの頭のおかしい男を世界じゅうのあらゆる時間と資源を使っても捕まえられないでいる」

「捕まえます、必ず」

マレーは半笑いを浮かべた。「たしかか?」

「もちろんです。さあ、行ってパーティーの様子を見ましょう」


〈イン〉は近代的な低層の建物で、ドアの上にいかした現代的な大きなオレンジ色のプラスチックの看板があった。問題は、この店がいかしてもいなければ現代的ともほど遠いことだった。そこは酒飲みのためのパブで、社交のためではなく、ただ孤独を忘れることを求めて人々がやってくる場所だった。エレイン・スコビーが父親を送るのにふさわしい場所ではないだろう。マレーとマッコイはバーでドリンクをもらい、自分たちに向けられている怒りのまなざしを無視して、多目的ルームの出入りに眼を光らせていた。しだいに客も少なくなっていき、長っ尻の客だけが残っていた。

マッコイがふたたびバーに向かおうとしたとき、ビリー・ウィアーがトイレを探しに現われた。彼はマッコイを見ると、バーの反対側のほうを顎で示した。

マッコイはマレーがトイレに行くのを待ってから、彼のほうに向かった。「まだいたのか、ビリー？」

ビリーはうなずいたが、あまりうれしそうではなかった。「言っておくが、おれの考えじゃない。残りたがっているのはクーパーだ」

「スティーヴィーが？　なんであいつはそんなにここにいたがるんだ？」

「自分がまだゲームに参加していることをみんなに知らせたいだけだと思う。スコビーの手下どもをずっとにらんでいる。おれはあいつを早く連れて帰ろうとしてる。あの酒の量じゃ、面倒なことになりそうだ」ふいに彼は何かを思いついた。「行って、話してみてくれないか？」

「おれが？」

「あい、頼むよ、ミスター・マッコイ。あんなふうになったときの彼とうまくやれるのはあんただけだ」

マッコイはトイレをちらっと見た。「ちょっとだけだぞ」

多目的ルームは長い部屋でその端にステージがあった。汚れた赤い絨毯《じゅうたん》、二列に並べられた椅子とテーブル、クリスマス飾りの残骸が天井からぶら下がっていた。残った客たちは、男たちがシャツの袖をまくり上げ、ビールのグラスを手にそれぞれ異なるテーブルに散り散りになっている一方で、女たちは黒いドレスを着て、シェリーのグラスを手に煙草を吸っていた。スピーカーからは物悲しいアイルランドのバラードが流れていた。

クーパーはバーに背を向け、ビールを手にして立っていた。ネクタイははずし、上着を脱いでいて、傷の縫い痕からにじみ出た血でシャツが赤く染まっていた。酔っぱらっているようだった。いつもトラブルの種になるような、よくない酔い方だ。ビリーの言うとおりだった。彼の視線は、スコビーの手下が坐っている隅のテーブルに向けられていた。マッコイはそんな彼をそこから連れ出したいとは思わなかった。少しも。それでもやってみなければならなかった。銃を持った強面《こわもて》の男たちがいっぱいの部屋のなかで、争いが起きるよりはよっぽどましだった。

マッコイがクーパーのところに行こうとしたとき、突然、メアリーが眼の前に現われ、道をふさいだ。彼女は彼の胸を突いた。「ちょっと、この嘘つきが、いったいどうなってるのよ。マレーの許可を取るって言ってたでしょうが、このクソ野郎」

「メアリー、会えてうれしいよ。ワッティーを探してるのか？」

「おもしろいわ、マッコイ。少なくともまったくのばかじゃない警官をひとり見つけることができたわ」

「そうなのか？　早とちりしないほうがいいぞ。あいつが結婚してるって言わなかったっけ？」

彼女は動きを止めた。「なんですって？」

マッコイはニヤリと笑った。「おいおい、ユーモアのセンスはどこにいったんだ、メアリー？」

「今からわたしのブーツに蹴られるところにあるわ。あんたのケツの穴よ。このろくでなし、わたしを騙した埋め合わせにあの幹部警察官の死についてあんたの知ってることを教えなさい。いい？」

マレーが戻ってきた。「ミス・ウェブスター」

メアリーが彼に微笑んだ。天使のように。「こんばんは、マレー警部」マッコイに向きなおると、もう一度彼を突いた。「動くんじゃないわよ。まだ終わってないんだから。お嬢さまが大丈夫かどうか、トイレに見に行ってくる。ずいぶん長くいるから、クソ排水口に落ちちゃったんじゃないかしら」

マッコイはうなずき、敬礼をした。メアリーは小声で「やなやつ」とささやきながらトイレに向かった。

「おもしろい女性だ」とマレーは言った。

「そのことばに尽きます」とマッコイは言った。「もう一杯いかがですか？」

マレーはうなずいた。「もちろんだ」

マッコイはバーカウンターまでたどり着けなかった。自分の名前を叫ぶ声に止められた。振り向いた。それはトイレのドアの向こうから聞こえているようだった。彼は進み、ドアを開けた。

メアリーが取り乱した様子でそこに立っていた。

「どうした？　何があった？」

「彼女がいないの」とメアリーは言った。「いなくなってしまった」

29

マレーは女性用トイレの天井を見上げていた。大きな白い石膏ボードのタイルがふたつなくなり、六十センチほどの穴が開いていた。

「クソが！」彼は叫んだ。トイレのドアを蹴ると、ドアが後ろに大きく開いて壁にぶつかった。「隣の部屋にいたんだぞ！　六メートル先にいたのに、やつは入ってきて彼女を連れ去りやがった！」

「ボス、おれたちには――」

「防げなかったと言うのか？　クソ役立たずだったと？　くそったれ！」彼はマッコイのほうを向いて言った。「まだこの事件の担当をクビになっていなかったとしても、これでもう確実だ。それにわかってるか？　上が何を言おうともう言いわけできん。とんでもない大失態だ」

「外を捜索中です――」

「馬が逃げたあとに、納屋の扉を閉めるようなもんだ、違うか？」

マッコイは何か言おうとしたが、やめたほうがいいと思い、ただ嵐が去るのを待つことにした。

「上にどう説明しろというんだ？」

マッコイは何も言わなかった。言っても意味がなかった。マレーの言うとおり、大失態だ。

「やつはずっと天井裏にいたのか？」とマレーは訊いた。

「そのようです」とマッコイは言った。「彼女がひとりで現われるまでそこにいて、降りて彼女をなんとか捕まえると、天井裏に彼女を連れて戻り、天窓から出て逃げ去った。彼女は小柄だった。四十五キロかそこらでしょう」

「あいつは何者なんだ？　クソ〝紅はこべ（バロネス・オルツィの小説に描かれる謎の集団）〟気取りか？」

マッコイはやっと顔を上げると言った。「いや。あそこに何時間も潜んでるなんて、充分頭のいかれたクソ野郎だ」

マレーは首を振った。「〈マロン〉でのあの血はこのためだったのか？　おれたちにあそこを捜索させておいて、彼女をここに来させるための」

マッコイはうなずいた。「そのようです。そしておれたちはそれにまんまとひっかかっちまった。使い古された手口に」

「あいつはどうやって屋根裏に戻ったんだ？」とマレーは訊いた。

マッコイは洗面台の列を指さした。「あそこに立ってよじ登ったんでしょう。難しいことじゃない」

「だが、抵抗する女性といっしょだとそう簡単じゃないだろう」とマレーは言った。

「彼女はあまり抵抗しなかったのかもしれない。いつもの〈マンドラックス〉のトリックを使うには時間が充分じゃなかったかもしれないが。ナイフか銃を持っていたんでしょう」

「可哀そうに」

「あるいはだれもいなくなるのを待って、彼女が天井を叩いて合図したのかもしれない」

「ほんとうにふたりが共謀してると思っているのか？」

「筋は通ります」

マレーはまた天井の穴を見上げた。「どうして彼女はただあとで会うんじゃだめだったんだ？」と彼は尋ねた。「なぜこんな面倒なことをする？」

「彼女もばかじゃない。彼女が関わってるにしても、だれにも知られたくないはずだ。みんなには自分が無力な被害者だと思わせておきたいんだ。彼女はコナリーを手玉に取っている。やつの同意がなければ――」

トイレのドアが勢いよく開いた。振り向くと、そこにスティーヴィー・クーパーが立っていた。ネクタイをはずし、体は揺れていて、顔は真っ赤だったが、真剣な表情だった。クソ真剣な。

「話がある」と彼は言って、マッコイを指さした。「今すぐにだ」

マレーは怒りを爆発させた。「ここは犯罪現場だ、クーパー！　捜査妨害で連行される前に、おれの視界から消えろ。聞こえたか？」

クーパーは身じろぎひとつしなかった。ただマッコイに眼を向けていた。「今すぐに

マッコイが手で制した。

だ」彼は繰り返した。

マレーが彼につかみかかろうとする前に、マッコイが手で制した。

「二分だけお願いします、ボス。そのほうが早い」

マッコイはマレーが何か言う前に、クーパーをドアから押し出した。クーパーはダンスフロアを横切って、裏口から駐車場に出た。そこに立ってマッコイが追いつくのを待った。

「おれをクビにするつもりか？」とマッコイはわめき散らした。「いったい何が起きてるのか教えてくれ」

「やつが彼女を連れ去った」とクーパーは言った。

「あい、だから今、捜索してるんだろうが」とマッコイは言った。「それがどうした？」

「あいつが殺す前に彼女を見つける必要がある」と彼は言った。「彼女を見つけるんだ」

マッコイは彼を見た。クーパーの眼に恐怖を見ることはあまりなかったが、今それを見ていた。そして気づいた。自分がいかに間違っていたかを。

「おまえなんだな？」と彼は言った。

クーパーはマッコイを見て、すべてが露見したことを悟った。

「彼女が電話でおしゃべりをしていたのも、めかしこんでいたのも――」

「彼女をさっさと見つけるんだ、マッコイ！」

「いつから始まったんだ？　彼女のフィアンセが自分のペニスを口に突っ込まれる前か、あとか？」

クーパーの動きがすばやすぎて、マッコイは反応することができなかった。気がつくと、彼は雪の上に仰向けになっていて、クーパーの膝が両肩に、両手が首にあった。クーパーは覆いかぶさるように彼に顔を近づけると、ことばを吐き出した。「彼女を見つけるんだ。いいな？」

マッコイは彼の息にビールと煙草のにおいを嗅ぎ取った。眼にはパニックが浮かんでいた。

「離せ」とマッコイは言った。

クーパーはつかんでいた手をゆるめ、立ち上がって去っていった。

マッコイは横になったまま、彼が去っていくのを見ていた。クーパーは駐車場を出ていき、待っていた車に乗り込んだ。運転席にはビリーがいた。マッコイは横たわったまま、なぜこれまで気づかなかったんだろうと思った。思い出していた。クーパーはスコビーが癌《がん》であることをどうやって知ったのだ？　コナリーが彼女に付きまとっていたことをどうして知っていたんだ？　みんな知っている、とクーパーは言っていた。そうだったのかもしれず、彼だけが知っていて、自分がそれに気づかなかったのかもしれない。三週間の休暇から復帰したときは、自分のことだけで頭がいっぱいだったのだ。

変化が起きる、とクーパーは言っていた。大きな変化が。冗談ではなかったのだ。スティーヴィー・クーパーとエレイン・スコビーがノースサイドを引き継ぐ。だがそのためには彼女は生き延びなければならなかった。

30

署は大混乱だった。あまりにも狭い空間にあまりにも多くの人間が詰め込まれていた。壁に沿って追加の机が置かれ、電話も増設されていた。マッコイは騒音と飛び交う命令のなかで、じっくりと考えることができなかった。イースタン署から来た応援要員もマッコイの気分を晴らしてはくれなかった。彼らはみんな窮地から救い出すためにやってきた騎兵隊のように振る舞っていた。何が起きているかを考える平和な空間が必要だった。彼は椅子の背もたれからコートを取ると、ワッティーに煙草を買いに行くと言って、その場をあとにした。

〈エスキモー〉は嫌いだったが、一番近いパブだったのでそこに向かった。クーパーとエレインのことでまだ頭が働いていなかった。ビジネスの上での関係なのか、ほんとうに付き合っていたのかわからなかった。いずれにせよ、ふたりにとっては意味があった。ふたりが組めば最強だった。彼女には父親の金と影響力があり、クーパーにはスプリングバーンの手下たちという、だれに挑戦するにせよ、充分な戦力があった。スコビーの手下たちがクーパーに警告しようとしたのも不思議ではない。何が起きているのかを察知して、手遅れになる前に阻止しようとしたに違いない。

彼は〈エスキモー〉の扉を押し開けると、暖かく、煙草の煙の立ち込める店内に入った。ビールを注文すると、小さなテーブルに坐り、煙草と赤い手帳を取り出した。ペンを忘れたことに気づいて毒づいた。

コナリーはエレインをどこに連れていくだろう？　もし彼がエレインとクーパーの関係を知ったら、彼女は窮地に陥るだろう。いくら彼女が、コナリーが自分を傷つけないと信じていたとしても。コナリーにしてみれば、彼女のためにボーイフレンドをひとり殺したのに、自分ではない男のもとに彼女が去ってしまったとしたら、おもしろく思わないだろう。彼には邪魔されない静かな場所が必要なのだ。ただペットのように彼女を飼うつもりなのかもしれない。自分以外のだれにも近づけない場所に彼女を遠ざけておく。彼が何をしようとしているにせよ、エレインにとってはよい兆候とはいえなかった。

マッコイはビールをひと口飲むと、手帳を開いてぱらぱらとめくった。そこにあるのは名前と日時のリストだけで、特にインスピレーションは湧いてこなかった。ドクター・エイブラハムスの小冊子が銅を打ち出したテーブルの上に落ち、その隅がビールでできた水たまりのなかにはまった。持ち上げると、コートで拭き、ジョーイの財布のなかにあったアンクル・ケニーの写真といっしょに手帳に戻した。

パブの扉が開いた。冷たい空気が入ってくるのを感じて、顔を上げた。メアリーが彼のほうに向かって歩いてきた。まだ喪服を着ている。

「ワッティーがここにいるかもしれないと言ったの」彼女はそう言うと坐った。まわりを見た。「ごみためみたいなところだって知っとくべきだったわね」

反論はできなかった。そこにいたのはその夜のビールの最後の一杯を飲んでいる三人の老人と、深刻そうな会話を自分自身としている中年の女性だけだった。

「いいか、メアリー」と彼は言った。「もしこれが独占記事についてだったり、バージェスに起きたことについてだったりなら、別の機会にしてくれないか？」

「違う。運がいいわ、あんた。エレインのことよ」

彼は彼女にはジン・トニックを、自分にはビールをもう一杯注文して持ってくると、テーブルに着いた。

「前からだれなのか知ってたのか？」

彼女はひと口飲むと、首を振った。「最初はわからなかった。ある晩、彼がエレインを送ってきたのを見た。彼のことをどこかで見たことがあると思った。新聞社で写真のファイルを調べたら、そこに彼がいた。グラスゴーの不良たちの新星。スティーヴン・パトリック・クーパーその人よ」

「いつ始まったんだ？」とマッコイは訊いた。

「よくわからない。チャーリーが殺される前だと思う。そう考えるはっきりとした理由はないんだけど、彼女の話しぶりからそう思うことがあった。チャーリーが死ぬ前、ふたりの仲は熱々っていうわけじゃないみたいだったから」彼女はマッコイを見た。「彼のこと知ってるんでしょ？　スティーヴィー・クーパーのこと？」

マッコイはうなずいた。

「どんな男？」

「クーパー？　訊く相手を間違っているぞ。おれは子供の頃からあいつのことを知っている」

「待ってよ、それならあなたこそが訊くのがふさわしい人物ってことじゃないの？」

彼は首を振った。「おれは多くの人が見ない彼の側面を見ている。あいつはみんなが思ってるよりも頭が切れるが、同時に危険でもある。人にノーと言わせない。野心家だ」

「彼女のビジネスを手伝うのに理想的な人物のようね」彼女は微笑んだ。「むしろそれ以上ね」

「ふたりは付き合っていたと思うか？」

彼女は肩をすくめた。「エレインのような女性にとって、それはなんとも言えないわ。彼女は自分がどう見えるか、どれだけセクシーに見えるかといったイメージのことで頭がいっぱいで、ビジネスと恋愛を簡単に切り離せるタイプではないと思う。彼女にとっては同じコインの表裏なのよ。どちらも自分のほしいものを手に入れるためのもの」

彼女は一瞬ためらってから言った。「彼女は死んだと思う？」

マッコイはなんと言えばいいかわからなかった。「おそらくは。きみもコナリーがどんな男か知ってるだろ？」

「あい、彼がほかの男たちに何をしたかは知ってるわ」彼女はテーブルを見下ろすと、グラスを動かした。「ああ、彼女はほんとうにイライラさせられる娘《こ》だけど、だからといってだれもそんな運命を望んだりはしない」

中年女性は自分自身との会話を終えると扉のほうに向かった。彼女はふたりのテーブルで立ち止まり、イシスの娘たちが彼らのあいだを歩きまわっているとふたりに告げた。メアリーが彼女たちには気をつけると言うと、満足したようで、微笑みながら去っていった。

「きみは彼女がコナリーをそそのかして彼らを殺したと思ってるのか？」とマッコイは訊いた。

メアリーは少し考えた。「わからない。ほんとうにわからないの。彼女は父親のことでかなり参っているようにも見えたけど……」肩をすくめた。「エレインについては何もはっきりとしたことは言えない。彼女は冷たい女よ」

「コナリーに汚れ仕事をさせておいて、約束を守らないほど冷酷か？」

「わからない。そうね。そうかもしれない」

「彼女はコナリーについて何か役に立ちそうなことを言ってなかったか？　彼の居場所に心当たりはないか？」

「今、考えていたところよ。彼のことはあまり話さなかった。昔は違ったと言っていた。最近になって薬をやめたみたいだと」

「どんな薬だ？」とマッコイは訊いた。

「わからない。彼女は言ってなかった。頭をまともにする薬だと思う。それをやめたときから、彼女に付きまとうようになったって言ってた」

「チャーリー・ジャクソンが殺されたあと、その点についてはすべて調べた。彼はどの医者にも通っていなかった」

「そうなの？　それはおかしいわね。だったら薬はどこで手に入れていたのかしら？」

マッコイは椅子の背にもたれかかった。手帳を開き、〝医者を再調査〟と書き込もうとしたとき、それがまた落ちた。

メアリーが体をかがめて拾うと、表紙を見た。「どこでこんなクソを手に入れたの？」

マッコイは小冊子を彼女から取ると、ビールの残りを飲み干し、彼女の頭にキスをしてから、扉に向かった。

「マッコイ！」彼女は彼を追うように叫んだ。「ちょっと、どこに行くのよ？」

光がはじける前にどうしたらいいかは知っている

そして絆をもっともっと深めるんだ

エ　レ　イ　ン　と　の

一九七三年二月十九日

31

「バーリニー刑務所を出たあとは、コナリーには一度も会っていないのか？」とマレーが尋ねた。

彼らは取調室にいた。狭くて暑く、むっとするような煙草のにおいと洗濯していない衣類のにおいがした。彼がいつものように看板を持って出かける前に、制服警官を数名やってここに連れてきたのだった。彼は署に来たがらなかったし、来なければならない理由もわかっていなかった。彼は医師資格を剝奪《はくだつ》され、ほとんど頭がおかしいと見られていたが、それでも精神科医であり、博学な専門家だったので、無礼な扱いを受けることには慣れていなかった。

エイブラハムスは首を振り、人生で最も退屈な朝に耐えているような表情をした。「もうあんたの同僚にすべて話した。どうしてここに連れてこられて、また説明しなきゃならないのかまったく理解できない」

「彼に薬を処方したことはないのか？」とマッコイが訊いた。

エイブラハムスはため息をついた。「どうやって？　ご丁寧に何度も思い出させてくれるようだが、わたしはもう医師じゃない。あんただってわかってるはずだ。わたしがもう薬を処方することはできないってことを」

「なあ、エイブラハムス」とマッコイは言い、体を乗り出した。「おまえがまだ処方箋の用紙を持っていることや、製薬会社からもらったサンプルのほかにも、資格を剝奪されると知ったときに買いだめしておいた薬を持ってることはわかってるんだぞ」

エイブラハムスは弱々しく微笑んだ。「警官にしてはなんとも豊かな想像力をお持ちのようだ」彼は椅子の背にもたれかかると、嫌悪と好奇心の入り混じった眼で取調室を見まわしてから、腕時計を見た。「ほかに何かあるかね？」

「コナリーが今どこにいるか心当たりは？」とマッコイは訊いた。

「ないね」

「彼は若い女性を誘拐した」

エイブラハムスは突然警戒した表情になった。そこには練習を積んできた見せかけの倦怠感はもうなかった。「ああ、そうなのか。それは気の毒に。とても気の毒だ」

「どういう意味だ?」とマレーが訊いた。「もちろんクソ気の毒だとも!」

エイブラハムスは小さな丸眼鏡をはずし、セーターで拭き始めた。突然年老いて、壊れそうに見えた。「うまくないな。おそらく彼は最終段階に入ったということだろう」

彼は眼鏡を戻し、ふたりを見た。「精神病質者《サイコパス》にも自衛本能がある。彼らは自分のしていることを続けたいと思う。彼がその女性を誘拐したのだとしたら、もう自分の運命についてあまり関心がない可能性が高い。もちろんその女性の運命についても」

「やつはその女性を殺すと言うのか?」とマッコイは訊いた。

「誘拐されたのはいつだ?」とエイブラハムスは尋ねた。

マッコイはマレーに眼をやった。

彼は肩をすくめた。秘密にしておいても意味はなかった。「昨日の午後だ」

エイブラハムスはため息をついた。「だとすると、もう手遅れかもしれない」

ふたりは彼を解放した。拘束しておく理由も、彼が真実を話していないと考える理由もなかった。マッコイは自分たちが藁《わら》にもすがろうとしているとわかっていたが、ほかにすることも思いつかなかった。マレーは進捗報告をするために警察本部のあるピット・ストリートに行くことになっていて、あまり機嫌がよくなかった。当然だろう。いったい何を報告するというのだ？　最後に報告したときから、なんの進展もなく、その上エレイン・スコビーが行方不明になっているのだ。

マッコイは刑事部屋に戻ると、自分のデスクに坐り、無力感を覚えた。スタッフの増員、電話回線の増設、戸別の訊き込み、テレビやラジオでの警告。それらをしたところで、彼には次に何が起きるかよくわかっていた。すぐに――おそらくは明日――、だれかが九九九に電話をしてきて、死体を発見したと告げるだろう。サイレンを鳴らし、ライトを点滅させて、そこに駆けつけ、すでに知っていることを発見する。その死体がエレインだということを。

もし彼らがこのまま手をこまねいていたら、彼女は死んだも同然だ。コナリーを発見するために何をしているにせよ、うまくいっていなかった。マレーは結局責任を取らせられるかもしれない。彼が警察本部に呼ばれたほんとうの理由はそこにあるのかもしれない。言いたくなかったが、それこそがこの事件に必要なのかもしれなかった。新しい視点、新しいコネクションを持つ人物が。

顔を上げるとワッティーが眼の前に立っていた。

「何をばかみたいに宙を見つめてるんだ？」と彼は訊いた。

「考えてる」とマッコイは言った。

「あい、ハエでも捕まえようとしてるんだろ。ぼうっとしてると母親がよくそう言ったよ。エイブラハムスの事情聴取はうまくいったのか？　あのクソじじい、受付デスクにあの小冊子を置いていきやがった」

マッコイは首を振った。「時間の無駄だった。ここに坐ってるのも時間の無駄だ」彼は立ち上がった。「車をまわしてこい。これ以上ここに坐っていたら、頭がおかしくなっちまう」

「車？　なんで？　どこに行くんだ？」

「スプリングバーン。おまえに大物たちに会わせてやる頃合いだ」

ワッティーは頭を振りながら、車を探しに行った。

彼はメメル・ストリートにはいなかった。若い女性がいるだけだった。その女性は彼がビリーといっしょにどこかに行ったが、どこなのかは知らないと言い、マッコイに紅茶と覚醒剤《スピード》を勧めてきた。マッコイは誘惑されかかったが、ワッティーの不満そうな顔を見て思いとどまった。路地に出ると、車に向かった。

「次はどこだ？」とワッティーが訊いた。

「ビリー・チャンの店に行ってみよう」

ワッティーが立ち止まった。「〈チャイナ・シー〉？　マジで言ってんのか？　まるっきり引き返すことになるんだぞ？」

「ほかにやることがあるか、ワトソン刑事？」

「いいや」

「じゃあ、黙って言うとおりにしろ」

ふたりは歩いた。フラットの前のみすぼらしい芝生と壊れた柵をうっすらと雪が覆っていた。マッコイは乳母車の曲がった車輪をまたいだ。

「彼女が女性だということで何か違ってくると思うか？　やつは四人の男を殺した。拷問して胸に字を刻んでもいる。女性にそんなことをすると思うか？」

「わからない」とマッコイは言った。

ワッティーはポケットから車のキーを取り出した。「もしかしたらまだ生きているかもしれない。やつはただ彼女と話をして、自分が彼女にふさわしい男だと説得しようとしてるのかもしれない。彼女を傷つけるつもりはないのかも」

マッコイは両手に息を吹きかけた。「ワッティー、おまえもたまにはいいことを言うじゃないか。もしそうだとしたら、少なくとも彼の気が変わって、彼女を切り刻む前に発見する時間はあるということだ。いずれにしろあのクソ野郎を見つける必要がある。藁にもすがる思いで、なんでもやってみる必要がある。だからスティーヴィー・クーパーを探すんだ」

「彼はエレインと付き合っていたのか？　そういう見立てなのか？」〈ビバ〉の鍵を開けながらワッティーは訊いた。

「よくわからない。ビジネス上の関係だったのかもしれない。急いでドアを開けてくれ。凍えちまう！」

ワッティーはドアを開け、ふたりは車内に入った。暖かさは歩道に立っているのとあまり変わらなかった。

「いずれにしろ、クーパーは彼女と連絡を取り合っていたんだろう。彼女がコナリーについてクーパーに何か話したかもしれない。何か役に立つことを」

「マレーには言ってないんだよな？」とワッティーは言い、車をスタートさせた。

「そんなばかなことできるかよ。クーパーの名前を出すなんて、導火線に火をつけるようなもんだ。マレーはただわめき散らして、なんの役にも立たない。まず何かわかるかやってみて、マレーの心配はそのあと考えよう」

ふたりがホーソーン・ストリートに出たところで、マッコイは、クーパーの部下のひとりが湯気の上がっている紙の箱を持って、通りの向かいのパン屋から出てくるところを見つけた。ロッド・スチュワートを真似た髪型と革のジャケットに見覚えがあった。名前は思い出せなかった。一度クーパーの〈ゼファー〉で拾ってもらったことがあった。ジョン？ ジェイムス？

ワッティーに彼の横に車を停めさせ、ウインドウを下ろすと言った。「乗れよ、冷めちまうぞ。ジョンだったよな？」と彼は言った。

「ジェイミー」と男は言った。不安そうな表情だった。「大丈夫だ。おれは――」

「頼んでるわけじゃない。さあ、乗るんだ」

ジェイミーは渋々後部座席に乗り込んだ。紙の箱を隣に置いた。車内ににおいが充満した。

マッコイはシート越しに体を乗り出すと言った。「スコッチパイか？」

ジェイミーはうなずいた。

「で」マッコイは陽気に言った。「どこへ行くんだ？」

〈バイキング〉はメアリーヒル・ロードとラックヒル・ストリートの交差点にあった。ビルスランド・ドライブを通れば十分ほどの距離だった。マッコイは時折、ルームミラーでジェイミーを見た。

彼は下唇を噛んで心配そうにしていた。居場所を警官に教えたと聞いたときのクーパーの反応を考えているに違いなかった。よくないだろう、おそらく。

「そのパイは余分にないのか？」とワッティーが訊いた。

ジェイミーは箱のなかをごそごそと探ると、ひとつ取り出して渡した。「腹ペコなんだ」

ワッティーはパイにかぶりついた。熱い油が底から流れ出てシャツとネクタイに掛かり、彼は悪態をついた。「マジかよ！」

ジェイミーがパイを包んでいた紙を一枚渡すと、ワッティーは前を拭いたが、汚れがあちこちに広がっただけだった。

「ずいぶんたくさんあるんだな？」マッコイはルームミラー越しに眼を合わせて訊いた。

「二十個」とジェイミーは不機嫌そうに言った。「まあ、今は十九個だが」

「クーパーはよっぽど腹が減ってるんだな、あ？」

ジェイミーは何も言わなかった。ただ唇を噛みながら、ウインドウの外を見ていた。

32

彼らは〈バイキング〉の裏の駐車場に車を止めた。車はまばらだった。月曜日で、パブは閉まっていた。彼らは車を降りた。ジェイミーは箱を手に、途方に暮れたように立っていた。

「さあ、行くぞ」とマッコイは言った。

ジェイミーはうなずき、裏口のドアをノックした。ドアが開くとビリー・ウィアーが立っていた。不機嫌そうだった。

「どこに行ってたんだ？　みんな腹ペコなんだぞ。おまえ――」

マッコイが戸口の前に割って入ると、彼はさらに不機嫌になった。

「元気だったか、ビリー？　どうした？　ボスはなかか？」

マッコイは彼に答える間《ま》も与えず、パブに入った。

〈バイキング〉の多目的ルームには以前にも来たことがあった。だれかの退職パーティーか何かだった。そのときは照明で明るく照らされ、さらに風船やリボンで飾られ、テーブルの上に大きなケーキがあった。今日は違った。照明が落とされ、だれかが店の前を通り過ぎても営業していると思われないようにしていた。隅のジュークボックスから音楽が流れていたが、音量が小さくされていた。ローリング・ストーンズの《ブラウン・シュガー》がかすかに聞こえた。

二十人ほどの男たちが、三、四人ほどのグループになってテーブルに坐っていた。全員二十代前半だった。みな同じように見えた。革のコートにデニムのジャケット、日焼けしていない青白い肌、長髪を真ん中で分けて、煙草を手に険しい表情をしていた。兵隊だ。彼らはマッコイとワッティーをわざとらしい無関心さを装って見ていた。感情をまったく面《おもて》に出さず、ボスが考えを伝えるのを待っていた。何かが起きそうな、張り詰めた物騒な雰囲気だった。

スティーヴィー・クーパーが部屋の真ん中に立っていた。彼はジーンズと血のついた肌着姿で、手にはかみそりを持っていた。彼はマッコイがいつも恐れている目つきをしていた。どこか遠くを見つめているまなざしで、制御できない状態にあることを示していた。彼の前には椅子に縛りつけられた男がいた。裸で、頭を胸につけてうなだれていた。腕と胸は傷だらけで、傷から血が流れ出て、床に血だまりを作っていた。鼻は折れ、眼は腫れあがっていたが、マッコイにはその男がだれなのかわかった。葬式で見かけた、スコビーの側近のひとりだった。加重暴行で逮捕され、署でも何回か見たことがあった。名前も覚えていた。ジョージ・ヒューズだ。

マッコイはワッティーがクーパーの視線から逃れようと、自分の後ろにまわったのを気配で感じた。もしマッコイに分別があれば、すまなかった、また別の機会にと言って、で

きるだけ早くその場を去っていただろう。だが分別だけでいつもクーパーと渡り合っては
いけない。ときには彼と同じように怖いもの知らずでいなくてはならなかった。マッコイ
は自分の判断が正しいこと、そして今こそがまさにそのときであることを神に祈った。
光のなかに足を踏み入れると胸のなかの心臓の鼓動を感じた。平静を装った。
「マッコイ」クーパーが淡々とした口調で言った。
「自白する」とマッコイは言った。「そこにいるワッティーがおまえのパイをひとつ食っ
た。が、残りはそこにある」彼はジェイミーから箱を取った。「冷める前にみんなに配ろ
うか？」
クーパーは微笑んだ。「あい、そうしてくれ。おまえもたまには役に立つな。ビリー！
ビールを持ってこい」
緊張が解けた。マッコイはほっとした顔を見せないように努めた。ワッティーの顔にも
色が戻ってきた。マッコイはテーブルをまわって箱を差し出し、兵隊たちはパイを受け取
った。警官のデリバリーサービスは最低だとか、マッコイが最低のウェイターだとかジョ
ークを飛ばした。マッコイは彼らといっしょになって笑った。気にしなかった。彼らはし
ょせん使い捨て要員だ。来年の今頃になれば、彼らの半分はバーリニー刑務所にいるだろ
う。

ビリーが瓶ビールの入った木箱を持って現われ、全員に配り始めた。クーパーは二本つかむと、マッコイについてくるように仕草で示し、バーエリアに消えていった。

ワッティーは通り過ぎようとするマッコイの腕をつかみ、耳元でヒステリックに叫んだ。

「おれはどうすりゃいいんだよ」

「落ち着いて、ばかなことはしないようにしてろ。ビリーとサッカーの話か、紅茶の値段の話でもするんだ。ここで何が起きてるのかについてはいっさい質問するな。大丈夫か？」

ワッティーはうなずいた。が、まったく大丈夫そうには見えなかった。マッコイにできることは何もなく、いちかばちかやってみるしかなかった。彼はクーパーのあとを追って、ドアから出た。

クーパーは物陰に坐っていた。バーエリアの右奥のテーブルだった。彼が自分のブーツで向かいの椅子を押し出し、マッコイは坐った。クーパーは眼の前にビールを置いていた。今はよそよそしさはなく、いつもの状態に戻っているようだった。

「おまえは場を仕切るのがうまいな」と彼は言った。

「あれはジョージ・ヒューズか？」マッコイはそう訊くと、ビールに口をつけた。

クーパーはうなずいた。近くで見ると、クーパーの胸と腕、傷ついた拳《こぶし》、ボトルを持つ指先にも血がついているのがわかった。首にも血しぶきが掛かっていた。しばらくやっていたようだ。

「知りたかったことは教えてくれたか？」とマッコイは訊いた。

「最後には」クーパーはもうひと口飲んだ。「連中はいつもそうだ」

マッコイはため息をついた。「どうなるんだ？　またおまえから少しずつ小出しに訊き出さなきゃならないのか？」

クーパーは微笑んだ。何も言わなかった。

マッコイは立ち上がると、歩きだした。「よし、少しはスピードアップできるかやってみようじゃないか。スコビーがいなくなり、組織は大混乱、後継者も決まっていない。エレインがおまえに協力していようがいまいが、今が攻撃を仕掛ける絶好の時期だ」マッコイは多目的ルームのほうを顎で示した。「おまえとあそこにいる兵隊たちは、鉄の熱い、今夜のうちにやるつもりというわけだ。見たところ、ヒューズは必要なことを教えてくれたようだから、パイとビール、それから覚醒剤《スピード》を少しやったら、混乱を引き起こすために連中を送り込む。ここまではいいか？」

「だいたいのところは」

「よし。連中はスコビーの経営するパブやタクシーを襲い、残された幹部連中を叩きのめす。風向きが変わったことを連中が悟ったところで、おまえの仲間に加わるかどうか、一回かぎりのチャンスを与える。一方でおまえとビリーは敵の砦《とりで》を襲う。頂上決戦ってわけだ。そしてウォーラーを排除する。王は死んだ。王様万歳」

彼は坐ると、ビールを飲んだ。「そんなとこだろ？」

クーパーは頭を振り、微笑んだ。「さすがだな、マッコイ？　おまえは昔からクソがつくほど頭がよかった」

「すまんな。才能なんだ。おまえの世界征服の話は置いといて、おれがここに来たほんとうの目的について話そうじゃないか？」

「なんだ、それは？」

「エレイン」とマッコイは言った。「何か聞いてないか？　彼女から？　コナリーについて？」

クーパーは首を振った。ビール瓶のラベルを剥がし始めた。「何を聞くって言うんだ？　彼女は死んだ」

「そんなことわからないだろう」とマッコイは言った。

クーパーは顔を上げた。「いや、おれにはわかる。そしておまえにもわかってるはずだ」

マッコイは反論しようとした。コナリーは人質に取っているだけだ、彼は彼女を解放するかもしれない、彼が何かをする前に見つけ出す、と。だが言えなかった。クーパーと同じように彼にもわかっていた。エレイン・スコビーは死んでいるのだと。

「残念だな」マッコイは言った。

クーパーは肩をすくめた。「別にたいしたこっちゃない」

マッコイは彼とは長い付き合いだったので、嘘をついたときにはわかった。そしてクーパーがマッコイやほかの連中に、自分がエレインのことを気にしていないと思わせておきたいのなら、そうしておくことが一番だとわかっていた。だがマッコイは、〈イン〉でのクーパーの顔、「彼女を見つけるんだ」というシンプルな嘆願を覚えていた。彼はエレインのことを気にしているのだ。

「彼女とコナリーのことはどのくらい知ってた？」とマッコイは訊いた。

「充分に」クーパーは体を乗り出した。顔が影から現われた。「で、これはなんなんだ？警察の取調べか？」

「いや。彼女の死体を早く見つけるための質問をおれがおまえにしてるんだ。そうすればコナリーを捕まえてバーリニーに入れたあと、おまえが手配をして、なんでもすることができる。それでいいか？」

「それでも警察のクソ取調べのように聞こえるがな」クーパーは不平がましく言った。

「彼女はコナリーの件に関与していたのか？」とマッコイは訊いた。「コナリーと彼女がふたりで計画したのか？」

クーパーは首を振った。「最初は違った。チャーリー・ジャクソンの件は。あれは突然のことだった。すべてコナリーがやったことだ」

「だが、父親のときには彼女が関与していたんだな？」

クーパーは瓶からひと口飲んだ。「彼女がやつの耳元で何かをささやいたとだけ言っておこう。父親がいなくなればどんなに幸せかを理解させるために」

マッコイは頭を振った。「すばらしい。自分のボーイフレンドが殺されて最初に考えることが、同じ男を使って父親を殺す計画を立ててることとはな」

クーパーはその餌《えさ》には食いつかなかった。「彼女は頭がよかった。父親が死にかけていることを知っていた。そして自分が知っている以上、ほかのだれかも知ることになるとわかっていた。そのときにはもう手遅れだ。競争が激しくなる。自分のものを確実に手に入れるためにはすぐに行動に移さなければならなかった」

「どんな？　父親を殺すことでか？」とマッコイは訊いた。

「そういうもんだろ、マッコイ。おまえもおれもよくわかってるはずだ。選ばれるんじゃない。奪うんだ」

「じゃあ、コナリーはこの取引で何を得るつもりだったんだ?」とマッコイは訊いた。答えはよくわかっていた。

「彼女はやつにファックさせてやるつもりだったんだろう」クーパーは淡々とそう言った。

「あるいはやつがそう考えていた」

「おそらく今、彼女はそうしてるんだろうな」とマッコイは言った。

「そうは思わん。もしそうだとしても、彼女が自分で選んだことじゃない」そう言うとクーパーはドアに向かって叫んだ。「ビリー!」

しばらくすると、ビリーがドアから頭を突き出した。

「ビールをもう二本持ってきてくれ。それから煙草がおれのジャケットにある」

ビリーはうなずいた。「ところでヒューズが意識を取り戻して、泣きながらぐだぐだしゃべってる。どうする?」

クーパーはため息をつくと、立ち上がった。「待ってろ」そう言うと多目的ルームのほうに歩いていった。

マッコイはそこに坐ったまま、隣の部屋の様子を聴き取ろうとした。何も聞こえなかった。ただジュークボックスの低い音楽だけが聴こえた。金《かね》を入れたやつはストーンズのファンなのだろう。今は《ジャンピン・ジャック・フラッシュ》がかかっていた。しばらくしてクーパーが戻ってきた。両手にビールを持ち、口の端に煙草をくわえていた。ビールの一本をマッコイに渡した。

「ヒューズをどうしたんだ？」とマッコイは訊いた。

「警察の取調べじゃないと言ってなかったか？」クーパーは煙草のパッケージからセロハンをはずすと、それを使って机の上のスピードをふたつの線に分けた。

「おまえはどこでエレインとコナリーの関係に加わったんだ？」

「これじゃほんとうに取調べじゃねえか」とクーパーはそう言うと、スピードを鼻で吸った。鼻をこすると顔をしかめた。巻いた五ポンド紙幣をマッコイに差し出した。マッコイは首を振った。が、考えなおした。

「くそっ」マッコイはそう言うと五ポンド紙幣を取って、スピードのもう一本の線を吸った。

クーパーはまた鼻をこすり、何度か鼻を鳴らすと、ビールをもうひと口飲んだ。「計画では、コナリーが汚れ仕事をすませたあと、あいつを始末するはずだったが、うまくいかなかった。あのクソ野郎は彼女が考えていたよりも頭がおかしくなっていた。やつは消えた。自分の任務《ミッション》が完了するまで隠れていると言って」

「任務《ミッション》？」

「やつがそう言っていた。いつもナチスに関するクソみたいな本を読んでいた」

「スヴェン・ハッセル？」

クーパーはうなずいた。「彼女は彼にホテルで会うように言い、そこに代わりにおれが現われることになっていた。だがジェイク・スコビーを殺したあと、やつは二度と姿を現わさなかった。彼女とも連絡が取れなくなり、どこへともなく消えてしまった。次に彼女がやつを見たのは、やつにあのパブの屋根裏に引っ張り上げられたときだろう。そしてそのときにはやつはおれのこともすべて知っていた。ゲームは終わりだ」

「おまえに斬りかかってきたのもやつだったんだな、違うか？　スコビーの手下は関係なかった」

クーパーはほんとうに驚いたようだった。「賢いやつだな。ああ、そのとおりだ。やつがものすごい勢いでおれに襲いかかってきた。ビリーがハンマーで殴りかかったら逃げ出した。クソ助かったよ」

「やつはなんと言ってた？」

「何も」

「おいおい、クーパー。やつはおまえに何か言ったはずだ。だからおまえは彼女が死んでいると確信している。そうじゃないのか？」

クーパーはまたあの表情を浮かべ、彼女のことを気にしていないふりをした。「やつはおれにふたりは永遠にいっしょだと言った」彼は悲しげに微笑んだ。「そうなる方法はひとつしかないだろう、あ？」

「やつは自殺すると思ってるのか？」

「ああ」彼はそう言うと立ち上がった。「さて、マッコイ刑事、おまえのクソ取調べが終わったのなら、出ていってくれ。やることがあるんでな」

彼女がおれの手を握っている
彼女の眼がまた開いた
愛に満ちた眼でおれを見ている
おれはまた二錠砕いて、赤ワインに入れ、彼女のくちもとに持っていく
彼女がそれを飲む

かのじょがめをふたたびとじる
おれはかのじょのドレスをぬがす。ブラとタイツ　パンティーも
なんであれ、おれが
したことは　したことは
このしゅんかんのためにある
そのかちがある

33

「マレーに話すつもりなんだよな？」

「何を話すというんだ？」とマッコイは訊いた。

「本気で言ってんのか？」ワッティーは信じられないというように言った。

「ヒューズが半殺しの目に遭ってたんだぞ。クーパーとやつのチンピラどもがたくらんでることだよ！」彼はビルスランド・ドライブの信号で車を停め、マッコイを見た。「どうしておれがそんなことをしなきゃならない？」

信号が変わり、ワッティーが車を発進させた。マッコイは自分の煙草を探していた。コートのポケットにあるはずだ。覚醒剤《スピード》が効き始めていた。どうしても煙草が吸いたかった。見つけた。顔を上げると、ワッティーが車を止めようとしていることに気づいた。

「何をしている？」

ワッティーは車を止め、キーをイグニションから抜いた。〈ビバ〉はパチパチと音をたてながら止まった。「話がある」と彼は言い、マッコイのほうを向いた。

「どうした？」とマッコイは言い、煙草に火をつけた。「何があった？」

「何があったって！」ワッティーは叫んだ。「おれは何もしちゃいない！　あんたこそ何があった！　マレーに言うつもりはないだって！」

マッコイはため息をついた。「車を発進させろ。ラウンド・トールまで行ったら、ポッシル・ロードに入るんだ」

「どうして？」

「理由はふたつある。ひとつはおれがそう言ったからだ。そしてもうひとつはおまえに見せたいものがあるからだ。それでいいか？」

ワッティーはイグニションにキーを差し込んでまわすと、車を発進させた。数分後、ふたりはポッシル・ロードに入り、坂を上り始めた。

マッコイは指さした。「橋を渡ったところを右だ」

ワッティーはウインドウの外を覗き込んだ。「〈ザ・ウィスキー・ボンド〉？　そこに向かってるのか？」

「ああ」

ワッティーは大きな煉瓦造りのビルディングのそばまで進むと、壁の近くに車を止めた。灯りはついておらず、夜とあってすべてのオフィスが閉まっていた。マッコイを見て言った。「今度はなんなんだ？」

マッコイは車のドアを開けた。たちまち冷たい空気が吹き込んできた。「ついてこい」

ワッティーは悪態をつくと、マッコイの背中に向けて叫んだ。「凍えちまうよ！」返事はない。「マッコイ！」

マッコイは運河を見下ろす壁のそばに立ち、風のなかでなんとか煙草に火をつけた。運河は漆黒で、水面《みなも》が風に波立っていた。ワッティーが横に現われた。両手をポケットに深く入れ、首にはスカーフを巻いていた。

「で？」とワッティーは訊いた。「おれたちがここにいるのはおれの金玉を凍らせるためか？」

「はっきり言って、マレーに何を報告するというんだ？」

ワッティーは額《ひたい》から髪を押し上げると、苛立たしげな顔をした。「クーパーがあいつを痛めつけていたことだよ！ 連中が今夜騒ぎを起こすことだ！」

「見ろ」とマッコイは言い、運河の先の街を指さした。ここからなら街が一望できた。雨と霧のなか、街の灯りが輝いていた。シダー・ストリートの高層フラット、その先のパーク・チャーチ・タワー、ファーネル・ストリートに建築中の新しいフラット。その先には市の中心部がある。

「何週間か前、〈ワイパーズ〉だかどこかでした話のことを覚えているか？ ここが巨大な悪の街だと言ったときのことだ。そのことは忘れちまったか？」

「覚えてる、けど――」とワッティーは言った。

「けど、なんだ？ まだおれたちが、くそ《ディクソン・オブ・ドック・グリーン》（BBCの警察ドラマ）のように犯罪を解決するためにここにいると思ってるのか？」彼は眼の前に広がる街を指さして言った。「見るんだ！ この街には百万もの人々がいる！ 車輪はまわり続けなければならない。人生を続けていかなければならないんだ」

「どういう意味だ？」とワッティーは訊いた。困惑した様子だった。

「おれたち――おれ、おまえ、グラスゴーのすべての警察官――がここでほんとうにしていることは、被害を最小限に抑えることだ。今日の午後おれは言ったはずだ。大物たちに会わせてやる頃合いだと。連中と取引を始める頃合いだ。おれがいつもおまえの手を握っていっしょにいてやれるわけじゃない」

ワッティーは疑わしげな表情をしていた。

「なんだ？　おれを信じられないのか？」

「いや、あの男はあちこちに切り傷を作って、体じゅう血まみれだった。ひどかった」

「クソだ。やつはほかの連中にもっとひどいことをしてきた。それも一度じゃない。スコビーはもういない」そう言うとマッコイは肩越しに後ろを手で示した。「ノースサイドに真空地帯ができたんだ。その真空地帯を埋めるのが早ければ早いほど、みんなにとってよいことなんだ。クーパーは今夜、それをするつもりだ。明日までには事態を掌握しているだろう。ひと晩の大騒ぎのほうが、一ヵ月に及ぶクソ全面戦争よりはましだ。信じてくれ。おれは以前にも経験したことがある」

マッコイは煙草を水たまりのなかに落とし、それが消えるのを見ていた。「そして今日、クーパーとビリー・ウィアーはおまえがだれであるかを知った。とんでもなくばかな真似はしなかったから——」

「ありがとうよ」

「——だから、今度おまえがやつらと取引をしなければならなくなったときでも問題ない。おまえは望んでいたものを手に入れたんだ。ノースサイドの新しい王との直接のコネクションだ。うちの署のなまけものどもをさしおいてな。さあ、行こうぜ。こんなところにいたら凍えちまう。マレーにはエレインがおれたちをずっと騙していたと報告する。マレーの言うとおりだったと」

ふたりは車で戻り、途中で〈ミリーズ・モーターズ〉の近くの信号で停まった。前庭に〈コルティナ〉や〈ヒルマン・インプ〉が雪をかぶって並んでいた。巨大な看板には襟ぐりの深い黒いドレスを着たブロンドの女性の絵が描かれており、その口からは〝お気に入りは見つかった?〟と書かれた大きな吹き出しが出ていた。

マッコイはひとり微笑んだ。スピードのせいなのか、ただ機嫌がいいだけなのかわからなかった。だが、ときどきグラスゴーをほんとうに好きになることがあった。

34

「……つまり、父親を殺すようにほのめかしたのは彼女でした。クーパーはチャーリー・ジャクソンの死については、彼女は関係していないと言っていたが、おれは疑わしいと思ってます。いずれにせよ、彼女はひどく危険な人物だ。万が一、生きているとしたら、少なくとも殺人の共犯で逮捕できるでしょう」

マッコイは待った。何もない。「あんたの言ったとおりだった」

マレーは椅子から体を乗り出し、肘を机の上に置いて、マッコイの眼をじっと見た。

「おまえのお友達のスティーヴィー・クーパーは何が起きているか知っていて、おれたちは知らなかったと、そう言ってるのか？」

「ええ、あいつが、実際に事件が起きる前から知っていたかどうかはわかりませんが——」

マレーが手を上げた。マッコイは黙った。

「やつは殺人事件に関する重要な情報を持っていたのに、おまえに話さなかったと言ってるのか？」

マッコイは坐ったまま、動かなかった。気持ちが沈んだ。愚かにも、マレーが、エレインが事件にどっぷり関わっていたという自分の疑惑が正しいと知って、喜ぶと思っていたのだ。マレーの太った首から顔にかけて赤くなっていた。鉛筆を強く握りすぎて、指の関節が白くなっていた。

「それでクーパーは今どこにいるんだ？」彼は静かに言った。

ますますまずくなってきた。いつもなら、マレーは怒ったとしても、一度怒鳴り散らせば、数時間もすれば静まった。今回は違った。彼はずっと静かだった。恐ろしく静かだった。

「わかりません」とマッコイは言った。

「ひとつ言わせてもらおう、マッコイ刑事。おれはおまえがあのクーパーのクソ野郎とおしゃべりすることにはほとほとうんざりだ。やつはパークサーカスのあの家でおまえを助けてくれたらしいから、しばらくは見て見ぬふりをしてやっていたが、それももう終わりだ。ずいぶんといい気になっているようじゃないか。ギャングのお友達とつるんで、自分も大物になったつもりか？」

マッコイは何か言おうとしたが、突然、何を言ったらいいかわからなくなった。マレーの言うとおりだと思っている自分がいた。ワッティーを〈バイキング〉に連れていって、自分のコネを見せびらかした。自分をノースサイドの新しい勢力の一部だと思わせた。

マレーはさらに吐き出した。「コナリーの件が片付いたら、すぐにクーパーのところへ行って、やつを逮捕してやるからな。捜査妨害でもなんでも、考えられるあらゆる罪で逮捕してやる」

マレーは体を乗り出すと、マッコイの顔から数センチまで迫った。「やつのケツを壁に釘で打ちつけてやる。わかったか?」マッコイはうなずいた。「もしおまえがやつに警告しようとしたとだれかから聞いたら、そのときはおまえもやつの隣に打ちつけてやる。わかったか、マッコイ刑事?」

マッコイはもう一度うなずいた。終わることを願って。

「なら、おれの視界から消えろ」

マッコイはマレーのオフィスを出て、自分のデスクに戻った。何が間違っていたのかわからなかった。自分の失敗だ。よく考えもせず、マレーに話そうとした。自分の発見を聞かせたくてたまらなかったのだ。

彼は手帳を開き、名前や日付に眼をやった。マレーがクーパーに対して個人的な聖戦を挑もうとしていると知ったとき、彼がどうするか考えた。クーパーに黙っているわけにはいかなかった。

「起きろ、起きろ!」顔を上げると、トムソンがマッコイのデスクのそばに立っていた。

「受付にお客さんだ」

一瞬、心臓の鼓動が速くなった。クーパーかもしれないと思った。言った。「だれだ？」

「名乗らなかった。通りがかったところをおれをつかんで、おまえと大至急話がしたいと言った」

マッコイは受付に続くドアを開けると、それがだれなのかわかり、トムソンに悪態をついた。乳母車チャーリーが〝黄色信号で無理をしないで〟と書かれたポスターの下のベンチに坐っていた。今はあまり会いたくない相手だ。

受付デスクの巡査部長のビリーが書類から顔を上げ、ニヤッと笑った。「ほらミスター・マッコイが来たぞ、旦那」

チャーリーはほっとしたようだった。ぼろぼろの中折れ帽を取ると言った。「ミスター・マッコイ、いてくれて助かった」

マッコイは彼の横に坐った。口で息をしようとした。チャーリーは具合が悪そうだった。痛々しいほどに痩せており、眼はあちこちをさまよい、額《ひたい》には出血と傷の痕があった。

「どうした、チャーリー？」とマッコイは尋ねた。言ってすぐに気づいた。乳母車がなかった。

「持っていかれた。クソ野郎どもに持っていかれた」

「なんてこった、チャーリー、それは気の毒に。いつまであったんだ？」

眼には涙があふれていた。「今朝だ。ひと晩じゅう眠れず、〈アーノット〉の裏のごみ箱のそばに横になっていて、脚に結んでおくのを忘れたんだ」彼はマッコイを見た。涙が流れたあとが汚れを落としてきれいな線になっていた。「そこに全部入ってたんだ。何もかも」

「わかってる、チャーリー、わかってるから。必ず出てくる。警官たちに眼を光らせるように言って、見つかるかどうかやってみる。いいな？」

彼はうなずいた。ひどく落ち込んでいるようだった。泣きっ面にハチというところだ。

マッコイはポケットから五ポンド札を取り出した。「これを持っていけ。今夜は〈グレート・イースタン・ホテル〉に泊まって、暖かくするんだ。そして明日パディーズ・マーケットに行け。ひょっとしたら別の乳母車を買えるかもしれない、な？」

チャーリーは五ポンドを受け取った。マッコイは彼がもう一方の手に何か折りたたんだものを持っているのに気づいた。あの頭のおかしい医師、エイブラハムスが置いていった小冊子だった。

チャーリーはマッコイがそれを見ているのに気づいて言った。「たぶん彼の言うとおりなんだろう。おれにはそれが必要なんだ。ロボトミー手術が。もう落ち込むことはないって書いてある。治るって」

マッコイは手を差し出した。「寄越すんだ、チャーリー。それはだれにも必要ないものだ」

チャーリーはそれを渡した。マッコイは立ち上がり、チャーリーを立たせた。「さあ、満室になる前にホテルに行こう、な？」チャーリーはうなずいた。「明日になったら、新しい乳母車を買うんだ、二、三日したらおれに会いに来い。前のやつが見つかったかどうか教えてやる。いいな？」

チャーリーは帽子をかぶると、ドアのほうに向かった。マッコイは彼が去るのを見送った。クーパーとのことがあっても、マッコイに落ち込んでいる暇はなかった。チャーリー、ジョーイ、事態は常に悪い方向に転がる可能性があった。彼はビリーを見た。彼はマッコイを見ると頭を振った。

「お人よしだな、マッコイ」

「あい、そうかもな。だが、だれかがやらなきゃならない」ふと自分がまだ小冊子を握っていることに気づいた。広げると掲げて見た。

「これを置いていった眼鏡をかけたチビを見たか？」ビリーがうなずくと、マッコイは続けた。「やつがまた来たら、追い払うんだ」

彼は刑事部屋に戻った。マレーがファイルを手にマッコイのデスクのところに立っていた。

「どうしました、ボス？」

マレーは不機嫌そうな表情でファイルを渡した。「イースタン署から応援にきたウィリアムズにケネス・バージェス殺害事件を見なおさせていた」

マッコイはファイルを受け取ると席に着いた。

「彼はチャーリー・ジャクソンとジェイク・スコビーを殺した人物は、ケネス・バージェスを殺した人物とは違うかもしれないと言っている」

「なんですって？　どうして？」マッコイの胃はひっくり返りそうになった。コナリーの犯行だと証明して逃げ切れたと思っていた。もう捜査はないと、自分とクーパーはもう安全だと思っていた。

「〈オールバニー〉のメイドのひとりが、五時頃にバージェスの部屋から男がふたり出てくるところを目撃したと証言した。そのメイドはインフルエンザで休んでいて、昨日まで事情聴取できていなかったんだ」

マッコイはなんとか持ちこたえようとした。机の上の自分の手が震えているのが見えた。

「おそらくなんでもないだろう。おまえとワッティーで調べてくれ。何かわかったらおれに報告しろ」

マッコイはうなずいた。「わかりました」

マレーは自分のオフィスに戻っていった。マッコイは坐ったまま、ゆっくりと呼吸しようとした。パニックにならないように。自分がしなければならないことは、何も見つけ出さずに、マレーに間違った報告だった、意味のない手がかりだった、と報告することだ。そうすればすべてがうまくいく。

彼は報告書を開き、読み始めた。メイドの証言は、家具の艶出し剤をカートから取ろうといくつか先の部屋から出てきたときに、バージェスの部屋からふたりの男が出てきたのを見たというものだった。ふたりともスーツにネクタイ姿の特に目立つところのない普通の男で、ひとりはスポーツバッグを持っていたと証言していた。彼女は掃除していた部屋に戻り、インフルエンザが治って復帰し、ウィリアムズに事情聴取を受けるまでそのことを思い出すこともなかった。

マッコイはファイルを閉じた。安堵のようなものを感じていた。対処することができるだろう。いや対処するまでもないだろう。重大な犯罪を犯すというのはこういうことなのかと思った。いつも見つからないかとびくびくしなければならない。いつも肩越しに振り返り、息を潜める。ひとつだけわかったことは、もう二度とバージェスにしたようなことをするつもりはないということだった。絶対に。

報告書の隣にエイブラハムスの小冊子があった。すべての病気に効くと書いてある。乳母車チャーリーのような男には最も必要のないクソだ。ごみ箱に捨てようと手に取ったが、そこで手がぴたりと止まった。小冊子をじっと見た。

「信じられん」彼はつぶやいた。「クソ信じられん」

35

ワッティーがどこにも見当たらないので、待たずに行くことにした。エレインの命が懸かっているかもしれない。運転はしたくなかった。特にこんな天気では。だが駐車場から車を見つけ、街を抜けてサウスサイドへと向かった。

グラスゴー市ニューランンズ、ビヴァリー・ロードのパインツリーズは道路から奥まったところにあった。ニューランズのほとんどの家と同様、この家もとても大きく、最上階に住む使用人がほとんど人目につかないように造られていた。邸宅は、背後に立派に成長した松の木のある広大な庭に囲まれ、脇には二台分のガレージがあった。正面には芝生と花壇が広がり、真ん中にはチリマツの木があった。その壮大さにもかかわらず、どこかさびれた印象があった。玄関に続く敷石には雑草が生え、鉄の手すりはペンキが剝げかけており、全体的にほったらかされている雰囲気だった。

マッコイは小冊子を手に、車のなかに坐ってその家を見ていた。小冊子の裏には〝この小冊子が必要なかたはグラスゴー市ニューランズ、ビヴァリー・ロード、パインツリーズまで〟と書いてあった。彼は自分がどこかばかみたいに感じていた。大急ぎで署を出てきたのに、いったい何をしているのだろう。ただ空き家を見ているだけだった。マッコイはエイブラハムスが何かを隠しているとわかっていたが、それがなんなのかわからなかった。別の住所があることがそうなのかもしれないと思ったのだが、今は自信がなかった。

車から無線を入れた。グリーノック出身の記録係のダイアンによると、家はミスター・カスバート・エイブラハムスの名前で登録されていた。さらに選挙名簿によると彼は八十三歳だった。それだけのことなのだろうか？　父親の家に余分な小冊子を保管しているだけなのか？

いずれにしろ、調べる価値はあった。

家までの道に積もった雪には、だれも通った跡はなかった。彼は濡れた雪に足を沈めながら、重い足取りで歩いた。近づけば近づくほど、この家がほったらかしにされている様子がわかった。二階の窓ガラスのひとつにはひびが入っており、玄関の扉近くの壁には苔が生えていた。おそらく彼の父親はもうここで暮らしていないのだろう。老人ホームにでも入ったのかもしれない。

ベルを鳴らした。何も聞こえてこなかった。拳《こぶし》で何度か扉を叩いた。何もない。両手を窓ガラスに当てて、雪のまぶしさをさえぎりながら、なかを覗き込んだ。

「くそっ」彼は小声で叫んだ。

玄関の扉を開けようと三回ほど蹴った。木は腐り始めていたが、それでも大きな扉で、簡単にはいかなかった。木が砕け、錠前がはずれて扉が開いた。なかに入ると、埃まみれの玄関ホールを「どなたかいませんか!」と叫びながら進んだ。猫の小便のにおいを嗅がないようにした。そして大きな居間に入った。

エイブラハムスの父親は痩せた男だった。さまざまな染みのついた毛布を体に巻き、大きすぎる靴を履いて、ニットの目出し帽をかぶっていた。毛布のなかから子猫が顔を出し、鼻をくんくんと鳴らすとまた毛布のなかに引っ込んだ。傷ついて血だらけの足首には足枷《かせ》がはめてあり、古めかしい鉄製のラジエーターに鎖でつないであった。

「ミスター・エイブラハムス?」とマッコイは訊いた。

彼はうなずいた。「きみはホームガード(第二次世界大戦中に英国で作られた民兵組織)かね? あの女の子に言ったんだ。応接室の遮光ブラインドは小さすぎるって」

マッコイはため息をついた。ここに来たのは時間の無駄だった上に、この状況にも対処しなければならなかった。ソファのそばに蓋つきのバケツとビスケットのパッケージ、懐中電灯があった。

マッコイは親しみを込めて微笑んだ。少なくともそう見えるように願った。「少し、坐って話してもいいですか？」

老人は彼を見た。子猫がふたたび現われた。「手短に頼む。ディナーのために着替えなきゃならないんだ。三十分後に車が迎えに来る」

「それじゃあ、手短に」彼はそう言うと、窓際のダイニング・チェアに坐った。

老人はこの居間で暮らしているようだった。ベッドのほかに、古い白黒テレビ、ヒーターが三本ある電気ストーブがあり、あちこちにキャットフードの空き缶が転がっていた。マッコイはそれが猫用であり、彼のためのものでないことを神に願った。

ミスター・エイブラハムスは、毛布で体を覆い、疲れ切った様子だった。「寒い」と言った。「とても寒いんだ」

「大丈夫です。だれかに助けに来てもらうから」

彼はうなずいた。理解したようだった。「今日が何日かもわからないんだ」と彼は言った。眼から涙があふれだした。「みんながどこにいったのかもわからない」

「息子さんは訪ねてくるんですか？」

彼はまたうなずいた。「パンとミルク、それから猫の餌《えさ》を持ってくる。みんながどこに行ったか何度も訊いてるんだが、答えてくれないんだ」

マッコイはエイブラハムスを父親の介護放棄で告発できるだろうかと考えた。そもそもそんな罪があるのだろうか。いずれにしろ何かで告発するつもりだ。それはたしかだった。ここにいるあいだに状況を確認しておいたほうがいいと判断した。

「ミスター・エイブラハムス、電話はありますか？」

彼は途方に暮れたようにマッコイを見た。「すまない」と申しわけなさそうに言った。「どこにあるか思い出せないんだ」

「心配いりません」とマッコイは言った。「自分で見つけます」

家のなかは予想していたとおりだった。ほとんどの部屋は使われておらず、打ち捨てられているようだった。隙間風の入る部屋は外よりも寒かった。正面の寝室の扉を開けると、何かが幅木の下に逃げ込んで、姿を消した。エイブラハムスの小冊子がいっぱいに入った段ボール箱がベッドの上や床の上のあちこちに積み上げられて置かれていた。

マッコイは窓の結露を拭って外を見た。家は雪に覆われた小さな公園に面していた。あまり利用されていないようだ。雪はまっさらだった。雪だるまもない。ニューランズでは子供も外では遊ばないのだ。

彼は箱を押しのけると、ベッドに坐って煙草に火をつけた。結局のところ無駄足だった。ドクター・エイブラハムスもいなければ、コナリーもいなかった。ベッド脇のテーブルに銀のフレームに入った写真があった。スーツを着てボートの前に立っているミスター・エイブラハムスはきちんとしているように見えた。おもしろいものだ。この場所を車で通り過ぎれば、みんな、家のなかの人々は金持ちで、グラスゴーでも有数の大きな家で暮らして幸せだと思うだろう。そうとはかぎらないのだ。猫がドアから頭を出し、ベッドに飛び乗ると喉を鳴らしながら、彼の横に坐った。彼は撫でてやろうとして、すんでのところでノミがいるかもしれないと気づいた。

奥の寝室も同じだった。からっぽでじめじめしていて凍えそうだった。どこにも電話はない。窓際に立って裏庭を眺めた。テニスコート二面ぐらいの広さがありそうだ。彼は窓の汚れを拭い、裏庭がどこまで続いているのか見ようとした。それがどこであれ、低木やマツが生い茂るなか、迷ってしまいそうだった。

ようやく廊下の小さなテーブルの下に電話を見つけた。取り出して埃を払うと署に電話をした。救急車と動物愛護協会の人間を寄越すように頼んだ。階段を降りようとしたときに何かに気づいた。

ガレージのフェルトの屋根が濡れて太陽に輝いていた。雪は積もっていない。ほかの家のガレージはみな深い雪に覆われている。エイブラハムスの家のガレージの雪は溶けてしまったに違いない。つまりガレージは暖かいということだ。ガレージを暖かくして、家のなかは暖かくしないということがあるだろうか？

裏口から出て、ガレージまで歩いた。正面の両開きの扉は鍵が掛かっていた。南京錠は錆びついており、何年もそこにあったようだった。彼は雪の積もった道を、砂利を踏みしだきながら重い足取りで裏にまわった。裏扉があった。普通の大きさで、半分開いていた。

「エイブラハムス！」マッコイは叫んだ。「そこにいるのか？」

人影が戸口に現われた。スキンヘッド。長い金属のバールを手に持っていた。「いいや、おれだ」男はそう言うとバールを振り下ろした。

マッコイは後ろによけようとした。が、わずかに遅かった。バールがこめかみに激しく当たった。激しい痛みが走った。倒れたとき、コナリーがもう一度バールを振り上げているのが眼に映った。そしてすべてが真っ暗になった。

声が聞こえた。何を言っているかはわからなかったが、ただその声が大きくなったり小さくなったりしていた。

眼を開けた。白い光。明るく白い光。それが彼に見えるすべてだった。

マッコイは眼を閉じ、ふたたび開けた。天井の蛍光灯を見ているのだと気づいた。天井を見ているということは、横たわっているのだ。動けなかった。自分の体を見ようとした。胸のあたりに太い革のベルトがあった。足首のあたりもベルトで押さえられており、手首も押さえられていた。額《ひたい》のあたりにも何かがあり、ほとんど頭を動かすことができず、体もまったく動かすことができなかった。

彼は首に力を入れ、頭を横に動かそうとした。きつく縛られていて、二、三センチしか動かせなかったが、それで充分だった。ガレージのなかは明るかった。天井の蛍光灯のほかにもランプがあった。壁は白く塗られており、半分はタイルに覆われていた。ガラスの扉がついた白い金属製のキャビネットは薬品の瓶や箱でいっぱいだった。

彼の隣には金属製の解剖台のようなものがあった。その解剖台には手首や足首を固定する革のベルトは見えなかった。少なくともはずされて台の横にぶら下がってはいなかった。上部には人の頭を固定するためと思われる大きな革のストラップがあった。マッコイは自分も同じような台の上にいるのだと悟った。エイブラハムスのガレージで台の上に縛りつけられているのだ。そして自分がだれに殴られたのかを思い出した。コナリー。突然怖くなった。激しい恐怖を感じた。

反対側を見ると、部屋の隅に機械があった。車輪つきの箱のようなもので、前面にメーターがついていた。そこから二本の電線が伸びていて、先端に吸盤のついた黒い取っ手が取りつけられていた。マッコイはそれがなんなのか知っていた。ECTマシンだ。胃がひっくり返りそうになる。なんのために使われる機械なのかも知っていた。脳に電気ショックを与えるのだ。胃がまたひっくり返った。ロボトミー手術を施すのだ。

「さてさて」

彼は眼を向けた。エイブラハムスが見下ろしていた。微笑みながら言った。「ミスター・コナリーが殺してしまったかと思ったよ。あの頭への一撃はかなりひどかったからな。どうやらそれほどではなかったようだ」

マッコイは何か言おうとした。が、舌が口のなかで動かず、ことばを発することができなかった。頭をまわすと、壁際に椅子がふたつあった。コナリーがそのひとつに坐り、もうひとつにはエレインが坐っていた。彼女はうなだれていて、体は力が抜けてだらんとした状態だった。マッコイは叫ぼうとしたが、喉がひどく乾き、ひりひりとしていて、くぐもったうめき声のようなものしか耳に届かなかった。コナリーが彼に眼をやり、微笑んだ。立ち上がり、伸びをした。「そろそろだな」と彼は言った。

台に歩み寄り、覆いかぶさるようにして、顔をマッコイの顔に近づけた。息は煙草と奇妙な甘いにおい——おそらく化学薬品——がした。「もう少しでおまえに台無しにされるところだったぞ、このクソ野郎」

マッコイは心臓の鼓動が速くなりすぎるあまり、胸のなかで爆発してしまうのではないかと思った。以前にも怖いと思ったことはあったが、今は真の恐怖というものをわかっていた。恐怖とは何かということを。逃げ出したかった。ここ以外のどこかにいたかった。

話し、懇願しようとしたが、コナリーがマッコイの口を手で覆った。

「よく聞け。おれはあのパブでやりかけたことをやり遂げるつもりだ。今度はおまえを救ってくれるじじいはいない。わかったか、マッコイ? ずっと世界におれとおまえのふたりだけだ」

マッコイは身をよじり、ストラップを引っ張ろうとした。屋上にいた血まみれで傷だらけのチャーリー・ジャクソンのことを考えるのをやめようとした。

「で、何を知ってる?」とコナリーは言った。「さっさと話してもらおう」

そう言うと彼は車輪のついた小さな金属製のテーブルを自分のほうに引き寄せた。マッコイは頭をひねって、テーブルの上にあるものを見た。恐怖が全身を襲い、体が震えていた。

「助けてくれ」なんとかそう言った。「やめてくれ、お願いだ」

コナリーはメスを手に取り、光にかざした。彼の後ろにエレインがいるのが見えた。椅子に坐り、うなだれていた。彼女に呼びかけようとした。

「お願いだ……」

「彼女には聞こえないよ、マッコイ」とコナリーは言った。「だれにも聞こえない」

彼はメスを持って覆いかぶさった。マッコイは悲鳴をあげ、頭を前後に動かした。

「じっとしてないと、もっとひどい目に遭うぞ」とコナリーは言い、それからマッコイのシャツの一番上のボタンを切り落とした。

36

意識を取り戻した。もう三度目なのか、四度目なのかもわからなかった。もう自分になにが起きたのかさえ、気にしていなかった。もう一度意識を失い、痛みが去ることを願うだけだった。だがその願いはかなわなかった。それは波のように彼を襲った。これまでに感じたことのない最悪の痛みだった。

コナリーが自分の上に覆いかぶさり、集中して、自分の胸に文字を刻んでいるのがわかった。なんと書くつもりなのか、コナリーが言っていたのに忘れてしまった。痛みがすべてを圧倒していた。やめてほしいとしか考えることができず、痛み以外に何も思い出せなかった。

「どうだ」とコナリーが言い、顔を上げた。顔に乾いた血しぶきがついていた。

マッコイは頭の後ろのほうでエイブラハムスの声を聞いた。

「もうそれで充分だろう」と彼は言った。

「なんだと」とコナリーは言った。「まだだ。始まってもいねえ」

エイブラハムスはため息をついた。「わかった。あんたがそう言うなら」

コナリーは血まみれのメスを金属製のテーブルの上に置いた。子供がお気に入りのおもちゃを選ぶようにほかの器具に眼を通した。

マッコイはただ早く終わることを願っていた。気絶するほどひどく傷つけてほしかった。暗闇に逃げ込みたかった。コナリーがたどり着くことのできない場所に隠れたかった。

コナリーは小さな骨用ののこぎりを手に取って、マッコイに見せた。「これがいい」と彼は言った。

彼はそれをマッコイの腕に沿って試しに引いてみた。のこぎりの歯が肉を切り裂いた。

マッコイは痛みに悲鳴を上げた。コナリーはうれしそうに笑うと、もう一度マッコイの腕に押し当てようとして、動きを止めた。混乱しているようだ。少し揺れると倒れ、マッコイの胸の上に覆いかぶさった。

エイブラハムスがコナリーの背後から現われた。手に注射器を持っていた。「彼は充分愉しんだ」とエイブラハムスは言った。「次はわたしの番だ」

マッコイは、胸からコナリーの重さが取り除かれるのを感じながら、また意識を失いそうになった。そしてしだいに気が遠くなっていった。

何かが焦げるようなにおいがした。変圧器がオーバーヒートしたような、コンセントが吹っ飛ぶ前のようなにおい。眼を開けると、激しい苦痛が波のように体に押し寄せた。顔を向けると、エイブラハムスがもうひとつの台の上でコナリーの体を押さえているストラップをはずしているのが見えたような気がした。眼をしばたたいて、焦点を合わせようとした。また気を失うと思った。真っ暗になった。

またにおいがした。焦げるようなにおい。頭を動かした。エレインがもうひとつの台にストラップで留められ、エイブラハムスがECTマシンのパドルを彼女の頭の両脇に押し当てていた。警告音が鳴り、彼女が震え、痙攣《けいれん》した。焦げるようなにおいがさらに強くなった。彼女は足首のストラップの下で激しく宙を蹴り、身をよじらせた。パドルをはずすと、彼女の体は突然静止した。

エイブラハムスが彼女にかがみ込み、歯のあいだから革のブロックを取り出した。彼女の頬を撫でると、キスをした。

マッコイは眼をそむけた。

眼を向けない、と自分自身に言い聞かせ、遠くの壁をずっと見つめていた。待った。エイブラハムスが歩きまわり、口笛を吹きながら、金属製のトレイから何かを取った。マッコイには彼が何を手に取ったのかしっかりとわかっていた。ハンマーと先端の長い探針《プローブ》。彼は振り向かない、見ない、と自分に言い聞かせた。見なかった。ハンマーがプローブを叩く音が聞こえても。彼女の頭蓋骨にかすかにひびが入った音がし、自分が泣きだしてしまっても。何かがこすれる音を聞いて気分が悪くなった。壁に眼を向けたまま、次が自分だと信じないようにした。こすれる音は続いた。彼は暗闇に自分自身を戻そうとした。

「マッコイ！」

突然意識を取り戻した。エイブラハムスが胸のストラップをはずし、体を起こすのを助けた。胸に痛みが走った。息をしようとした。なんとかこらえて、気を失わないようにした。

「息をするんだ」とエイブラハムスが言った。「深呼吸だ」彼は水の入ったカップをマッコイの口元に持っていった。マッコイは飲もうとしたが、ほとんどが胸の傷の上にこぼれた。

「気分はよくなったか？」

マッコイはうなずいた。

「よかった」

エイブラハムスは首を傾げた。遠くでサイレンの音がした。微笑んだ。「完璧なタイミングだ」

マッコイは頭を上げ、眼をしばたたいた。ふらふらするなか、焦点を合わせようとした。ケヴィン・コナリーとエレイン・スコビーが病院のガウンを着て、ふたつの椅子に坐っていた。ふたりとも眼のまわりが黒く、額《ひたい》にはあざ、そして鼻のまわりには乾いた血がこびりついていた。

マッコイは顔をそむけた。また気を失ってしまうと思った。こらえようとした。何度かまばたきをして、自分が見ているものを信じようとした。サイレンの音が大きくなった。ふたりは手をつないでいた。

37

「もっとひどいことになってたかもしれないんだぞ」とワッティーは言った。「クソみたいなことに」

「ワトソン！　そのくらいにしておけ！」

「すみません、ボス」とワッティーは言った。

マッコイはキッチンテーブルの上に横たわり、エイブラハムスの父親を運ぶために来た救急隊員のひとりに傷口を縫ってもらっていた。男は巨漢で、バナナの房のような指をしていたが、充分いい仕事をしているようだった。

「ほんとうは病院でやってもらうべきなんですが」針を刺しながら、男は言った。

「病院に行くつもりはない」マッコイは歯を食いしばりながらそう言った。

「おまえ、本気で――」

「行かないと言っただろ、マレー！　以上だ」

マレーはキッチンの椅子に坐っていた。降参というように両手を上げた。

マッコイは針がまた入ると顔をそむけた。理由はわからなかったが、ここでマレーとワッティーといっしょにいたかった。いつものように言い争いをし、マレーのパイプのにおいを嗅いでいたかった。死ぬかと思った。ほんとうにそう思った。今はただ自分の知っている人間とここにいたかった。病院にひとりでいるのではなく。

救急隊員は手当てを終えた。「傷痕は残るけど、だんだん消えていくはずです。メスを使ったんですね？」

マッコイはうなずいた。

「深いけど、鋭いのでそれほどひどくはないはずです。聞いてなかったかもしれないので、もう一度言っておきます。頭痛がしたり、光を見て痛みを感じたりしたら、すぐに救急治療室に行ってください。ひどく頭を打っているので、注意が必要です」

マッコイはもう一度うなずいた。救急隊員が荷物をまとめているのを見ていた。彼は帰り際にマレーのところに行くと、かがみ込んでマレーの耳元で話した。だがマッコイには話の内容が聞こえていた。

「眼を離さないでください。ショック状態になる可能性があります。めまいを感じたり、汗をかき始めたり、吐いたりしたら、彼がなんと言おうが病院に連れていってください」

「どうぞ」ワッティーが紅茶のカップをマッコイの前に置いた。「食器棚の奥にあったんだ。たぶん第一次世界大戦のときからあったものみたいだけど、飲んでみろ」

マッコイは体を起こした。ワッティーが脱いで寄越し、頭からかぶせたセーターを着ると紅茶を味わった。悪くなかった。

マレーは無精ひげを撫でた。痛そうだった。「で、あのふたりはどうしたらいいんだ？　こんなのは見たことがない」

「彼女はほんとうに彼といっしょで大丈夫なのか？」ワッティーが訊いた。

「医者がなんというか聞いてみようじゃないか、な？」とマッコイは言った。

マレーはうなずいた。

「フィリップスのやつが何度も酔っぱらって現われたから、今回は新しい医者が来ているそうだ」彼はジャケットを叩いて、パイプを探し始めた。「覚えてるのか？」

マッコイは首を振った。「コナリーに殴られて、あのクソみたいな台の上で目を覚ました。やつがおれの胸を刻んだことまでは覚えてる。そのあとはずっと気を失っていた。すべてどこか霞《かすみ》がかかったようなんだ」

「無理もない」とマレーは言った。

「何かが焦げるようなにおいがした。エレインが台の上にいた」彼女に取りつけられた金具のきらめき、ハンマーが振り下ろされる音、エイブラハムスのまなざし。「やつはコナリーを最初にやったんだと思う」

「なんてこった」マレーは顔をしかめると、パイプの底で靴のかかとを叩いた。「おれだったら死んだほうがましだと思う」

ドアが開き、ドクター・パーディーがキッチンに入ってきた。マッコイはすぐに彼に気づいた。最後に彼を見たのは、彼がクーパーをバスタブのなかで応急処置したときだった。パーディーの様子から、彼もマッコイのことに気づいているのがわかったが、ふたりは知らないふりをすることにした。

パーディーはテーブルに坐った。

「で、どうだ？」とマレーは言った。

「そうだな」とパーディーは言った。「これまで見たなかでも最も奇妙な事件だ。そうそう、以前エジンバラで働いていたとき――」

マレーが手を上げて制した。

「すまない」とパーディーは言った。彼は自分を落ち着かせると続けた。「ふたりともロボトミー手術を施されたようだ」マレーのパイプの煙が漂ってくると彼は咳き込んだ。

「正しく行なわれたようだ。間違いなく以前に経験のある人間がやったんだろう」

「エイブラハムスはナインウェルズでやっていた」とマッコイは言った。

パーディーはうなずくと続けた。

「実際の手術自体は肉体的にはあまりダメージは与えない。二、三日もすれば腫れも引いてもとどおりになる。問題は効果が不確かなことだ」

「どういう意味だ？」とマレーは訊いた。

「ロボトミーは鈍器のようなものなんだ。ちょっと無神経な言い方かもしれないが、事実だ。ロボトミーが支持されなくなった理由はふたつある。メンタルヘルスに対する薬物療法が以前よりもはるかに進歩したためと、ロボトミー手術から何が得られるかが不確かであることが問題となったためだ」

パーディーは煙草を取り出して火をつけた。「この治療の本来の目的は症状の重い患者の苦しみを和らげることにあった。重度のうつ病や統合失調症、躁病などの。だが、しだいに見境なく使われるようになっていった。軽度の精神的問題を示すほとんどの患者にも当然のように使われるようになっていった」彼は煙草を吸うと、煙を吐き出した。「そして術後の効果は実にさまざまだった。落ち着いているものの、ぼうっとした状態の者もいれば、完全に精神を損なわれてしまい、植物状態も同然の歩く死体になってしまう者もいた。記憶を失ったり、腸の機能不全、運動障害になる者もいた。穏やかにはなるが、それは実質的に人間として破壊されてしまったことによるもので、彼らの人格がまったくなくなってしまうことを意味した」

「あのふたりはどうなんだ？」マレーは訊いた。

パーディーは顔をしかめた。「まだ断言するのは早いかもしれないが、かなりひどい状況だと思う。運動機能は問題ないが、簡単に診《み》ただけでも、記憶機能と知能は著しく低下しているようだ。ふたりとも自分たちがだれで、ここで何をしているのかはっきりとわかっていない。幸いなことに、ふたりはそのことにあまり動揺していないようで、むしろその逆だ。何か絆のようなものを感じていて常に手を握っている。ふたりは結婚していたのか？」

「正確には違う」マレーはうなるように言った。「だが、たがいに知っていた。で、ふたりはこれからどうなるんだ？」

「時間が経てば、認識力が上がる可能性もなくはないが、わたしは難しいと思っている。さらに悪化する可能性のほうがかなり高いと思う」

「その男、コナリーは殺人犯だ。クソ危険なやつだ」とマレーは言った。「そこにいるマッコイももう少しで殺されそうになった」

マッコイはセーターを持ち上げて胸を見せた。

「なるほど」とパーディーは言った。「たしかに、かなり危ないやつだな」

「そしてわれわれはやつを裁判にかけることはできないんだな？」とマッコイは訊いた。

パーディーは首を振った。「無理だろう。どんな弁護士でも、この状態では裁判の最も基本的な意味さえも理解していないと主張するだろう」

「証言能力がないということだ」とマッコイは言った。

マレーが拳《こぶし》を机に叩きつけた。パーディーは驚いて飛び上がりそうになった。「あいつがやったんだ！　なのにあのクソ野郎は逃げおおせやがった」

パーディーは立ち上がった。少し怯えたような表情をしていた。「もうよければ、明日の朝までに報告書を提出する」そう言うと姿を消した。

マレーはもう一度テーブルを殴り、また悪態をついた。「やつはすべてを手に入れた。殺人罪から逃れた上、あの哀れな女性は、ずっと逢えなかった恋人のようにやつにすがりついている」

「それはひとつの見方だ」とマッコイは言った。

マレーは彼を見た。「違う見方があるというのか？」

「ふたりは死んだも同然だ。ふたりとも報いを受けた。自分たちの大きな計画がこんなふうに終わるとは思っていなかったはずだ」

マレーは納得したようには見えなかった。

「おいおい、マレー。あのふたりみたいになることが勝利だとでも思ってるのか？　逃げ切ったとでも？」とマッコイは言った。「おれに言わせれば、少なくともある種の正義はなされたということだ。とにもかくにも、できるかぎりのものは得られた。そう思うしかないだろう」

彼らはヴァンが砂利敷きの私道を走ってくる音を聞いた。

「もう一台救急車が来たんだろう」とマッコイは言った。

そのとおりだった。彼らはふたりの救急隊員のあとについて居間に入った。コナリーとエレインが手を握り合ってソファに坐り、微笑んでいた。肩掛けがふたりを覆っていた。救急車とともに市役所から来ていた女性が立ち上がった。

「さあ、おふたりさん」と彼女は言った。「ドライブの準備はできた？」

エレインはうなずいた。コナリーは理解できていないようだった。ふたりは立ち上がり、女性の手を取った。エレインはすれ違いざまマッコイを見た。眼が合った。その眼には何も映っていないようだった。彼女と最後に眼を合わせたときのことを思い出した。墓地の入口でリムジンの後部座席から見つめ返してきたとき。あのときの彼女は美しく、聡明で、危険だった。今、彼女はそこに存在しておらず、ひとりの人間ですらなく、生きているとさえいえなかった。どんなに金を積まれても、彼女のようにはなりたくなかった。

38

マッコイは胸に刻まれた傷の痛みに顔をしかめながら、取調室の椅子に坐り、気持ちを引き締めた。向かい側に坐っているエイブラハムスを見た。

エイブラハムスはうれしそうに微笑んだ。まるで公園ですれ違ったときのように。「胸の具合はどうだ？」

「うるさい」とマッコイは言った。

背後でドアが開いた。エイブラハムスの弁護士に違いない。

「こんにちは、ミスター・マッコイ」とロマックスが言い、彼の向かいに坐った。

「冗談だろ」とマッコイは言った。

ロマックスは微笑んだ。「いや、冗談じゃないよ。わたしの依頼人のミスター・エイブラハムスは数時間前、拘束されるとすぐにわたしを雇った」ロマックスはエイブラハムスのほうを見た。「そうだね？」

彼は自分のセーターで眼鏡を拭いていた。眼鏡を戻すと、マッコイを見た。「そのとおりだ。最高の弁護士しか必要ない。そして、ご存じのように、ミスター・ロマックスこそが最高だ」

ドアが開き、マレーが入ってきた。

ロマックスを見て、マッコイを見た。

「これはいったいどういうことだ？」とマレーは言った。

ロマックスはまた微笑んだ。愉しんでいた。「こんにちは、ミスター・マレー。ちょうどミスター・マッコイに説明していたところでね。わたしがミスター・エイブラハムスの代理人だ」

「利害の衝突か何かになるんじゃないのか？」とマッコイは訊いた。マレーはマッコイの隣に坐り、端の欠けたラミネートテーブルのほうに椅子を引き寄せた。

ロマックスは嬉々として説明した。「結論から言えばノーだ。もしわたしの依頼人が無罪を主張するのであればそうなるが、彼は有罪答弁取引を求めている。したがって、わたしとミス・スコビーとのあいだの一時的なビジネス上の関係も問題とはならない」彼は椅子の背にもたれた。「さあ、さっさと始めないか？　時は金なりというからね」

マレーはバッグからファイルの束を取り出すと、机の上に勢いよく置いた。頭上の電球のひとつがまたたいた。彼はロマックスを見た。「もしこれが無効審理を狙ったペテンか何かだとわかったら——」

ロマックスは手を上げて制した。「違うと保証する。さあ、お願いだから始めてくれないか？」

マレーは渋々うなずいた。これ以上ないというくらい疑わしげな表情をしていた。

「すばらしい」とロマックスは言い、体を乗り出した。「さて、わたしの依頼人はパインツリーズで起きたことについて供述したいと言っている」

「あのドクター・メンゲレ（ドイツの医師。アウシュビッツ収容所で非人道的な人体実験を行なったとされている）のガレージでということかな？」とマッコイは尋ねた。

ロマックスはため息をついた。「あの敷地のガレージでね、ああそうだ。彼はこの供述をきみの好きなように使ってもらってまったくかまわないと言っている。彼の唯一の関心は、何が起きたかを自分の立場から説明することだ」

「だろうな」とマッコイは言った。「正直なところ、ほかのふたりに説明できるとは思えないからな。彼があのふたりにしたことのあとでは」

「さっさと進めろ」とマレーがうなるように言った。

ロマックスはパラディアム劇場の次の出番を紹介するように、エイブラハムスのほうを見ると言った。「ミスター・エイブラハムス、どうぞ」

彼は咳払いをひとつすると、眼の前に紙切れを並べ始めた。マッコイは腹が立ってきた。エイブラハムスがこの取調べをどう進めようとしているのかよくわからなかった。

彼は始めた。「わたしが初めてケヴィン・コナリーに会ったのは彼がウッディィリー精神科病院に診察を受けに来たときだった。わたしはすぐに――」

「なんだと」とマッコイは言った。「この嘘つき野郎が、おまえはバーリニーで会うまで一度も会ったことはないと言ってただろうが！」

「ミスター・マッコイ！」とロマックスは言った。「まずわたしの依頼人に供述させてもらえないか、お願いだ」

マッコイは自分自身に猛烈に腹が立った。もっと早く気づくべきだった。マッコイがウッディィリー病院でコナリーを見たとき、彼は面会に来ていたのではなかった。外来患者だったのだ。思いつくべきだった。

「マッコイ、大丈夫か？」とマレーが訊いた。「ここにいて大丈夫か？」

マッコイはうなずいた。顔がこわばっていた。

エイブラハムスは続けた。「すぐに彼が精神病質者《サイコパス》だとわかった。彼自身にも他人にも常に危険な存在だった。すぐにどんな治療法も効かないことがわかった。そこでわたしは〈セコナール〉と〈リブリウム〉という薬を投与することにした。彼が最も危険な行動に走ることを抑えることが目的だった。彼は断続的に通院し、わたしの知るかぎりでは、ちゃんと処方箋を受け取りに来ていた」

ページをめくる。「わたしがダンディーに移ってから、彼とは連絡が途絶え、次に彼に会ったのは――」

「おまえが解雇されたあとだ」とマッコイは言った。

「ダンディーで不幸な事故があって、バーリニー刑務所に入ることになった。そこで会ったとき、彼の精神状態はかなり悪化していた。攻撃的な態度と裏腹に彼はとても怯えていた。自分の身に起きていることに怯えていたんだ。必死で解決策を探していた」

「そしてあんたはただそれを提供しただけだというわけだ」とマッコイは言った。

エイブラハムスはかまわず続けた。「わたしは彼に新しい薬を与えるのを手伝ったが、二、三カ月前に服用するのをやめたことがわかった。彼はその薬が自分を蝕《むしば》み、自分が〝死んだ食べ物と水〟と呼んでいるものを体のなかに溜め込んでいると信じていた。頭痛もひどくなり、対処することがひどく困難だと考えていた」

新しいページを開き、顔を上げてマレーとマッコイを見た。「警察が三件の恐ろしい殺人のあともミスター・コナリーを逮捕できなかったとき、わたしは彼の殺人を終わらせることこそが自分の義務だと考え――」

「なんだと?」とマッコイは言った。唖然とした。

「父親の家に行って警察に電話をし、自分のしたことを報告しようとしていたところを、制服警官に逮捕された──」

「きさまはあいつにおれを刻ませたんだぞ!」とマッコイは言った。「おまえとコナリーのふたりでやったんだろうが!」

「コナリーの恐怖による支配が終わったと報告するつもりだった。警察ができなかったことをわたしがやったのだと。殺人を止めたのだと」

彼は椅子に深くもたれかかると微笑んだ。「ありがとう。この供述のコピーをわたしの小冊子とともにすべての主要な新聞に送ってほしい」

マッコイは椅子を握りしめた。手を離したら、このクソ野郎を殴ってしまうとわかっていた。マレーは顔を真っ赤にしていた。さすがのロマックスも恥ずかしそうにするだけのたしなみはあるようだった。

「諸君、わたしの供述は以上だ。わたしは、よき市民がするべきことを自分のできる方法で行なった。警察ができなかったことをして、恐怖を終わらせた」

マレーが飛びかかろうとしたが、マッコイが手を出して、なんとか制した。「ロマックス」とマッコイは言った。「あんたはこのことを知っていたのか?」

ロマックスは首を振った。「ミスター・エイブラハムスは供述の正確な内容を警察で話すまで秘密にしたいと言った。わたしが――」

「あの娘《こ》」ロマックスのことばを無視してマッコイは言った。「エレイン・スコビー。彼女はその話のどこに当てはまるんだ？　彼女は何もしていないのに、おまえは喜んで彼女の精神を破壊した」マッコイはロマックスを見た。「それにこのクソ野郎はコナリーがおれを切り刻むのを見ていた。自ら彼にメスを渡しさえした」

「コナリーがきみを襲ったとき、わたしの依頼人がガレージにいたというのかね？」とロマックスは訊いた。

「そのクソ野郎はまさにそこにいたんだ」

ロマックスは当惑した表情をした。あるいはそのふりをした。「わたしの依頼人は、彼がガレージに着いたとき、ミスター・コナリーがきみを傷つけようとしているところだったと言っている。とっさに精神安定剤をコナリーに注射して、彼がそれ以上のダメージをきみに与えるのを阻止したと。事実、わたしの依頼人はきみの命を救っているじゃないか、ミスター・マッコイ」

マッコイは耳を疑った。そしてエイブラハムスのしようとしていることを悟った。マッコイの証言と彼の証言は食い違うことになる。そしてコナリーの診断書には間違いなく彼に精神安定剤が投与されたことが記載されるだろう。

エイブラハムスは椅子に深く腰かけ、頭を振った。「きみらがいかに無能なのか驚くばかりだよ。何も知らないのか？　エレイン・スコビーとコナリーは、彼女のフィアンセと父親を含む三人を殺す計画を立てたことをわたしに自慢していたんだ。彼女は彼と同じくらい罪深い。助けてやる必要があった」

マッコイはファイルの山を引っかきまわして探した。見つけて掲げた。「これはドクター・パーディーのエレイン・スコビーに関する診断書だ。血液検査の結果、彼女は〈マンドラックス〉を大量に服用していて、歩くことも話すこともできなかった。おれもそんな彼女を見た。彼女はまっすぐ坐ってもいられなかった！」彼はファイルを開いて、指さした。「致死量に近かったとパーディーは報告している。それでもおまえはこんな状態の彼女が、自分を誘拐したコナリーといっしょに、喜んでおまえの恐怖の館にやってきたというのか？」

「わたしは――」

「そして……そして彼女は坐って、紅茶を飲みながら、三人を殺した動機についておまえとおしゃべりしたと言うのか。おれはそうは思わん」

マッコイはファイルをエイブラハムスに投げつけた。胸に当たって床に落ち、書類があちこちに飛び散った。

ロマックスは主導権を取り戻そうとした。「ミスター・マッコイ、それは暴行に当たる。わたしのクライアントは――」

「嘘つき野郎が。エレインは自分がどこにいるかもわからなかった。おまえとコナリーから逃げようとしなかったのは、動くこともできないほど薬漬けにされていたからだ。おまえはラッキーな日だと思ったんだろうな。ちょっとしたボーナスだ。若い女性をまたもうひとり壊すことができる。おまえがダンディーでやったように」

エイブラハムスは動じなかった。「彼女はコナリーのした行為について聞き、快感を覚えたと詳しく語ってくれた。彼女は彼がしたことを聞くことで性的興奮を覚えたんだ。恋人として彼と共謀し、さらにみだらな行為をするよう彼をそそのかした」エイブラハムスは微笑んだ。「マイラ・ヒンドリーとイアン・ブレイディ（英国で一九六三年から一九六五年にかけて起きた連続殺人事件の犯人）のようにね。彼らのことは聞いたことあるだろ？」

もううんざりだった。気づくとやってしまっていた。エイブラハムスの顔を思い切り殴っていた。拳《こぶし》の下で鼻の骨が折れるのを感じた。エイブラハムスが椅子から後ろに転げ落ちた。

テーブルをまわって、エイブラハムスが立ち上がる前に、彼に覆いかぶさるようにして立った。ロマックスとマレーの怒鳴り声が聞こえたが、気にしなかった。彼も叫んでいた。

エイブラハムスの恐怖に満ちた顔に向かって。

「いいか、この倒錯野郎。クーパーがおまえのしたことを知ったら、チャンスがあったときに自殺しておけばよかったと思うことになるぞ」

マレーが自分を引っ張っているのを感じた。彼はやめるように叫んでいた。ロマックスが緊急ブザーを鳴らし、看守を呼んでいるのが聞こえた。

エイブラハムスは体を起こし、割れた眼鏡をつけようとした。「わたしの行動は憂慮する市民としてのものだ。わたしがしたのは――」

マッコイは彼の顔を蹴った。

39

マレーはようやくマッコイに向かって怒鳴るのをやめ、デスクの後ろに腰を下ろした。マッコイにありとあらゆる罵詈雑言を浴びせて、疲れ果てたようだった。短いバージョンの叱責の内容は単純だった。彼の警官としての運命は、ロマックスが正式な苦情を申し立てるかどうかに懸かっている、と告げた。そしてロマックスがそうしないわけがなかった。マッコイはロマックスの眼の前で彼の依頼人を蹴ったのだ。そして苦情が申し立てられたら、マッコイはおしまいだった。

「何か言いたいことはあるか?」とマレーは訊いた。

マッコイは首を振った。言えることはあまりなかった。

「だろうな。すぐにでもおまえを停職処分にしたいくらいだ。署の半分がくそインフルエンザで休んでなければそうしていただろう。聞いてるのか?」

マッコイはうなずいた。後ろの壁にあるマレーのラグビーの写真をじっと見ていた。平静であろうとした。

「今度……今度また同じようなことをしたら、やめてもらうからな。ロマックスからの苦情があろうがなかろうが関係ない。さっさとそのドアから出ていけ」彼は突然悲しそうな表情になった。「おまえが地獄を見てきたことは知っている。おそらくあの取調室に入れるべきじゃなかったんだろう。だが、それでも……いったい何に取り憑かれちまったんだ?」

「あいつがやったんだ。なのにあそこに坐って白々しい嘘をついた」

マレーは鼻で笑った。「あの取調室じゃあ、九十九パーセントの人間が白々しい嘘をつく！　やつだけ何が違う？」

「やつはそれでほんとうに逃げ切れると思っているからだ」とマッコイは言った。

「あい、だがおれはそう思わん。あのクソ野郎を必ず――」

ドアがノックされた。

開けると、そこにロマックスが立っていた。「おふたりさん、入ってかまわんかね？」

マッコイの気分は沈んだ。

マレーが手を振って招き入れると、彼はマッコイの隣に坐った。

「わたしがここにいる理由はおわかりだろうな」とロマックスは言った。

マレーはうなずいた。マッコイはハンマーが振り下ろされるのを待った。

「わたしはエレイン・スコビーを赤ん坊の頃から知っている」と彼は言った。「それから医師の診断書も読んだ」彼はマッコイのほうを見た。「あのくずの代理人を続けるしかなくなった。なぜなら彼の弁護士であるかぎり、彼はあの取調室で起きたことをわたしに証言させることはできないからだ。できるなら、今すぐにでも代理人を降りたいが、エイブラハムスのような男のせいできみのキャリアが終わってしまうのを見たくはない。きみがしたことは好ましくはないが、理解はできる。わたしは自分を大物に見せるためにあの男の弁護を引き受けた。それは間違いだった。だが受け入れるしかない」

彼は立ち上がると、マッコイに手を差し出した。「また会おう、ミスター・マッコイ」

マッコイはその手を握った。唖然としていた。ロマックスはマレーにうなずくと、その場をあとにした。

マレーは椅子の背にもたれかかると言った。「予想してなかったな」

「おれもです」とマッコイは言った。安堵が体じゅうにあふれていた。

「くそラッキーなやつだ」とマレーは言った。「二度目はないぞ。さあ、とっとと出ていけ」

マッコイは立ち上がり、ドアのほうに向かった。

「待て」とマレーが言った。「忘れていた」

マッコイは戻った。

「バージェス。〈オールバニー〉。明らかに何かおかしなことになっている」

「あい？」とマッコイは言った。恐怖が湧き上がってきた。

「今度はギルロイだ。報告書が届いた。喉に〈マンドラックス〉が詰まっていた。死後に押し込められたものだ」

「は？」

「ああ、そうだ。すでに死んでいる男になぜ〈マンドラックス〉を飲ませるんだ？　わけがわからん」

「コナリーはいつもと同じようにしたかっただけでは？」

言ってすぐ、マッコイはそれがばかばかしく聞こえることに気づいた。

マレーが彼を見た。

「すみません」

「なんであれ、何かがおかしい。イースタン署に引き渡して、別の事件として取り扱ってもらったほうがいいかもしれない。そうしても害はないだろう」

「ええ」とマッコイは言った。気分が悪くなりそうだった。新たな捜査。最初に殴ったのが彼とクーパーだとわかってしまうかもしれない。

「いつ決めるんですか？」

「おれがそう決めたときだ。それでいいな？」とマレーは言った。苛立っているようだった。

「コナリーがあんな様子だと難しいんじゃないですか？」

マレーは椅子の背にもたれた。「やつがやったんじゃないなら、そんなこともないだろう。イースタン署のクラモンドは優秀だ。あいつなら真相にたどり着くだろう」

マッコイはうなずいた。すでに最悪だと思っていた上にこれだ。クラモンド。テリアみたいなやつで、優秀な刑事だ。数年もすれば、警部になると期待されている。マレーが彼に事件を捜査させたら、自分は終わりだ。完全に終わりだ。

マレーはマッコイを指さした。「ところで、おれが言ったことは本気だからな。何があってもクーパーの野郎を捕まえる。もしおまえがやつを使ってまただれかを脅すようなことがあったら、それがエイブラハムスのようなクソ野郎であっても、おまえを叩き出してやるからな」

マッコイはうなずいた。そのことばを疑わなかった。

40

マッコイは自分のデスクに坐った。時計に眼をやった。七時半。胸がひどく痛む。テーブルに横たわって身動きが取れないなか、コナリーがメスを持っていたときのことをずっと考えていた。一杯飲みたい気分になるのも無理はない。いつもなら、コナリーのようなやつが逮捕されたあとは、大騒ぎになった。マレーが〈エスキモー〉で三十ポンドをバーに預け、みんなで酒を飲んで陽気になり、クソ野郎の逮捕にはしゃいだものだった。

だが今回は違った。だれもそんな気にはなれなかった。とりわけマッコイは。コナリーは階下の監房にいたが、そこにいるのはほんとうの彼ではなかった。まるでコナリーがどうやってか彼自身の体から逃げ出し、最後に笑っているかのようだった。まんまと騙されたような気分だった。裁判もなければ、刑期もない。どこかウッディリー精神科病院のようなところで虚《うつ》ろな笑みを浮かべて壁を見つめながら、残りの人生を過ごすことになるのだろう。

エレイン・スコビーは去った。叔母さんかだれかにレンジーの家に連れていかれたそうだ。その叔母とやらもばかじゃない。エレインが父親の死によってとても裕福になったことを知っているのだろう。彼女の身のまわりの世話をする人物はだれであれ、すぐにでもその富を手にすることができるのだ。

ワッティーが彼の横に現われた。「大丈夫か？」

マッコイはうなずいた。大丈夫じゃなかった。まだくそクラモンドのことを考えていた。

「マレーにかなりやられたって？」

「しょうがない、自業自得だ」

「縫った痕はどうだ？」

「痛い。けど大丈夫だ」

「鑑識の連中が今、やつの拷問部屋を徹底的に調べている。やつがほかのだれかにもやった痕跡がないかを」

「やってはいないだろう」とマッコイは言った。「やっていたらあの傲慢なクソ野郎のことだ、おれたちに話しているはずだ」

「かもな」ワッティーは自分のデスクから椅子を引っ張ってきて、マッコイの向かいに坐った。周囲を見まわして、だれも聞いていないことをたしかめてから言った。「始まったよ」

「何が？」

「〈バイキング〉。スティーヴィー・クーパーだ。ラジオで言ってた。ウォーラーとトミー・シモンズが救急車で王立病院に運ばれた。ウォーラーは助からないようだ」

「なんてこった」とマッコイは言った。

今日起きたことのせいで、マッコイはクーパーの計画のことをすっかり忘れていた。

「それだけじゃない。〈シルバーベルズ〉が火事に遭った。ビショップブリッグスでも家が二軒燃やされた。救急治療室には二十人ほどのチンピラどもが手当てを待ってるそうだ」ワッティーは椅子の背にもたれかかると続けた。「どうやらあんたのお友達はノースサイドの新たなボスになったようだ」

「マレーは知ってるのか？」

「すぐにわかるだろうな。今、トムソンが報告に行く前に、最後のチェックをしているところだ。死んでもあいつの代わりにはなりたくないね。マレーはぶち切れるだろう」

マッコイは立ち上がった。

「どこに行くんだ？」ワッティーが驚いた顔で訊いた。

「クーパーに会いに行く。それにトムソンがニュースを伝える前にここを出ていく必要がある」

ワッティーはニヤリと笑った。「祝福しに行くのか？」

「いや、彼に知らせに行く。あいつのガールフレンドが植物状態になっちまったと。おまえはここにいろ。だれが何を言おうと、おれとおまえは〈バイキング〉にはいなかった。わかってるな？」

ワッティーはうなずいた。

「本気だぞ、ワッティー。何も言うんじゃないぞ、さもなければおれたちはふたりとも破滅だ」マッコイ自身はもう破滅している可能性があったが、ワッティーにそのことを知らせる必要はなかった。

ワッティーは両手を上げた。「わかった。わかったよ。ちくしょう……落ち着けよ」少し考えてから言った。「知らせを聞いたらクーパーはどうすると思う」

マッコイは肩をすくめた。「エイブラハムスは一週間以内に死ぬだろうな。それだけはたしかだ」

「くそっ」

トムソンが立ち上がり、フールスキャップ紙を何枚か持って、マレーのオフィスの閉まったドアに向かった。マッコイは椅子の背もたれからコートを取ると、トムソンがノックをすると同時にドアへと急いだ。

41

メメル・ストリートにいる可能性が一番高そうだった。彼は署の外でタクシーを拾った。行き先を告げると、角までは行くが通りのなかまでは入っていけないと運転手は言った。マッコイはそれでかまわないと答えた。議論している気分ではなかった。

シートにもたれかかり、街が通り過ぎていくのを見ながら、自分を憐れんだ。腕の包帯の下を掻こうとした。問題が山積みで、このあとの数週間を乗り切れるかどうかわからなかった。もしマレーがクラモンドにアンクル・ケニーの殺人事件を調べさせたら、自分とクーパーは終わりだ。クラモンドが真相にたどり着かないわけがなかった。

もしそれを逃れられたとしても、マレーは断固としてクーパーを逮捕するつもりでおり、結果としてマッコイ自身も面倒に巻き込まれることになるだろう。自分の経歴を考えると、懲罰委員会を生き延びることは難しく、運がよくてもなんらかの理由で解雇され、運が悪ければバーリニー行きになるだろう。

タクシーは彼をホーソーン・ストリートで降ろした。彼はメメル・ストリートを歩いた。すでにクーパーがエレインのことを知っている可能性は高かった。いつも警察のだれよりも早く何が起きているのかを知っていた。それでもマッコイはその話を彼にしなければならないと思っていた。たとえクーパーがその話を愉しみに待っていないとしても。

通りを半分ほど進んだところで、音楽と叫び声、笑い声が聞こえてきた。勝利の宴がすでに佳境に入っている。なんとなくそんな気がした。少年たちが路地にたむろしていた。マッコイは以前案内してくれたカーディガンを着た少女を探したが、見つからなかった。彼らを押しのけると階段を上った。

男がふたり、階段の途中で見張りに立っていたが、〈バイキング〉でマッコイと会っていたので通してくれた。そのうちのひとりはぶ厚いガーゼをテープで頬に留めていた。その下から血がにじみ出ていた。

「痛そうだな」とマッコイは言った。

少年は肩をすくめた。パーティーの音楽のブーン、ブーンという音が大きくなっていた。彼は〈ウィスキー・マック〉のボトルからひと口飲むと、マッコイに差し出した。マッコイはひと口飲んだ。安ウィスキーが喉を焦がすのを感じ、顔をしかめながらもありがたいと思った。ボトルを返すと言った。「ほかに怪我をした者は？」

「少しだけ。タム・ミュレンが王立病院にいる。連中、斧を持ってたんだ」

「ひどいな」

少年はニヤッと笑った。「連中の状態のほうを見てほしかったな」

マッコイは重い足取りで階段を上った。デヴィッド・ボウイの《ジーン・ジニー》が終わり、ロキシー・ミュージックの《バージニア・プレイン》が始まった。

フラットの部屋のドアは開いていた。それを押し開けると、音楽が耳をつんざいた。部屋のなかは熱気にあふれ、人でごった返していた。〈バイキング〉で見かけた面々に加え、着飾って化粧をした女たちがいた。マリファナの煙とお香や香水のにおいが立ち込めている。ブラジャーとパンティー姿の女性がバスルームのドアを叩いていた。

「ビリー！」彼女は叫んでいた。「ビリー！　入れてよ！」

バスルームのドアが開き、ビリー・ウィアーがちらっと見えた。ペイズリー柄《がら》のパンツ以外は裸で、覚醒剤《スピード》の白い線が何本も走ったアルバムのジャケットを女性の顔のところまで持ち上げていた。別の少女がバスルームに飛び込み、ドアを閉めた。

マッコイは混雑した玄関ホールを肘で押し分けて進み、差し出されたマリファナ煙草を何度か吸いながら、キッチンにたどり着いた。テーブルは缶とボトルで覆いつくされていた。だれかが蒸し魚の料理が包まれていた新聞紙を開いていた。ジャンボが奥の椅子に坐って、マッコイが見たこともないような不機嫌そうな顔をしていた。長い髪の少女が膝の上に坐り、腕を彼の首にからめていた。

「あいつはどこだ、ジャンボ?」マッコイは騒音に負けないように叫んだ。

「〈セントラル・ホテル〉にいる」とジャンボは言った。「場所を知ってるから、案内するよ」

彼がすばやく立ち上がったため、少女が彼の膝から床に落ちた。いやな顔をすると、体を払い始めた。

ふたりはフラットの玄関から出ると、泥だらけの庭を歩いた。また雨が降りだしていたが、冷たい霧雨が街灯の灯りによってオレンジ色に染まり、新鮮な空気が気持ちよかった。ジャンボはだれかにおめかしをさせられたようで、もうズック靴やウールのセーター姿ではなかった。おしゃれな黒のスリッポンにチャーリー・チャップリンがいくつも描かれたシャツ、革のジャケットというでたちだった。ほかのクーパーの兵隊たちと同じに見えた。

「〈セントラル・ホテル〉がどこにあるかは知ってるよ、ジャンボ」とマッコイは言った。

「グラスゴーで一番大きいホテルだぞ」

「確実に連れていこうと思って」とジャンボは言った。

「あの女の子たちと愉しみたくないのか？」とマッコイは訊いた。「戻りたいんじゃないのか？」

ジャンボは顔を真っ赤にして首を振った。「クーパーさんのところに案内するよ」

「好きにしろ。で、戦争はどうだったんだ？」

「ひどかった」とジャンボは言った。

マッコイは立ち止まった。ジャンボが泣きそうになっていることに気づいた。流行の服を着ていても、彼はいつものように巨体をまとった迷子の少年のようだった。

「どうした？　何があったんだ？」とマッコイは尋ねた。

「おれはクーパーさんといっしょにパブに行ったんだ」

「〈シルバーベルズ〉か？」

彼はうなずいた。「クーパーさんは、何が起きているか相手が気づく前に、男をふたり刺した。何度も何度も刺した。あいつら泣き叫んでた。ひとりが床に倒れて、クーパーさんはそいつの顔を踏んだ。三回踏んだ。それから――」

ジャンボはことばを切ると、眼を拭った。「もうひとりの男が大きなナイフを持っていて――」

「山刀《マチェーテ》か？」

ジャンボはうなずいた。「そいつがそれでクーパーさんに襲いかかったけど、あの人はなんとかそれを取り上げて、それで顔面に切りつけたんだ」

「ジャンボ、おまえ――」

「そして顔の半分がぶら下がって、クーパーさんが血まみれになった。あの人は殺してやるって叫んで、ビリーが引き離そうとした。すごく怒っていて、ビリーを殺してしまうんじゃないかと思った」

マッコイは彼に腕をまわした。嗚咽《おえつ》で体が震えているのがわかった。「ほんとうはこういうことに向いてないんじゃないのか、ジャンボ？」

ジャンボは嗚咽の合い間になんとか言った。「ほかに行くところがないんだ」

マッコイは彼の背中を叩き、大丈夫だ、動揺しているだけだ、明日にはよくなる、と言った。ほとんどそう信じていた。半分は自分のせいだと思った。ジャンボを救おうとして、彼を恐ろしい人生に送り込んでしまった。体は合っていたが、心は合っていない人生に。恐ろしいことにジャンボの言うとおりだった。彼にはほんとうに行くところがなかったのだ。

霧と雨のなから一台のタクシーが現われた。マッコイは呼び止めると乗り込んだ。運転手に〈セントラル・ホテル〉と告げた。煙草に火をつけた。事態はもっと悪い状況になる可能性があると自分を納得させようとした。ジャンボのようになるかもしれないのだと。だがだめだった。

タクシーはセントラル駅の外の張り出し屋根の下の列に止まり、ふたりは降りた。雨は本降りになっていて、タクシーの列がホテルまで続いていた。〈セントラル・ホテル〉は巨大な鉄道ホテルで、塔や石の彫刻で飾られた華美な建物だった。〈セントイーノック・ホテル〉と違って、このホテルは活況を呈していた。ローレル＆ハーディ（一九二〇年代から一九四〇年代にかけて活躍した米国のお笑いコンビ）から、ジュディ・ガーランドまで、だれもがここに泊まった。レッド・ツェッペリンでさえも。出入禁止になるまでは。

「ペントハウスのスイートにいる」ジャンボは見上げるとそう言った。

「わかった」とマッコイは言った。「どうしてあいつといっしょじゃないんだ？　おまえたちふたりはいつもいっしょじゃなかったのか？」

「今夜はひとりでいたいって言ったんだ」とジャンボは言った。

「おまえはどうする？　パーティーに戻るのか？」

ジャンボは首を振った。困ったような顔をした。「〈オデオン座〉で《ジャングル・ブック》が上映されてる。小さい頃に見た」

「いい映画だ」

ジャンボはうなずいた。「クーパーさんに、必要なら明日の朝七時にホテルのロビーにいると伝えてほしい」

マッコイはうなずき、ジャンボが通りを映画館のほうに歩いていくのを見送った。彼はこの新しい人生をいつまで生き延びることができるのだろうか。

42

マッコイがこれまで見てきたなかでも一番の美女がスイートのドアで迎えてくれた。マッコイと同じくらい背が高く、長いブロンドの髪にクーパーの半袖シャツのようなものでかろうじて体を隠していた。

「スティーヴィーを探している」と彼は言った。見つめないようにした。

彼女は微笑んだ。「わかった」アメリカ訛りだ。「大きなほうのベッドルームにいるわ」

そのことばが、複数のベッドルームがあることを示唆していた。スイートルームはドアから見えるよりもはるかに大きいに違いない。

「居間を通っていけば、見つかるはずよ」彼女はドアを大きく開け、振り向くと言った。「スティーヴン！　お客さまよ！」

スティーヴンだって？　クーパーがそう呼ばれるのを聞くのは施設にいたとき以来だった。マッコイはその女性に微笑むと、少し気まずい思いを感じながら、大きな居間に入っていった。しばらくそこに立ったまま、その部屋を見まわした。ソファがふたつ向かい合って置いてあり、真ん中に大きなフラワーアレンジメントが置かれたガラスのコーヒーテーブルがあった。横長の窓からはホープ・ストリートとその向こうの街の灯りが見渡せた。

奥の壁にある両開きの扉のほうに歩くと、靴がカーペットに沈んだ。きらびやかなクリスタル製のタンブラーや、スピリッツのボトルでいっぱいのサイドボードの上には、銀のトレイが置かれていた。メメル・ストリートとビリーのパーティーははるかかなただった。

クーパーは巨大なダブルベッドの上で、胸をあらわにし、乱れた髪で坐っていた。四つか五つの真っ白の枕に支えられ、顔には大きな笑みを浮かべていた。

「どうやら計画はうまくいったみたいだな?」とマッコイは言った。

クーパーは笑った。「エリー!」と叫んだ。女が戸口に現われた。「頼みがある、ビールを二本持ってきてくれないか?」

彼女はうなずき、去っていった。尻がキャンディのタフィーのようだった。

「彼女はいったいどこの出身なんだ?」彼女の尻が消えていくのを眺めながらマッコイは訊いた。

クーパーはニヤリと笑った。「アクロン(米国オハイオ州の町)だ。それがどこなのか知らんがな。モデルだ。〈フレイザーズ〉でファッションショーか何かをやるために来たんだそうだ。そこにスーツをもう一着買いに行ったときに知り合った」

「スーツなんか着ないじゃないか」とマッコイは言った。

「これからは着るようになるかもしれない。なんたって上流の生活を送ることになるんだからな」

「もっともだ」とマッコイは言った。「彼女はずいぶんとくつろいでいるように見える」

クーパーはベッドの隣を叩いた。「坐れよ」

「いや、いい」とマッコイは言い、ドレッシングテーブルから椅子を引っ張ってきた。

「その手には乗らんぞ。おれの頭を叩くつもりだろ、遠慮しとく」

「おれがそんなことするかよ？」とクーパーは言い、もう一度ベッドを叩いた。

マッコイはため息をついた。クーパーは機嫌がよかった。言うことを聞くまで、延々と続きそうだった。さっさと終わらせたほうがいい。

マッコイはベッドに坐った。クーパーは微笑み、何もしなかった。それからマッコイをベアハグし、腕を首にまわして、頭を脇の下に抱え込んだ。

「まいったか！」

「まいった」とマッコイは言い、首を絞められた状態で息をしようとした。

クーパーはさらに腕を締め上げ、マッコイの頭を拳《こぶし》で叩いた。「聞こえないぞ！」

「まいった！」あえぐように言った。

クーパーは笑うと、マッコイを自由にし、押しやった。マッコイはベッドから転がり落ち、床の上に坐った。

「勘弁しろよ、スティーヴィー。二十年経っても、まだこんなことをおもしろいと思ってるなんて、ほんとうに悲しくなってくるよ」

「何が悲しいって、おまえが毎回毎回騙されるってことだよ」とクーパーは言った。

マッコイは説明しようとしたがやめた。椅子に坐り、自分を落ち着かせようとした。

「じゃあ、大丈夫だったのか？　無傷で戦争を生き延びたんだな？」

クーパーは体をねじって背中を見せた。そこには以前からあった傷と交差するように長く新しい傷があった。ベッドカバーを剥がすと、ダクトテープで包帯をしたふくらはぎの深い傷痕をマッコイに見せた。それから左手を上げた。中指の先がなくなっていた。

「デイブ・アレン（アイルランドのコメディアン。左手の人差し指がなかった）みたいだろ」そう言うと、ニヤッと笑った。

「ああ、おまえはちっともおもしろくはないけどな。もっとひどいことになるかもしれなかったことを考えると悪くはない。何人か、病院送りにしたらしいな」

クーパーは肩をすくめた。何を言っても機嫌を損ねることはなかった。「そういうゲームだ。クソくらえだ。連中だっておれに同じことをしただろう」

「おふたりさん」

ふたりが顔を向けると、エリーがビールのボトルを四本置いたトレイを持って立っていた。彼女はそれをベッドの端に置くと、クーパーにウインクをしてまた去っていった。

「彼女はほんとうに存在してるのか？」とマッコイは訊いた。「ミス・ワールドみたいにビールの載ったトレイを持って現われ、おまけにおまえのことがほんとうに好きらしい」

クーパーはまたニヤッと笑った。まるでクリームをひとり占めしている猫のように満足げだった。「アメリカ人の女と寝たことはあるか？」

マッコイは首を振った。ビールのボトルからひと口飲んだ。

「まったく別のゲームだ――」

「おれが言うのもなんだが」マッコイはボトルを掲げた。「おめでとう！」

ふたりはボトルをぶつけて鳴らし、飲んだ。

「で、どうなってる？」とマッコイは訊いた。

「見てのとおりだ」とクーパーは言い、腕をまわしてみせた。「このとおり、ノースサイドはおれのものだ。ビリー・チャンが香港から戻ってくる。やつのコネクションを整えてな。すべてのシステムが稼働する。メメル・ストリートもそのまわりのクソともおさらばだ。これからは、あそこはビリーのものだ。おれは一番奥に潜んでいる。くつろいで気分を変えて人生を愉しむつもりだ。しばらくはここにいて、新しい生活に慣れるつもりさ」

「彼女もいっしょに？」

「ああ」

マッコイはこの雰囲気を壊すようなことを言いたくなかった。クーパーと同様、彼も愉しかった。こんなにうれしそうで、満足そうなクーパーを見るのは初めてだった。だが、それはここに来た目的ではなかった。それにクーパーには知る権利があった。

「エレインのこと」と彼は言った。「聞いたか？」

クーパーはうなずいた。「彼女は死ぬとおまえには言ったはずだ」

「彼女は死んでない、スティーヴィー。彼女はロボトミー手術を施された。だが生きている」

「それを生きていると言うのか？」

「違うだろうな」

クーパーは肩をすくめた。「彼女はコナリーに捕らえられた時点で死んでいた」彼はビールをひと口飲んだ。一瞬、ほんとうの気持ちが顔に現われたが、すぐに消えた。笑みが戻った。

「あのエイブラハムスの野郎は明日、バーリニーに行くそうだ」とマッコイは言った。

クーパーはうなずいた。ふたりともマッコイがそう言った理由をわかっていた。ふたりともエイブラハムスがその週の終わりには生きていないとわかっていた。

エリーが木製のシガーボックスを持って戸口に現われた。彼女はベッドに腰を下ろした。

「ほんとうにヤっていいの、ハニー？」

「なんでも一度は試してみる。それがおれのモットーだ」

彼女は微笑みながら、箱を開けた。なかにはジッポーのライター、スプーン、ゴムのチューブ、折りたたまれたラップ、そして注射器があった。

マッコイはクーパーを見た。「何をしてるんだ、スティーヴィー？　そんなことをする必要はないだろ」

エリーが眉を上げた。

「スティーヴィー、やめてくれ！」

クーパーはマッコイをにらんだ。マッコイがこれまで見たことのないくらい上機嫌だったが、それでも何をするか指示されるのは好きではないようだ。「エリー、バスルームかどこかに行っててくれ――」

「ふたりだけにしてほしいって言うのね？」彼女は立ち上がった。「わかった。お化粧でもなおしてくるわ」彼女はシガーボックスを脇に抱えて出ていった。

クーパーは彼女が去るのを待ってから、マッコイのほうを向いた。「おれのことをばかだと思ってるのか？　一回かぎりだ。自分の売るものをたしかめるだけだ」

「自分の売るものはわかってるだろう。ヘロインだ。おまえをジェイニーみたいに中毒にするヘロインだ。もっとほしくなって五十ペンス札のためにじじいに体を売り、最後には荒れ果てたフラットで死んでしまうようなしろものだ。これ以上何を知りたいんだ？　売りたいのなら勝手にすればいい、だがお願いだから、自分で試してみるようなばかなことはやめてくれ」

「おれがばかだと言うのか？」

マッコイは穏やかに進めたほうがいいと悟った。「違う、スティーヴィー。おまえがばかだと言ってるんじゃない。ばかなことをしようとしてると言ってるんだ。わかるだろ？」

「どうかな」とクーパーは言った。声が冷たくなっていた。「で、おまえはいったい何をわかってる？　おまえは自分が一度もばかなことをしたことがないとでも言うのか？」

マッコイは彼を見た。「なんのことを言ってるんだ？」

クーパーは首を振り、もう一本のボトルに口をつけた。

「なあ、クーパー、なんのことを言ってるんだ」マッコイは訊いた。しだいに苛立ってきた。

「なんでもない」とクーパーは言った。「おまえが知る必要はない。いつものようにおまえをトラブルから救ってやっただけだ。ハリー・マッコイが、世界が自分のものだと思って能天気に生きていけるようにな。やめてほしいなら、そう言ってくれ」

マッコイは立ち上がった。腹が立った。「なんのことだかさっぱりわからん、クーパー。

施設の頃に戻って、くそアンクル・ケニーやほかの連中からおれを守ってくれるつもりなら――」

「おれが救ってやった」

「おまえが救ってくれたのは知っている。だが昔のことだ――」

「昔じゃない」彼は静かに言った。「正確には四日前のことだ」

マッコイは椅子に坐り込んだ。混乱していた。「なんのことだ？」

クーパーは体を乗り出し、ナイトテーブルの引出しを開けると、覚醒剤《スピード》の包みを取り出した。ルームサービスのメニューの上で二本の線にカットすると、丸めた紙幣でそのひとつを鼻で吸った。メニューをマッコイに差し出した。テストだ。

マッコイはそれを取ると、もうひとつの列を鼻で吸った。鼻をこするとビールを飲んだ。

「コナリーはアンクル・ケニーを殺しちゃいねえ」とクーパーは言った。「やったのはおまえだ」

クーパーはベッドから起き上がると、ジーンズを穿いた。マッコイはソファのひとつに坐っていた。ホープ・ストリートを行き交う車の騒音がぼんやりと鳴り響いていた。クーパーはふたつのクリスタルのグラスにウィスキーをたっぷり注ぐと、ひとつをマッコイの前に置いて向かいに坐り、濃い胸毛を掻いた。

「なんと言ったんだ?」マッコイは自分自身を見ているような、自分とクーパーを見ているような感覚に陥っていた。クーパーの言ったことが信じられなかった。

「コナリーがあいつを殺したんだ。コナリーが」

クーパーは首を振った。「おまえはそう信じていただけだ」

マッコイはウィスキーを勢いよく飲んだ。飲み込むと喉が焼けるように熱くなった。

「理解できない」彼はクーパーを見た。見慣れた顔を。ソファを見て、ウィスキーのグラス、カーテンを見た。すべては普通だったのに、もうそうは見えなかった。

「何があったか、あまり覚えてないんだろ、違うか?」とクーパーは言った。

マッコイは首を振った。「覚えてるのは、おれがやつを殴り始めて、それから……わからない。何かが起きて……もう自分じゃなくなった。ただひたすらやつを殴りたかった。それからおまえが叫んでおれを引き離した」

「あんなおまえは見たことがない」とクーパーは言った。「あんなふうになったやつを見たことはなかった」彼は微笑んだ。「おれ自身を除いてな。おまえがどっかに行ってしまって、もうおまえじゃないみたいだった。アンクル・ケニーを痛めつけること以外何も考えていなかった」

「そうなんだな？」

「そしておれが殺した」とマッコイは言った。

クーパーはうなずいた。「おまえが殺した。ほんとうにやった」

エリーが体をタオルで巻いて入ってきた。もうひとつのタオルを髪に巻いていた。「気にしないで」と彼女は言った。サイドボードからハンドバッグを取ると、ベッドルームに戻っていった。

クーパーはサイドボードからボトルを取り、ふたりのグラスに注いだ。腰を下ろした。

「おれが引き離したときにはもう遅かった。ダメージがひどかった」

「どのくらい？」

「死ぬと思った。間違いなく」

「なんだって？」気分が悪くなりそうだった。気が遠くなった。何かをしなければ。血を見たときのように。自分を落ち着かせようとした。深呼吸をし、ウィスキーを飲んだ。

「おれは死ぬ前の人間がどんなだか知っている」とクーパーは言った。「何度か見たことがある。息はしていたがどこかおかしかった。おかしく聞こえた。酸素が行き渡っていなかったんだ。おまえが気管か何かをつぶしたんだろう。首を何度も踏んでいた」

「なんだと？　おれが何を？」マッコイはグラスを置いた。部屋のなかがぼやけて見え、クーパーが突然、ずっと遠くにいるように思えた。ソファの背にもたれかかって、落ち着くのを待とうとした。

「大丈夫か？」とクーパーは訊いた。

マッコイはうなずいた。が、大丈夫ではなかった。まったく。

「やつが死ぬ前におまえを連れ出さなければならなかった。おまえが自分のしたことに気づく前に。もしばれたらふたりともおしまいだった。おまえには処理しきれなかっただろう」

マッコイはそのとおりだと思った。

「だからおれはおまえとパブで別れてからホテルに戻った。思ったとおりだった。やつは死んでいた。警察の幹部がホテルの部屋で死んでいたら、連中は徹底的に捜査するだろう。逃げ切れるわけがなかった」

彼は大きなオニキスのライターをテーブルから持ち上げると、二本の煙草に火をつけ、一本をマッコイに渡した。彼は震える手でそれを受け取った。クーパーの言っていることが信じられなかった。信じたくなかった。

「警察が深く捜査しない可能性があるとしたら、だれがやったのかすでにわかっているときだ」

「コナリー」とマッコイは言った。

「コナリー。だからやつがやったように見せかけた」

マッコイは理解し始めていた。「エレインから聞いていたのか？」

クーパーはうなずいた。「彼女はチャーリー・ジャクソンと父親に起きたことをおれに話していた。新聞には書いていないことまで詳しく――」

「死体に文字を刻んだんだな」

クーパーはうなずいた。「そして残りはおまえがやってくれた」

「おれはコナリーがアンクル・ケニーと関係があったことを見つけた」

「そして今、エイブラハムスのおかげで、コナリーは否定することができなくなった」

「エイブラハムスが何をしようとしていたかをどうやって知ったんだ？」

「知らなかった。おれは超能力者じゃねえ。コナリーがやっていないと言ってもだれも信じないと願っていただけだ」彼はグラスからもうひと口飲むと微笑んだ。「ほかに何も起きないかぎり、おれたちは自由だ」

「どうして教えてくれなかったんだ？　何があったのかを？」

クーパーはマッコイを見た。「冗談だろ？　マッコイ、おれはおまえのことをよく知っている。今も言うべきじゃなかったと思ってる」

「どうして？」

クーパーはため息をついた。「なぜならおまえはいつもそうだからだ。くよくよと考え、自分を苦しめ、頭がおかしくなるまで考え込む。おれは生活のために人を傷つけるが、おまえはそうじゃない。おまえは人を救おうとする。おまえのことを神さまの贈り物だと思っているホームレスどもをな。妻に暴力を振るう男や小児性愛者、悪党どもを捕まえる。おれはこの世界で何が正しくて、何が間違っているかを考え、正しいことをしようとする。おれか？　おれはただやるべきことをやるだけだ。前に進み続けるだけだ」

マッコイは立ち上がった。が、震えと吐き気を覚え、また坐り込んだ。自分が何をしているのかわからなかった。叫びだすか、泣きだしてしまうかもしれないと思った。あるいはそこに坐ったまま二度と動けなくなってしまうかもしれないと。

クーパーはマッコイを見た。「ほらな。今も考えてるだろ？　どうしたら自分に人が殺せたのか、どうやってそれに対処するか考えている」

彼はグラスをガラスのテーブルに叩きつけた。長い亀裂が走った。

マッコイは跳び上がった。

クーパーはテーブル越しに体を乗り出した。「いいか、くよくよするな。アンクル・ケニーは正真正銘のクソ野郎だった。自分の快楽のために何百もの少年の人生を台無しにした。死んで当然だ。おれはおまえが殺してくれてうれしかった。あいつは、苦しみながら自分がホテルの床でひとり死んでいくとわかっていた。それがうれしかった。もっと時間があれば、もっと苦しめてやれた。だから何が起きても後悔するな。今回だけは考えるな。終わったんだ。わかったか？」

マッコイはうなずいた。

「考え始めたら、おれの言ったことを思い出せ。あのクソ野郎を頭のなかに入れるな。あいつに負けるな」

マッコイはもう一度うなずいた。

「いいだろう」

クーパーは立ち上がると、ベッドルームへ向かった。

マッコイはまだそこに坐っていた。どうしたらいいのかわからなかった。クラモンドが捜査を開始したら、自分は殺人罪で逮捕されるだろう。少なくとも十五年は食らうはずだ。バーリニーで十五年。刑務所のなかの警官。だれもがそれが何を意味するのか知っていた。

クーパーにそのことを話しても意味はなかった。知らないほうがいい。彼は、すべて解決したと考えている。未来はバラ色だ。そしてもう一度考えた。クラモンドはふたりがそこにいたことに気づくだろう。警察が、クーパーのような人間が無罪だと信じるはずはなかった。彼もまた殺人罪で逮捕されるだろう。特にマレーがクーパーのことをどう思っているかを考えると。

マッコイは立ち上がった。バスルームに入り、洗面台で顔を洗った。鏡で自分の顔を見た。真っ青だった。両手は震えていた。自分もクーパーもおしまいだ。すべてアンクル・ケニーのせいで。正義はどこにあるのだ？

彼は部屋に戻り、ソファに坐った。

クーパーが戻ってきた。「来いよ」

「行かなきゃならない、スティーヴィー——」だが、そこにはだれもいなかった。

彼は立ち上がると、ベッドルームに向かった。

エリーがベッドに坐っていた。眼の前には開いたシガーボックスがあった。「いっしょにどう？」

マッコイはシガーボックスを見ると、ベッドに坐った。エリーは微笑むと、マッコイの袖のボタンをはずし、袖をまくり上げて、ゴムのチューブを上腕にきつく巻いた。腕を見ていると、血管が浮き上がってきた。

クーパーも腕にチューブを巻いていた。エリーが茶色い粉をスプーンですくい、水を加えてライターであぶっているのを見ていた。液体が泡立ち始め、濃くなった。

「もうすぐよ、おふたりさん」彼女は微笑みながらそう言った。「もうすぐすべてがふわふわ浮いたみたいになるわ」

そしてそのときこそが、マッコイがまさに何よりも望んでいた瞬間、痛みのなくなる瞬間だ。体の痛み、自分に起きたことの痛み、すべてが消え去る。コナリーがメスを手に立っているところを思い出すこともない。望んでいるのは、ただ自分とクーパーがハイになって、自由になることだった。クラモンドもいない。マレーもいない。バーリニーもなしだ。殺人もなしだ。

だが彼は立ち上がると、チューブを腕からはずした。

「どうした？」クーパーが彼を見た。

「気をつけてくれ、スティーヴィー。お願いだ。おれは行く」

彼は部屋から出た。後ろからクーパーが叫んでいるのが聞こえた。

「マッコイ！　くそったれが！」

43

タクシーはクロウ・ロードに向かっていた。腕時計を見た。九時半。まだ犬の散歩に出かけているところだろう。自分が何をするつもりなのか、何を話すつもりなのかわかっていなかった。ただ、何かをしなければならないと思い、そのことだけを考えていた。

彼は運転手にボーデン・ロードの角で降ろしてもらった。しばらく立ったまま、煙草を吸い、角を見つめていた。雨は雪に変わり、塊となって降って、濡れた歩道の上で溶けていた。姿が見えてくる前にブルーノの声が聞こえた。低く吠える声とともに、ラブラドールが尻尾を振りながら彼に向かって走ってきた。年を取り、以前より太っていたが、あいかわらず人懐っこかった。跳び上がってマッコイの顔を舐めようとした。

「わかった、ブルーノ、わかったから」と彼は言い、押しのけた。

口笛を吹く音がし、犬が道を走っていった。すぐにマレーが現われた。パイプを手に持ち、もう片方の手には丸めたリードを持っていた。マレーが一瞬立ち止まると、マッコイは自分だとわかるように街灯の下に進み出た。

マレーはかがみ込むと、ブルーノをリードにつないだ。マッコイのほうに歩いてくると言った。「ブルーノに会いにこんなところまで来たんじゃないだろ、あ?」

マッコイは首を振った。

「だろうな」とマレーは言った。「何があった?」

「話があります」とマッコイは言った。

「あい、わかった」とマレーは言った。「じゃあ、なかに入れ」

十分後、ふたりはキッチンのテーブルに坐っていた。ブルーノは隅の自分のかごに入って、すでにうつらうつらしていた。コリンとデイヴィッドはもごもごと挨拶をすると、サッカーを見に二階に行った。

「マーガレットは？」周囲を見まわすと、マッコイは訊いた。

マレーは〈ベル〉のボトルとグラスをふたつ、テーブルの上に置いた。「妹のところに行っている。おまえに会えなくて残念に思うだろうな。おまえがあまり会いに来てくれないから」

「すみません」とマッコイは言った。自分の罪のなかではまだ軽いほうだ。

マレーは坐ると、ウィスキーを注いだ。彼は部屋着に着替えていた。古いコーデュロイのズボンに、タッターソールチェックのシャツ、そして長年愛用している、シャツと同じ緑色のカーディガン。顎は無精ひげで覆われ、赤みがかった灰色をしていた。マッコイはマレーを見た。どこから始めたらいいか、どう始めたらいいかわからなかった。

「こんな夜に連絡もなしにわざわざ来たんだ。いいニュースじゃないんだろうな」とマレーは言った。

「ええ」とマッコイは答えた。「頼みがあります。これまでの人生で一番の頼みです」

マレーは苛立っていた。「もし、あのくそスティーヴィー・クーパーを見逃せと言うんだったら、無駄だぞ」

マッコイは首を振った。「そのことじゃありません」

マレーはマッコイを見ると、眼をしばたたいた。「オーケイ」

「クラモンドにケネス・バージェスの殺人事件を調べさせないでください」とマッコイは言った。

マレーのグラスが口元に行く途中で止まった。「なんだと？」

「クラモンドに事件を調べさせないでほしい」

「なぜだ？」

「おれがやつを殺したとわかるから」

いっとき、沈黙が支配した。壁の時計の音とブルーノのいびきだけが聞こえた。

「おまえが何をやったと？」マレーは静かに言った。

マッコイは最後まで泣かずに話せることを願った。ひと息ついてから話し始めた。「おれがバージェスを殺した。ホテルに行って、死ぬまで殴った。それからコナリーのしわざに見せかけた」

マレーはまるで見知らぬ人間を見るかのようにマッコイを見ていた。「なんのことを言ってるんだ。なぜそんなことをする」

「おれを迎えに来てくれたときのことを覚えてますか?」とマッコイは尋ねた。「ロッホゲリーの施設に」

マレーはうなずいた。まだすっかり戸惑っているようだった。

「あの頃、おれがどんなだったか覚えてますか?」

「施設の人間は、おまえが何週間も口をきかず、何も食べようとしないと言っていた。おまえをウッディリーに入れようと思っていると」

「けどあんたはそうさせなかった」とマッコイは言った。

「マーガレットがだめだと言って聞かなかった。おまえを引き取ると言った。いいか、おれたちはおまえのことがひどく心配だった。何があったのかだれも知らなかった。医者は神経症だと言った。それは……」マレーは口をつぐんだ。突然、マッコイが何を言おうとしているのか悟った。「ケネス・バージェスなのか?」

マッコイはうなずいた。手を震わせながら、ウィスキーのお代わりを注いだ。「おれはロッホゲリーに移ってきた。スティーヴィーはひとつ年上だった。数カ月後、彼は別の施設に移されて、おれはひとりになった」彼は勢いよくウィスキーを飲んだ。「ケネス・バージェス。アンクル・ケニーが何週間もおれを訪ねてきた」

「ハリー、おれは……」

マッコイは手を上げて制した。やめることはできなかった。やめたら二度と始められそうにないとわかっていた。

「施設長が、おれがそこにいることを彼に話した。彼はセント・アンドリューズでおれと会ったことがあった。そこでやろうとしたがだめだった。スティーヴィーがいつもいっしょだったから。あいつはその頃にはもう大きくて、すでにクリスチャン・ブラザーのひとりをナイフで刺したことがあった。連中はあいつのことを恐れていた。けど、ロッホゲリーにはあいつはもういなかった」マッコイはマレーを見た。微笑んだ。「おれひとりだった」

マレーは憐れみと恐怖が入り混じった眼でマッコイを見た。

「アンクル・ケニーの目的はおれだけじゃなかった。何年も何年もそうしてきたんだ。おそらく何百人もの男の子と――」

「ハリー、なぜだれにも話さなかったんだ？」

マッコイはとうとう泣きだしてしまった。嗚咽《おえつ》もなく、うめき声を上げるでもなく、ただ涙が頬を伝い落ちるのがわかった。

「話した。マルホランド神父に話した。彼はおれを嘘つきだと言った。作り話だと。次の晩やってきて言った。一度蓋の封印が剝がれてしまったら、その容器にはなんの価値もないのだと」

マレーはただ彼を見つめていた。彼自身も今にも涙をこぼしそうだった。

マッコイは鼻をすすると、袖で拭いて続けた。

「やつは警察を引退した。写真が新聞に載った。スティーヴィーが病院にいたとき、それを見た。ジョーイ・ブレイディと同じように」

マレーはうなずいた。

「スティーヴィーとおれはやつを襲うことに決めた。復讐だ。何も変わらないとわかっていたが、それでも何か、たとえ小さくても何かをしたかった。自分たちとほかのすべての少年たちのために何かをしたかったんだ」

マレーは立ち上がると、シンクに行って蛇口をひねった。背を向けた。マッコイには彼が泣いているのがわかった。マッコイに見せたくなかったのだ。

「どうしておれたちに言ってくれなかった？　おれに。マーガレットに」

「なぜならここに来たとき、初めて安全だと感じたから。ここならもう自分に悪いことは起きないとわかったから。二度と思い出したくなかった。たとえあんたやマーガレットといっしょでも。あんたがおれを信じてくれていることを知っていた。それで充分だった」

マレーはまだ窓の外の雪の積もった庭を見ていた。「何があった。〈オールバニー〉で?」

「よくわからないんだよ」とマッコイは言った。「やつを殴っていた。だけど、やつの印章付きの指輪《シグネットリング》を見て、やつのにおいを嗅いだら、コントロールできなくなった。激しく殴りすぎた。スティーヴィーがおれを引き離したが、ダメージが大きくて、やつは死にかけていた」

「なんてこった、ハリー」

「だからあとでスティーヴィー抜きでホテルに戻って、コナリーがやったように見せかけた。どうすればいいかはわかっていた。それからコナリーとアンクル・ケニーの接点を探し始めた。コナリーが施設にいたならふたりが会っている可能性があると思ったんだ」

マレーは振り向くと、テーブルに坐った。「それで今、クラモンドを止めろと言うのか?」

マッコイはうなずいた。

「くそっ、ハリー、なんでこんなことになっちまったんだ?」

マッコイは微笑もうとした。「わからない。でも、あんたなしじゃ抜け出せない」

マレーは頭を両手で抱えた。「ああ、ハリー、ハリー、なんてことをしてくれたんだ」

マッコイは彼を見た。初めて怖くなった。マレーが助けてくれないんじゃないかと怖くなった。ひょっとしたら何もかも判断を誤ったのかもしれなかった。

マレーは顔を上げた。眼には涙が浮かんでいた。「ハリー、おまえは人を殺したんだ。おまえは警官だ。どんなことがあってもそんなことはしてはならない。ならないんだ」

マッコイはうなずいた。全身をパニックが襲っていた。

「どんなに彼が罪深くとも。おれたちはそんなことをしてはならない。それが連中とおれたちを分けている。わかるだろ？」

マッコイはもう一度うなずいた。

「ほんとうにわかってるのか？　どうするべきか？」

マッコイはもはや激しく泣いていた。鼻を袖で拭うと言った。「すみません」

マレーはウィスキーのボトルをテーブル越しにマッコイのほうに押しやった。「坊主たちは今、屋根裏部屋で寝ている」と彼は言った。「おまえが以前使っていた部屋はそのままだ。ベッドメイクもされている」

彼は立ち上がった。手をマッコイの肩に置いた。「今夜はできることはない。少し眠るんだ」

マレーが口笛を吹くと、ブルーノが立ち上がって、二階についていった。

マッコイは彼らを見送った。ボトルを手に取った。

庭は静かで、雪がすべての音を消していた。彼は芝生だった雪の庭を横切って歩き、木の横のベンチに腰かけた。初めてマレーの家に来たとき、ここに坐っていたことを思い出した。ブルーノに何時間も続けてボールを投げてやったことを思い出した。そのとき彼が望んでいたことは、ブルーノにボールを投げてやることだけだった。何も考えずに。

彼は煙草を取り出して火をつけた。ウィスキーを勢いよく飲んだ。二階のバスルームの灯りが数分だけつき、また消えた。雪は降り続けていた。寒さは感じなかった。またこのベンチに坐っていること、マレーの庭にいることが幸せだった。人生で唯一安全だと感じた場所。

ここが彼のいるべき場所なのかもしれない。彼はポケットのなかをまさぐった。ドクター・パーディーがくれた〈セコナール〉とマンディーの残り四錠があった。たぶんこれとウィスキーと寒さがあれば充分だろう。

彼はしばらくそこに坐っていた。

眼を覚ました。マレーが子供たちに早く行かないと遅刻するぞ、と叫んでいるのが聞こえた。ブルーノが吠えていた。ドアがばたんと閉まった。

眠れるとは思っていなかったが眠れた。きっと古いベッドのおかげだろう。彼の部屋は昔のままだった。壁紙にはオリンピックのマークとさまざまなスポーツが描かれていた。衣装だんすは扉にひびが入っていた。机には本が積み上げられており、レーシングカーの写真がベッドの上に貼ってあった。

寒いなかで何時間か過ごしたが、アンクル・ケニーに負けるわけにはいかないと決意を固めた。ジョーイのようにはならない。彼らを満足させるつもりはなかった。上層部がなんと言おうと、アンクル・ケニーを家族思いの教会の長老として墓に入らせるわけにはいかない。自分が関係しているかぎり、そんなことをさせるつもりはなかった。自分がおしまいなのだったら、アンクル・ケニーと思い出せるかぎりの彼の仲間を道連れにしてやる。クソ野郎どもをみんな。

階段を上がってくるマレーの足音が聞こえた。何年経っても彼の足音はすぐにわかった。マッコイは起き上がった。ドアが開き、ブルーノがベッドに跳び上がってきて、マッコイの顔を舐め始めた。マレーが現われた。手に紅茶のカップを持ち、ベッドサイドテーブルの上に置いた。あまり眠れなかったようだ。

「正直に言ってくれ」とマレーは言った。「おれとマーガレットはおまえを失望させたか？」

マッコイは首を振った。「いいや。あんたたちだけはそうではなかった」

「たしか？」

マッコイはうなずいた。「おれの人生でこれほどたしかなことはない」

マレーは立ち上がった。「わかった。今は何もしないほうがいいだろう、な？」彼はブルーノに口笛を吹くと、ドアに向かって歩いた。「昨日は何も起きなかった。クラモンドは何もしない。さあベッドから出るんだ。遅刻するぞ」

たすけて

謝辞

フランシス・ビックモア、ジェイミー・ノーマン、そして〈キャノンゲート〉のみんなに感謝したい。トム・ウィットコムと〈ブレイク・フリードマン〉のみんなにも感謝を。スティーヴン・フォックスとダミアン・アームストロングの専門的なアドバイスにも感謝したい。意図的な誤りがひとつある。〈オールバニー〉にスイミングプールはない。そのほかの誤りはすべて……

訳者あとがき

アラン・パークスによる〈刑事ハリー・マッコイ〉シリーズの第二弾『闇夜に惑う二月』（原題 *February's Son*）をお届けする。

物語は前作の事件の翌月、一九七三年二月十日に始まる。建築中のビルの屋上で若い男の死体が発見される。現場の床は血まみれで、死体は片方の眼がくりぬかれ、さらに性器が切り取られて口に押し込まれ、胸には〝BYE BYE《バイバイ》〟と刻まれていた。男はプロ・サッカー・チーム、セルティックの若きエース、チャーリー・ジャクソンであることが判明する。ジャクソンの婚約者エレインはグラスゴーのノースサイド地区を仕切るギャングのボス、ジェイク・スコビーのひとり娘だった。やがて容疑者としてスコビーの片腕である殺し屋ケヴィン・コナリーが浮上する。精神が不安定になっていたコナリーがエレインに付きまとっていたことがわかり、スコビーの手下らが彼を探すなか、忽然《こつぜん》と姿を消していた。だが、コナリーは依然としてエレインのまわりに出没し、ついにスコビーまで殺害する。

一方で、〝血塗られた一月〟事件で背中に傷を負ったスティーヴィー・クーパーを病院に見舞ったマッコイは一枚の新聞記事を見せられる。そこにはダンバートンシャー警察の元本部長ケネス・バージェスが写っていた。バージェスの写真を見ているうちに記憶が甦ったマッコイはその場で吐いてしまう。バージェスは児童養護施設にいたマッコイらに性的暴行を加えていた男だったのだ。バージェスへの報復を誘うクーパーだったが、これ以上過去を思い出したくないマッコイはその誘いを断る。

やがてマッコイの下に教会の礼拝堂で自殺したホームレスの検視報告書がまわってくる。自殺を大罪とするカトリックの教会で自ら命を絶った理由はなんだったのだろうか？　マッコイは男の所持品のなかにクーパーに見せられたのと同じ、バージェスの記事を見つける。一見、まったく関係ないと思われていた、花形サッカー選手の殺害事件とホームレスの自殺が意外な形でつながり、それがマッコイの過去ともつながって彼を窮地に追い詰める。さらにスコビーの弁護士アーチー・ロマックスや刑務所でコナリーと同じ監房にいたロボトミー手術を専門とする医師ジョージ・エイブラハムスが関わり、事件は意外な方向へ展開するのだった。

訳者自身の身びいきかもしれないが、シリーズ第二作は第一作をはるかにしのぐ出来栄えと言えるのではないだろうか。登場人物がシリーズにしっかりとなじんできたのもあるが、本作ではマッコイの過去により踏み込んだ展開となっているのがその理由であろう。前作のあとがきでも触れたように、本シリーズを語る上で、同じスコットランドを舞台としたイアン・ランキンの〈リーバス警部〉シリーズや、一九八〇年代のアイルランドを舞台にしたエイドリアン・マッキンティの〈ショーン・ダフィ〉シリーズを思い浮かべる読者も多いことだろう。一匹狼の刑事による骨太の警察小説という共通点はあるものの、〈ハリー・マッコイ〉シリーズがこれらのほかのシリーズとはっきりと一線を画しているのは、主人公マッコイの危うさである。過去に教会の児童養護施設で性的暴行を含む虐待を受けていたトラウマから、血を見たり、教会の施設に入ったりするだけで気分が悪くなり、ときには気を失ってしまう。ひとつの作品のなかでこれだけ気を失いそうになったり吐いたりするヒーローはあまり見たことがない。マッコイの過去をたどってこの特異な主人公の造形をより深く描くことで、ほかの警察小説シリーズのヒーロー像との違いを強調したことが、本作が前作よりもパワーアップした要因だといえよう。

マッコイの危うさのもうひとつの要因は、幼なじみのスティーヴィー・クーパーである。同じ施設で育ち、虐待からマッコイを守ろうとしてくれた庇護者であったことからマッコイは彼に頭が上がらない。それでも警官とギャングという立場上、一線を守ろうとしてはいるが、警察上層部にも問題視されるなど周囲から見てもその関係性はいかにも危うい。前作では裏社会に通じたクーパーにマッコイが力を借りる展開だったが、本作では、むしろクーパーがマッコイを巻き込む形で過去と無理やり向き合わせ、結果的に彼を破滅的な危機へと導いてしまう。今後もふたりの関係が物語を動かす大きな要因となることは間違いなく、クーパーの動きからは眼が離せない。

過去のトラウマを抱えた警察小説の主人公としては、もうひとりのハリー、マイクル・コナリーのハリー・ボッシュが挙げられる。ボッシュはベトナム戦争時代にトンネルネズミとしての経験の後遺症に加え、さらに母親の死と自らの出自という過去を抱える主人公として描かれ、初期の作品では、彼が自らの過去に決着をつける姿が描かれている。

さて本作のほうのハリー、ハリー・マッコイはどうだろう。本作で過去のトラウマと対峙するマッコイだが、その結末は過去に決着をつけたとはとても言い難い。児童養護施設での性的暴行という陰惨な過去と向き合った結果、マッコイは過去に抱えたトラウマ以上に心に大きな傷を負うことになる。過去との決着をつけようとするたびに彼はさらに傷ついていくのだろうか。カトリック教会の性的虐待事件は二〇〇〇年代に世界各地で大々的に取り上げられ、大きな問題となった。英国やスコットランドでも過去の事例が次々と明るみに出て、訴訟でも有罪判決が下されている。だが断罪が下されたからといって、事件の被害者の心の傷は癒《いや》されることはない。そもそも心の傷が癒されるということはあるのだろうか。過去と向き合ってもマッコイの痛み、苦悩は決して消えることはなく、生涯その痛みとともに生きていくしかないのではなかろうか。

本作のタイトルを見て、お気づきと思うが、本シリーズはおそらく十二月までは続くようだ。逆に言うとこのシリーズは十二作で終わるのかもしれない（現時点では訳者の予想でしかないが）。だとしてもまだまだ先は長いが、終わりを意識して読むということは、また違ったハラハラ、ドキドキ感を味わえる。シリーズはこのあと結末に向けてどう展開していくのか、そしてどんな結末が待っているのかを予想しながら読むという愉しみが加わるのだ。そして主人公の持つ危うさが、今後の展開をまったく予想できなくしている。すでに二作目の本作で大きなターニングポイントとなるかもしれない展開がぶち込まれており、今後の予想を愉しみにさせるとともに不安にもさせる。この不安こそが、すぐれたスリラーである証《あかし》だろう。

さて本シリーズは、本国ではほぼ年一作のペースでシリーズが執筆されており、既刊は次のとおりとなっている。

1 *Bloody January*（二〇一七）『血塗られた一月』
2 *February's Son*（二〇一九）本作『闇夜に惑う二月』
3 *Bobby March Will Live Forever*（二〇二〇）
4 *The April Dead*（二〇二一）
5 *May God Forgive*（二〇二二）
6 *To Die In June*（二〇二三）

本作はエドガー賞最優秀ペーパーバック賞の最終候補作となり、次作*Bobby March Will Live Forever*は見事同賞を受賞している。また五作目の*May God Forgive*は、CWAスティール・ダガーの候補作になるなど、このあとの作品についても非常に高い評価を受けている。

次作の舞台はうだるような暑さの一九七三年七月——三月ではない！——のグラスゴーである。ひとりの少女の失踪事件が街じゅうを揺るがすなか、ロックスターの麻薬過剰摂取死、頻発する銀行強盗、さらにはマレーの姪の失踪など複数の事件が同時に進行する。またノースサイド地区の王となったクーパーには思ってもみない危機が訪れる。次作はこれらの事件にマッコイが孤軍奮闘取り組む、いわゆるモジュラー型のストーリーとなっている。ワッティーやマレー、クーパーやビリー、ジャンボらのおなじみのメンバーに加え、さらに本作で存在感を示した弁護士のロマックスや新聞記者のメアリーらも引き続き登場する。現在鋭意翻訳中で、来春にはお届けできる予定である。タイトルがどうなるのかも含めて、愉しみにお待ちいただきたい。

二〇二三年九月

訳者略歴　山形大学人文学部経済学科卒，英米文学翻訳家　訳書『評決の代償』ムーア，『フォーリング―墜落―』ニューマン，『喪失の冬を刻む』ワイデン，『血塗られた一月』パークス（以上早川書房刊）他多数

HM=Hayakawa Mystery
SF=Science Fiction
JA=Japanese Author
NV=Novel
NF=Nonfiction
FT=Fantasy

闇夜《やみよ》に惑《まど》う二月《にがつ》

〈HM(506)-2〉

二〇二三年十月 二十 日　印刷
二〇二三年十月二十五日　発行

（定価はカバーに表示してあります）

著者　アラン・パークス
訳者　吉《よし》野《の》弘《ひろ》人《と》
発行者　早川　浩
発行所　株式会社 早川書房

郵便番号　一〇一 - 〇〇四六
東京都千代田区神田多町二ノ二
電話　〇三 - 三二五二 - 三一一一
振替　〇〇一六〇 - 三 - 四七七九九
https://www.hayakawa-online.co.jp

乱丁・落丁本は小社制作部宛お送り下さい。
送料小社負担にてお取りかえいたします。

印刷・中央精版印刷株式会社　製本・株式会社明光社
Printed and bound in Japan
ISBN978-4-15-185502-3 C0197

本書は活字が大きく読みやすい〈トールサイズ〉です。